GOLKONDA

Edgar
Cantero

MÖRDERISCHE RENOVIERUNG

ROMAN

DEUTSCH VON THOMAS GÖRDEN

IMPRESSUM

Die amerikanische Originalausgabe erschien 2014 unter dem Titel »The Supernatural Enhancements« bei Doubleday, ein Imprint von Random House LLC, New York und für die kanadische bei Random House of Canada Limited, Toronto, Penguin Random House Companies.

FSC www.fsc.org
MIX
Papier aus verantwortungsvollen Quellen
FSC® C014889

Innenillustration: © Ocabrita, Jordi March und benSwerk
Umschlaggestaltung: © Guter Punkt • München,
nach einer Vorlage von Michael J. Windsor
Layout & Satz: Hardy Kettlitz
Druck: Pustet, Regensburg

ISBN (Buch): 978-3-946503-49-1
ISBN (E-Book): 978-3-946503-54-5

LXGPVBIPODMICMQCPXPHDGMI
PTFNANIPGDMEVIIPCQMCTFZG
PSSDECOCHKDBKUFCCBKZANMI
LPQOWHSPRZAFTQGPKLRZCOCE
AOWODBLTOHNCMPFCKBTHMIFK
LVLSUBWSSDPFLDPGOCSWWNMS
GPTKKZNFNBKZCZVTWCQCPKBS
HZKNKDHPTKOHDEBSHZVNESCQ
KMAOFNZHKDMWBSPWMWPZHPGZ
MCMVLDPGMILSSKDKGCXLPFRC
QAEDSECOWBVAUHGZLKWHGSZG
SUHWPOXSEVTVODFCKBFAMIHW
KQZGQILKPLMKVSAORAXMDLKM
FAGDEDWNMSGPRZDGGPVLOPNU
OCETCWAOLPCBPWWNPOPTFCED
RZAFHWDNCFPWPFHCRKGCLRXG
RTHLKMOASLKXTVLVSLOAZWPU

Bei der nachfolgenden Sammlung von Dokumenten handelt es sich um eine detaillierte Beschreibung der Vorgänge, die sich im November und Dezember des Jahres 1995 in Axton House, Axton Road, Point Bless, Virginia, ereigneten.

Vom Herausgeber stammen lediglich die Fußnoten. Die erste Seite fehlt.

[…] Axton House und alles darin.« Ich hätte mir keine unsanftere Unterbrechung meines Lebensstils vorstellen können als die Thomas-Jefferson-Briefmarken, die Neuigkeiten über meinen verstorbenen Verwandten und sein posthumes Geschenk, welches ich schließlich als Wiedergutmachung dafür akzeptierte, dass er mir seit dreiundzwanzig Jahren nichts zum Geburtstag geschenkt hatte. Mehrere Ferngespräche und ein paar Faxe trugen dazu bei, meinen anfänglichen Unglauben abzuschwächen, der aber letztlich nur dadurch ausgeschaltet wurde, dass der Name Wells meiner Tante Liza nicht unbekannt war. Sie betrieb etwas rekonstruierende Ahnenforschung und fand heraus, dass es sich bei Wells um den Nachnamen jener Familie handelte, in die die Schwester meiner Ururgroßmutter eingeheiratet hatte, bevor sie in den 1890er-Jahren in die Vereinigten Staaten emigrierte. Es war also einigermaßen plausibel, dass ich einen entfernten Cousin in Virginia hatte (besser gesagt, bis zum letzten September gehabt hatte). Dass er reich gewesen war, erschien mir aber unwahrscheinlich. Und dass er von meiner Existenz wusste, hielt ich für gänzlich unrealistisch – so sehr, dass mir im Vergleich dazu das Wenige kaum noch außergewöhnlich erschien, was ich über Ambrose Wells' seltsame Gewohnheiten, seine heimlichen Umtriebe und die Gerüchte herausfand, von denen umgeben war.

Ich zögerte nicht, die Kurse, die ich belegt hatte, abzubrechen und mein Apartment zu kündigen, so losgelöst von allem, wie man sich nur mit dreiundzwanzig fühlen kann, in einem Alter also, in dem alles vorübergehend erscheint und Sesshaftwerden Stagnation bedeutet. Ich flog nach Amerika, ohne die leiseste Ahnung, was auf mich zukommen würde, und in Gesellschaft einer Freundin, deren Zuneigung zu mir das Einzige zu sein schien, was sich beizubehalten lohnte. Am zweiten November landeten wir in Richmond. Am dritten trafen wir Glew, den Anwalt. Am vierten fuhr er uns in seinem Mercedes zu unserem neuen Zuhause.

Niamh (ein gälischer Name, der »Nief« ausgesprochen wird), die vorne neben ihm sitzt, schnappt sich mein Notizbuch, liest den oben stehenden Abschnitt, unterdrückt ein Lachen und schreibt mit ihrem eigenen Stift darunter:

Der schrecklichste Anfang, den ich je gelesen habe.

Und dann »nieft« sie. Dieses Verb habe ich erfunden, um einen bei ihr häufig vorkommenden Gesichtsausdruck zu kennzeichnen – ein winziges, schmallippiges Lächeln, das sie aufrechterhält, während sie mir lange und amüsiert ins Gesicht schaut. Niefen wird auf diesen Seiten ein häufiger vorkommendes Wort sein.

Vermutlich hat sie recht. Aber mir ist aufgefallen, dass Manuskripte immer schlecht sind. Bücher, die man im Haus eines Freundes zufällig aufschlägt, sind gut; das gleiche Buch im Buchladen ist schlecht. Wenn diese Geschichte zu Ende erzählt ist, wird dieser Anfang besser werden.

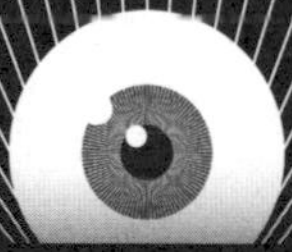

TEIL 1

4. NOVEMBER 1995

A.'S TAGEBUCH

Über uns schwebt eine goldumrandete Wolke von den Ausmaßen eines der größeren Bundesstaaten (sagen wir Arizona), die droht, auf Virginia zu stürzen. Unterhalb dieser Wolke wirft die tief stehende Sonne ihre Strahlen auf die unbefestigte Straße, überbetont die Gelb- und Orangetöne, verwandelt Aluminium in Gold und lässt Niamhs bloßen Arm aprikosenfarben wirken. Getreidefelder huschen über die Iris ihrer Augen, während sie im Anblick des Kontinents schwelgt. Es wird schwierig werden, mich nicht in sie zu verlieben.

Von Point Bless aus führt die Straße kilometerweit nach Westen.

»Und wie kommen wir von A nach B, wenn Sie mal nicht da sind?«, frage ich.

»Bleiben Sie einfach auf der gut befahrbaren Straße«, erwidert Glew. »Keine Sorge. Mit Ihrem Auto brauchen Sie nur zehn Minuten.«

»Wir haben ein Auto?«

»Zwei, um genau zu sein. Den Wagen Ihres Cousins – einen Audi – und einen Daewoo, den er für den Butler gekauft hat.«

»Wir haben einen Butler!«

»Strückner. Er ist eher eine Art Haushaltshilfe. Es gab noch anderes Dienstpersonal, aber wir haben das Testament Ihres Cousins so wörtlich wie möglich interpretiert. ›Das Haus und seinen gesamten Inhalt‹, steht dort. Deshalb gehört nur Strückner zum Paket, denn er ist der einzige Angestellte, der im Haus wohnt. Allerdings bin ich mir nicht sicher, ob Sie auf seine Mitarbeit zählen können.«

»Warum?«

»Er ist seit Mitte Oktober verschwunden. Einfach so, ohne eine Nachricht zu hinterlassen. Ich versuche seitdem vergeblich, ihn zu kontaktieren.«

Niamh kritzelt etwas auf ihren Notizblock und hält es mir hin: *Der Butler war's*. Ich grinse. Glew hat nicht lesen können, was sie schrieb, aber vermutlich denkt er sich seinen Teil.

»Ich nehme an, Strückner brauchte Erholung«, sagt er entschuldigend. »Er machte auf mich einen arg geschockten Eindruck. Schließlich hat er die Leichen gefunden.«

»Leichen? Ich dachte, Ambrose Wells hätte ganz allein Selbstmord begangen.«

»Das ist richtig. Auf die gleiche Weise wie sein Vater dreißig Jahre zuvor.«

Etwa fünf Kilometer außerhalb von Point Bless biegt der Wagen rechts ab. Wir fahren über einen Kiesweg, der das Haus weit in das Grundstück hineinschiebt, sodass es von der Straße aus unsichtbar ist. Bis zur Abzweigung hatten Felder die Straße gesäumt, die nun aber durch einen ungebändigten Wald, der einst ein gepflegter Garten gewesen sein könnte, abgelöst wurden. Doch von dem Gebäude halten die Bäume Abstand, respektieren den großen leeren Hof, in dessen Mitte Axton House steht.

Der Bauplan des Hauses muss georgianisch ausgesehen haben: drei Stockwerke hoch, mit Mansardendach. Vom Vorplatz aus betrachtet, fehlt ihm aber der tröstliche griechische Sinn für Proportionen. Auf uns wirkt es ziemlich düster, übertrieben hoch ragt es vor uns empor und hat etwas Prahlerisches. Türen und Fenster dehnen den Goldenen Schnitt immer mehr, strecken sich immer schmaler in die Höhe. Die steinerne Haut des Hauses scheint den Farbton anzunehmen, der gerade am besten in die Landschaft passt. Als wir es zum ersten Mal sahen, wirkte es schmutzig golden. Nur das Heckenlabyrinth hinter dem Wintergarten sorgt für etwas Grün in unmittelbarer Nähe des Hauses. Ringsum ist das Grundstück aber erfüllt von den Stimmen der Vögel und Bäume.

Auf jeder Seite des Vordereingangs befinden sich französische Fenster, die auf eine von Herbstlaub bedeckte Terrasse hinausgehen.

Über dem Säulenvorbau des Eingangs ragt eine Art Rückgrat in die Höhe, neben dem sich im ersten Stock beidseitig drei Fenster befinden. Im zweiten Stock ist die Hauswand links und rechts des Rückgrats ein Stück zurückversetzt, was Raum für zwei Balkone schafft. Im Dachgeschoss gibt es nur zwei Gauben, und das Rückgrat in der Mitte bringt eine Mansarde hervor, über der es in einer Art Glockenturm endet. Darin steht etwas, das ein Wetterhahn sein muss, aber eher an einen Sextanten erinnert. Glew sagt, es wäre zugleich Wetterhahn und Kalender: Wenn sein Schatten auf eine bestimmte Eiche in der ersten Baumreihe am Rand des Vorplatzes fällt, zeigt das die Wintersonnenwende an. Bei dieser Konstruktion handelt es sich um ein Patent Benjamin Franklins.

BRIEF

Axton House
1 Axton Rd.
Point Bless, VA 26969

Liebe Tante Liza,

Ich bin mir bewusst, dass der Anlass förmlich danach schreit, mehrere Seiten dieses luxuriösen Briefpapiers, das ich in Ambrose Wells' Schreibtisch gefunden habe, mit einer ausführlichen Beschreibung von Axton House zu füllen.

Leider kann ich dir diese nicht liefern. Ich schreibe tatsächlich in Axton House, wo wir heute unsere erste Nacht verbringen werden. Niamh und ich teilen uns ein riesiges Bett. Wir könnten darin beide eine Orgie feiern, ohne dass Niamhs Gäste meine stören würden. Glew hat uns heute Nachmittag im Haus herumgeführt, aber wir haben es nicht wirklich gesehen. Nicht auf die Art, die du damals meintest, als du sagtest, dass ein Passagier die Taue auf einem Schiff niemals so sieht wie ein Matrose. Hätten wir das Haus wirklich gesehen, müssten wir jetzt in der Lage sein, darin herumzulaufen und zu wissen, was uns hinter jeder Flügeltür erwartet. Das Haus wirklich zu sehen bedeutet, den Zweck jedes Zimmers und jedes Möbelstücks zu kennen. Wir haben das Haus nicht gesehen. Wir haben lediglich eine sich wiederholende Abfolge von leeren Fluren, großen Fenstern, Kaminen, Kronleuchtern, Spinnweben, Baldachinen und auf jeder Etage einen unaufgeräumten Schreibtisch gesehen.

Aber ich glaube, es gibt ein paar wiederkehrende Muster – zum Beispiel scheint das ganze Haus irgendwie um die Bibliothek im ersten Stock herumgebaut worden zu sein, die in seiner Mitte liegt und sein größter Raum ist. Wahrscheinlich erwähne ich das, weil es zu deiner Vorstellung passt, dass die Wells Menschen waren, die für ihre Forschungen lebten und starben.

Andere Kennzeichen dieses Hauses (zum Beispiel eine große Zahl langer Korridore, deren einziger Zweck offenbar darin liegt, Vorhänge zur Schau zu stellen), verwirren mich.

Ich bezweifle, dass ich in der Lage wäre, auch nur eines der vielen Zimmer wiederzufinden, selbst wenn mein Leben davon abhinge.

Tatsächlich würde ich nicht wagen, mich schlafen zu legen, hätte Niamh nicht eine Spur aus Kichererbsen zum nächsten Badezimmer gelegt.

Von Geistern bisher keine Spur, aber wir bleiben wachsam.

Ich plane, morgen früh erste Kontakte zu den Einheimischen zu knüpfen. Außerdem müssen wir den vermissten Butler finden, Strückner. Niamh und ich sind uns einig, dass das kein guter Name für einen Butler ist.

Wir wünschten, du wärest hier. Das schreibe ich allerdings nur aus Höflichkeit. In Wirklichkeit kommen wir ziemlich gut klar. Niamh sagt, sie hätte gerne einen Hund. Ist das okay?

Küsse,
A.

NIAMHS NOTIZBLOCK

- Was ist das förmlichste Kleidungsstück, das du eingepackt hast?

- Grünes Sommerkleid

- Gut. Wir gehen morgen in die Kirche. Ich nehme an, du hast damit kein Problem.

- Das sind hier Baptisten, glaube ich. Kann ich aber mit leben.

- Puritaner.

- Hab ein komisches Gefühl beim Butler.

- Ich auch.

- Aber er wird im Testament nicht erwähnt. Macht ihn das unverdächtig?

- Ich denke ja, aber etwas passt nicht zusammen. Ich weiß nicht, welches Verhältnis reiche Leute zu ihrem Hauspersonal haben, aber wenn du jemandem, der fünfzig Jahre bei dir im Haus gelebt hat, gar nichts hinterlässt, mochtest du ihn wahrscheinlich nicht besonders, und Sympathie beruht in der Regel auf Gegenseitigkeit. Warum also ist Ambroses Tod dem Butler so nahegegangen?

5. NOVEMBER

A.'S TAGEBUCH

Trotz meines Widerwillens, mir Kleidung aus Ambrose Wells Garderobe zu borgen, die zur selben Zeit wie Taschenuhren und Luftschiffen aus der Mode gekommen war, schafften wir es, in der Kirche Aufsehen zu erregen. Ich war der Typ, der sich als Geschichtsprofessor aus dem Oxford der Jahrhundertmitte verkleidet hatte. Und Niamh war das Mädchen, das sich die Haare zu einem losen Pferdeschwanz zusammengebunden hatte, der wie eine Explosion blauvioletter Bänder aussah, und das ein grünes Kleid trug, zu kurz für Jahreszeit und Anlass. Während des Gottesdienstes bemerkte ich einige neugierige Blicke, und auf dem Weg nach draußen bildeten sich einige zu kleine Gruppen, in denen die Leute sich mit unnötig leisen Stimmen unterhielten. Niamh grüßte sie alle mit umwerfendem Lächeln und sorgte dafür, dass selbst die verklemmtesten Richter bereit gewesen wären, ihr aus der Hand zu fressen.

Niemand sprach uns in der Kirche an, aber später an diesem Tag erhielten wir drei Besuche.

Die Ersten waren die Brodies, gegen siebzehn Uhr. Ihre Farm liegt südlich und ist von den Fenstern in den oberen Stockwerken sichtbar. Sie sind unsere nächsten Nachbarn. Tatsächlich gehörte ihr Land früher den Wells. Wenn ich es richtig verstanden habe, bestellte Mrs Brodies Familie dieses Land, bevor durch den dreizehnten Zusatzartikel der amerikanischen Verfassung die Sklaverei abgeschafft wurde, aber ich wagte nicht, genauer nachzufragen, aus Angst, etwas missverstanden zu haben oder unhöflich zu klingen. Die Wahrheit ist, dass ich anfangs Mühe hatte, den sehr ausgeprägten Akzent Mrs Brodies zu verstehen. Doch wie immer es um das Verhältnis zwischen den Brodies und den Wells in früheren Zeiten bestellt war, muss es Ambrose gegenüber ziemlich herzlich gewesen sein, und Mrs Brodie schien sehr daran gelegen, diese Freundschaft aufrechtzuerhalten.

Mr Brodie schien der Besuch bei den neuen Nachbarn nicht ganz so am Herzen zu liegen, aber er taute etwas auf, als Niamh, die ich gebeten hatte, etwas zu trinken zu holen, mit einer halben Flasche 7 UP aus der Küche kam. Da erzählte er, Ambrose hätte immer etwas Bourbon im Arbeitszimmer aufbewahrt.

Er meinte das Büro im Erdgeschoss, das für »öffentliche« Geschäftsangelegenheiten benutzt wurde – eines der Zimmer, die ich nicht mag. Das perfekt symmetrische sechseckige Vorzimmer mit Schaukelstühlen in jeder Ecke und Flügeltüren an jeder Wand ist einfach *zu* symmetrisch, und mit der dunklen Wandvertäfelung und den abweisend wirkenden Büchern erinnert das Büro an das Zimmer eines Schulrektors. Brodie wirkte dadurch aber keineswegs eingeschüchtert. Er ging zielstrebig zu den schweren Bänden über amerikanische Geschichte, mit denen Besucher beeindruckt werden sollten. Er zog Champfreys *Aufstieg und Fall des Südens* aus dem Regal. In der Wandvertäfelung daneben klickte es, und Brodie entnahm dem sich öffnenden Geheimfach eine Flasche vierzehnjährigen Wild Turkey. Er sagte, Ambrose hätte ihm dieses Geheimnis an dem Tag gezeigt, als sie die Verpachtung des Orangenhaines besiegelten. Ich sagte, falls das Haus noch mehr Geheimnisse berge, sei es wohl eine gute Idee, ihn von nun an öfter einzuladen. Ernst antwortete er: »Ja, die birgt es.«

(Natürlich kennt er sie nicht. Aber sein Glaube daran ist ein ausreichendes Indiz. Ich weiß, wie tief dieser Mann an Dinge glauben kann, die er noch nicht gesehen hat. Ich sah ihn in der Kirche.)

Als er die Klappe in der Wandvertäfelung wieder schloss, bemerkte ich ein Kuvert auf Ambroses Schreibtisch. Ich wunderte mich, dass ich es zuvor nicht gesehen hatte, denn jetzt lag es da so auffällig, dass ich vor lauter Wut, es übersehen zu haben, meinen Kopf gegen die Wand hätte hämmern können. Doch das war überflüssig, denn jemand anderes hatte es bereits gefunden und geöffnet. Das Kuvert liegt jetzt, während ich das hier schreibe, vor mir, leer. »Aeschylus« steht darauf.

Als ich mit Brodie dort drin war, schob ich es unter einen Stapel Papiere und entschied, später weiter darüber nachzudenken. Es wäre unhöflich gewesen, die Frauen zu lange warten zu lassen, auch wenn Mrs Brodie offenbar zu der Sorte Mensch gehörte, die stundenlang reden können, ehe ihnen auffällt, dass ihr Gegenüber stumm ist.

Sie hatte es gerade herausgefunden, als wir uns im Musikzimmer wieder zu ihnen gesellten (langer Raum neben der Eingangshalle, fast ein Saal, mit Klavier, Hi-Fi und Fernseher.) Als wir eintrafen, sagte sie gerade den mir wohlvertrauten Satz: »Aber hören können Sie mich?«, mit sehr lauter Stimme, wobei sie sorgfältig jedes Phonem mit den Lippen formte (was ihr wegen des schon erwähnten Akzents einige Mühe bereitete). Und ich bekam wieder einmal Gelegenheit, Niamh nicken und lautlos lachen zu sehen, ehe ich die üblichen Erklärungen gab: dass sie stumm ist, nicht taubstumm; dass es sich nicht um eine angeborene Behinderung handelt; dass ihr Englisch besser als meines ist, weil sie aus Dublin stammt, während ich es erst in der High School lernte, als ich die Klassiker las; dass sie durch Gesten, Lippenbewegungen oder Schreiben kommuniziert, außerdem durch einen Pfeif- und einen Klopf-Code; dass sie immer Notizblock und Stift bei sich trägt und die Abende damit verbringt, die Leerzeilen zwischen ihren eigenen Zeilen mit dem zu füllen, was ihre Gesprächspartner sagten, und auf diese Weise mit nur fünfzig Prozent Zusatzarbeit lange Dialoge schriftlich festhält; dass sie auf diese Weise vollständig über alle Gespräche Buch führt, die sie je hatte, und auf jeder Notizblockseite notiert, wo das Gespräch stattfand, wann und mit wem; und dass es keine ruhigere Nachbarin gäbe als Niamh.

Letzteres sagte ich wohlüberlegt, und es sorgte für ein unbehagliches Schweigen. Mrs Brodie schlich auf Zehenspitzen um das Thema herum. Ich beschloss, einige der existierenden Gerüchte anzusprechen: Halblügen im Austausch gegen Halbwahrheiten. Ich zählte Ambroses seltsame Gewohnheiten auf, die sonderbaren Geräusche, die Lichter, die im Haus abgehaltenen Rituale. Ganz nebenbei erwähnte ich sogar die Geister. Mr Brodie sagte rasch: »Das mit den Geräuschen stimmt nicht.«

Seine Frau nahm Ambrose Wells regelrecht in Schutz, und man merkte ihr an, dass sie es ehrlich meinte. Die »Leute in der Stadt« hätten ihn für einen Eigenbrötler gehalten, aber sie wäre immer für ihn eingetreten und hätte die anderen darauf hingewiesen, dass seine Tür immer offenstand und er den Brodies gegenüber großzügig war. Wörtlich sagte sie zu uns: »Er hat aus den Fehlern seines Vaters gelernt.« Dann sah man, dass sie diesen Satz schon in der nächsten Sekunde bereute, als sie an Ambroses Ende dachte.

Ich nutzte die Gelegenheit, sie nach John, Ambroses Vater, zu fragen. Darauf antwortete sie wörtlich:

»John war ein noch besessenerer Forscher. Er lebte ganz für seine Studien.«

»Und für seinen Sohn«, ergänzte Mr Brodie. »Wobei aber selbst der erst an zweiter Stelle kam.«

Ich fragte, welche Art Forschungen John Wells und sein Sohn denn betrieben hätten. Sie zögerten. Dann erwähnten sie einige breit gestreute Disziplinen: Geschichte, Geographie … Anthropologie? Mrs Brodie sagte, Ambrose hätte häufig lange Reisen unternommen. »Er war in Asien und Afrika. Erst als sein Rheuma schlimmer wurde, gab er das Reisen auf.«

»Sein Vater interessierte sich auch für Mathematik«, sagte ihr Mann, als sei ihm plötzlich etwas Widersprüchliches aufgefallen. »Er war im Zweiten Weltkrieg Kryptograph.«

Ich brachte noch einmal die sonderbaren Gewohnheiten und Rituale zur Sprache. Wieder wirkten die Brodies peinlich berührt. Wieder betonte Mrs Brodie, jeder könne doch zu Hause tun und lassen, was er wolle, solange der Frieden in der Gemeinde dadurch nicht gestört wurde. »Aber …?«, versuchte ich, ihr mehr zu entlocken.

Schließlich gab sie nach, was ihrem Mann sichtlich missfiel: »Die Wells feierten stets eine Art Jahrestreffen. Im Dezember. Ich denke, daran war überhaupt nichts Sonderbares. Nur weil sie während des restlichen Jahres kaum Besuch hatten, erregte es die Aufmerksamkeit der Leute, dass während dieses alljährlichen Treffens plötzlich viele

Autos vor dem Haus parkten. Manche verfuhren sich, landeten auf unserer Farm, und wir erklärten ihnen den Weg. Es handelte sich immer um Männer, die allein anreisten. Sie blieben dann für zwei oder drei Tage.«

»Bis Weihnachten?«

»Nein, sie reisten kurz vor Weihnachten wieder ab.«

Niamh sah mich an und formte mit den Lippen das Wort *Wintersonnenwende.*

»Vielleicht feierten sie ja Ambroses Geburtstag«, sagte ich.

Sie dachten über diese Möglichkeit nach, doch dann erinnerte sich Mr Brodie, dass diese Tradition der jährlichen Treffen schon aus der Zeit vor Ambrose stammte. Dass Ambrose im Februar Geburtstag hatte, wussten sie offensichtlich nicht.

»Und das waren die einzigen Besucher im ganzen Jahr?«

»In so großen Gruppen, ja. Zu anderen Zeiten kamen nur ein oder zwei von ihnen, aber das geschah nicht oft. Manche kamen etwas öfter – zum Bespiel dieser junge Gentleman, Caleb … so heißt er, glaube ich. Ambrose und er gingen zusammen auf Reisen.«

Mrs Brodie schien zu ahnen, dass ihr nachher zu Hause ein Streit mit ihrem Mann bevorstand, aber sie sagte dennoch:

»Manche Leute denken, dass sie Freimaurer sind.«

Ihr Mann legte die Hand vors Gesicht.

Ich tat überrascht und gab vor, eine halbe Minute lang zu meditieren (während ich mir in Wahrheit vorstellte, wie wohl vierzehnjähriger Bourbon gemischt mit 7 UP schmeckte). Dann sagte ich: »Na, wenn das stimmt, werden wir es wohl bald herausfinden. Ein Freimaurer darf die Identität eines anderen Freimaurers gegenüber Außenstehenden erst nach dessen Tod preisgeben. Wenn also einer von Ambroses Freunden auftaucht, werde ich ihn danach fragen und Ihnen berichten, was er geantwortet hat.«

Ich denke, mein Tonfall trug dazu bei, das Eis zu brechen. Mr Brodie lachte. Sie wollten aufstehen, als Niamh ihnen den Notizblock hinhielt: Was ist mit den Geistern?

Mr Brodie sagte gut gelaunt: »Das ist bestimmt auch nicht wahr.«

BRIEF

Axton House
1 Axton Rd.
Point Bless, VA 26969

Liebe Tante Liza,

[…]* Den zweiten Besuch erhielten wir zur Abendessenszeit. Wir saßen am Tisch, als wir hörten, wie draußen auf dem Kies ein Wagen hielt. Niamh schlug vor, unseren ungebetenen Gast für dich zu fotografieren, aber ich sagte ihr, sie solle das nicht tun. Mr Knox (so stellte er sich uns vor) ist die perfekte Verkörperung der anachronistischen Oberklasse in Virginia, von der ich dir erzählte, als ich Glew beschrieb: Nichts an ihm passt in die heutige Zeit – weder sein Auto, seine Frisur, sein Händedruck noch sein Akzent (sagt Niamh). Doch zum Säulenportal von Axton House passte er perfekt. Hätte er an der Tür meines alten Apartments geklingelt, ich hätte ihn für einen Zeitreisenden gehalten.

Er entschuldigte sich, dass er uns so spät noch aufsuchte. Er sei gerade auf dem Weg nach Lawrenceville (knapp fünfzig Kilometer nordöstlich) hier vorbeigekommen. Glew hätte ihn über unsere Ankunft informiert. Als guter Freund von Wells sei es selbstverständlich für ihn, uns willkommen zu heißen. Er wollte selbst nichts essen, hatte aber kein Problem damit, uns dabei zuzuschauen, wie wir ihm etwas vorkauten. Er ist jünger als Ambrose, vielleicht Anfang vierzig. Erinnert mich an Jeremy Irons.

Niamh hat Polaroidfotos vom Esszimmer gemacht (zweite Tür rechts vom Hauseingang), du kannst dir also die Szene vorstellen. Ich bezweifle, dass wir das Esszimmer oft

---

* Um den Lesern redundante Informationen zu ersparen, werden in diesen Briefen manche Sätze weggelassen, was stets auf diese Weise angezeigt wird.

nutzen werden: Die rosa Tapeten und hohen, dunklen Deckenbalken scheinen missbilligend auf unser Essen herabzusehen. Die gruftige Atmosphäre verlangt nach blutigem Carpaccio. Stattdessen essen wir Spaghetti mit Fleischklößen. Stell dir uns am Nordende des Tisches sitzend vor, während Knox im Süden sitzt, dicht am Kamin. Es schien ihn zu überraschen, dass Niamh den Tisch deckte.

»Ist das nicht Aufgabe des Hauspersonals?«

»Falls Sie den Butler meinen, der hat sich aus dem Staub gemacht, noch ehe er sehen konnte, in welchem Zustand wir morgens das Badezimmer hinterlassen.«

»Strückner hat gekündigt?« Ich glaube, er bedauerte den ungläubigen Klang seiner Stimme, sobald der Satz seine Lippen verlassen hatte.

»Kennen Sie ihn? Wenn Sie ihn sehen, richten Sie ihm aus, dass er seinen Job so schnell nicht wiederbekommt – Niamh kocht wie eine Göttin.«

Wie eine Anakonda verschlang Niamh einen Fleischkloß, der fast so groß war wie ihr Kopf. Knox beobachtete uns beim Essen, als wären wir Teil einer Doku auf dem Discovery Channel.

»Komisch. Ich kannte Ambrose so lange, aber er hat nie von Ihnen erzählt.«

»Das ist okay. Sie hat er ja auch nie erwähnt. Allerdings haben wir nie viel miteinander geredet. Was unter anderem daran lag, dass wir uns nie begegnet sind.«

»Welches verwandtschaftliche Verhältnis bestand eigentlich zwischen Ihnen?«

»Oh, warten Sie, das kann ich Ihnen genau sagen – ich war sein *Cousin vierten Grades*. Das bedeutet, seine Großmutter Tess und meine Ururgroßmutter waren Schwestern.«

»Aha. Ich kann mir schon vorstellen, dass man einen Cousin vierten Grades haben kann, ohne es zu wissen.«

»Für mich war es auch eine Überraschung.«

»Und er hat Ihnen dieses Haus vermacht.«

»Mit allem, was darin ist.«

»Stand das so in seinem Testament?«

»O nein, da war noch mehr. Es betraf uns, aber auch das Land … Glew arbeitet noch daran. Man sagte mir, ich hätte diesbezüglich das letzte Wort, aber ich denke, wir werden es einfach den jetzigen Pächtern schenken.«

»Es *schenken*«, äffte er mich nach. »Wissen Sie eigentlich, wie viel dieses Land wert ist?«

»Sehr wenig im Verhältnis zu dem, was wir sonst noch geerbt haben. Wissen Sie: Mir wird erst allmählich klar, dass ich nie wieder arbeiten muss. Nicht, dass ich bisher viel gearbeitet hätte.«

»Was haben Sie denn gemacht?«

»Geographie studiert.«

»Ambrose hatte auch etwas für Geographie übrig«, sagte er, wobei man ihm anmerkte, dass er sich gedanklich mit etwas weniger Trivialem beschäftigte. »Stand denn sonst nichts in dem Testament?«

»Sie sind ganz schön neugierig. Haben Sie ein Auge auf das Tafelsilber geworfen? Wenn ja, darüber lässt sich reden.«

»Nein, nein, darum geht es nicht.« Es sah fast so aus, als würde er erröten. »Ich suche nur nach einer Erklärung für das, was Ambrose getan hat.«

Dieser Satz löste eine bedrückte Stille aus. Wir versuchten, möglichst leise unsere Pasta zu schlürfen.

»Also sonst nichts? Keine Mitteilungen für Strückner oder andere?«

»Ich fürchte, nein. Obwohl … wie war noch gleich Ihr Name?«

»Knox.«

»Caleb Knox?«

»Nein, Curtis Knox.«

»Oh, dann leider nicht.«

»Aber ich kenne Caleb. Wenn Sie Caleb Ford meinen.«

»Ford! Das war es. Mein Fehler – Ford, Knox …« Ich merkte, dass ich mich wie ein Esel aufführte, aber das war gut. Es bewies meine vielseitigen Fähigkeiten.

»Und was stand für Caleb in dem Testament?«

»Das weiß ich nicht. Glew sucht nach ihm. Ist auch verschwunden, wie Strückner.«

»Er ist auf einer Forschungsreise.«

»Tatsächlich? Sagen Sie das bitte Glew. Er wird sich freuen, es zu hören. Wo hält er sich denn auf?«

»In Afrika.«

»Wo in Afrika?«

»Zentralafrika.«

»Etwas genauer wäre schön. Ich habe in meinem Leben schon auf die ein oder andere Landkarte geschaut.«

»Kigali.«

»Wow.« Fast hätte ich passen müssen, aber dann fiel es mir ein: »Ruanda.«

»Da hat er angefangen. Seine Forschungen müssen ihn tief ins Landesinnere geführt haben. Während dieser Feldtrips ist er manchmal monatelang unauffindbar.«

»Wie lange ist er denn schon weg?«

»Seit April.«

»Dann weiß er vielleicht noch gar nicht, dass Ambrose tot ist.«

Knox nickte beiläufig. Nach ein oder zwei Minuten sagte er noch einmal: »Komisch, dass er Ihnen sein Haus vererbt hat.«

»Hatten wir das nicht schon besprochen?«

»Nein, ich … ich meine das anders, als Sie denken. In gewisser Weise ist Axton House ein Geschenk mit bitterem Beigeschmack.«

Die Stille, die daraufhin folgte, war schwerer, einsamer als die vorherige. Die vorherige war eine Aufzug-Stille gewesen. Das jetzt war eine Nachts-allein-im-Wald-Stille.

»Ich meine«, sagte er, »dass dieses Haus kein wirklich angenehmer Ort ist.«

»Entschuldigung, aber können Sie etwas lauter sprechen? Von diesem Ende des Zimmers aus verstehe ich Sie schlecht.«

»Ja, ich weiß: das dreistöckige Herrenhaus, die zehntausendbändige Bibliothek, der Wintergarten … aber davon abgesehen: Das Haus hat eine düstere Vergangenheit.«

»Ich verstehe. Die Gerüchte, die nächtlichen Geräusche … die Geheimriten …«

Ohne mit der Wimper zu zucken, fügte er hinzu: »Die Geister …«

»Blödsinn.« Gegenüber den Brodies hätte ich nie gewagt, so zu reden, aber jetzt konnte ich es mir leisten.

»Klar, das sind natürlich alles nur Märchen. Aber sie gehören zu Axton House dazu, sind Teil des Pakets. ›Ein Haus mit übernatürlichen Extras‹, so hat es Edith Wharton ausgedrückt, glaube ich.«

»Ich glaube nicht an solche Dinge und deren Auswirkungen.«

»Auf Ambrose haben sie sich ausgewirkt«, erwiderte er, sichtlich dankbar, dass ich mich auf das Thema einließ. »Und auf seinen Vater auch.«

Niamh fragte mithilfe ihres Notizblocks: *Haben sich wirklich beide auf die gleiche Art umgebracht?*

»Ja, das stimmt«, sagte er und lehnte sich zurück, nachdem er ihre Frage mit zusammengekniffenen Augen gelesen hatte. »Im gleichen Alter, zur gleichen Zeit. Und sie sind beide aus dem gleichen Fenster gesprungen.«

»Welches Fenster?«

»Zweite Etage. Drittes Fenster auf der Nordseite, im großen Schlafzimmer.«

In dem Zimmer schlafen wir. Darin sitze ich gerade und schreibe das hier.

Hauptsächlich, um ihn von dem sichtlich tiefen Eindruck abzulenken, den seine Antwort bei Niamh hinterließ, zog ich seine Behauptung in Zweifel: »Wie kommt es, dass nur Mitglieder der Familie Wells betroffen sind und sonst niemand?«

»Aber wer wohnt denn hier sonst noch?«

»Strückner?«

»Ich hätte eingeräumt, dass sich bei ihm keine schädlichen Auswirkungen bemerkbar machten, bis Sie mir sagten, dass er gekündigt hat.«

»Gut gekontert. Und was ist mit den Frauen?«

»Ambroses Mutter starb, als er noch ein Kind war. Brustkrebs. Sein Vater zog ihn allein groß. Nein, hauptsächlich kümmerten sich die Strückners um ihn: Strückner senior als Kindermädchen und Vaterfigur, dann Strückner junior als sein Butler und Freund.«

»Und weiter oben im Familienstammbaum? Was ist mit Ambroses Großvater Horace?«

»Leider reicht mein Wissen nicht so weit zurück.«

»Ist es nicht vernünftiger, Ambroses Tod als Konsequenz aus dem Tod seines Vaters zu begreifen, also davon auszugehen, dass er dieses Trauma sein ganzes Leben als Narbe in sich trug, bis er ins gleiche Alter kam und sich die Wunde wieder öffnete? Dann folgte er seinem Vater, um sich von dem Schmerz zu befreien. Das scheint mir plausibler als die Spekulation, zwei Menschen seien unabhängig voneinander durch einen unbekannten äußeren Einfluss dazu getrieben worden, im gleichen Alter auf die gleiche Weise Selbstmord zu begehen.«

»Eine gute Anwendung von Ockhams Rasiermesser«, sagte er anerkennend.

»Wie alt war Ambrose, als sein Vater starb?«

»Achtzehn.«

»Und sie starben beide im gleichen Alter. Mit fünfzig, nicht wahr?«

»Richtig.«

Das einzige Argument, das mir einfiel, um Niamh und mich zu trösten, war, dass mir noch eine Gnadenfrist von siebenundzwanzig Jahren bleibt.

NIAMHS NOTIZBLOCK

(Im Bett.)

- Hast vergessen zu fragen, ob sie Freimaurer sind.

- Da hast du recht. Aber falls Knox Freimaurer ist, macht er auf mich nicht den Eindruck, dass er bereit wäre, offen darüber zu sprechen.

- Ich mag ihn nicht.

- Ich auch nicht.

- Er mag uns auch nicht – fast, als wären wir ihm im Weg.

- Du meinst, er wollte das Haus für sich? Warum?

- Bestimmt gehört Knox zur Weihnachtsparty-Gruppe. Wells war ihr Anführer. K. hat erwartet, dass W. den Stab an ihn weiterreicht.

- Genau. Deswegen hat er immer wieder gefragt, was im Testament steht. Und ob es Mitteilungen für ihn gibt, oder für Strückner.

- Du hast ihn eifersüchtig gemacht. Jetzt denkt er, Caleb soll Wells' Nachfolger werden.

- Ja, genau. Ich habe das nur gesagt, um ihn auf die Probe zu stellen. Aber es stimmt ja, dass ein Caleb im Testament erwähnt wird. Ich hatte es ganz vergessen, bis die Brodies den Namen erwähnten. Er klingt exotisch.

- Ich glaube, Caleb werde ich mehr mögen.

- Es kommt noch besser: Wenn Wells die jährlichen Treffen veranstaltet hat, an denen Knox und Caleb teilnehmen, Wells aber jetzt tot ist und Caleb das nicht weiß ... wie viele von ihnen wissen ebenfalls noch nichts?

- Du meinst, sie kommen vor Weihnachten alle hierher?

- Warum nicht? Sein Tod hat nicht für Schlagzeilen gesorgt. Er war nicht berühmt, nur reich. Und er starb unerwartet, war nicht krank. Die meisten dieser Leute kommen nur einmal im Jahr hierher. Caleb war einer der Emsigen, und er weiß nichts. Gut möglich, dass auch die anderen nichts ahnen.

- Also mischen wir uns nicht ein? Wir halten uns bedeckt und richten zur Wintersonnenwende das Esszimmer her?

- Das würde bestimmt Spaß machen. Morgen nehme ich mir das Büro vor. Vielleicht finde ich eine Gästeliste oder etwas Ähnliches. Du durchsuchst Strückners Zimmer: Schau nach, ob Ambrose Anweisungen für ihn hinterlassen hat. Noch Fragen?

- Können wir in einem anderen Zimmer schlafen?

- Warum?

- Mir ist lieber, du schläfst im Erdgeschoss.

- Da gibt es aber keine Betten.

- Forderst du damit nicht das Schicksal heraus?

- Aber deshalb bist du doch hier – um mich zu beschützen.

A.'S TAGEBUCH

Nach Mitternacht wachte ich auf. Ich bin mir nicht sicher, wie spät es genau war. Das Bett ist so riesig, dass meine Elfenaugen, wenn ich in der Mitte liege, die LCD-Anzeige der Uhr nicht lesen können. Niamh schlief irgendwo anders auf der Matratze, in dumpfer Stille – keine Bewegung, kein Atem. Außerhalb des Betthimmels begann eine unermessliche dunkle Weite.

Ich wälzte mich nach links und setzte mich auf die Bettkante, bereit, ins Leere zu springen. Fast hätte ich nicht damit gerechnet, festen Boden unter meinen Füßen zu spüren. Ich stand auf, um ein Glas Wasser zu trinken.

Glücklicherweise liegt das Badezimmer im gleichen Flur, genau gegenüber. Wie eine Fledermaus orientierte ich mich nach Gehör: zuerst die knarrenden Dielen im Flur, dann die stillen Fliesen im Badezimmer. Ich hatte etwas Mühe, den Lichtschalter zu finden (sie sind alle zu hoch angebracht). Als das Licht brannte, fiel mir zum ersten Mal auf, dass die Decke gewölbt ist, als stünde man in einem Tunnel. Nachdem ich am Waschbecken etwas Wasser getrunken hatte, blickte ich in den Spiegel, in dem ich jede Einzelheit meiner Haut erkennen konnte. Ich blickte in Richtung der Lampe und bemerkte, dass das Licht heller wurde. Ich kniff die Augen zusammen. Waschbecken, Kacheln, Duschvorhang, alles leuchtete jetzt grellweiß, umgeben von einer Aura, die alle Umrisse unscharf werden ließ, auch den Umriss eines Schattens auf dem Duschvorhang. *Nicht mein Schatten.* Ein Schatten *hinter* dem Vorhang.

In dem Moment, als mir das klar wurde, erlosch das Licht.

Ich stand da, wartend, bis meine versengten Augen sich an die Dunkelheit gewöhnten. Still zeichnete das Mondlicht die Konturen im Badezimmer neu: nur ein Flüstern im Vergleich zu dem elektrischen Schrei davor.

Dann machte ich einen Schritt auf die Badewanne zu und zog den Vorhang weg.

Es wäre dumm, wenn ich jetzt so täte, als hätte ich dahinter etwas gefunden. Als ich in der Morgendämmerung aufwachte – neben Niamh, die sich in eine Decke gewickelt hatte wie ein Insekt in einen Kokon –, wusste ich zunächst gar nicht, ob ich das Ganze nur geträumt hatte. Aber ich erinnerte mich an den Schatten. Ich erinnerte mich an die Position der Lampe über dem Spiegel und wusste, dass es unmöglich mein eigener Schatten gewesen sein konnte. Es musste jemand in der Wanne gestanden haben.

Niamh wälzte sich herum und streckte Arme und Beine aus ihrer karierten Schmetterlingspuppe. Sie drehte sich zu mir um, und ihr Guten-Morgen-Nief erstarrte auf ihren Lippen.

Ich fragte, was los ist. Sie lief zur Kommode und holte einen Spiegel. Mir ist in jedem Auge eine Ader geplatzt – die Sklera in beiden Augen ist blutrot.

Die Glühbirnen im Badezimmer sind durchgebrannt. Und natürlich gibt es in der Wanne keine Spur von irgendjemandem.

Das war der dritte Besuch.

6. NOVEMBER

A'S. TAGEBUCH

Das Zweitschlimmste, was bei einer ärztlichen Untersuchung passieren kann, ist, dass der Arzt einen Kollegen ruft, weil er eine zweite Meinung *braucht*.

Und das Schlimmste ist, dass sie dich um Erlaubnis bitten, ein Foto machen zu dürfen.

Trotz dieser großen Aufmerksamkeit, die mir zuteilwurde, erwies sich unser Besuch in dem kleinen Krankenhaus von Point Bless als weitgehend nutzlos. Immerhin hatte ich Gelegenheit, die Fahrt in unserem Audi mit der rasanten Schnauze zu genießen, und die entsetzten Gesichter der Fußgänger, denn Niamh brauste mit Tempo hundertachtzig zum Krankenhaus.

Wir frühstückten im Gordon's, dem Café in der Monroe Street, das für die jungen Leute in der Gegend der Gipfel der Langeweile sein muss. Ich liebte den Laden. Er war amerikanisch durch und durch, mit seinen Tischen am Fenster und den vielen Soßenflaschen und all dem anderen Zeug, das hinter den Glasscheiben stand, ganz wie in den Kinofilmen. Das machte alles, was wir sagten, sehr interessant. Nicht, dass es das sonst nicht gewesen wäre. Niamh fand meine Geschichte von dem Poltergeist im Badezimmer mächtig transzendent. Und die Sonnenbrille, die ich wegen meiner Augen trug, steigerte die Aura des Geheimnisvollen.

– Sollten wir nicht jemanden rufen?

– *Wen denn?*

– Einen Elektriker!

SICHERHEITSVIDEO: RAYS ELEKTROGESCHÄFT

6.11.1995 MONTAG 11:02

Ein unrasierter JUNGER MANN mit Sonnenbrille schaut genau in die Kamera.

[Eine FRAU mit Daunenweste und Wollmütze kommt hinter die Ladentheke.]

FRAU: Hallo.
JUNGER MANN: Oh, Hallo. Die Frau im Café hat gesagt, wenn ich einen Elektriker brauche, soll ich hier fragen … nach Sam?
FRAU: Moment, ich hole ihn.

[Sie geht. Hinter dem Mann sucht ein dünnes, circa fünfzehnjähriges MÄDCHEN im Punk-Outfit die Regale ab. Ihr dunkles Haar fällt lockig über ihre Schläfen, endet hinten jungenhaft kurz und explodiert über dem Kopf in einer Vulkaneruption aus Dreadlocks und Wollbändern.]

[Der Mann dreht sich um und sieht, dass sie eine Schachtel öffnet.]

JUNGER MANN: Wer bezahlt das?
MÄDCHEN: *[Sie zeigt auf ihn und wirkt dabei abwesend, unaufmerksam.]*

JUNGER MANN: Ich? Mein Gott, ich weiß gar nicht, wofür ich mein vieles Geld ausgeben soll. Was bin ich doch für ein neureicher Abschaum!

[Das Mädchen drückt ein paar Tasten auf dem Stimmrekorder, den sie aus der Schachtel gezogen hat.]

AUFNAHME: ... doch für ein neureicher Abschaum!
JUNGER MANN: Cool. *[Schaut sich das Gerät an.]* Wo wird denn die Kassette eingelegt?
MÄDCHEN: *[Zeigt auf ein Wort auf der Schachtel.]*
JUNGER MANN: »Digital.« Wow! Haben wir nicht gestern erst *Die Ankunft eines Zuges* gesehen und sind in Panik aus dem Kino gerannt?

[Die Frau kommt zurück.]

FRAU: Haben Sie eine Autopanne?
JUNGER MANN: Oh, nein, ist was bei mir zu Hause. Ich möchte, dass ein Elektriker es sich ansieht.
FRAU: Ein Stromausfall?
JUNGER MANN: Nein.
FRAU: Schalter defekt, Spannungsabfälle ...?
JUNGER MANN: Nein, ganz im Gegenteil. Zu viel Spannung. Ich möchte, dass es jemand überprüft.
FRAU: Also, hauptsächlich verkaufen wir Geräte und Werkzeuge. Sam fährt nur bei Notfällen raus.
JUNGER MANN: Aha.

[Die Frau beobachtet das Mädchen, das im Hintergrund an dem Stimmrekorder herumfummelt.]

FRAU: Sind Sie von hier?

JUNGER MANN: Ja, wir sind gerade hergezogen, ins … *[Er verstummt und liest von den Lippen des Mädchens. Dann wendet er sich wieder der Frau zu.]* Wir wohnen in Axton House.

FRAU: Axton House.

JUNGER MANN: Ja.

FRAU: Na, gut. Also … vielleicht kann Sam diese Woche bei Ihnen reinschauen. Ich werde ihn schon vom Sofa scheuchen, wenn nötig.

JUNGER MANN: Super! Danke.

FRAU: *[Zu dem Mädchen.]* Kann ich dir helfen, Schätzchen?

[Das Mädchen schiebt das Gerät wieder in den Karton und stellt es auf den Ladentisch.]

FRAU: Du willst das kaufen?

MÄDCHEN: *[Nickt.]*

FRAU: *[Guckt aufs Preisschild.]* Okay, das macht … fünfundachtzig Dollar neunundneunzig.

MÄDCHEN: *[Pfeift, dreht sich zu dem Mann um und schnippt mit dem Finger.]*

JUNGER MANN: *[Zückt sein Portemonnaie.]* Nehmen Sie Visa?

FRAU: Klar.

JUNGER MANN: *[Nimmt die Kreditkarte heraus und hält sie dem Mädchen hin.]* Tante Liza hat mich gewarnt, dass du das tun würdest.

[Sie grinst. Die Frau steckt die Karte ins Lesegerät, nimmt sie wieder heraus, und er unterschreibt die Quittung.]

FRAU: Danke. Und herzlich willkommen in Point Bless.

JUNGER MANN: Danke. *[Zum Mädchen.]* Lass uns gehen.

[Frau geht hinter der Ladentheke durch eine Tür hinaus. Die beiden gehen zur Ladentür. Das Mädchen trägt die Schachtel.]

JUNGER MANN: Und wozu hast du das jetzt gekauft?

[Sie zieht an der Schnur, die um ihren Hals hängt, und holt einen Notizblock unter ihrem Shirt hervor, der zusammen mit einem Bleistiftstummel an einem Ring befestigt ist. Sie kritzelt eine Mitteilung und zeigt sie dem jungen Mann.]

JUNGER MANN: Entweder bin ich zu blöd oder du kürzt zu sehr ab. Was bedeutet »EVP«?

BRIEF

Axton House
1 Axton Rd.
Point Bless, VA 26969

Liebe Tante Liza,

es ist kurz nach halb sechs Uhr abends, und ich liege auf dem Sofa im Musikzimmer (erste Tür links vom Hauseingang). Das gelbe Licht der Stehlampe kämpft gegen die Reste der Abenddämmerung. Am anderen Ende des Zimmers, ungefähr einen halben Kilometer entfernt, höre ich Niamh Klavier spielen. Wo hat eine Göre, die auf den Straßen Irlands aufwuchs, Klavier spielen gelernt?

Nonnen haben es mir beigebracht! *

Wie dem auch sei. Der Tag war grau und denkwürdig traurig, weswegen wir ihn zum größten Teil drinnen verbrachten. Wir haben vor, einige der Kaminöfen anzuheizen,

---

* Das hat Niamh offenbar an den Rand geschrieben.

denn sonst dürfte das Haus jetzt, wo der Winter diese langen, zugigen Flure belagert, unbewohnbar werden, außer unter dem Quilt, in den Niamh sich nachts einwickelt, als wäre sie eine chinesische Frühlingsrolle.

Heute haben wir das Labyrinth erkundet. Es ist schön, wie Niamhs Fotos zeigen. Vielleicht machen die wuchernden Hecken und das Laub und die Zweige auf den ungefegten Wegen es sogar noch schöner. Ich denke, Dekadenz wird zu einem Labyrinth. Das Gleiche gilt für das Haus: Verfall und Schmutz romantisieren es.

Das Labyrinth ist aber nicht besonders schwierig. Niamh erzählte mir von dem Tipp, den du ihr mal gegeben hast: »Biege immer in die gleiche Richtung ab und drehe dich nur um, wenn du dich in einer Wegschleife befindest.« Wir haben die Mitte des Labyrinths ziemlich zügig gefunden. Der verschlungene Pfad macht die vier Steinbänke und die Statue der Ariadne, auf die man dort stößt, zu einer kleinen Kostbarkeit. Wir setzten uns hin, trotz des Nieselregens und unserer Angst, dass die unter der Bank herumkriechenden Efeuranken unsere Füße packen und uns in die Hecke hineinziehen würden. Wir saßen eine Weile dort, nahmen die Atmosphäre dieses kleinen Platzes mit der Ariadne-Statue in uns auf und fanden, dass ein Labyrinth eine der verrücktesten und coolsten realen Sachen ist, die man besitzen kann.

Sonst gibt es wenige Neuigkeiten. Ich habe Ambroses Arbeitszimmer im Erdgeschoss gesichtet, und dabei wurde mir nur klar, dass es der Arbeitsbereich war, den er Besuchern präsentierte und wo er seinen nutzlosen öffentlichen Geschäftskram erledigte. Die anderen papierbeladenen Schreibtische im Haus bergen sicher wertvollere Beute.

Niamh erkundete inzwischen Strückners Zimmer und die Räume des Hauspersonals. Sie sind so klein, dass sie unter das Treppenhaus passen, und mit Ausnahme eines praktischen kleinen Badezimmers sind sie seit Langem unbewohnt. Glew sagte uns, dass Strückner sich eines der wohnlicheren Gästezimmer in der renovierten ersten Etage des Südflügels aussuchen durfte, von denen er aus Bescheidenheit das kleinste wählte. Ich frage mich, ob er es je wagte, dort irgendetwas zu verändern und auch nur die geringste Spur von Unordnung zu hinterlassen.

Übrigens sind wir heute Morgen in die Stadt gefahren. Niamh hat dort einen Stimmrekorder gekauft. Sie will ihn nachts ins Badezimmer stellen, um »EVPs« aufzuzeichnen, »elektronische Stimmenphänomene«. Da werde ich wohl beim Pinkeln die Klospülung betätigen müssen, damit man das Plätschern nicht hört. Und wo wir gerade von Plätschern sprechen, sie hat sich den Prospekt eines Schwimmbecken-Herstellers mitgenommen. Ich werde versuchen, sie davon abzubringen, dieses Haus in ein Luxushotel zu verwandeln, aber du musst bald zur Verstärkung kommen. Ich weiß nicht, wie lange ich allein sie noch aufhalten kann.

Okay, das ist wohl meine Art, dir zu sagen, dass ich dich ein bisschen vermisse. Niamh auch, da bin ich mir sicher. Sie darf diese Briefe nicht mehr lesen; sie lacht über meine Prosa und behauptet, dass ich zu pompös klinge. Sie sagt, ich hätte zu viel Lovecraft gelesen.

Na, immerhin habe ich dadurch *etwas* gutes Englisch gelernt. Und wir leben jetzt in einem Spukhaus, sodass mein Lovecraft-Background sich als nützlich erweisen könnte.

Oh, und Niamh will *unbedingt* einen Hund.

Küsse,
A.

`PS: Dieser Nachtrag verdient eine eigene Seite. Während Niamh nach einem Umschlag für diesen Brief suchte, stieß sie auf das in Ambroses Arbeitszimmer gefundene leere Kuvert mit der Aufschrift »Aeschylus«. Dabei fiel ihr Folgendes auf:`

AE**S**CHYLU**S**
ST**R**ÜCKNE**R**

AUSZUG AUS SAMUEL MANDALAYS *ARS CRYPTOGRAFICA*. LONDON, 1977

Unter den Substitutions-Verschlüsselungsverfahren ist die monoalphabetische Substitution das einfachste (und daher transparenteste). Dabei wird jeder Buchstabe einzeln durch ein anderes Symbol ersetzt. Ein denkwürdiges Beispiel hierfür findet sich in Edgar Allen Poes Kurzgeschichte *Der Goldkäfer*. In *Die tanzenden Männchen* von Sir Arthur Conan Doyle knackt Sherlock Holmes einen ähnlichen Code. Das häufige Vorkommen dieser Chiffriermethoden in der Krimiliteratur weist darauf hin, dass sie zur sicheren Verschlüsselung geheimer Informationen im richtigen Leben eher weniger taugen.

Es gibt verschiedene Methoden, Buchstaben andere Bedeutungen zuzuweisen. Bei den simpelsten wird eine Transposition des Alphabets vorgenommen. Zum Beispiel kann man es einfach um einen Buchstaben verschieben: $a = b$, $c = d$. Das ist die sogenannte Caesar-Verschlüsselung. Eine noch primitivere Methode: Schreiben Sie die sechsundzwanzig Buchstaben des englischen Alphabets in zwei Reihen untereinander – 1 bis 13 oben und 14 bis 26 unten. Ersetzen Sie dann jeden Buchstaben durch den über oder unter ihm platzierten. Also: $a = n$, $b = o$, $c = p$.

Die folgende Methode ermöglicht es, eine Nachricht schnell zu verschlüsseln und entschlüsseln, wenn man ein einzelnes Schlüsselwort kennt: Schreiben Sie oben das Alphabet in eine Reihe. Darunter schreiben Sie ein Schlüsselwort, je länger desto besser. Lassen Sie dabei sich wiederholende Buchstaben aus und füllen Sie den Rest der Reihe mit dem übriggebliebenen Teil des Alphabets. Für das folgende Beispiel benutzen wir das Wort *Mozambique*.

ABCDEFGHIJKLMNOPQRSTUVWXYZ
MOZABIQUECDFGHJKLNPRSTVWXY

Auch hier tauschen wir die Buchstaben der oberen Reihe gegen die jeweils darunterliegenden aus: a = m, b = o, c = z […]

Wenn die Sprache bekannt ist, in der die Nachricht verfasst wurde, lässt sich eine monoalphabetische Substitution sehr leicht entschlüsseln. Das liegt an den wiederkehrenden Buchstabenfolgen, näher erläutert in Anhang II. Ein Beispiel: Wenn in einer verschlüsselten Nachricht mehrfach ein Wort wie zum Beispiel 123 vorkommt, ist es nicht abwegig zu prüfen, ob *1 = t, 2 = h, 3 = e* ist.

Um die unbefugte Entschlüsselung des Codes zu erschweren, kann der Verfasser der Nachricht solche Buchstabenfolgen auf ein Minimum reduzieren, indem er a) häufig wiederkehrende Wörter wie Artikel, Demonstrativa und Personalpronomen möglichst sparsam verwendet oder ganz weglässt, und b) Leerzeichen und Interpunktion weglässt. Dennoch werden einige wiederkehrende Buchstabenfolgen sich nicht vermeiden lassen (siehe Anhang II.3). Wenn zum Beispiel auf 4 immer 5 folgt, vor 5 aber auch andere Symbole stehen können, dann steht 4 höchstwahrscheinlich für q und 5 für u. Das gilt für alle westeuropäischen Sprachen.

Außerdem wird die Nachricht dann immer noch für die in Anhang II ausführlich beschriebene Häufigkeitsanalyse anfällig sein – wie Legrand sie in Edgar Allen Poes Geschichte anwendet: Nehmen Sie alle Symbole der verschlüsselten Nachricht und sortieren Sie sie nach Häufigkeit. Wenn es sich um eine Nachricht in englischer Sprache handelt, ist der am häufigsten vorkommende Buchstabe höchstwahrscheinlich das *e*.

Definitiv können sie die Entschlüsselung Ihrer Substitution dadurch erschweren, dass Sie sie möglichst kurz halten. Man schätzt (siehe Zangler, 1949), dass jede Nachricht, die aus mehr als achtzig Zeichen besteht, für einen halbwegs fleißigen Chiffrier-Kenner dekodierbar ist. Andererseits kann die Entschlüsselung einer maximal einzeiligen Nachricht ohne Leerzeichen und Interpunktion sich als unmöglich erweisen, selbst wenn lediglich die kinderleichte Caesar-Verschlüsselung benutzt wurde.

Aber eine nicht zu entschlüsselnde Nachricht ist natürlich überhaupt keine Nachricht.

*

(Schlafzimmer.)

- Was bedeutet das?

- Dass Ambrose eine Nachricht für Strückner hinterlassen hat.

- Aber woher wusste Strückner, dass er Aeschylus ist?

- Vielleicht haben Sie den Code früher schon benutzt? Wells Sr. war Kryptograph.

- Natürlich. Und auch für ihn hat ein Strückner gearbeitet. Natürlich ist es keine besonders schwierige Verschlüsselung. Sie musste wahrscheinlich einfach genug für Strückners Fähigkeiten sein.

- Nicht so einfach, wenn die Nachricht kurz war. Zum Beispiel: »CALEBANRUFEN«

- Von der Hobby-Kryptographie zum unmöglich Entschlüsselbaren – das wäre genau das andere Extrem.

- Aber der Briefumschlag ist der Schlüssel. Strückner kennt schon 8 Buchstaben:

A = S
E = T
S = R
C = U
H = C

Y = K

L = N

U = E

- Und davon ausgehend kann er sich den Rest erarbeiten. Während jemand, der das Kuvert zufällig findet und nicht weiß, für wen es bestimmt ist, bei Null anfangen müsste. Genial.

- Dumm nur, dass wir bloß das Kuvert haben.

- Was hat er wohl mit der Nachricht gemacht?

- Zerstört.

- Ja, glaube ich auch.

A.'S TAGEBUCH

Einen Moment zuvor stand ich in einer blendend hellen weißen Wüste. Die Hitze war unerträglich, aber nicht die Sonne war dafür verantwortlich. Hinter mir brannte ein Feuer. In der Ferne hörte ich Schreie. Licht hüllte mich ein. Ich trug ein Gewehr.

Ich blinzelte in die Dunkelheit und dachte, ich hätte ein Stöhnen oder Keuchen aus dem Traum mitgebracht, das jetzt in der Stille verhallte. Ich wartete darauf, dass Niamh sich bewegte, aber sie rührte sich nicht.

Ich blieb eine Weile im Bett liegen, bis ich mich klar genug im Kopf fühlte, um aufzustehen, mich am Himmelbett entlang zu tasten und das Badezimmer aufzusuchen. Falls dort etwas Unnormales geschah, wollte ich wach genug sein, um es genau beobachten zu können.

Ich schloss die Augen, bevor ich das Licht einschaltete. Die neuen Glühbirnen funktionierten prima, aber meine Augen waren empfindlich geworden. Mit zusammengekniffenen Augen wusch ich mir das Gesicht und achtete dabei darauf, dass Niamhs Stimmrekorder nicht nass wurde. Ich schaute in den Spiegel, und mein Spiegelbild wich einen Schritt zurück. Die Hornhaut sah wieder klarer aus, aber meine Augen waren noch immer rot umrandet, als hätte ich wochenlang geweint.

Ich muss etwas gehört haben. Ich erinnere mich nicht, was es war. Ich weiß, dass ich mich instinktiv zur Wanne umdrehte. Ich sah keinen Schatten.

Als ich näher an die Wanne heranging, stellte ich mir den passenden Soundtrack zu dieser Szene vor. Entweder zwei in rascher Folge gespielte Klaviertöne, oder ein Tremolo mehrerer Violinen, das anschwoll, während ich meine unbesonnene Hand nach dem Vorhang ausstrecke.

Ich zog den Vorhang auf, und eine schmetternd laute Gitarre erschütterte die Fundamente von Axton House.

Der Lärm kam unten aus dem Musikzimmer und war selbst durch zwei Geschossdecken hindurch stark genug, um das Dach wegzublasen. Es handelte sich um das Album der Dead Kennedys, das Niamh schon am Nachmittag gehört hatte, aber ich erkannte es nicht sofort. Was ich erkannte, war ein Pfiff Niamhs, der Jello Biafras Stimme überlagerte und beinahe den Badezimmerspiegel zum Bersten brachte.

Ich rannte – nein, flog – die Treppe hinunter und bedauerte auf dem ganzen Weg, dass unser Haus so groß war: ein langer Flur, dann auf der Riesentreppe vom zweiten Stock bis hinunter ins Erdgeschoss, dort wieder über einen langen Flur, erhellt durch den Lichtschein, der aus dem Musikzimmer fiel, wo die Punkmusik dröhnte, und gegenüber ins Vorzimmer des Büros. Als ich dort hereinstürmte, stieß Niamh gerade die Flügeltür zu Ambroses Büro auf.

Sie rannte zum Fenster und spähte in den Garten. Später behauptete sie, dort jemanden gesehen zu haben. Ich sah niemanden.

Aber die Flügeltüren waren von innen blockiert worden. Papiere lagen über den Teppich verstreut. In der mittleren Wandvertäfelung hinter dem Schreibtisch, wo ein Gemälde gehangen hatte, das schwarze Plantagenarbeiter zeigte, gähnte ein offener Safe.

Niamh hatte nicht geschlafen, als es geschah. Ich vermute, dass wegen ihrer Stummheit ihr Gehör schärfer ist. Anders kann ich mir nicht erklären, wie sie im oberen Stockwerk und durch mehrere geschlossene

Türen das Splittern von Glas wahrnehmen konnte. Sonst hörte sie nichts, aber es genügte, um sie in Aktion zu versetzen. Sie lief nach unten, barfuß, und fing an, im Dunkeln die Zimmer zu kontrollieren. Als sie lokalisiert hatte, wo sich der Einbrecher befand, entschied sie, dass es zu gefährlich war, ihn zu stellen. Da kam ihr die Idee, ihn zu verjagen. Sie schlich ins Musikzimmer, wo sie am Abend Klavier gespielt und dann ihre CDs gehört hatte, stellte die Anlage auf volle Lautstärke und drückte die Play-Taste. Dann pfiff sie laut, um mich herbeizurufen. Anschließend hämmerte sie gegen die Flügeltür, ohne sie zu öffnen. Erst als ich hinzukam, stieß sie die Tür mit aller Kraft auf. Natürlich hatte der Eindringling da schon das Weite gesucht.

*

(Im Wohnzimmer, später.)

- Ich glaube, es war Knox.

- Hast du ihn gesehen?

- Bin mir nicht sicher.

- Das genügt nicht. Ich bezweifle, dass es Knox war. An seiner Stelle würde ich, wenn mir etwas aus dem Safe beschaffen wollte, nicht selbst einbrechen.

(Sie meditiert.)

- Zerbrechen wir uns nicht weiter den Kopf darüber, wer es war. Überlegen wir lieber, worauf er es abgesehen hatte. Wir wissen, dass Knox erwartete, Ambrose hätte etwas für ihn hinterlassen. Aber offenbar hat Ambrose nur eine verschlüsselte Botschaft für Strückner hinterlassen.

- & Knox war sehr interessiert an Strückner.

- Stimmt. Wir wissen, dass es eine kurze Nachricht war. Bestimmt diente sie dazu, Strückner den Weg zu einer längeren Nachricht zu weisen, die Ambrose woanders versteckte. Also lautete die Kurze Nachricht wahrscheinlich ...

- »Schau in den Safe.«

- Genau. Vorausgesetzt, Strückner wusste, wo der Safe ist. Vielleicht wusste er es nicht. Aber nehmen wir an, er wusste es.

- Also öffnete er ihn, nahm sich, wonach er suchte & verschwand. & als Knox jetzt in den Safe schaute, fand er dort nichts mehr.

- Wenn Knox der Einbrecher war. Bist du sicher, dass er nichts mitgenommen hat?

- 90% sicher.

- Aber das ergibt keinen Sinn. Wenn der Safe Ambroses letzte Anweisungen enthielt und diese, wie Knox glaubte, ihn betrafen, hätte Strückner sie Knox übermittelt. Punkt.

- Was, wenn Str. den Safe NICHT geöffnet hat?

- Warum nicht?

- Vielleicht hat er die Anweisungen nicht befolgt?

- Warum nicht?

- Vielleicht konnte er die Nachricht in dem Aeschylus-Kuvert nicht entschlüsseln?

- Und trotzdem hat er sie vernichtet?

- Vielleicht hat er das ja gar nicht?

- Nein, wenn er sie nicht verstanden hätte, oder nicht verstanden hätte, dass sie für ihn bestimmt war, hätte er sie wieder in das Kuvert gesteckt. Jeder hätte sich so verhalten.

(Sie meditiert wieder.)

- Okay, angenommen, er hat sie gelesen, aber die Anweisung nicht befolgt. Das ist seltsam, aber … spinnen wir diese Möglichkeit weiter. Er sagt, zur Hölle damit, und verschwindet, durch Ambroses Tod tief erschüttert, aus Axton House. Dann tauchen wir auf … dann taucht Knox auf …

- Knox tat, was Strückner nicht tun wollte?

- Sehr riskant. Und außerdem sehr rätselhaft – wie viel Zeit verging vom Einschlagen des Fensters bis zu dem Moment, als du anfingst, Lärm zu machen?

- 5–10 Minuten.

- Er wusste also, in welchem Zimmer sich der Safe befand, und brauchte trotzdem zehn Minuten, um ihn zu suchen?

- Um ihn zu ÖFFNEN.

- Begreifst du? Unsere Hypothese fällt in sich zusammen. Er muss das Haus nicht durchsuchen. Er geht sofort gezielt zum Safe. Er schlägt sogar das am nächsten gelegene Fenster ein. Warum ist er sich seiner Sache so sicher, was den Safe angeht? So sicher, dass er einen Einbruch riskiert?

- Strückner hat es ihm gesagt!

- Ihm aber nicht die Zahlenkombination gegeben?

- Guter Einwand.

(Depression.)

- Warum bist du nicht wieder nach oben geflüchtet, als dir klarwurde, dass ein Einbrecher im Haus ist? Es könnte ein Profi gewesen sein. Er hätte dich töten können!

- Ich bin hier, um dich zu beschützen.

(Sie meditiert …)

- Oh, okay, du brauchst wirklich einen Hund!

*

Der Einbruch fühlte sich wie eine Entweihung des Hauses an, sodass an Schlaf nicht mehr zu denken war. Nach Kaffee und Schokomilch sichteten wir den Inhalt des Safes (hauptsächlich handelte es sich um eine Münzsammlung, ein Schmuckkästchen und eine Mappe mit Besitzurkunden). Wir legten die Sachen wieder hinein.

Als draußen der Morgen dämmerte, kam die Erleuchtung.

Der Safe war geöffnet, nicht aufgebrochen worden. Als wir den Inhalt wieder hineingelegt hatten, wurde mir klar, dass wir ihn nicht wieder öffnen konnten, wenn wir ihn jetzt zumachten. Ich sagte mir, dass ein Dieb nicht wegen etwas zurückkommen würde, das er beim ersten Mal nicht mitgenommen hatte, und ließ die Safetür geöffnet. Dann suchte ich nach einem anderen Platz, wo ich das Gemälde hinhängen konnte. Als ich es herumtrug, bemerkte ich auf der Rückseite der Leinwand die gleichen blauen Reißzwecken, die auch Bestandteil des Büromaterials auf Ambroses Schreibtisch waren.

Mit dem Bild in der Hand stand ich wohl so ungefähr zwei Minuten da, bis ich begriff.

Die für Aeschylus hinterlassene Anweisung lautete nicht »Öffne den Safe«, sondern »Schau hinter das Bild«.

Strückner und Knox dachten beide, die Nachricht bedeute, im Safe nachzuschauen, aber sie kannten die Kombination nicht. Deswegen war der eine nicht in der Lage, die Anweisung auszuführen, und der andere schickte einen professionellen Einbrecher, der in der Lage war, den Safe zu öffnen.

Man musste nichts weiter tun, als die Korkplatte hinter der Leinwand zu entfernen. Dahinter fanden wir Ambrose Wells' Brief, mit Klebeband an der Rückseite der Leinwand befestigt.

7. NOVEMBER

BRIEF

14.2.1995

Mein lieber Strückner,

dies ist der einundzwanzigste Brief, den ich hinter dem alten Van Krugge verstecke. Doch ich habe die dunkle Vorahnung, dass dieser gelesen werden wird. Sicher verstehen Sie, warum.

Seit meinem neunundzwanzigsten Geburtstag halte ich an diesem jährlichen Ritual fest. Damals, ich war gerade aus Indien zurückgekehrt, bemerkte ich zum ersten Mal, dass ich viel zu sehr den Fußstapfen meines Vaters folgte. Ich werde Ihnen in diesem Jahr oft Fragen zu ihm stellen. Ich brenne darauf zu erfahren, was mein Vater über mich sagte. Es ist in der Tat bemerkenswert: Ich bin weder akut von Krankheit bedroht, noch läuft mir die Zeit davon. Und doch ahne ich, dass ich mich wie neugeboren fühlen werde, wenn ich in einem Jahr diesen Brief durch den nächsten ersetze.

Inzwischen verstehen Sie sicher, warum ich mich entschied, kinderlos zu bleiben. Ich kann nicht zulassen, dass dieses Schicksal auch weiterhin die Seelen der Wells verschlingt. Noch kann ich es verantworten, dass weitere

Strückners ihr Leben damit vergeuden, exzentrischen Okkultisten Tee mit Honig zu servieren. Unsere beiden Familien verdienen endlich Ruhe.

Wenn Sie diese Zeilen lesen, haben sich die Wells bereits zur Ruhe begeben.

An Sie habe ich eine letzte Bitte. Es gibt weitere Briefe, die ich für diese Eventualität vorbereitet habe. Ich verlasse mich auf Ihre Gewissenhaftigkeit und vertraue darauf, dass Sie sie sobald wie möglich abschicken: an Curtis Knox in Lawrenceville und Caleb Ford in Clayboro; hierbei geht es um die Zukunft unserer traurigen Gemeinschaft; und an Dr. Belknap in Midburg. Sie finden diese Briefe in den Seiten jenes wunderbaren Buches aus unserer Kindheit, das Sie bei einem Baum zu lesen pflegten.

Das wäre dann alles, Aeschylus. Gute Nacht.

Herzlichst
Ihr Ambrose Gabriel Wells

PS: Den Van Krugge vermache ich Ihnen. Genießen Sie Ihren Ruhestand.

NIAMHS NOTIZBLOCK

(In Gordon's Café, 9 Uhr, warten auf Glew.)

- Du wirkst bedrückt.

- Ich finde traurig, dass jemand sich so viel Mühe gibt, eine Nachricht zur richtigen Zeit der richtigen Person zukommen zu lassen, & es dann doch schiefgeht.

- Stimmt. Aber, hey, wenigstens hat die Nachricht uns erreicht.

- Wenn ich drüber nachdenke, kommt es überhaupt nur selten vor, dass die letzten Wünsche Verstorbener wirklich so ausgeführt werden, wie sie es wollten. Wenn jemand gestorben ist, wird er von den Lebenden wohl nicht mehr respektiert.

- Ich glaube, in der heutigen Zeit geht der Trend dahin, dass wir unsere Mitmenschen enttäuschen. Auch dann, wenn sie tot sind.

SICHERHEITSVIDEO: PONOPAH COUNTY TIERHEIM

7.11.1995 DIENSTAG 11:51 CAM 6

STAN geht durch den Gang zwischen den Zwingern, von den Hunden mit lautem Gebell begrüßt.

STAN: Das sind Streuner, alle ausgewachsen. Sie wurden auf den Straßen in der Umgebung aufgegabelt und sind bisher nicht als vermisst gemeldet.

[Ein junger MANN mit Sonnenbrille und ein MÄDCHEN im Teenager-Alter mit Dreadlocks folgen Stan.]

MANN: *[Zu dem Mädchen.]* Okay, such dir einen aus.

[Das Mädchen schlendert entspannt durch den Gang und betrachtet die Hunde. Sein Begleiter bleibt mit verschränkten Armen im Hintergrund stehen. Man hört nur das laute Gekläffe.]

[Das Mädchen dreht sich um, geht zurück und hält auf halbem Weg inne. Dort steht es, die Arme in die Hüften gestemmt, vermeidet Augenkontakt zu den Hunden und lässt sie sich heiser bellen.]

[Stan nimmt während der nächsten zwei Minuten zweimal Blickkontakt zu dem Mann auf und signalisiert ihm, zu warten.]

[Das allgemeine Bellen hat sich zu einem sinnlosen Dialog zwischen zwei oder drei Hunden abgeschwächt.]

[Dann ist nur noch ein Hund übrig, der das letzte Wort hat.]

[Das Mädchen geht zu seinem Zwinger, kniet sich davor hin und streckt eine Hand in Richtung des Gitters aus. Das Bellen hört automatisch auf.]

STAN: Das ist der Lauteste von allen.
MANN: Und der Extrovertierteste.
STAN: *[Geht zu dem Zwinger und schließt die Tür auf.]* Der schwarze Paria. Er ist schon eine ganze Weile hier. *[Der Käfig wird geöffnet.]* Hier. Jetzt könnt ihr euch beschnuppern, während ich seine Papiere hole.

[Stan geht. Das Mädchen streichelt nun einen aufgeregten (doch still gewordenen) mittelgroßen dunklen Mischlingshund. Der Mann kniet sich dazu, um den Hund ebenfalls zu begrüßen.]

MANN: Wie willst du ihn nennen?

[Das Mädchen holt unter seinem Pullover einen kleinen Notizblock hervor, der zusammen mit einem Bleistiftstummel an einer Schnur um ihren Hals hängt, und schreibt.]

*

- Das kannst du entscheiden – ich werde ihn nicht rufen.

PONOPAH COUNTY
ANIMAL SHELTER

30 Culbreth Rd. Clayboro, VA 26960
Phone: (755) 963-3979
Fax: (755) 963-3991

TEMPORARY ADOPTION AGREEMENT

ADOPTER

Name: Niamh S. Connell

Birth date: 10-29-79

Address: 1 Axton Rd., Point Bless, VA ZIP: 26969

☒ I agree to foster this dog for a test period of 2 weeks, feed it, provide it a space of its own, look after it, and train it if necessary.

☒ I agree to be visited by an inspector from the Ponopah County Animal Shelter at the end of the test period to check that the dog is properly attended.

☒ I hereby make a non-refundable down payment of $50 for the adoption fee, which shall cover up-to-date vaccination and/or neutering costs.

ADOPTEE

Name: Help

Breed: Mixed (possible McNab collie cross)

Gender: Male Age: 3 (estimated)

History: Unclaimed stray, captured in Clayboro, March'95. Signs of malnourishment. Nameless collar. Tested positive for vaccines.

Height: 19 in. Weight: 28 lbs. Fur: Black

Distinctive marks: Dented left ear. Talkative.

Adopter's signature

NConnell.

PONOPAH COUNTY ANIMAL SHELTER • PONOPAH COUNTY ANIMAL SHELTER •

BRIEF

Axton House
1 Axton Rd.
Point Bless, VA 26969

Liebe Tante Liza,

und so sind wir jetzt zu dritt. Lass mich dir das neueste Mitglied unserer Familie vorstellen. Wir haben ihn Help getauft, Hilfe, um sicherzugehen, dass er uns in Zeiten der Gefahr beisteht. Niamh ist überzeugt, ihn innerhalb weniger Wochen zu unserem Leibwächter ausbilden zu können. Bis dahin bin ich mir noch nicht einmal sicher, ob er bei einem weiteren Einbruch überhaupt bellen wird (zum Thema Einbruch später mehr). Seit Niamh ihn unter ihre Fittiche genommen hat, gibt er nicht das leiseste Bellen von sich, obwohl er der lauteste Kläffer im ganzen Tierheim war.

Aber jetzt zu dem Einbruch: […]

TONAUFNAHME

[HINTERGRUND: Gordon's Café, morgendliche Betriebsamkeit.]

A.:	Sir. Danke, dass Sie gekommen sind.
GLEW:	So schnell ich konnte. Miss. Zuallererst: Sind Sie beide unverletzt?
A.:	Uns ist nichts passiert. Es war allerdings ein Schock.
GLEW:	In all den Jahren ist in Axton House, soweit ich weiß, noch nie eingebrochen worden. Haben Sie denn die Fensterläden geschlossen?
A.:	Leider nein.

GLEW: Ich verstehe. Darum hat sich Strückner gekümmert, jeden Abend. Nun ist es Ihre Verantwortung, jedenfalls im Moment. Aber das haben Sie ja jetzt auf die harte Tour gelernt.

A.: Das kann man wohl sagen.

GLEW: Hallo. Einen Kaffee, bitte. Haben Sie den Einbruch bei der Polizei gemeldet? Soll ich Ihnen dabei helfen?

A.: Na ja, wir wissen nicht, was gestohlen wurde. Falls überhaupt etwas entwendet wurde. Wussten Sie, wo sich in Ambroses Büro der Safe befindet?

GLEW: Ja. Ich habe nur vergessen, es zu erwähnen.

A.: Kennen Sie die Zahlenkombination?

GLEW: Nein. Aber wenn der Safe jetzt geöffnet ist, sollten Sie die Kombination ändern.

A.: Sind Sie nicht auf die Idee gekommen, dass der Safe wichtige Dokumente enthalten könnte? Urkunden oder Ähnliches?

GLEW: Ich habe Kopien von allem.

A.: Haben Sie nach seinem Tod seine Papiere gesichtet?

GLEW: Das hat Strückner übernommen, aber nichts gefunden. *[Kaffee wird eingeschüttet.]* Danke.

A.: Hat er denn keine Notiz hinterlassen, eine Nachricht für Strückner oder etwas Ähnliches?

GLEW: Nein – warum fragen Sie mich das alles?

A.: Also … im Safe lag eine Nachricht von Ambrose an Strückner. Darin schreibt er, dass er das Aquarellbild, das vor dem Safe hängt, Strückner schenkt.

GLEW: Ein Aquarell … Sie meinen den Van Krugge?

A.: Genau. Ist es wertvoll?

GLEW: Nun, für Strückner bedeutet es den Unterschied zwischen einer bescheidenen Rente und einem Lebensabend in Wohlstand.

A.: Dann sollten wir ihm das Bild geben.

GLEW: Im Testament wird es nicht erwähnt. Juristisch ist es immer noch Bestandteil von »Axton House und alles, was sich darin befindet«. Es ist also Ihre Entscheidung, den Van Krugge Strückner zu überlassen.

A.: Wenn Ambrose es so wollte, möchte ich seinem Wunsch entsprechend handeln.

GLEW: Das ist sehr anständig von Ihnen. Aber wo ist Strückner? Das würde ich gerne wissen.

A.: Ist er möglicherweise nach Europa zurückgekehrt?

GLEW: Ja, das wäre denkbar.

A.: Stammt er aus Deutschland?

GLEW: Aus der Schweiz. Das weiß ich, weil Wells alle Tugenden Strückners auf seine Schweizer Herkunft zurückführte – schweizerische Gründlichkeit, schweizerische Diskretion, Schweizer Käsekuchen und so weiter. Sein Vater, Strückner senior, arbeitete vor ihm in Axton House, als Butler von Ambroses Vater. Dann kamen Mutter und Kind dorthin nach, und später wurde der Sohn ebenfalls Hausangestellter.

[Schreibgeräusch – Stift auf Papier.]

Was? *Spider-Man?*

A.: Ja, das war im Safe. Scheint ein ganz normales Comic-Heft zu sein. Weil er es im Safe aufbewahrte, dachte ich, dass es sich um ein seltenes Sammler-Exemplar handelt. Oder sentimentalen Wert für Ambrose hatte.

GLEW: Ein Comic? *[Er lacht glucksend.]* Bestimmt nicht. Ehrlich gesagt, bin ich überrascht. Wir kannten uns, seit wir Kinder waren, und er hat sich nie für solche Sachen interessiert. *[Im Hintergrund weiterhin das Schreibgeräusch.]* Lassen Sie mal sehen. *[Pause.]* Ein Freimaurer? Also … hundertprozentig weiß ich es natürlich nicht, aber ich bin ziemlich sicher, dass er keiner war.

*

[…] Was das eingeschlagene Fenster angeht, kommt morgen der Glaser. Es besteht kein Grund zur Eile, jetzt, wo wir wissen, dass die Fensterläden zu etwas gut sind.

Auch wenn zwei Einbrüche in zwei aufeinanderfolgenden Nächten statistisch extrem unwahrscheinlich sind, werde ich heute Nacht wohl nicht so gut schlafen. Diese Festung hier ist viel zu groß, um sie zu verteidigen. Selbst Help, der ja während seiner Monate im Hundezwinger jede Menge überschüssige Energie aufgestaut hatte, hat sich beim Herumtollen auf dem gigantischen Grundstück komplett verausgabt.

Ich wünschte, du könntest das Haus so sehen wie ich jetzt. Die Polaroids vermitteln davon keinen richtigen Eindruck. Aus der Ferne, wenn seine grandiosen Formen nach der letzten Straßenbiegung sichtbar werden, steht es stolz da, wie der Versuch, in der Zeit der Sklavenhalter etwas Futuristisches zu erschaffen. Wenn du Axton House aber so nahe kommst, dass du es mit den Händen berühren kannst, fühlt es sich einfach nur alt an. Nicht ehrwürdig alt, sondern verflucht alt. Wie eine Sepia-Fotografie, oder wie römische Ruinen, die auf wundersame Weise der Aufmerksamkeit der Reiseführer entgingen.

Dieses Haus altert auf andere Weise. Es ist wie diese Bungalows, die Jahrzehnte überdauern, aber nur im Sommer für drei Monate aus dem Dornröschenschlaf erweckt werden, sodass sie in einem Jahr so schnell altern wie andere Häuser in vier. Das passiert mit Axton House und allem, was darin ist. Das einundzwanzigste Jahrhundert ist nicht mehr fern, aber das Alter zerrt an dem Haus und seinem Innenleben, zerrt es zurück in die Vergangenheit. Deswegen wirkt alles darin auch so anachronistisch; man findet nur alte Zeitungen; alle Möbel sind altmodisch; Ambrose Wells lebte im Jahr 1995, sah aber aus wie ein Londoner Gentleman von 1910.

Ich fange an, mich auch so zu fühlen – die Zeit scheint sich hier schneller zu bewegen als ich, sodass ich nicht nachkomme. Ich bin im Morast eines Flussufers stecken geblieben, während das Raum-Zeit-Kontinuum an mir vorbeifließt. Als würde das Universum mich vergessen.

Okay, ich will dir beschreiben, was ich gerade sehe: Ich sitze auf der Veranda. Niamh und Help sind im Garten, vielleicht fünfzig Meter entfernt, und ich kann nicht genau sehen, was sie zu ihm sagt oder wie sie es sagt, aber der Hund sitzt, steht und kommt zu ihr. *Er gehorcht ihr aufs Wort,* obwohl sie stumm ist. Und ab und zu belohnt sie ihn mit Cornflakes.

Wie macht sie das bloß, dass er ihr so aus der Hand frisst?

Küsse,
A.

TONAUFNAHME

[Stille.]

[Decken bewegen sich sanft.]

A.: *[Keucht.]*

[Die Stille vibriert geradezu, als würde die Luft zerreißen.]

NEIN!!

[Die Decken flattern davon wie ein Schwarm Krähen, nur A.'s schneller, keuchender Atem im Vordergrund.]

[Nach ein paar Sekunden beruhigt sich seine Atmung. Es wirkt konzentriert. Er scheint sie bewusst zu verlangsamen.]

[Sie hört, versuchsweise, ganz auf.]

Niamh?

[Sekunden später atmet er weiter.]

[Fast wimmernd.] Hilfe?

[Die Atmung klingt, als zittere er vor Angst. Die Decken werden wieder hochgezogen. Ein Körper dreht sich auf der Matratze zur Seite.]

[Dann wird es wieder still.]

8. NOVEMBER

?

Ich lief barfuß über weichen Schnee entlang des Firstes eines steilen Daches mit stufenförmigen Mauerzinnen. Der Himmel über mir war unnatürlich gelb. Der Boden unter mir war von einem aschgrauen Nebel bedeckt, aus dem kahle Bäume ihre Wipfel emporstreckten.

Ich war halbnackt. Meine Schultern brannten vor Kälte. Ich spürte meine Hände nicht.

Unten auf der Straße schneit es noch, und es ist Tag, und Autos hupen vor roten Ampeln, und die Passanten riechen nach Alkohol. Bei einem einzigen dieser Autos sitzt eine Frau am Steuer, steckt im Stau fest, auch sie ist halbnackt. Im gegen die Winterkälte abgeschirmten Universum ihres Autos ist ihre Haut warm. Und sie sieht großartig aus. Mehr als großartig: total heiß, atemberaubend sexy, die Art Frau, vor der jeder nicht dumme Mann niederknien sollte. Und sie trägt nichts als hübsche geblümte Unterwäsche, und der Sicherheitsgurt und der Sitz sind es nicht wert, diesen seidenen Körper zu liebkosen.

Ich sitze auf dem Beifahrersitz und drehe an einem Zauberwürfel herum. Zwischendurch starre ich auf ihre lächerlich langen Beine.

Ein menschliches Skelett erwidert den Blick des Renaissance-Mannes, und auch in den leeren Augenhöhlen des Skelettes spiegelt sich Neugierde wider.

Ich stoße die Autotür auf. Die weiße Wüste draußen ist gleißend hell. Ich trage eine Waffe. Meine Augen schmerzen.

Meine Augen schmerzen. Der schwarze Soldat hält die Tür auf, und der Chirurg sticht die geöffnete Zange in meine Augenhöhle. Ich bin auf dem Operationstisch festgeschnallt. Ich bin bei Bewusstsein, und um das zu beweisen, schreie ich aus vollem Hals, bis meine Kehle zerschunden und blutig ist, aber das kümmert die Männer nicht. Der Chirurg zieht an meinem Augapfel, testet den Widerstand des Sehnervs. Dann reißt er mit Wucht daran, sodass der Nerv durchtrennt wird wie eine Peitschenschnur, und ich wache nicht auf – ich bleibe dort, um den Schmerz zu fühlen. Millionen Jahre lang bin ich dort in der Finsternis und höre, wie sie beim Anblick meines herausgerissenen Augapfels lachen.

Dann wache ich auf, und während ich aufwache, töte ich sie.

SICHERHEITSVIDEO: POINT BLESS, POSTFILIALE

8.11.1995 MONTAG 11:02

KEIN TON.

[Dünner weiblicher TEENAGER mit einem langen, hinter ihr herflatternden Schal geht schnellen Schrittes zum Schalter. Sie übergibt dem ANGESTELLTEN einen Brief und fischt ein paar Münzen aus der Hosentasche. Als sie winkt und mit einem langen, außergewöhnlich freundlichen Lächeln davongeht, ruft der Angestellte sie noch einmal zurück und händigt ihr einen Brief aus. Überrascht schaut sie auf Vorder- und Rückseite und liest mit sich bewegenden Lippen lautlos die Adressen.]

BRIEF

164 WheatRow
Milburn, NY 12984

Axton House
Point Bless, VA 26969
1. November

Lieber Leonidas,

nun muss ich doch vorzeitig aussteigen – zwei Monate vor dem Ende. Meine Aufgabe hat sich als wenig befriedigend, aber allzu anstrengend erwiesen. Dr. Herbert in Watertown rät mir dringend, mich auszuruhen. Ich bin jetzt seit sechs Monaten auf Schlaftabletten angewiesen, und meine einzige Erleichterung ist, dass ich nicht schlechter als Asterion aussehe: Ich habe ihn im April besucht. Er nahm Xanax, wie andere Leute Mentos lutschen. Mit einer doppelten Dosis Starnox gelingt es mir, einzuschlafen, aber ich träume weiterhin jede Nacht. Ich habe es mit den Tabletten versucht, die Asterion Dir empfahl, um den REM-Schlaf zu unterdrücken. Das funktioniert tatsächlich, aber Schlaf ohne Träume ist, als würde man überhaupt nicht schlafen.

Ich mache mir Sorgen wegen Asterions Gesundheit. Ehrlich gesagt, sorge ich mich auch um Deine Gesundheit. Ich bin besorgt wegen Deiner Träume und wegen dem, was Dir bei Deiner Nachricht vom 4. August herausrutschte.

Ich habe versucht, Deine Fragen über John Wells zu beantworten. Leider ist mein Vater kein guter Gesprächspartner mehr. Das Alter nagt allmählich seine Erinnerungen weg.

Ich muss gestehen, dass ich ihn manchmal darum beneide.

Ich bin nicht sicher, ob ich an unserer nächsten Versammlung teilnehmen möchte. Aber ich freue mich, Dich so bald wie möglich zu treffen, unter welchen Umständen auch immer.

Mit besten Grüßen
Prometheus*

NIAMHS NOTIZBLOCK

(Im Gordon's, mit dem geöffneten Brief.)

- Was hältst du davon?

* Auf dem Briefumschlag befanden sich die Initialen »S. W. L.«.

– Wenn das Wells' Geheimgesellschaft ist, gefällt mir das Spiel nicht, das sie treiben.

– Ich denke nicht, dass du da mitspielen musst.

– Was tun wir also?

– Wir machen weiter. Was möchtest du tun?

– Nach den Briefen suchen, »in den Seiten jenes wunderbaren Buches aus unserer Kindheit«

– Sehr gut.

– Was bedeutet das?

– Das ist wieder eine verschlüsselte Botschaft. Eine sicherere diesmal, weil sie auf einer geteilten persönlichen Erfahrung basiert: »... jenes Buches, das Sie bei einem Baum zu lesen pflegten«. Diese Spider-Man-Karte auszuspielen war übrigens ein guter Versuch.

(Werde rot!)

– Ich könnte ein Buch nach dem anderen schütteln, bis aus einem etwas herausfällt.

– In der Bibliothek gibt es ungefähr zehntausend Bücher. Und da sind die Bücherregale, die in den anderen Zimmern stehen, noch nicht mitgezählt.

– Ich habe Zeit.

– Vielleicht solltest du das lieber lassen. Du hast doch gesagt, dass die Wünsche der Toten zu wenig respektiert werden. Ambrose hat sich so viel Mühe gegeben, dafür zu sorgen, dass diese Papiere nur von dem gefunden werden, für den sie bestimmt sind. Wir sollten uns dessen würdig erweisen.

– Aber dafür müsstest du Strückner sein.

– Ich muss nicht wirklich er sein. Aber wir sollten ihn fragen.

Also machte sich Niamh daran, die Bibliothek auf den Kopf zu stellen, während ich mich wieder in das Büro im Erdgeschoss begab, wo die offiziellen Papiere aufbewahrt wurden (und wo Ambrose, im Gegensatz zu allen anderen Schreibtischen im Haus, wenigstens ein Anschein von Ordnung aufrechterhielt). Dort fand ich die letzten Telefonrechnungen. Für jemanden, der als Einsiedler galt, ist die große Anzahl ausgehender und hereinkommender Anrufe verblüffend. Ich vermute, Ambrose kompensierte durch diese intensive Kommunikation den Umstand, dass er aus gesundheitlichen Gründen selbst nicht mehr reisen konnte. Allerdings wohnte er ja nicht allein, sodass einige Anrufe wohl auf Strückners Konto gingen. Ich strich einige Telefonnummern in der Schweiz an, doch in der Rechnung für September/Oktober, die ungeöffnet in der noch ungelesenen Post lag, fand sich kein einziges Schweiz-Telefonat.

Trotzdem wählte ich versuchsweise die letzte schweizerische Nummer. Während ich auf das Freizeichen wartete, fiel mir ein, dass ich kein Deutsch spreche. Eine Frau meldete sich, und alles, was ich herausbrachte, war: »*Strückner, bitte.*« Sie antwortete mit ungeduldiger Stimme etwas Unverständliches und legte auf.

Ich muss gestehen, dass mein Arbeitsplan für den Vormittag damit weitgehend erledigt war. Also lehnte ich mich zurück, legte die Füße auf den Schreibtisch und ging noch einmal die auf dem Tisch herumliegenden Unterlagen durch. Und ich dachte nach. Und fing an, diesen Tagebucheintrag zu schreiben.

Okay, gehen wir davon aus, dass Strückner noch im Land ist. Trotzdem, wenn das Leben eines Menschen sich plötzlich einschneidend verändert, wird er doch wohl telefonieren. Aber mit wem?

Blue Ridge Bell
Telephone Cooperative, Inc.

BRB Data Communication Services
(Internet access, dial-up and DSL)
available NOW!
More info: (546) 802-4873

ACCOUNT	DATE	CHARGE
755 963 4000	10/08/1995	68,91

*NO.	DAY	DATE	TYPE	NUMBER	RATE	MINS	AMOUNT	
01	FRI	09/08	INTERNATIONAL	+44 20 36272687	I	05:35	6.41	→ UK
02	FRI	09/00	INTERNATIONAL	+44 20 30723041	I	15.57	17.07	
03	FRI	09/08	INTERNATIONAL	+49 030 23967555	I	02:01	3.13	→ GERMANY
04	FRI	09/08	INTERNATIONAL	+49 030 39394044	I	05:09	6.40	
05	FRI	09/08	INTERNATIONAL	+44 22 2402711	I	:57	1.63	
06	FRI	09/08	INTERNATIONAL	+44 20 36272687	I	03:19	4.07	
07	SAT	09/09	INTERNATIONAL	+49 030 20399135	HI	01:12	2.03	
08	SAT	09/09	INTERNATIONAL	+41 22 2402711	HI	04:39	6.23	→ SWITZERLAND
09	SUN	09/10	LOCAL	755 9632740	H	:30	0.05	
10	MON	09/11	INTERNATIONAL	+49 030 26589617	I	:57	1.63	
11	TUE	09/12	AREA CODE 540	540 7053866	D	03:27	0.26	
12	TUE	09/12	LOCAL	755 9632740	D	05:34	0.37	
13	THU	09/14	INTERNATIONAL	+49 030 2388382	I	10:18	11.35	
14	THU	09/14	INTERNATIONAL	+250 252596400	SI	01:55	3.94	→ RWANDA
15	THU	09/14	INTERNATIONAL	+250 933827771	SI	:40	1.36	
16	THU	09/14	AREA CODE 757	757 1673897	S	03:16	0.26	
17	FRI	09/15	EMERGENCY	911	E	:43	0.00	→ HERE'S WHEN IT HAPPENED
18	FRI	09/15	LOCAL	757 9653318	D	01:30	0.10	
19	FRI	09/15	LOCAL	751 9630952	D	02:01	0.13	
20	FRI	09/15	INTERNATIONAL	+250 252596400	I	:28	1.36	
21	MON	09/25	AREA CODE 434	434 2910971	D	02:49	0.22	?
22	TUE	09/26	AREA CODE 434	434 2910971	D	07:04	0.53	
23	THU	09/28	AREA CODE 434	434 2910971	D	:59	0.07	
24	MON	10/02	AREA CODE 434	434 2910971	D	01:39	0.13	
25	THU	10/05	AREA CODE 434	434 2910971	D	02:22	0.18	

AUDIOAUFNAHME ANRUFBEANTWORTER

LINDSAY: Hallo. Danke für Ihren Anruf bei Whateleys Vermittlungsservice für Hausangestellte. Sie rufen außerhalb unserer Geschäftszeiten an. Diese sind montags bis freitags 9 bis 15 Uhr und samstags 9 bis 12 Uhr. Hinterlassen Sie bitte Namen und Telefonnummer, wir rufen Sie umgehend zurück.

[Piep.]

MANN: Hm. Hallo. Hier ist …

[Plötzlich dröhnt im Hintergrund Techno-Musik los.]

JUNGER MANN: *[spricht zu Person im Hintergrund.]* Niamh?! NIAMH!! Sch-scheiße!

[Man hört den Hörer herunterfallen. Zwei Minuten lang ertönt ununterbrochen Musik, bis die maximale Nachrichtenlänge des Anrufbeantworters erreicht ist.]

AUSGESCHNITTENER ARTIKEL AUS DER ZEITSCHRIFT *SPEED*, APRIL/MAI 1994

Ann K. Sassari

Zum ersten Mal hörten wir von Ann K., als wir im Jahr ’91 einen DJ für unser Heft zum Thema Acid suchten, und seitdem haben wir keinen ihrer Gigs in London verpasst. Wer in der Dance-Szene topaktuell sein will, muss unbedingt eine von Anns Sessions erlebt haben. Es reicht nicht, sich mit den vielen Nachahmerinnen zu begnügen, die Ann einmal gesehen haben und dann von dieser Erfahrung zehren. Sie schwimmt auf keiner Welle, sondern folgt ihrer Linie. Sie liest die Partitur nicht, sie schreibt sie selbst. Und sie hat in der Geschichte der Techno-Trance mehr bewegt als jeder andere Guru aus Ibiza.

Sassari wurde auf Sardinien geboren. Sie hat einen malaiischen Vater und eine französische Mutter. Mit fünfzehn wurde sie von der Pariser Popgruppe Piqûres als Groupie adoptiert. Sie tourte mit ihnen und entdeckte dabei nicht nur ihre Leidenschaft für Schlagzeug und Gitarre, sondern auch für Acid und Sex. Die folgenden vier Jahre lebte sie als ein Stück Eurotrash auf der Straße. An einem Nudistenstrand auf Menorca, wo sie hängen geblieben ist, erlebte sie dann ihre Erleuchtung – wieder einmal kurierten die Balearen eine lebenslange

Globetrotterin. Ann wohnt heute im Vis à Vis Club auf Ibiza und fliegt ab und zu nach Paris und London.

Ihre Freundin und Co-Produzentin Iris Lerroux überredete Ann K., unter dem Titel *Meuf* eine erste CD mit Anns frenetischem, innovativem Sound aufzunehmen. Die weltweite Auflage ist auf 2000 Stück limitiert, doch jeder der vier Tracks ist absolut hörenswert. Selbst die wunderbarsten Sekunden von »Bluenips« vermitteln nur eine Ahnung von der musikalischen Ekstase, die Ann K. von einem Orgasmus zum nächsten treibt, immer höher hinauf ins noch Unerforschte, den anderen Musikern um Lichtjahre voraus.

REVIEW AUS *ROCK SPOILED*, JUNI 1994

***Meuf* / Ann K. Sassari**

EP / PRODUZIERT VON ANN K. SASSARI & IRIS LERROUX / BISOU RECORDS / PARIS 1994

Wenn du als Raver krank genug bist, um eine Tanzeinlage in einem spanischen Flughafen zu riskieren, und verrückt genug, um acht Pfund für vier grottige Tracks auszugeben, solltest du dich für die neue EP der Schlampe vom Dienst des Vis à Vis Ibiza entscheiden, die, abgesehen von ihrem Lokalruhm als Flittchen, deutlich angesagter ist als andere Turntable-Zombies, weil sie die Trance-Musik erneuert hat. Zum ersten Mal seit Jahren schaffte sie es trotz permanentem Ecstasy-Kater, sich in ein Tonstudio auf dem Kontinent zu schleichen (etwas, das das Schicksal zukünftig verhindern möge!), also warum nicht die Gelegenheit beim Schopf packen? »Bluenips« ist sogar erträglich. »Flow« klingt, als würde Kate Bush Didgeridoo spielen. Zur Hölle, wer unsere Scheibe von dem Zeug haben will, bekommt es zum halben Preis.

REVIEW AUS *CUTTING EDGE*, JULI 1994

Ann K. Sassari: ***Meuf***

EP / BISOU RECORDS / £7.99

Schauen wir der Wahrheit ins Gesicht: Mit 25 bist du trinkfester als deine Eltern. Du schluckst von Montag bis Donnerstag Antidepressiva, und freitags Acid. Deine Tage als Marathon-Raverin, die sich mit Mineralwasser frisch hält, sind vorbei. Wenn du dir Gedanken über deine Zukunft machst, investiere in *Meuf*, die sehr seltene Vier-Track-CD von Ann K. Sassari, DJ des Vis à Vis. Wir garantieren dir: »Bluenips« bewirkt, dass du das Fläschchen und das hungrig schreiende Baby in deinen Armen fallen lässt. Der Track wird dich zu ekstatischen Bewegungen stimulieren, wie sie in deinem innerehelichen Sexleben schon seit Jahren nicht mehr vorgekommen sind! Wenn diese Investition getätigt ist, darfst du in deinen House-Club zurückkehren und dein Gewissen zu Tode tanzen.

A.'S TAGEBUCH

Diesmal war es kein Wecker. Es war Musik, um der Musik willen. Das wurde mir klar, als ich in das zum Dancefloor umfunktionierte Wohnzimmer marschierte, wo Niamh auf dem Sofa herumsprang, mit durch die Luft wirbelnden blauen und violetten Haarverlängerungen. Doch etwas stimmte nicht. Ich kenne Niamhs Musik. Sie hört trashigen Punk und Garage Rock, wozu sie gern mit einer Truppe Skinheads im Keller headbangt. Doch dieser Sound war anders. Synthesizer jagten dröhnend Salzwasserwellen unter meine Füße. Drumbeats explodierten wie Feuerwerk und ließen die Möbel erzittern. Dann folgte ein irres, irreguläres, disharmonisches Crescendo rein elektrischen Lärms, wie ein Taifun, der unsere Körper aufsaugte. Da waren Blechblasorchester und Meerjungfrauen-Chöre und ein eisiges isländisches Klavier – und das alles hier in Axton House, sichtbar, greifbar. Es durchzuckte uns, fickte uns, ließ uns Help entschweben, der auf den Hinterbeinen herumhüpfte. Die Musik sprach zu uns von Magenta-Sonnenuntergängen und Verandastühlen aus Plastik, die unter Sommergewittern Moos ansetzen, während Planierraupen vorbeirollen. Sie überschüttete uns mit einem Bokeh aus den Scheinwerfern von Autos, die über nächtliche Highways rasen, und peitschte uns ins Gesicht wie der Fahrtwind bei zweihundert Stundenkilometern. Sie zeigte mir Niamh, die nackt an einem Strand auf Fidschi Gitarre spielte, von der Brandung umspült.

Ich kann es nicht erklären. Ich weiß nur, dass ich das Gefühl hatte, einen Meter über dem Boden zu liegen, während die letzten Klänge des Tracks davonsegelten, und jenseits des Traums klingelte es an der Tür.

Wir rannten zur Tür, schweißüberströmt. Ich sah, dass Niamhs Augen funkelten. Ich fühlte, dass meine verletzten Augen funkelten. Sogar Helps Augen. Gerade hatte Musik jedes lebendige Wesen in diesem sehr alten Haus berührt.

Selbst der dicke Mann vor der Tür bemerkte es.

»Hi. Ich bin Sam. Meine Frau sagte, dass Sie ein Problem mit der Stromversorgung haben.«

»Oh, ja«, keuchte ich. »Wir stehen total unter Strom.«

Später erfuhr ich, wo diese CD herkam. Niamh hatte sie in einer Mappe gefunden, auf die in Ambroses Handschrift die Zahl »4« geschrieben war. Die Mappe hatte in einem babylonischen Turm aus Papierkram auf dem Schreibtisch in der Bibliothek gesteckt. Abgesehen von dem Album barg die Mappe einige Zeitschriftenausschnitte und ein Telegramm.

DAS TELEGRAMM

Von: Edward Cutler
Ibiza, Spanien

GEFUNDEN! STOP DANKE STOP SCHICKE DIR BESTES ALBUM VON 1994 STOP FREUE MICH AUF UNSERE BEGEGNUNG IM DEZEMBER

TONAUFNAHME

[Schritte, und ein leises knisterndes Geräusch wie von einem Geigerzähler.]

A.: Hier ist nichts wirklich Wildes passiert. Nur der Badezimmer-Zwischenfall.

SAM: Ich messe gerade mal den Spannungsabfall – dann sehen wir, ob es einen signifikanten Leistungsverlust gibt.

A.: Aha.

SAM: Ja, das hat man in alten Farmhäusern oft. Auf dem Weg vom Hausanschluss zu den Steckdosen geht wegen der schlechten Verkabelung viel Leistung verloren. Doch das ist hier wohl nicht so. Wells hat in den 80er-Jahren die Hauselektrik erneuern lassen. Allerdings nicht die Wasserrohre. Die sollten Sie mal checken lassen. Was ist das denn da für ein Gerät, junge Dame?

A.: Kümmern Sie sich einfach nicht um sie. Sie nimmt nur gerne Sachen auf.

SAM: Ist das ein Rekorder?

A.: Ja, ein digitaler. Sie hat ihn in Ihrem Laden gekauft.

SAM: Tatsächlich? Na, da haben Sie aber ein wirklich nettes Spielzeug. Hier, schauen Sie sich das mal an. Dieses Baby

	ist ein Voltmeter. Damit kann man den Stromdurchfluss in den Leitungen messen. *[…]* Sie sind ja nicht gerade gesprächig, Miss. *[…]* Oh, Sie können nicht sprechen? Oh, das tut mir leid. Aber hören können Sie mich, richtig?
A.:	Wir sollten jetzt in den dritten Stock gehen.
SAM:	Ja doch, natürlich.

[Schritte auf der Treppe, Holz knarzt]

	Sehr schönes Haus, Sir.
A.:	Hier entlang. Das ist das Badezimmer des Grauens.
SAM:	Ist okay. Ich kann von hier aus messen.

[Lautes Knistern, das wie statisches Rauschen klingt.]

	Interessant. Es zeigt hundertsechsundzwanzig an.
A.:	Ich dachte, die Stromspannung in diesem Land beträgt 120 Volt.
SAM:	So ist es auch. *[…]* Sehr interessant. Wollen Sie mal sehen, Miss? Hier, schauen Sie sich das an.
A.:	Es gibt also keinen Spannungsabfall, sondern zusätzliche Leistung?

[Die Frage hängt unbeantwortet im Raum. Dann seufzt Sam.]

SAM:	Bei diesem Haus wundert mich das nicht.
A.:	Was wollen Sie damit sagen?
SAM:	Oh, Entschuldigung! Damit meinte ich nicht, dass … Hm, schon möglich, dass die Glühbirne durch die Überspannung geplatzt ist. Sowas kommt vor.

[Die Schritte einer einzelnen Person entfernen sich auf dem knarzenden Dielenboden.]

A.: Sie haben doch nicht etwa Angst vor meinem Badezimmer, Sam?

SAM: Was? Nein, nein. Es ist nur … ich kann nicht wirklich etwas für Sie tun, wissen Sie?

A.: Ich verstehe. Ein Haus mit übernatürlichen Extras, richtig?

SAM: Ach, ich gehöre nicht zu den Leuten, die sich *Geschichten aus der Gruft* angucken, aber …

[Die Gruppe geht gemächlich weiter.]

… das Haus hat seine Vorgeschichte.

A.: Was für eine Vorgeschichte?

SAM: Das wissen Sie doch sicher schon.

A.: Nein.

SAM: Hat Ihnen denn noch niemand davon erzählt?

A.: Wovon? Lichterscheinungen, Geräusche, blutende Wände …?

SAM: Bitte?

A.: Das ist aus einem Film. Aber im Ernst: Was gibt es denn für unheimliche Fakten bezüglich dieses Hauses? Abgesehen davon, dass zwei Familienmitglieder sich aus dem Fenster gestürzt haben.

SAM: Hören Sie, ich will nicht unhöflich sein. Ihre Familie war das Beste an diesem Haus, okay? Nette, sympathische Leute.

A.: Wirklich? Ich hörte, dass sie hier wie Einsiedler gelebt haben.

SAM: Dann aber sympathische Einsiedler! Wirklich reizend im Vergleich zu den früheren Besitzern.

A.: Den früheren Besitzern?

SAM: Genau. Wären die Wells die ersten Besitzer gewesen, würde das Haus ja »Wells House« heißen, oder?

A.: Ich weiß, dass Ambroses Großvater hier einzog. Damals stand das Haus leer.

SAM: Davor wohnte Charles Axton hier, in den 1870er-Jahren. Er überlebte seine Frau und seinen Sohn. Und das Haus verdankt ihm …

A.: Seinen schlechten Ruf?

SAM: Ich wollte sagen: die »übernatürlichen Extras«. Das Ngara-Mädchen.

A.: Wer ist denn das?

[Das Knarzen der Dielen verstummt.]

SAM: Das wissen Sie nicht? Der Geist von Axton House.

[Eine große Tür wird entriegelt. Im Hintergrund hört man nun sanften Regen und fiepende Spatzen.]

Da haben Sie Ihre *Geschichte aus der Gruft*.

A.: Okay. Wie viel schulde ich Ihnen, Sam?

SAM: Nichts, Sir. Ich habe nichts für Sie tun können, also müssen Sie auch nichts bezahlen. Aber es war schön, das alte Haus von innen zu sehen. Wenn wieder ein Problem auftaucht, rufen Sie mich einfach an.

A.: Das mache ich. Auf Wiedersehen.

SAM: Auf Wiedersehen. Miss.

[Auf dem Kies entfernen sich eilige Schritte von dem Mikrofon. Sekunden später wird eine Autotür zugeschlagen. Ein Lieferwagen fährt auf dem Kies knirschend an und entfernt sich. Dann ist nur noch der Regen zu hören.]

[Knisterndes Geräusch wie von einem Geigerzähler.]

A.: Er kommt sicher wieder. Er hat sein Spielzeug vergessen.

*

– Nein, wird er nicht – er hat sich in die Hose gemacht.

TONAUFNAHME

[Nach stundenlanger bedeutungsloser Stille.]

[Lichtschalter klackt. Nackte Füße auf den Fliesen. Wasserhahn wird quietschend aufgedreht. Wasser läuft.]

A.: Niamh?

[Wasserhahn wird zugedreht.]

Niamh?

[A.'s Atmung ist in dem gekachelten Badezimmer mit der Gewölbedecke deutlich zu hören. Dann, ein einzelnes Klopfen, als wollte jemand auf dem Waschbecken mit der flachen Hand einen Takt schlagen.]

[Nichts.]

[A. klopft viermal langsam und im Takt auf das Waschbecken.]

La-la ... da-da ...

[Im Hintergrund, und nicht im Takt, klackern Pfoten über den Dielenboden, nähern sich dem Mikrofon und bleiben stehen.]

Help. Hörst du das? *[...]*
Na, komm schon. Hunde sind doch angeblich hellhörig. Sag mir, dass du es auch hörst.

[Stille.]

[Nackte Füße und Hundepfoten gehen hinaus. Das Licht wird ausgeschaltet.]

9. NOVEMBER

TRAUMJOURNAL

Ich gehe zwischen kahlen Bäumen hindurch. Da ist ein kleines Mädchen im türkisfarbenen Kleid, mit verbundenen Augen. Es dreht sich rasch im Kreis, sodass seine roten Haare herumwirbeln. Es spielt Verstecken in dem Wäldchen. Der Winternebel umgibt die grauen, steinern wirkenden Stämme und Äste der Bäume, wie Bernstein prähistorische Insekten einhüllt. Ein fröstelnder Sperling singt.

Ein identisches kleines Mädchen in einem identischen türkisfarbenen Kleid schaut zu, die Augen nicht verbunden, einen Schrei weit entfernt. Das gleiche rote Haar, die gleichen blauen Augen. Eine grobe, raue Hand hält ihr den Mund zu. Ihr Hals ist entblößt. Ein widerlicher Mann hält sie gefangen. Beide starren sie den suchenden Zwilling an. Das Mädchen mit den verbundenen Augen schwankt unbeholfen, nachdem es im Kreis herumwirbelte. Jetzt streckt sie suchend die Arme aus. Ihre sieben Winter alten Finger tasten im Nebel herum. Leise Schritte auf dem knirschenden Boden sind ihr einziger Anhaltspunkt. Sie dreht langsam den Kopf hin und her und lauscht. Ein Milchzahn-Lächeln huscht vorbei. Der Sperling ist verstummt.

Am Tisch der Renaissance-Männer senkt das Skelett seinen Kopf mit den leeren Augenhöhlen. Seine maschinenhaften Fingerglieder umklammern Spielkarten.

Salpeter weinende Gargoyles sehen zu, wie im gelben Licht der Nacht ein halbnacktes jungenhaftes Mädchen über das Dach flieht, am First entlang. Als sie den am weitesten entfernten Schlafsaal erreicht hat, hangelt sie sich durch das Fenster, das jemand offenstehen ließ, hinunter in den Raum.

In dem an eine Gruft erinnernden Schlafraum stehen Eisenbetten in zwei Reihen. Jemand schlägt einladend die Decke für mich zurück. Ich schlüpfe zu einem rothaarigen Mädchen ins Bett, und es zieht die Decke über unsere Köpfe. In der von Kichern erfüllten Dunkelheit verflüchtigt sich die Kälte. Als die Gefängnis-Wolldecke meine Füße liebkost, kehrt sofort das Gefühl in die Zehen zurück. Ich kann das Gesicht der Rothaarigen nicht sehen, aber ich rieche ihre Sommersprossen und spüre ihre zarten Lippen.

Lesben verschmelzen zu einem Atompilz-Kuss in der flüssigen Menschenmenge, die mit Ecstasy-Augen zur Musik herumwirbelt (der gleiche Track, zu dem wir gestern tanzten), und die Priesterin reckt ihre Arme den Lichtstrahlen entgegen, die durch die Meeresoberfläche über uns fallen, wo eine gigantische apokalyptische Welle heranrollt und sich krümmt wie eine Schlange, eine Sekunde bevor sie die Sonne beißt.

Und der Gastank explodiert. Ein Feuerball erfasst die Guerillas, von denen ich angegriffen werde. Mit dem einen Auge, das mir geblieben ist, sehe ich, wie ihre inneren Organe zucken und zu Staub zerfallen. Ich habe eine Waffe.

Ich bin wehrlos. Ich stolpere noch immer durch dieses Albtraumhaus, das nach Mehltau und Fäulnis riecht. Beim Anblick der an der Wand lehnenden Leiche wird mir übel, während ich versuche, vor dem Monster wegzulaufen, das mich verfolgt. Doch die Fenster sind mit Brettern zugenagelt, und ich schreie, nicht um Hilfe, sondern um mich selbst aufzuwecken, das Tageslicht herbeizurufen. Und dann sehe ich es, einen leeren Raum und Staub, der im Sonnenlicht tanzt. Aber ich stolpere über etwas Weiches und schlage auf dem Boden auf, sodass mir die Luft aus der Lunge gepresst wird. Er ist über mir und rammt mir die Mistgabel in die Brust, und mein Brustkasten kollabiert in einer blutigen Explosion.

A.'S TAGEBUCH

Der Typ im Spiegel sieht furchtbar aus. Kein Wunder, dass das halbe Café ihn anstarrt.

Die Leute in Point Bless kennen vermutlich inzwischen unsere Routine. Jeden Morgen fahren wir ins Zentrum und parken an der Market Street. Dann trennen wir uns, Niamh bringt den täglichen Bericht für Tante Liza zur Post und ich gehe einkaufen, oder umgekehrt. Dann frühstücken wir im Gordon's. Die Stammgäste kennen uns als die Wells-Erben. Wir spüren die Ruhe vor dem Tratsch-Sturm, wenn wir einen gut besuchten Laden verlassen. Ich fürchte, einige von ihnen halten uns für Geschwister, aber alles in allem ist das nicht die schlimmste Vermutung, die sie anstellen könnten. Auch kümmert es mich nicht, dass Kellnerinnen und Ladenbesitzer mich mit Mr Wells ansprechen. Ich würde sie ja darauf hinweisen, dass das nicht mein Name ist, aber sie sagen es mit so viel Respekt, sogar einem Anflug von Anteilnahme oder Mitleid, als wäre die Familie Wells eine Art baufällige Attraktion von Point Bless. Deshalb bringe ich es nicht übers Herz, sie aufzuklären, und spiele bei der Scharade mit.

Außerdem mildert dieser besondere Respekt, den sie mir entgegenbringen, etwas den Eindruck, den ich momentan hinterlasse. So, wie ich hier in einer Ecke des Cafés sitze und diese Zeilen schreibe, die wunden Augen hinter einer Sonnenbrille verborgen, muss ich für jeden guten Christen in Point Bless so aussehen, als würde ich das Familienvergnügen für Koks und für Prostituierte beiderlei Geschlechts verpulvern.

NIAMHS NOTIZBLOCK

(Im Auto, nach dem Frühstück.)

- Was machst du heute?

- Bibliothek durchforsten, und du?

- Anrufe, denke ich.

(Nimmt seine Brille ab. Scharlachrote Ringe um die Augen.)

- Träumst du, Niamh? Was träumst du?

- Ich singe.

- Du träumst, dass du singst? Das ist ja süß.

(Er streicht mir über die Wange.)

- Hast du Lust zu fahren?

(Ich zucke die Achseln.)

- Sagen wir ... 200 Kilometer?

- NA KLAR!

- Dann lass uns Help holen und von hier verschwinden.

A.'S TAGEBUCH

Ich will nicht behaupten, ich hätte mich besser gefühlt, als wir unseren Autoausflug machten. Damit würde ich dem Haus eine übernatürliche Macht zuschreiben, als wäre es ein dunkler Fleck auf der Oberfläche der Erde. Das ist es nicht. Während wir zwischen großen Feldern hindurch fuhren, eine gelbe Staubwolke hinter uns herziehend, habe ich zurückgeschaut: Es liegt keine dunkle Aura über Axton House, kein permanenter Sturm dräut darüber. Tatsächlich zeigten sich in der Umgebung ein paar Sturmwolken, aber das war wohl der gestrige Regen auf seiner Weiterreise. Axton House *ist* einfach ein Haus. Bestenfalls ein schönes Klischee. Es vermag nicht den Eindruck zu erwecken, es wäre der Ursprung alles Bösen.

Auch kann es nicht all unsere Aufmerksamkeit beanspruchen. Es gibt Dinge zu erledigen, wir müssen Hinweisen nachgehen, Leute treffen. Ich denke, ich könnte die Leute auch einfach anrufen, aber ich langweile mich sowieso schon.

Da sind wir also, alle Seitenscheiben heruntergelassen, lassen unsere Ellbogen aus den Fenstern hängen, während wir den Staat Virginia durchqueren. Dort werden wir in Alexandria zu Mittag essen und haben eine neue Mission, bei der wir glänzen können. Niamh hat das Kommando über den eine Milliarde PS starken Audi, ich kümmere mich um unseren Vorrat an Fanta und Twinkies, Help lehnt sich aus einem Fenster, sodass seine Dreißig-Zentimeter-Zunge im Wind schlackert: ein Bild wahren Glücks.

TONAUFNAHME

[Fahrstuhlmusik im Hintergrund.]

A.: Musst du das Ding mit dir herumtragen? Es soll doch eigentlich im Haus bleiben und dort aufnehmen, während wir unterwegs sind. Schließlich willst du ELVs aufnehmen, oder nicht? Davon abgesehen hörst du dir die Aufnahmen ja sowieso nie an.

[Stift kritzelt auf Papier.]

Echt jetzt? Du hörst sie dir doch an? Na gut. Help! Dieser Teppich gehört nicht zu deinem Territorium. Wag es nicht, ihn zu markieren.

NIAMH: *[Ein zweisilbiger befehlender Pfiff.]*

[Hundepfoten nähern sich. Der Hund hechelt verspielt.]

A.: Wir haben hier den Hernán Cortés unter den Hunden.

[Tür öffnet sich.]

FRAU: Guten Tag. Kommen Sie bitte herein, Mister …
A.: Wells.
FRAU: Esther Hutchinson.
A.: Guten Tag. Das ist meine … Mitarbeiterin Niamh Connell.
FRAU: Guten Tag.

[Alle gehen in einen anderen Raum. Eine Tür wird geschlossen und sperrt die säuselnde Musik aus. Hochhackige Schuhe, Gummisohlen, Hundepfoten sind zu hören, dann schaben Stuhlbeine über den Boden.]

Mr Wells, ich nehme an, Sie sind auf der Suche.
A.: Suche?
FRAU: Nach Personal. Sie haben doch ein Haus geerbt, richtig?
A.: Stimmt. Aber ich suche nur einen Butler.
FRAU: *[Tippt auf einer Computertastatur.]* Gut. Dann schauen wir einmal, wen ich für Sie habe.
A.: Eigentlich suche ich keinen neuen Butler. Ich suche unseren alten. Ich habe gehört, dass er nach dem Tod meines Verwandten unser Haus verließ. Aber ich würde ihn gerne wieder einstellen.
FRAU: *[Skeptisch.]* Ich verstehe. Aber ich bedaure, Mr Wells, wir können Ihnen nur Personal anbieten, das unsere Vermittlungsdienste in Anspruch nimmt – es handelt sich dabei übrigens ausschließlich um hochqualifiziertes, erfahrenes Hauspersonal.
A.: Sehen Sie: Ich weiß, dass er bei Ihnen war.
FRAU: Ein Butler.
A.: Mark Strückner.
FRAU: Mm-hm.
A.: Er muss vor drei bis vier Wochen hier gewesen sein.
FRAU: A-ha. Also, ich bin nicht für die Gespräche mit den Stellungssuchenden zuständig. Ich spreche mit den Arbeitgebern.

A.: Das hätte ich mir denken können. Ich meine, die Lampe da ist sicher nicht dazu gedacht, ein Zimmermädchen zu beeindrucken.

FRAU: Nun ja, Sie können einen Hausangestellten nicht einfach einstellen, weil er früher schon einmal für Ihre Familie gearbeitet hat. Wenn der Herr seine Stellung gekündigt hat, ist es unwahrscheinlich, dass er jetzt wieder zurückkommen will. Und wir können ihn nicht zwingen.

A.: Aber wissen Sie, ich glaube, dass er gegangen ist, weil er nicht wusste, dass ich der neue Hausbesitzer sein würde. Ich denke, er würde unter diesen Umständen sehr gerne wieder für uns arbeiten.

FRAU: *[Nach einer kurzen diplomatischen Pause.]* Mr Wells, ich glaube, ich erinnere mich jetzt an diesen … Herrn Strückner, nach dem Sie suchen, und ich denke nicht, dass er bereit wäre, wieder bei Ihnen zu arbeiten.

A.: Hat er Ihnen das gesagt?

FRAU: Wie gesagt, ich habe nicht persönlich mit ihm gesprochen, aber offenbar … *[Sucht nach einem Wort.]* Wissen Sie, Hausangestellte werden oft Zeugen unerfreulicher Situationen in den Häusern, in denen sie beschäftigt sind. Er hatte es ziemlich eilig, eine neue Anstellung zu finden, und mit seinem Lebenslauf war das nicht schwer. Ich erinnere mich, dass ich ihn guten Kunden in D.C. empfahl, vor noch nicht drei Wochen.

A.: D.C.? Oh, Washington, D.C.! Hey, das ist gar nicht weit weg, richtig? Könnten wir …

FRAU: Sir, wie Sie sicher verstehen, sind unsere Kundendaten streng vertraulich.

A.: Aber Sie sind doch bestimmt in der Lage, Strückner zu kontaktieren.

FRAU: Das gilt auch für die Daten des Personals, das wir vermitteln. Ich muss Sie bitten, das zu respektieren. Aber ich kann Ihnen gerne einen anderen, absolut vertrauenswürdigen …

A.: Sie machen aber doch sicher Zufriedenheitskontrollen, oder?

FRAU: Wie bitte?

A.: Eine Personalvermittlung mit Ihrer Reputation fragt doch sicher nach, um sich zu vergewissern, ob das vermittelte Personal und der Arbeitgeber harmonieren.

FRAU: Hm, ja, wir …

A.: Wenn Sie also Strückner aus diesem Grund kontaktieren, können Sie ihm dann eine Nachricht von mir zukommen lassen?

[Im Hintergrund kratzt ein Stift über Papier.]

FRAU: Das ist sehr ungewöhnlich, Sir.

[Ein Zettel wird von einem Notizblock abgerissen.]

A.: Wenn Sie ihn anrufen, sagen Sie ihm bitte einfach nur das, was hier steht. Ich werde Sie nicht noch einmal behelligen. Und sagen Sie mir bitte, wie viel ich Ihnen für Ihren exzellenten Service schulde.

BRIEF

Axton House
1 Axton Rd.
Point Bless, VA 26969

Liebe Tante Liza,

das Leben im Haus unserer Vorfahren ist immer noch erträglich, trotz der zahlreichen Mängel, die das Anwesen aufweist, wie zum Beispiel den eklatanten Personalmangel – ein Umstand, der mich daran hindert, unseren jungen Schützling nach Strich und Faden zu verwöhnen. Das fehlende Personal zeigt sich an den wachsenden Spuren, die wir in allen Zimmern hinterlassen – nicht nur in unseren eigentlichen Wohnräumen (d. h. dieses Schlafzimmer und die Küche), sondern auch in jenen, in denen wir auf der Reise zwischen Erdgeschoss und Mansarde kampieren. Ganz gleich, wie abgelegen ein bislang jungfräuliches Zimmer sein mag, verborgen am Ende einer Galerie oder in einer besonders dunklen Ecke unter der Haupttreppe – haben wir es erst einmal entdeckt und in rechtmäßigen Besitz genommen, wird es nie mehr unbetreten aussehen. Stets wird zumindest ein Stück von Niamhs farbenfroher Kleidung oder eines ihrer Haar-Accessoires als Zeichen unseres Besuchs zurückbleiben, oder gar ein nicht so subtiler Hinweis Helps auf seine werte Anwesenheit. Um letzteres Problem kümmert sich Niamh, dafür benötigen wir also keinen Diener. Aber nichtsdestotrotz wäre ein Butler wirklich cool!

[…] Leider muss ich zugeben, dass die Fahrt zurück deutlich weniger Spaß machte als das Ausreißen, was vor allem an den ungewissen Resultaten unserer Ermittlungen lag. Objektiv sahen wir unglücklicher aus als bei unserem Aufbruch am Morgen. Okay, auf Help trifft das nicht zu.

Er betrachtet dieses Haus tatsächlich als sein Zuhause, und zwar das ganze Haus und den Riesengarten. Wenn man bedenkt, dass sein früheres Zuhause ein Hundezwinger war, ist das ein beeindruckendes geistiges Dehnvermögen!

Aber es ist ja gar nicht so sehr das Haus selbst. Ich glaube, es liegt an der Hausarbeit, die wir hier tun: Wir werden uns wieder in Büchern und Schreibtischen vergraben. Strückner könnte uns dabei eine große Hilfe sein. Aber ich fürchte, wir haben gerade unser letztes Pulver verschossen.

Morgen werden Niamh und ich uns zusammen die Bibliothek vornehmen. Wir werden uns darauf konzentrieren, dieses Buch aus Ambroses Kindheit zu finden – jenes, das Strückner »bei einem Baum zu lesen pflegte«. Ich hoffe, dass es uns aufmuntern wird, Seite an Seite zu arbeiten.

Ich wünschte, sie wäre auch in meinen Träumen an meiner Seite. Ich habe angefangen, ein Traumjournal zu führen, und sei es nur, um mir zu beweisen, dass es sich um wiederkehrende Träume handelt und nicht nur um ein Déjà-vu-Gefühl. Aber ich habe es ihr noch nicht gezeigt. Wenigstens ist sie da, schläft zart und bezaubernd, wenn ich aufwache. Das ist schön.

Okay, vielleicht vermisse ich dich. Freut es dich, das zu hören?

Küsse,
A.

10. NOVEMBER

TRAUMJOURNAL

Ich schlafe auf einer Bank, im Park, im Schnee. Ich höre Stiefel auf dem Weg. Polizisten stoßen mich mit ihren Schlagstöcken und reden in einer Sprache, die ich vergessen habe. Ich bin zu müde, um zu antworten.

Die supersexy Frau in Unterwäsche, im Auto, im Verkehrsstau, im Schnee, im Tageslicht, in Skandinavien trägt Magenta-Rouge. Ich bewege den Zauberwürfel nicht; ich habe beschlossen, dass ich ihn erst verstellen werde, wenn ich die Lösung kenne.

Das Skelett und die Renaissance-Männer, die gekleidet sind wie jakobinische Ärzte, spielen Poker.

Ein Buch gleitet aus der braunen Hand des Lesers, und dazu wässrige Musik.

Ich höre, wie sie über meinen gestohlenen Augapfel lachen, den der Chirurg in seiner Zange hält. Der Sehnerv baumelt herab, und die unterbrochenen Botschaften sinnlosen Schmerzes sprühen aus dem abgetrennten Ende. Sie lachen darüber. Also setze ich mich auf, packe den Kopf des Chirurgen, der mir gerade den Augapfel herausgerissen hat und stoße sein Gesicht in ein Regal, auf dem Spritzen aufgereiht sind, mit den Nadeln nach oben. Ich versetze dem General einen Tritt, entreiße ihm seine Pistole und schieße ihm ein Loch in seinen verdammten Kopf. Ich renne zur Tür, mit der einen Hand meine leere Augenhöhle bedeckend, durch meine Finger spüre ich den Luftzug in ihr. Ich schieße mir den Weg durch den Korridor frei. Schwarze

Soldaten mit Kalaschnikows verspritzen ihre nutzlose Gehirnmasse über die Wände. Ich trete die Eisentür auf. In dem einen Auge, das mir geblieben ist, brennt das grelle Licht einer weißen Wüste, einer weißen Sonne. In der weißen Luft zielen schwarze Guerillakämpfer auf mich. Hinter ihnen steht ein weißer Gastank. Ich schieße auf den Tank, und er erblüht zu einem Feuerball. Die Kämpfer werden bei lebendigem Leib geröstet. Ich höre ihr Blut zischend kochen, rieche ihr verbrennendes Fleisch, sehe, wie ihre verkohlten Skelette auf die Knie fallen und zerbröseln, die Schädel zu Schmerzensschreien erstarrt. Und ich hoffe, dass es wehtut.

BRIEF

Axton House
1 Axton Rd.
Point Bless, VA 26969

Liebe Tante Liza,

ein paar Worte zu Niamhs Polaroidfotos aus der Bibliothek.

Sie kommt mir vor wie eine amphisbaenische Kirche. Zumindest hat sie die Größe einer solchen und ebenso viel Hall, aber wenn man sie durch die mächtigen Flügeltüren vom Treppenhaus her betritt, sieht man am anderen Ende keine Apsis, sondern eine weitere Flügeltür, die sich zur vorderen Galerie öffnet. Wir lassen beide Türen geöffnet, und erhalten so einen mittig durch das Geschoss führenden Korridor, sodass man nicht immer außen herumgehen muss.

Zwei lange Regalreihen trennen das Mittelschiff von den schmaleren Seitengängen. Vier Wendeltreppen, eine in jeder Ecke, führen hinauf zur Galerie. Es gibt keine

Fenster, und die Wände sind völlig hinter den Regalen verborgen.

Die Vitrinen, die Regale und die Bücher sind alle nicht beschriftet.

An einer Seite des Mittelschiffs steht ein Kartenkatalog, jede Karte sorgfältig mit der Hand beschriftet. Auf der anderen Seite befindet sich ein kleiner Schreibtisch – der Arbeitsplatz einer Person, die abrupt bei ihrem Tun unterbrochen wurde, und deren Butler sich alle Mühe gegeben haben muss, hinterher aufzuräumen und das Durcheinander zu einer Illusion von Ordnung zu formen, indem er die falsch platzierten Bücher, deren ursprünglichen Standort niemand mehr kennt, ordentlich aufreihte und stapelte. Dort fand Niamh die Mappe mit der CD und den Zeitungsausschnitten. Und heute stießen wir dort auf ein sonderbares Dokument. Das Original schrieb Ambrose auf eine aus einem Kassenbuch herausgerissene Seite. Ich habe sie dir kopiert.

DIE IM BIBLIOTHEKS-SCHREIBTISCH GEFUNDENE SEITE AUS EINEM KASSENBUCH

1994 Statusreport der Mission August

1	Leonidas		
2	Hector	*im Einsatz*	
3	Archimedes		
4	Sophocles	*GEFUNDEN*	*Ibiza, Spanien*
5	Zosimos	*im Einsatz*	
6	Socrates	*(verloren)*	
7	Cybele	*GEFUNDEN*	*Sonora, Mexiko*
8	Dioskuri		
9	Anchises		
10	Elpenor	*hat aufgegeben*	

11	Coroebus	*im Einsatz*	
12	Phoenix	*(verloren?)*	*sucht*
13	Amphiaraus		
14	Tyche	*im Einsatz*	
15	Alexandros	*GEFUNDEN*	*Monrovia, Liberia*
16	Asterion	*im Einsatz*	
17	Chronos		
18	Prometheus	*(???)*	
19	Heracles	*(Betty)*	*hat aufgegeben*
20	Zeus	*hat aufgegeben*	

BRIEF

(Forts.)

Was den Inhalt der Bibliothek angeht: Ich schätze, dass weniger als die Hälfte der hier gesammelten Werke fiktionaler Natur sind. Beim überwiegenden Teil der Sammlung handelt es sich um eine Goldmine des Wissens über alle Zeiten und Orte, in vielen Sprachen, bei der uralte Philosophen einträchtig neben Werken zur Geopolitik des zwanzigsten Jahrhunderts stehen. Diese Bücher sind grob nach geographischen Regionen sortiert. Es gibt außerdem eine beeindruckende Kartensammlung, zu der sogar eine Karte des Planeten Mars gehört.

Die fiktionalen Bücher stehen in den Regalen oben auf der Galerie. Sie sind alphabetisch nach Autoren sortiert. Kinderliteratur gibt es keine. Diese Bibliothek ist der perfekte Ort, um ein Buch für alle Zeiten zu verstecken.

TONAUFNAHME

[Fünf Minuten lang werden langsam Seiten umgeblättert.]

A.: Niamh? Niamh, warum ist der Rekorder an?

[…]

Schalte ihn aus. Beim Spuken in dieser Bibliothek würde sich jeder Geist zu Tode langweilen.

BRIEF

[Forts.]

Um drei Uhr nachts war Niamh am Ende. Diese Art von Recherchearbeit liegt ihr nicht. Nachdem wir einen ganzen Tag in diesem Bücher-Dschungel damit zugebracht hatten, mögliche Kandidaten für »jenes wunderbare Buch aus unserer Kindheit« zu finden, die ich anhand des Katalogs bestimmte, rastete sie plötzlich aus, schrie vermutlich (Gott sei Dank habe ich es nicht gehört), gab es auf, das Rätsel lösen zu wollen, und versuchte stattdessen, es gewaltsam zu knacken. Sie riss wahllos Bücher aus den Regalen und schüttelte sie in der Hoffnung, Ambroses Briefe würden herausfallen wie Herbstblätter.

So durchkämmte sie ein ganzes Regalbrett. Ich stoppte vom Schreibtisch im Mittelgang aus, wie lange sie dafür brauchte. Für die gut vierzig Bücher in einem Regalbrett brauchte sie drei Minuten und sechsundzwanzig Sekunden. Jedes der Regale auf der Galerie hat acht Ebenen. Es gibt auf jeder Längsseite der Galerie zehn in gerader Reihe stehende Regale und je zwei in den Ecken. Und auf der unteren Ebene der Galerie noch einmal so viele. Plus vierzehn Regale entlang des Mittelganges. Ich komme so auf dreißig Stunden, die nötig wären, um aus allen Büchern etwaige Dokumente, Notizzettel oder Zugfahrkarten herauszuschütteln.

Und das funktioniert auch nur, wenn Ambrose die Dokumente nicht mit Klebeband fixiert hat. Was ich, wenn ich darüber nachdenke, an seiner Stelle getan hätte.

Kurz gesagt: Wir brauchen dringend einen Butler.

Küsse,
A.

PS: Axton House kommt mir vor wie ein riesiger Kontinent unbewohnter Wildnis. Ich denke darüber nach, dieses Musikzimmer zu annektieren und dem von uns eroberten Territorium hinzuzufügen. Ich muss zugeben, dass das ein großer Schritt vorwärts ist (vergleichbar mit der Akquisition Tennessees). Aber schließlich ist es dieses Zimmer, in das wir uns nach einem Arbeitstag in der Bibliothek zurückziehen. Hier spielt Niamh Klavier oder hört sich ihre EVP-Aufnahmen an. (Heute habe ich sie dafür getadelt, dass sie ständig aufnimmt, sich die Aufnahmen aber nie anhört.) Und ich schreibe und sehe fern. (Wusstest du, dass hier schon die dritte Staffel von *Akte X* läuft?)

A.'S TAGEBUCH

Es ist Mitternacht.

Die noch nicht kartographierten Gebiete von Axton House schlafen in tiefer Dunkelheit. Zwischen diesem Musik- und unserem Schlafzimmer liegt ein Sumpf der Stille. Wir wagen nicht, ihn zu durchqueren.

Lieber bleiben wir hier, wo es viele Lampen gibt, und einen Fernseher, und Dinge, auf die wir uns verlassen können. Wir sitzen auf dem Sofa und trösten einander. Plötzlich erschauern wir vor Kälte und Verletzlichkeit.

Heute Abend habe ich mir *Akte X* angeschaut (was hier in Axton House noch unheimlicher ist). Auf dem Poster in Fox Mulders Büro steht: »I want to believe.« So habe ich mich mein ganzes Leben gefühlt: Ich möchte glauben.

Ich bin nicht religiös. Warum, weiß ich gar nicht genau. Ich glaube, ich verspürte nie ein Bedürfnis nach Religion. Niamh ist Katholikin, und letzten Sonntag ging ich mit ihr in eine Baptistenkirche. Ich erlebte den Gottesdienst, wie Livingstone wohl einst in Afrika einem Stammesritual beiwohnte: amüsiert von der Exotik, sich irgendwie geehrt fühlend, teilnehmen zu dürfen, aber spirituell davon nicht berührt. Tatsächlich bin ich *so* atheistisch, dass es mir sogar widerstrebt, dass Wort *spirituell* überhaupt zu benutzen.

So ist es auch mit allem, was in den X-Akten abgelegt werden könnte. Ich glaube an nichts oder lasse mich von nichts irgendwie beeinflussen, das von mir verlangt, die empirische Vernunft über Bord zu werfen. Götter, Seelen, Geister, das Paranormale – ich brauche das alles nicht.

Und doch möchte ich glauben, wie Mulder.

Es ist nicht so, dass ich gläubige Menschen beneide. Ich kann nicht erkennen, dass ihnen das irgendwelche Vorteile brächte. Niamh hätte ihre beschissene Kindheit ohne Gott ebenso gut ertragen. Die, die an die Seele glauben, fürchten, dass ihre möglicherweise ewig in der Hölle schmoren muss. Wer an Gespenster glaubt, fürchtet, von ihnen heimgesucht zu werden. Wer glaubt, dass wir nicht allein sind, schaut ständig über die Schulter und verachtet die Unzuverlässigkeit der eigenen fünf Sinne.

Nein, ich denke, ich *möchte* glauben, weil ich diese Zwischenzone zwischen dem Wirklichen und dem Unwirklichen brauche. Ich will diese von anderen errichtete Mauer nicht, diese Grenze, die mein Verstand akzeptieren soll: »Diese Seite ist real. Die andere Seite nicht.

Bakterien und Halluzinationen existieren. Geister und Ufos sind Scheiße.« Ich will nicht, dass meine Realität starr und festgelegt, meine Welt definiert ist.

Ich denke allerdings, dass Glauben nicht genügen würde. Ich möchte wissen. Gar nicht mal empirisch: So, wie ich weiß, dass irgendwo dort draußen Australien existiert, obwohl ich es noch nie persönlich gesehen habe. Denn wenn es eine minimale Chance gibt, dass diese X-File-Phänomene existieren, würde sich mein Universum dadurch so verbessern, wie es sich auch durch meine Reise nach Amerika verbessert hat: Alles wäre dann mehr wie im Kino.

Aber ich kann nicht glauben. Je älter ich werde, desto solider wird die Mauer. Es ist, als wäre alles, was man erforschen könnte, bereits erforscht. Das, was wahr ist, wird wahrer, und die unbewiesenen Dinge verblassen. Weil wir sie nicht brauchen. So, wie ich keinen Gott brauche.

Und ich hätte gerne, dass die X-Akten existieren. Ich hätte gerne plausible Beweise für die Existenz unerklärlicher Phänomene, so wie ich solide Informationen über Länder erhalten kann, die ich selber noch nie bereist habe. Ich wünsche mir wenigstens einen Hauch von Beweis, der keine Beleidigung für meinen Verstand ist, denn Naturmysterien und die Vernunft, um sich mit ihnen auseinanderzusetzen, sind die glücklichste Kombination überhaupt.

Aber es gibt bislang keine ernsthaften Hinweise dafür. Keinen plausiblen Anhaltspunkt dafür, dass das, was wir heute Aberglauben, Religion oder dummes Zeug nennen, real sein könnte. Und die, die diese Anhaltspunkte liefern könnte, die, die glauben, sind so gut wie ausgestorben.

Und ich gebe ihnen die Schuld. Ja, die Gläubigen sind schuld an meiner Skepsis. Weil sie nicht wirklich etwas zu bieten haben. Sie sind keine Herausforderung für meine Vernunft. Die Behauptungen dieser Dummköpfe lassen sich so leicht widerlegen, dass ich sie dafür hasse. All diese angeblichen Medien, diese Frauen, die Séancen veranstalten und dabei offensichtlich schummeln und von mir erwarten, meine Standards auf ihr infantiles Niveau abzusenken. Diese selbst ernannten Parapsychologen, die sich als Wissenschaftler ausgeben und noch nicht einmal merken, wenn sie anfangen, sich selbst zu betrügen. All diese pathetisch einsamen Menschen, die sich selbst und andere hinters Licht führen mit ihren plumpen Jenseits-Geschichten und ihren Streben nach kosmischer Bedeutung, nur um der abstoßenden, traurigen Armseligkeit ihres wahren Lebens nicht ins Gesicht sehen zu müssen. Wie konnte eine so faszinierende Dimension in den Händen von Idioten enden, die sie all ihres Glanzes beraubten? Wie konnte sie so tief sinken?

So habe ich mich gefühlt, von meinem Verstand zur Langeweile verdammt.

Doch dann kam Axton House.

Wir haben den größten Teil der Nacht hier im Musikzimmer verbracht und nicht gewagt, nach oben zu gehen, weil Niamh sich ihre EVPs anhörte und ich sie bat, die Aufnahmen aus dem Badezimmer von vor zwei Tagen abzuspielen. Zuerst schien es, als hätte der Rekorder gar nichts aufgezeichnet, außer einer dicken Schicht Rauschen und meiner Stimme, die darin schwebte. Aber Niamh hat noch etwas anderes gehört.

Sie fand ein Anschlusskabel und verband den Rekorder mit den Hi-Fi-Lautsprechern. Über die Stereoanlage hörten wir dann das gleiche statische Rauschen. Sie drehte den Ton so laut, dass die Dielenbretter vibrierten und Help aus dem Zimmer flüchtete. Dann spielte sie mit dem Equalizer, um eine bestimmte Frequenz gegenüber den anderen hervorzuheben. Ich dankte Gott (das heißt, Niamhs Gott) dafür, dass unser nächsten Nachbarn über eine Meile entfernt wohnen.

Doch schließlich hatte sie Erfolg: Ein einzelnes Geräusch schälte sich aus dem Rauschen, eine einzelne Faser des Klangmusters, die in einem anderen Beat dröhnte. Mit Rhythmus. Sich Notizen machend. Exakt dieselbe Melodie singend. Und dann, all das übertönend, meine eigene Stimme. Ich wiederholte die Melodie in einem Flüsterton, der dröhnend den Kronleuchter zum Schaukeln brachte. Das war ich selbst, im Badezimmer vor zwei Nächten. Ich wiederholte, was ich zu hören geglaubt hatte: die gleichen unvergesslichen vier Noten der orgiastischen Melodie, zu der wir am Nachmittag getanzt hatten. Stunden, nachdem wir getanzt hatten, hallte die Melodie immer noch im Badezimmer wider – oder *etwas* wiederholte sie. Niamh hörte es auch.

Die Musik hatte jedes lebendige Wesen in diesem Haus berührt. Lebendige Wesen, oder was auch immer sich sonst noch hier aufhält.

Aber wenn das als Beweis noch nicht reicht, habe ich noch etwas:

Niamh spielte Teile aller Aufnahmen in der gleichen Frequenz ab. Meistens hörten wir nichts Auffälliges. Doch bei einer Aufnahme war da etwas. Bei der aus dem Badezimmer vom sechsten dieses Monats.

Nach stundenlangem statischen Rauschen: Das Licht wird eingeschaltet. Ich lasse mir Wasser übers Gesicht laufen. Der Wasserhahn quietscht.

Und dann eine Stimme – genau mit der gleichen Equalizer-Anzeige wie das Singen, das wir zuvor bemerkt hatten. Die Stimme sagte etwas.

Dann für ein paar Sekunden Stille, nur statisches Rauschen.

Und dann die Dead Kennedys, in einer brutalen Punk-Schockwelle aus dieser Stereoanlage hier im Musikzimmer, die Niamh voll aufgedreht hatte, um mich zu warnen, dass Curtis Knox oder ein Unbekannter bei uns eingebrochen hatte.

Niamh stellte den Ton leiser, und wir schauten uns an. Die Stimme, die gesprochen hatte, bevor die Musik loshämmerte, war eine Mädchenstimme. Und die Worte, die sie gesprochen hatte – zu *mir* gesprochen –, lauteten: »Wir sind nicht allein.«

11. NOVEMBER

TRAUMJOURNAL

Die wässrige Musik ist wie ein Brunnen. Bevor ich still die Augen schloss, sah ich ein maurisches Fenster. Das Buch fällt mir aus der Hand. Und ich koste die letzten Worte aus, die ich lese, aber ich verstehe sie nicht.

Ich bin das Skelett. Und ich halte ein Fünfer-Paar in der Knochenhand. Und Herz-Ass. Und eine Drei, und eine Vier. (Soll ich einen Flush anstreben?)

Ich spiele Scrabble, kann aber die Wörter nur unscharf sehen.

Ich will das Fenster öffnen, stolpere und falle hin. Und das Monster stößt mir die Mistgabel durch die Brust und nagelt mich am Boden fest.

*

(Spät in der Nacht.)

- Du redest im Schlaf.

- Entschuldigung.

(Er greift sich an die Brust.)

*

[Später.]

Ich fliege unter tropischen Regenwolken über einen Mann mit freiem Oberkörper. Er schaut über die Schulter, kann mich aber nicht sehen. Er sieht durch mich hindurch. Seine Haut *spürt* mich.

Er stolpert. Das, worüber er stolpert, ist eine Leiche. Und als er auf dem Boden aufschlägt, ramme ich ihm die Mistgabel in den Rücken.

NIAMHS NOTIZBUCH

(Keller – wir schauen auf die Weinregale.)

– Ich denke, je älter desto besser.

- Okay, aber ich glaube, ab einem gewissen Alter verwandelt er sich in Essig.

– Du hättest darauf bestehen sollen, dass sie uns besuchen.

- Das nächste Mal drücke ich dir den Hörer in die Hand und schau zu, wie du das regelst. Nimm einfach irgendeine Flasche, die pompös und alt aussieht.

(Ich umarme ihn.)

- Ich weiß überhaupt nicht, wie ich in diese ganze Sache hineingeraten bin.

(Ich wähle eine Flasche aus.)

– Kenne ich aus einem 007-Film. Klingt gut.

- Moore?

(Ich mache meine Connery-Pantomime.)

- Okay, nimm sie. Und komm bloß nicht auf die Idee, deinen Rekorder mitzunehmen.

TONAUFNAHME

[Nach der Zirp-Rate der Grillen sind es 27 Grad. Türe öffnet sich.]

MRS BRODIE: Da sind Sie ja.
A.: Guten Tag, Mrs Brodie.
MRS BRODIE: Für Sie Monique, bitte. Niamh, wie geht es Ihnen?
A.: Sir. Sehr freundlich, dass Sie so kurzfristig Zeit für uns haben.
MR BRODIE: Frank, Mr Wells. Kein Problem. Kommen Sie herein.
MRS BRODIE: Sie sind doch nicht den ganzen Weg gelaufen?

[Grillenzirpen verschwindet hinter der geschlossenen Tür. Das Innere des Hauses klingt wie der Resonanzkörper eines Holzinstruments.]

A.: Ja, ein netter Spaziergang. So ein schöner Herbsttag.
MRS BRODIE: Damit ist in der nächsten Woche Schluss.
MR BRODIE: Es gibt eine Tornado-Warnung. Ich komme Anfang der Woche zu Ihnen und helfe Ihnen mit den Brettern.
A.: Brettern?
MR BRODIE: Die kommen vor die Fenster. In Ihrem Heimatland hat man keine Erfahrung mit Tornados, richtig?
A.: Nein. Die gibt es gar nicht drüben in …
MRS BRODIE: Oh, Sie Ärmster! Was ist denn mit Ihren Augen passiert?
A.: Oh. Ach, das ist nichts Ernstes. Das ist eine komische Geschichte. Ich erzähle es Ihnen später.
MRS BRODIE: Okay. Frankie, reichst du unseren Gästen eine Erfrischung, während ich nach dem Hähnchen schaue?
A.: Es duftet großartig.
MR BRODIE: Heilige Mutter Gottes! Dieser Wein ist mindestens fünfhundert Dollar wert.
A.: *[Zögert.]* Ah. Na ja … ich bin sicher, dass Ambrose vorhatte, ihn in guter Gesellschaft zu trinken.

MR BRODIE: *[Lacht.]* Darauf wette ich! Wo ist der Korkenzieher? Den möchte ich wirklich gerne versuchen. Monny, den musst du auch probieren.

[Ein Stift kratzt über Papier.]

Was? Oh, da haben Sie recht, junge Lady. Wir sollten ihn atmen lassen. Aber eins nach dem anderen: Wo ist der blöde Korkenzieher? Ah, da ist er ja. Oh, hören Sie, ich habe Monique noch gar nichts davon gesagt. Mr Glew rief mich gestern an. Er hat mir von dem Land erzählt. Aber ist das wirklich Ihr Ernst?

A.: Es ist mir eine Freude.

MR BRODIE: Aber das ist mehr Land, als uns zusteht!

A.: Sie bewirtschaften es. Da sollte es Ihnen auch gehören.

MR BRODIE: Erst das Geschenk Ihres Cousins und nun das – ich überlege, ob ich nicht etwas davon verkaufe und ein schönes neues Haus baue. Unsere Kinder sind nicht wirklich daran interessiert, die Farm weiterzuführen. Meine Tochter arbeitet im Hauptquartier der Demokraten in Richmond, und mein Sohn ist jetzt auf dem College. Also …

A.: Richtig. Sie müssen nur ein Landhaus bauen, das groß genug ist, dann wird irgendein Cousin vierten Grades zwischen den Kohlköpfen hervorsprießen.

MR BRODIE: *[Lacht.]* Genau! Damit kennen Sie sich ja aus! *[Plopp! – eine Flasche wird entkorkt.]* Ah, großartig.

MRS BRODIE: Hier kommt das Essen! Alle zu Tisch, bitte.

[Lobende Worte für das Essen zwischen Stühlen, die gerückt werden, und klirrendem Besteck.]

MR BRODIE: Also, Monny, ich denke, vielleicht möchten unsere Gäste gerne das Tischgebet sprechen.

[Ein Moment unsicheren Schweigens, mit leiser Jazz-Musik im Hintergrund.]

A.: Hm … natürlich … Äh, Niamh, würdest du das übernehmen? Danke.

[Gäste und Gastgeber sitzen aufrecht und fassen sich bei den Händen.]

[Stille.]

Amen.

MR & MRS B.: Amen.

A.: Danke, Niamh.

A.'S TAGEBUCH

Abgesehen von der Sache mit dem Tischgebet, der ich elegant ausgewichen bin, verlief das Mittagessen äußerst geschmeidig. Die Brodies waren die perfekte Familie, Niamh aß wie eine perfekte Tochter, während ich versuchte, nicht ständig zu überlegen, welche Tornadostärke unser Haus wohl verkraften konnte (und wie weit ein zu starker Tornado das kleine, im Cape-Cod-Stil gebaute Farmhaus der Brodies davontragen würde). Und alles Übernatürliche blieb bis zum Kaffee außen vor.

Das Thema dann doch zur Sprache zu bringen, erwies sich als schwierig. Beim Smalltalk ganz beiläufig Gespenster einzuflechten, ist kaum machbar. Leute, die in eine ernsthafte Diskussion plötzlich Okkultes einschmuggeln (zum Beispiel: »Ich habe in der *Post* gelesen, dass der Weltwirtschaft eine neue Rezession droht, aber das ist kein Wunder, denn der Saturn steht im Steinbock«), verdienen es, exekutiert zu werden.

Glücklicherweise dienten meine verbrannten Augen, die das Publikum stets beeindrucken, während des Nachmittags als ständige

Erinnerung an ein ungelöstes Rätsel. Und so lenkte ich, als wir zum Kaffeetisch übergewechselt waren, den Gesprächsfaden in Richtung Axton House. Als Zeichen meiner Bereitschaft, mich uneingeschränkt am Klatsch über Ambroses Aktivitäten zu beteiligen, berichtete ich zunächst von Curtis Knox' Besuch am vergangenen Sonntag. Dann, während ich laut über die Beweggründe unserer bisherigen Besucher nachdachte, streute ich beiläufig ein: »Übrigens, ich habe den Geist gesehen.«

Sie starrten mich ziemlich lange an. Ich glaube, zu lachen kam ihnen gar nicht in den Sinn. Ich fügte hinzu: »Dabei ist die Sache mit meinen Augen passiert.«

Nun lag Anspannung in der Luft. Mr Brodie begann einen Satz, ging dabei sogar wieder zu »Mr Wells« über, nachdem wir schon begonnen hatten, uns mit Vornamen anzureden. Ich unterbrach ihn und beharrte darauf, dass ich es völlig ernst meinte – ich hätte diesen Geist wirklich gesehen, und vielleicht fänden sie das ja interessant.

Wieder rettete Mrs Brodies Neugierde die Situation:

»Wie sieht sie denn aus?«

»Dann wissen Sie also, dass es ein weiblicher Geist ist«, sagte ich.

Jetzt gab es für die beiden kein Zurück mehr.

Ich erzählte, wie der örtliche Elektriker Andeutungen bezüglich der Axtons gemacht, sich aber geweigert hatte, mir die ganze Geschichte zu erzählen, sondern nur ein Stichwort fallen ließ: das Ngara-Mädchen. Hier ist die Version der Brodies von jener Geschichte, die Sam nicht erzählen wollte:

Schon lange, ehe Point Bless über einen bloßen Marktflecken herauswuchs, gab es Axton House, ungefähr schon so, wie wir es heute kennen. Es gehörte der Familie Axton, die vermutlich zu den ersten Siedlern in Virginia zählten. Brodie sagt, sie seien holländischer Abstammung gewesen und hätten gerne stolz mit ihrem Stammbaum geprahlt. Sie beanspruchten alles Land vom heutigen Stadtgebiet bis zum Powome River für sich, und die Indianer, denen sie es wegnahmen, arbeiteten als erste auf der Axton-Plantage, die rasch so groß wurde, dass man für die Bewirtschaftung Sklaven aus Afrika und von noch weiter her benötigte. Die Axton-Patriarchen holten die Sklaven selbst, wofür sie nicht nur nach Afrika, sondern sogar bis Australasien reisten.

Selbst für die damaligen brutalen Zeiten waren die Axtons außergewöhnlich brutal. Sie misshandelten die Sklaven, und auch Freien gegenüber zeigten sie nicht viel mehr Respekt. Sie behandelten die Armen wie Abschaum und lieferten sich mit den Reichen ständige Kleinkriege um Landbesitzrechte. Wer unmittelbar mit ihnen zu tun hatte, fürchtete sie, und aus der Ferne wurden sie gehasst. Doch funktionierte ihre riesige Plantage offenbar weitgehend autonom, sodass sie von den Bürgern der aufblühenden Gemeinde Point Bless nichts benötigten – nicht einmal deren Furcht oder Hass. Sie lebten zurückgezogen auf ihrer Plantage, und die Leute in der kleinen Stadt glaubten, sie hätten die Axtons erfolgreich aus ihren Kreisen verbannt. Klatsch und gesellschaftliche Isolation waren die Waffen der Bürger von Point Bless gegen die Axtons. Das Erste konnte ihnen wohl wenig anhaben, das Zweite aber ganz sicher.

Charles Robert Axton, angeblich der vorletzte männliche Erbe der Familie, kam 1814 zur Welt. Er soll der Sohn eines Cousins ersten Grades gewesen sein, kein direkter Nachfahre. Axton heiratete dann seine Stiefschwester, die offenbar im Kindbett starb. Das Kind bekam niemand zu Gesicht. Allerdings ging das Gerücht, es sei schwer geistig behindert und körperlich entstellt gewesen. Vielleicht existierte dieses Kind aber auch gar nicht, und Charles Robert Axton war der letzte seiner Sippe.

Als er die Zügel der Plantage in die Hand nahm, neigten sich die guten Tage der Menschenausbeutung dem Ende zu. Inzwischen gab es viele freie Staaten und Städte, in denen Sklaverei verboten war und entflohene Sklaven Zuflucht fanden. Und seit 1808 die Einfuhr von Sklaven verboten worden war, gab es für die Axton-Plantage kaum noch Möglichkeiten, sich Menschennachschub aus Übersee zu beschaffen. Inzwischen waren die Leute in der Gegend überzeugt, dass die Axtons nicht nur Sklaven besaßen, sondern sie auch gezielt heranzüchteten. Von der Plantage geflohene Sklaven konnten bereits, wenn sie es bis Point Bless geschafft hatten, auf einige Sympathie und

Hilfsbereitschaft hoffen. Sie berichteten von abscheulichen Vorgängen: Die Herren der Plantage sterilisierten die ihnen schwach erscheinenden männlichen Sklaven, während sie die Starken zum Geschlechtsverkehr mit Sklavinnen zwangen. Die Entflohenen waren die aus dieser Selektion hervorgegangenen Nachkommen. Mehrere Generationen der Axtons hatten diese Experimente durchgeführt, mit dem Ziel, perfekte Sklaven für die Plantage heranzuzüchten.

Nun ist das Böse oft von Ironie geplagt. Charles Axton brachte sein abscheuliches Leben damit zu, Menschen zu kreuzen und zu züchten, während sein eigenes, aus dem europäischen Landadel stammendes Geschlecht langsam ausstarb. Die von ihm gezüchteten Sklaven waren nicht nur die stärksten, sondern besaßen auch einen starken Freiheitsdrang, sodass viele von ihnen flohen. Daher schwand auf der Plantage die Zahl der Herren und der Sklaven. Als es Axton nicht gelang, durch die gezielte Begattung einer malaysischen Frau durch einen – wie manche sagen – senegambischen Mann einen Jungen hervorzubringen, wurde er sich seines Scheiterns bewusst: Der perfekte Sklave würde niemals geboren werden, und die Axtons würden aussterben. Es sei denn, mit dem einen Problem ließe sich auch das andere lösen.

Aus dieser misslungenen Kreuzung war ein Mädchen hervorgegangen. (Mrs Brodie sagte: »ein schönes Mädchen«; in Mr Brodies Version sah sie »scheußlich« aus. Wie dem auch sei, der Körper dieses Mädchens enthielt die exotischsten und frischesten Gene.) Axton dagegen war verwitwet, und, jedenfalls den Gerüchten zufolge, Vater eines degenerierten, behinderten Sohnes. (Laut dieser Version der Geschichte handelte es sich bei dem Sohn um ein richtiges Ungeheuer, das auf dem Dachboden von Axton House gefangen gehalten wurde.) Der letzte der zahlreichen schlechten Einfälle Axtons, geradezu die Krönung jahrhundertelanger Unmenschlichkeiten, bestand darin, dass durch eine Abstammungslinie die andere gerettet werden sollte. Mit den Details wollen weder Mr noch Mrs Brodie ihr christliches Zuhause beflecken. In wenigen brutalen Worten: Axtons missgebildeter Sohn sollte das Mischlingsmädchen *aufessen*. Sie wurde zu ihm auf den Speicher gesperrt, und Axton hoffte, dass dann die brutalen animalischen Instinkte des Sohnes ihr grausiges Werk vollbringen würden. Das

Mädchen war noch keine zwölf Jahre alt. Aber es war auf höchste körperliche Stärke und Geschicklichkeit hin gezüchtet worden, und das bewies es nun.

Angeblich ging Axton nach oben, um die Überreste des Mädchens zu holen, doch es kauerte in einer Ecke des Speichers, und sein Sohn, dem es sämtliche Knochen gebrochen hatte, lag tot auf dem Boden.

Nun weichen die Versionen wieder voneinander ab: Manche sagen, Axton hätte das Mädchen auf der Stelle getötet. Andere behaupten, er hätte selbst versucht, was seinem Sohn nicht gelang. In beiden Versionen überlebte das Mädchen nicht.

Zu der Zeit, als Axtons Plan so katastrophal fehlschlug, war die Welt außerhalb von Axton House schon lange in Auflösung begriffen. Während des Jahrzehnts, das verstrich, bis das Mischlingsmädchen sich der Schwelle der sexuellen Reife näherte, hatte Axton sich viel zu sehr auf sein Projekt, an das er große Erwartungen knüpfte, konzentriert. Darüber war die Plantage von ihm völlig vernachlässigt worden, und die meisten Sklaven hatten längst das Weite gesucht. Und zur Zeit des grausigen Höhepunkts der Geschehnisse war bereits der Bürgerkrieg ausgebrochen. Da flohen dann auch noch die letzten und ältesten Sklaven. Sie gingen nicht weit weg. Die meisten warteten in Point Bless (wo nur wenige Kämpfe stattfanden) auf das Ende des Krieges. Bei diesen Sklaven handelte es sich nicht nur um Afrikaner, sondern auch um Indianer und Südasiaten. Viele lokale Schwarzenfamilien stammen von ihnen ab. Und von ihnen haben einige immer noch Mandelaugen. Als sie ihre Geschichte erzählten, bezeichnete eine alte Frau das letzte Sklavenmädchen, das auf der Axton-Plantage geboren wurde, als das *Ngara*-Mädchen. Niemand wusste, was das bedeutete, und aus welcher Sprache das Wort stammte, aber der Name blieb in der Erinnerung der Einheimischen haften. Es könnte der Name sein, den eine heterogene und vielsprachige Gemeinschaft einer neuen Rasse gab, von der nur eine einzige Vertreterin je existiert hatte.

Axton schien die Flucht seiner Sklaven wenig zu kümmern. Für sein restliches Leben war er nur noch ein Schatten seiner selbst. Vielleicht fühlte er ja, dass der Geist des Ngara-Mädchens ihn anklagend beobachtete. 1865 fanden Unionssoldaten ihn auf seiner baufällig gewordenen Veranda sitzend vor. Niemand weiß genau, was er zu Captain Norton von der Nordstaaten-Armee sagte. Jedenfalls schoss man ihm ins Bein, das dann amputiert werden musste. 1875 starb Axton in völliger Armut und Isolation.

Ich möchte anmerken, dass diese Geschichte nicht in einem Durchgang erzählt wurde. Mr und Mrs Brodie unterbrachen und widersprachen sich gegenseitig, und Niamh und ich stellten häufig Zwischenfragen. Ich gewann den Eindruck, dass die Legende vom Ngara-Mädchen in Point Bless Allgemeingut ist, die Brodies ihre jeweiligen Versionen aber nie miteinander verglichen hatten. Es scheint, dass die Geschichte lokal weiterlebt, aber nur selten erzählt wird.

Danach, beendete Mr Brodie seinen Bericht, blieb Axton House fünfundzwanzig Jahre lang unbewohnt, bis im Jahr 1900 ein englischer Unternehmer namens Horace Wells, der als Eisenbahningenieur arbeitete, das Anwesen kaufte.

»Und von da an kam die Geschichte von dem Gespenst in Umlauf«, vermutete ich.

Die Brodies starrten mich an, als hätte ich einen schweren Fehler gemacht.

»Keineswegs. Das Ngara-Mädchen war auch zuvor immer wieder gesehen worden. Deswegen wollte dort niemand wohnen. Horace wusste sehr gut, worauf er sich einließ, als er Axton House kaufte.«

Mrs Brodie ergänzte: »Ich denke, dass er es möglicherweise genau aus diesem Grund kaufte.«

Ein Schweigen entstand. Nicht, dass es mich überraschte: Ich konnte die Wells' verstehen. Hätte ich Gelegenheit, ein Haus zu kaufen, in dem es spukt, würde ich auch sofort zuschlagen.

Zum Schluss hatte ich nur noch eine Frage: »Warum hat der Geist eine besondere Verbindung zur Toilette im Obergeschoss?«

Mr Brodie gestattete sich ein Kichern, als wollte er die düstere Stimmung zerstreuen. »Damals gab es noch keine Toiletten, Junge. Man hatte Plumpsklos.«

Als der Abend dämmerte, verabschiedeten wir uns von den Brodies.

AUSZUG AUS JOHN LEEKS *GHOSTS OF GHOSTS*, CHICAGO, 1980

In unserem Metier besteht eine starke Tendenz, unseren Forschungsgegenstand nicht als *Geister* zu bezeichnen. Viele Forscher, vielleicht die besonders geachteten, bevorzugen Umschreibungen wie *Wesenheiten*, *Akteure* oder, noch harmloser, *Phänomene*. Damit will man unser allzu oft dem Spott ausgesetztes Fachgebiet näher an die allgemein anerkannten Wissenschaften heranrücken und es möglichst deutlich gegen den missbilligten primitiven Volksglauben abgrenzen. Aber man räumt damit auch ein, dass unsere Wissenschaft noch jung ist – nach Flyte (4) befindet sie sich noch im Embryonalstadium – und dass wir noch einen weiten Weg vor uns haben, genau wie der *Homo habilis*, als er das erste Werkzeug in die Hand nahm.

Wenn wir aber alle Tabu-Wörter durch Pseudolatein ersetzen, alles abergläubische Gefasel zu einem akademischen Jargon umformulieren, die wissenschaftliche Methodik anwenden, genügend Selbstkritik üben, auf wilde Spekulationen verzichten, die Kirlian-Fotografie auf den Müll werfen, Betrüger entlarven, den Spiritisten und Spinnern keine Beachtung mehr schenken und wieder zum Ausganspunkt unserer Forschungen zurückkehren; wenn wir den ganzen Apparat der Parapsychologie auf ein einziges Buchregal mit seriösen Forschungsarbeiten über das Okkulte reduzieren und nur noch jener Handvoll wirklich anerkannten und respektierten Gelehrten Beachtung schenken, zu denen ich es nicht verdiene, hinzugezählt zu werden – wenn wir all das in die Tat umsetzen, werden die Geister immer noch da sein […]

Bei unserer Arbeit passiert es schnell, dass unsere Begeisterung mit uns durchgeht. Hierfür gibt es mehrere Gründe: 1) Es gibt so viel, was bewiesen werden will, und jenen, denen diese Beweise gelingen, winkt große Anerkennung. 2) Unsere Ausgangsbasis ist sehr dünn und unsicher, was uns dazu verleiten kann, sie durch Spekulationen zu unterfüttern, die einer seriösen wissenschaftlichen Prüfung nicht standhalten. 3) Weil wir so wenige sind, neigen wir dazu, uns für etwas Besonderes zu halten. Wir beschreiben uns selbst in pedantischer

Weise als sensibel, feinfühlig, geistig offen, zu besonderen Sinneswahrnehmungen fähig, und dergleichen mehr wissenschaftlich bedeutungsloser Attribute. 4) Unsere Forschungen haben große mögliche Konsequenzen für unser persönliches Leben. Wenn die Existenz eines der Phänomene, die wir untersuchen, wissenschaftlich bewiesen werden kann, eröffnet das der ganzen Menschheit die Tür zu schwindelerregenden Möglichkeiten. Jeder Beweis, dass irgendjemand den Tod überlebt hat, impliziert, dass es für uns alle ein Leben nach dem Tod gibt. 5) Es gibt in uns das religiöse Bedürfnis, an etwas zu glauben […]

Dessen ungeachtet gibt es bislang unerklärliche Phänomene, die darauf warten, von uns erklärt zu werden. Nennen Sie sie, wie Sie wollen: Wesenheiten, Akteure, Phänomene – keine dieser Bezeichnungen ist zu vage. Wenn wir alle Beiträge aus allen Disziplinen unter einen einzigen Oberbegriff fassen, deckt das immer noch nur ein Fleckchen des Ganzen ab.

Nehmen Sie die Geister von diesem Stapel – *d. h. jeden jemals dokumentierten echten Beweis (und mit »echt« meine ich: bislang nicht widerlegt) für bis jetzt ungeklärte Phänomene, die wir aufgrund unseres spirituellen Hintergrunds der Aktivität intelligenter Wesen zuschreiben.* Wenn man diese Fälle so lange durch das Sieb des Skeptizismus schüttet, bis weltweit nur noch ein paar von ihnen übrig bleiben – Marbaden, Averoigne, die Areba-Zwillinge, Skagen 1963, die Glocken von Thudeney, Bangharh, Chapelizod, Heck House und noch wenige andere – zeigt dieser kleine verbleibende Stapel an Beweisen immer noch einige klare Gemeinsamkeiten. Als Wissenschaftler kann ich sagen, dass es das ist, was wir über, in Ermangelung einer besseren Bezeichnung, *Geister* wissen. Diese Erkenntnisse passen auf eine Seite.

1. Es *gibt* überwiegend unsichtbare, unhörbare, unkörperliche Wesenheiten, die manchmal in gleicher Weise von mehreren vorurteilsfreien Beobachtern wahrgenommen werden können.
2. Zu den übereinstimmend festgestellten Merkmalen dieser Wesenheiten gehört, dass sie als kalt, feucht und elektrisch geladen wahrgenommen werden. Diese Eigenschaften konnten gemessen werden.

3. In Fällen, wo sie sichtbar in Erscheinung treten, ist ihr Äußeres verschwommen und schattenhaft, weil ihre Körper offenbar eine so geringe Dichte aufweisen, dass sie Licht nur sehr schwach reflektieren. In der Dunkelheit sind sie niemals sichtbar.
4. Akustisch lassen sie sich auf Frequenzen nachweisen, die für das menschliche Ohr entweder zu hoch oder zu niedrig sind. Hierzu existieren wissenschaftlich anerkannte Tonaufzeichnungen als Beweise. Entgegen einem verbreiteten Glauben, konnte nicht nachgewiesen werden, dass Tiere sie eher wahrnehmen als wir.
5. Sie können sprechen, weswegen davon auszugehen ist, dass sie über menschliche Intelligenz verfügen.
6. In ihrer Gegenwart werden Wellensignale verzerrt.
7. Sie können nicht mit materiellen Objekten interagieren.
8. Die Tatsache, dass sie oft an bestimmten Orten anzutreffen sind (die wir dann zum Beispiel Spukhäuser nennen), deutet aber darauf hin, dass sie sich ihrer Umgebung, und unserer Anwesenheit, bewusst sind.
9. Es existiert immer eine mündliche Überlieferung (entweder aus der Zeit des Ursprungs des jeweiligen Spukphänomens und authentisch, oder später entstanden und erfunden, als das Phänomen bereits existierte), die den Spuk mit einer oder mehreren verstorbenen Personen in Verbindung bringt.
10. Nicht alle sind bösartig und wollen uns schaden.

NIAMHS NOTIZBLOCK

(Im Bett.)

- Was jetzt?

- Nichts. Wegen des Geistes mache ich mir am wenigsten Sorgen.

- Also weiter Bücher ausschütteln?

- Was für einen Sinn hätte das?

- Wir müssen einen Code knacken!

- Wozu? Dieser Code wird uns nur zu weiteren Codes führen, wie das Aeschylus-Chiffre. Das ist das kleine Spiel, das sie spielen. Sie vertreiben sich die Zeit damit, Geheimnisse zu erfinden. Sie verbergen nicht wirklich etwas!

- Du WEISST, dass das nicht stimmt.

- Sogar untereinander benutzen sie Decknamen! Leonidas, Hector, Prometheus – wir kennen noch nicht einmal ihre wirklichen Namen.

- Leonidas = Ambrose; Prometheus = S.W.L.; Sophocles = Edward Cutler (der Typ, der die CD aus Ibiza schickte) & Bob ist dein Onkel!

(Er liest sorgfältig.)

- Okay … 3 von 20. Außer Bob. Ich wüsste nicht, dass ich einen Onkel namens Bob habe. Tante Liza hätte es mir erzählt.

- Die anderen finden wir heraus. Du bist nur etwas niedergeschlagen. Du brauchst mehr Schlaf.

TONAUFNAHME

[Ein Lichtschalter klickt.]

[Nackte Füße auf dem Boden. Der Klodeckel wird hochgeklappt. Stille, die so lange dauert wie ein Pinkeln.]

[Die Spülung wird betätigt. Schritte nähern sich dem Mikrofon. Ein Stift telegrafiert eine Nachricht. Ein Zettel wird von einem Notizblock abgerissen. Schritte verlassen das Badezimmer. Das Licht wird ausgeschaltet.]

DIE IM BADEZIMMER HINTERLASSENE NOTIZ

Werden wir beide miteinander auskommen?

Eine Woche später

19. NOVEMBER

TRAUMJOURNAL

Ich schaue auf die Erde hinunter. Ich bin ein Tropfen Spucke, der dem Planeten entgegenfällt.

Tief unter meinen Füßen kann ich die gewölbte blaue Leinwand sehen (die größte Flughöhe, die ein Paar Puma-Sportschuhe je erreicht hat). Und in der blauen Unermesslichkeit unter mir wächst die Zygote einer Insel.

Ich falle genau auf diese Insel zu.

Ich befinde mich in hunderttausend Metern Höhe im freien Fall einer Insel entgegen, mit einer Fleisch zerreißenden Geschwindigkeit.

Ich sehe die Insel größer werden, immer noch winzig im grenzenlosen Blau. Ich kann Einzelheiten erkennen: eine aquamarinfarbene Lagune mit Sandstränden und immergrünen Arecaceen, und am Rand einen Bunker aus dem Zweiten Weltkrieg. Das alles kommt mit Lichtgeschwindigkeit näher.

Ich lande krachend auf dem Betondach des Bunkers.

Ich warte, bis die tropische Brise den Staub davongetragen hat. Meine Ohren passen sich an den Luftdruck an. In einem Radius von dreißig Zentimetern um meine Füße herum hat der Beton Risse bekommen – und im Epizentrum unter meinen Gummisohlen ist er zu Staub zermahlen worden. Knochen schwingen nach wie Stahl. Ich stehe auf. Meine Beine gehorchen mir und funktionieren einwandfrei. Das kribbelnde Gefühl lässt nach.

Möwen schreien. Niemand hat mich bemerkt.

IHR HUND
SIEHT NICHT ALLES.
Was ist besser als zwei Augen? Nun, wie wäre es mit vier Augen, acht Ohren und einer intelligenten Kanalsteuerung? Mit dem Vanguard Sentinel 4XDS Kit nutzen Sie modernste Technologie für Ihr Zuhause oder Ihre Geschäftsräume.
• 4 CCTV-Kameras mit optionalen Stereomikrofonen und Bewegungsmeldern
• 4 farbige 11-Zoll-Monitore
• 1 Vierkanal Vanguard Intelligent Multiplex™ – weiß von sich aus, wo und wann es beobachten muss!
• 1 Vanguard TapeSave™ Langzeit-Videorekorder – bis zu 24 Stunden Realzeit-Aufzeichnung auf einer Kassette!
Lassen Sie den Hund wieder Ihr Haustier sein. Sentinel wacht über Sie.
SENTINEL™
4XDS
Order at your local store.
VANGUARD DIGITECH
1642 KAISER ST. / P.O. BOX 1820 IRVINE, CA 92664 / PHONE: (932) 540-7640 / FAX: (932) 540-7914

VIDEOAUFZEICHNUNG

[REKORDER WIRD EINGESCHALTET: Schwarze Formen kriechen über den Bildschirm. Als die Person, die die Kamera bedient, sich rückwärts bewegt, fokussiert die Kamera automatisch auf sie, filmt sie aus der Vogelperspektive. NIAMH lächelt ins Objektiv, stolz auf sich. Auf der linken Kopfseite trägt sie einen Buzz Cut, rechts ist ihr Haar lang, violett und ungebändigt. Hinter ihr: ein gekacheltes Badezimmer mit gewölbter Decke.]

[Unten, in normaler Bodenhöhe, betritt A. das Badezimmer. Auf halbem Weg bleibt er stehen und schaut Niamh an, die den TON einstöpselt: atmosphärisches Rauschen. Die Stimmen klingen metallisch, hohl.]

A.: Oh, sehr gut. Ich hatte mich schon daran gewöhnt, vor einem Geist aus dem neunzehnten Jahrhundert UND einem Audiorekorder zu pinkeln. Gut, dass du den Schwierigkeitsgrad weiter erhöhst.

NIAMH: *[Wendet sich ihm zu, wobei sie sich oben an der Leiter festhält. Sie gestikuliert heftig.]*

A.: Ja, ich weiß, dass es noch andere Klos im Haus gibt, Niamh. *[Wendet sich wieder dem Klo zu.]* Aber ich habe die verschlungenen Pfade zu ihnen vergessen.

[METALLISCHES QUIETSCHEN. Als A. den Kopf nach rechts dreht, schwenkt die Kamera, gedreht von Niamh, in diese Richtung. In der Badewanne ist ein Hund.]

A.: In der Badewanne ist ein Hund.

[HELP jagt gerade eine Gummiente. Sie schwimmt in dem Schaumbad, in dem er plantscht. Als er bemerkt, dass sein Herrchen ihm seine Aufmerksamkeit zuwendet, will er geräuschvoll platschend herausspringen.]

NIAMH: *[Stößt ohne sich umzudrehen einen befehlenden Pfiff in g-Moll aus.]*

[Help macht gehorsam im Badewasser Sitz.]

[Vollauf zufrieden mit ihrer Performance, springt Niamh von der Leiter. Ehe sie hinausgeht, damit A. sich ungestört erleichtern kann, zieht sie mit einem extrem kurzen Pfiff die Aufmerksamkeit ihres Mitbewohners auf sich und bekreuzigt sich. Dann verlässt sie das Badezimmer.]

A.: *[Schaut ihr nach.]* Was? Ist SCHON WIEDER Sonntag?

[Keine Antwort, was nicht überrascht.]

[Help zugewandt.] Diese Teenager. Sie haben nichts als Kirche im Kopf.

[Der Hund prustet Badeschaum.]

NIAMHS NOTIZBLOCK

(In der Kirche.)

– NIMM DIE SONNENBRILLE AB! Das ist MEIN Gott, mit dem du hier redest!

BRIEF

Axton House
1 Axton Rd.
Point Bless, VA 26969

Liebe Tante Liza,

eine im Musikzimmer, wo wir unsere Abende mit Klavierspiel und dem Schreiben grandioser Briefe an dich verbringen. Eine in der mehrere Quadratmeilen großen Bibliothek, auf den Schreibtisch gerichtet, dessen Papierberge wir dann und wann immer noch durchforsten, was unausweichlich zu Frustration und Überdruss führt. Eine in der Küche, wo wir kochen und essen. Eine im Badezimmer, wo der Geist zuletzt gesichtet wurde. Das ist die momentane Verteilung unserer neuen Überwachungskameras – ein großer technischer Fortschritt gegenüber unseren EVP-Aufnahmen. Das alte Rauchkabinett (Nordwestecke zweite Etage, wo wir Billard spielten, wenn uns, was selten geschah, einfiel, dass dort ein Billardtisch steht, und es uns außerdem noch gelang, das Zimmer wiederzufinden) ist jetzt unsere Überwachungszentrale mit den Bildschirmen. Und natürlich schlängeln sich jetzt meilenlange Kabel durch die Flure und baumeln von den Treppenaufgängen hinab.

Was genau wir eigentlich filmen wollen, weiß ich immer noch nicht. Niamh verrät es mir nicht. Das ist typisch Niamh.

Jedenfalls wirkt das Haus mit den Kameras, den Fensterläden und den Verstärkungsbrettern, die wir mit Mr Brodies Hilfe am Wintergarten montierten – es wurde für die Gegend hier eine Tornadowarnung herausgegeben, und sogar Father Ebbs warnte am Ende des Gottesdienstes davor –, mehr und mehr wie eine Festung. Doch den in ihm verborgenen Schatz haben wir noch nicht gefunden.

Tatsächlich steigen wir jetzt immer öfter in den Turm und prüfen die Lage. Dabei wird unsere Haut vom Westwind rissig wie Eis. Die Wolken sehen apokalyptisch aus.

NIAMHS NOTIZBLOCK

(Auf dem Turm. Wir sehen den Sturm näherkommen.)

- Das Wetter wird nie wieder schön werden.

- Das glaubst du?

- Sonne wird nie wieder scheinen. Der Winter kommt. Letzter Luftangriff auf einen sehr alten Sommer.

(Ich halte seine Hand.)

- Aber auch dieser Winter wird nicht ewig dauern.

- So weit denke ich nicht.

- Ja. Und vorher kommt ja erstmal die Wintersonnenwende.

- Bin so gespannt auf diesen Tag. Es ist, als ob dann die Zeit endet.

A.'S TAGEBUCH

Seit unserem Roadtrip nach Alexandria hatten wir keinen so spektakulären Anblick mehr geboten bekommen. Selbst nachdem wir den Turm verlassen hatten, konnten wir uns nicht vor dem Wetter verbergen. Es stürmte heftig. Die Fenster rappelten in ihren Zargen. Wenn ich die Hand auf die Holzverkleidung legte, spürte ich, wie sie zitterte. Unten hörten wir Help an der Vordertür winseln. Nicht einmal Niamh schaffte es, ihn dazu zu überreden, sein Geschaft auf ein paar Zeitungen zu verrichten – es ist bereits seine feste Gewohnheit, den ganzen Weg über den Rasen vor dem Haus zu rennen, bis zur ersten Baumreihe. Also ließen wir ihn hinaus. Währenddessen verfolgten wir im Stehen, wie im Fernsehen ein F2-Tornado in Appomatox gemeldet wurde, keine drei Counties von hier entfernt. Unsere Faszination verwandelte sich langsam in … ich weiß nicht. Etwas, das eine gewisse Ähnlichkeit mit Angst hatte.

In diesem Moment hörten wir, über das Himmelsbeben hinweg, Help *bellen*. Seit wir ihn zu uns geholt hatten, war von ihm noch nie ein Bellen zu hören gewesen, sodass ich schon glaubte, er hätte sich bei Niamh angesteckt.

Auf Zehenspitzen schlichen wir nach draußen. Virginia hatte sich in Mordor verwandelt. Hagelkörner prasselten auf den Kies. Help bellte drohend ein Auto an, das vielleicht dreißig Meter vor der Südecke des Hauses angehalten hatte. Das Auto passte nicht hierher. Es war weiß und in dieser Hälfte des Jahrhunderts produziert worden. Niemand stieg aus.

Dann setzte sich der Wagen wieder in Bewegung und rollte bis zu der Pergola vor dem Wintergarten. Wir liefen darauf zu. Niamh trug einen Schirm, den sie nicht zu öffnen wagte, aus Angst, davongeweht zu werden wie Mary Poppins.

Genau in dem Moment, als der Fahrer die Tür öffnete, hörte der Wind auf. Es fühlte sich an, als würde die Luft um uns vollkommen stillstehen. Es war, als würde jedem Moment die Troposphäre auf die Erde stürzen.

Und dann stieg unser Gast aus dem Wagen.

BRIEF

[Forts.]

Nun will ich dir Mark Strückner porträtieren, um wiederzugeben, wie er auf Niamh wirkte.

Er scheint ein Mann von der Art zu sein, für den dieses Haus erbaut wurde – auch wenn er nur der Butler war. Erstens wirkt das Haus für ihn nicht zu groß, weder draußen noch drinnen. Er misst nämlich über zwei Meter, und er hält sich die meiste Zeit aufrecht.

Wäre er kleiner, würde seine Statur kräftig wirken, aber wegen seiner Größe sieht er dünn aus, in jenem gotischen Stil, der perfekt zu Axton House passt. Er hat hohle Wangen und sein Schädel ragt auf wie die Ruinen in einem Gemälde von Caspar David Friedrich – skelettartig wie ein Dom, mit verwitterten Resten grauen Haars darauf. Soweit ich das sagen kann, haben seine blauen Augen etwas tragisch Trauriges. Sein Händedruck ist überraschend sanft.

Niamh mochte ihn auf Anhieb. Und ich denke, auf ihr Urteil ist Verlass.

TONAUFNAHME

[Im Hintergrund prasselt der Regen. Im Vordergrund wird leise klirrend Geschirr bewegt.]

A.:	Milch und Zucker?
STRÜCKNER:	Hm, Süßstoff, wenn möglich. Warten Sie, er steht in …
A.:	Nein, bitte. Bleiben Sie sitzen. Niamh, holst du ihn bitte?
STRÜCKNER:	Er stand immer im zweiten Hängeschrank rechts, über dem Herd. *[Pause.]*

A.: Stimmt etwas nicht?

STRÜCKNER: Ich … ich dachte nur gerade, dass der Teppich gesaugt werden müsste. Entschuldigung. Ich bin es nicht gewohnt, in diesem Haus Gast zu sein.

A.: Gast? Ich bitte Sie. Sie haben hier viel länger gewohnt als wir.

STRÜCKNER: Das hat nichts zu bedeuten. Es ist jetzt Ihr Haus. Ich … war hier nur angestellt. Es gehört jetzt Ihnen. Dem Wells-Erben.

[Löffel rühren in Teetassen.]

Sie sehen ihm gar nicht ähnlich. Ich meine das als Kompliment.

A.: Ich glaube, mein Auftauchen hier war für alle eine Überraschung.

STRÜCKNER: Ja, das ist wahr. Allerdings erwähnte Mr Wells, dass er noch einige verschollene Verwandte in Europa hat. Gerade im letzten Jahr sprach er öfter davon. Aber natürlich wäre niemand auf die Idee gekommen, dass Sie hier auftauchen und Anspruch auf den Besitz erheben.

A.: Das haben wir nicht. Ambrose selbst hat es so verfügt. Und Mr Glew gebührt Dank dafür, dass er es schaffte, mich ausfindig zu machen. Er hat übrigens auch nach Ihnen gesucht.

STRÜCKNER: Ja, das dachte ich mir. Es … tut mir leid. Es war nur so, dass ich mich hier in dem Haus plötzlich nicht mehr wohlfühlte.

A.: Wir befürchteten schon, Sie wären zurück nach Europa gegangen.

STRÜCKNER: O nein. Nein. Dazu hätte ich keinen Grund. Meine ganze Familie lebte in den Staaten. Hier in diesem Haus. Während des Zweiten Weltkriegs diente John Wells, Ambroses Vater, in Europa. Er arbeitete als Kryptograph daran, die Nachrichten des deutschen Geheimdienstes zu entschlüsseln. Mein Vater war Informant der Alliierten. Er schickte meine Mutter und mich zu ihrer Familie in die Schweiz, während er in Deutschland blieb, fest entschlossen, den Untergang der Nazis aus erster Hand mitzuerleben. Doch als der Krieg sich dem Ende näherte, wurde ihm klar, dass das Dritte Reich ganz Deutschland mit in den Untergang reißen würde. Und ihm, als kleinem Koch, der Spion geworden war, würden die Sieger, wenn überhaupt, einen Blechorden an die Brust heften. Mehr hatte er nicht zu erwarten. Als Wells' Dienstzeit im Jahr '44 endete, nahm er Vater unter seine Fittiche und bot ihm eine gute Anstellung in seinem Haus an. 1952 holte mein Vater meine Mutter und mich zu sich. Ich war damals zehn, Ambrose sieben.

A.: Dann sind Sie beide zusammen aufgewachsen.

STRÜCKNER: Trotz unserer Verschiedenheit. Ich begann schon kurz nach meiner Ankunft, Arbeiten im Haus zu übernehmen, sodass wir nicht viel Zeit hatten, zusammen zu spielen. Doch unsere Väter waren uns gute Vorbilder. Sie zeigten uns, wie Diener und Hausherr einander mit gegenseitigem Respekt begegnen und eine gute Kameradschaft entwickeln können. So hielten wir beide es auch, während ich zunächst als Hausdiener, dann als Hilfskoch arbeitete und schließlich meinem Vater als Koch und Butler nachfolgte, und Ambrose als Nachfolger seines Vaters Hausherr von Axton House wurde. Als ich sagte, dass meine Familie in diesen Mauern lebte, meinte ich alle, die in diesen Mauern lebten.

[Langsam sinkt eine Teetasse wieder auf ihre Untertasse zurück. Der Regen prasselt hartnäckig.]

Als Ambrose, Mr Wells, dann ... verstarb, hielt mich hier nichts mehr. Ich kontaktierte eine Personalvermittlung und erhielt ein Stellenangebot in Washington. Ich fand, dass schon zu viele Menschen in Axton House vereinsamt und gestorben waren, und beschloss, die neue Stelle anzunehmen.

A.: Sie sagten, Ambrose hätte mich im letzten Jahr öfter erwähnt?

STRÜCKNER: Ja. Offenbar geschah im Mai etwas, wodurch er sich seiner Verwandten in Europa erinnerte. Ich weiß noch, dass er einen Telefonanruf erhielt. Am nächsten Tag fuhr er nach Clayboro, um jemanden zu treffen, der Informationen über den europäischen Teil seiner Familie hatte. Jedenfalls vermute ich das. Anschließend verbrachte er viel Zeit damit … Dinge zu arrangieren. Zum Beispiel änderte er sein Testament.

A.: Also … wusste er es.

STRÜCKNER: Was wusste er?

A.: Er plante das, was er dann später in die Tat umsetzte.

STRÜCKNER: Ich … *[Er zögert.]*

A.: Bitte?

STRÜCKNER: Ich … weiß es nicht.

[Eine höchst ereignislose Minute verstreicht.]

Hören Sie … ich denke nicht, dass er seine Tat im Voraus plante. Er hatte nur … eine Vorahnung.

A.: Er hatte die Vorahnung, dass er sich aus dem Fenster stürzen würde?

STRÜCKNER: Ja.

A.: Aber ein Selbstmörder weiß doch, was er tut.

[…]

[Nichts.]

[Nur prasselnder Regen.]

A.: Puh.

[Ein Stift kratzt über Papier. Erwartungsvolles Schweigen.]

STRÜCKNER: Hm … nein. Nein, sein Vater öffnete vorher das Fenster. *[Gepresst.]* Mein Gott, darüber habe ich nie nachgedacht.

A.: Aber wieso? Wieso glauben Sie, er hätte geahnt, dass …

STRÜCKNER: Weil er wusste, dass er den gleichen Weg wie sein Vater ging.

A.: Was denn für einen Weg?

STRÜCKNER: Alles. Seine Arbeit, die Treffen … die obsessiven Forschungen, die ihn bis in den Schlaf verfolgten. Die Albträume. Die Halluzinationen.
Sie wissen doch, wovon ich rede, oder nicht?

[Wind rauscht, lässt den Regen gegen das Haus prasseln.]

A.: Ich … ich schlafe hier auch ziemlich schlecht.

STRÜCKNER: Wachen Sie schreiend auf?

A.: Schon ein paarmal.

STRÜCKNER: Gehen Sie mitten in der Nacht ins Badezimmer und sehen dort merkwürdige Dinge?

A.: Okay, okay. Ich erkenne das Muster. Aber warum ich? Niamh schläft im selben Zimmer, und bei ihr ist alles okay.

STRÜCKNER: Dann liegt es wohl in der Familie. Vielleicht sind Sie ein bisschen wie Ihr Cousin. Tut mir leid, das sagen zu müssen.

A.: Aber ich folge ja nicht seinen Fußstapfen. Ich arbeite nicht. Ich gehe nicht den gleichen Forschungen nach …

[Der Stift huscht heftig über das Papier. Pause.]

Okay. Nachforschungen betreiben wir auch. Aber nicht so wie Ambrose, da bin ich mir ziemlich sicher. Womit hat er sich denn beschäftigt?

STRÜCKNER: Das weiß ich nicht.
A.: Womit hat die Gesellschaft sich beschäftigt?
STRÜCKNER: Das weiß ich nicht.
A.: Was hat es denn dann mit all dem hier auf sich?
STRÜCKNER: Auch das weiß ich nicht, bedaure.

[Der Höhepunkt ist erreicht. Der Sturm lässt nach. Der Regen nimmt allmählich sein normales, vertikales Rauschen wieder auf, und die Anwesenden den Gesprächsfaden.]

A.: Erzählen Sie mir von den Jahrestreffen.

[Mehr Tee wird in die Tassen gefüllt.]

STRÜCKNER: *[Mehr Sauerstoff wird in die Lunge gefüllt.]* Solange ich mich erinnern kann, und es war auch schon so, ehe ich hierher kam und ehe mein Vater hierher kam, wird für den Abend des 21. Dezember ein großes Bankett angerichtet, und zwar für exakt zwanzig Personen. Die Gäste bedienen sich von einem großen Buffet selbst. Alle Schlafzimmer müssen sauber und gebrauchsfertig sein, einschließlich der Personalzimmer. Um genau 18 Uhr müssen alle Bediensteten das Haus verlassen.
A.: Und wohin gehen sie dann?
STRÜCKNER: Sie haben frei und können tun und lassen, was sie wollen. Früher erhielten sie sogar ein zusätzliches Taschengeld als Ausgleich für den Umstand, dass sie ihre Zimmer vorübergehend nicht nutzen durften. Seit ich der einzige im Haus wohnende Angestellte war, quartierte man mich in Richmond im Jefferson ein. Sie trugen mir sogar den Koffer zum Auto. Die Herren bedienten den Diener.
A.: Dann haben Sie die Zwanzig persönlich getroffen?
STRÜCKNER: Ja. Anfangs musste das Hauspersonal Axton House stets verlassen, bevor die Gäste eintrafen, aber Ambrose

	handhabte die Regeln weniger streng. Außerdem kannte ich einige von ihnen sowieso schon, denn sie kamen im Laufe des Jahres häufiger zu Besuch.
A.:	Ich weiß. Caleb Ford und Curtis Knox. Ich habe vor zwei Wochen mit Knox gesprochen.
STRÜCKNER:	Mr Ford war, denke ich, Ambroses engster Freund. Auch ihre Väter waren gut befreundet. Sie dienten zusammen im Krieg. Ford wohnt nicht weit von hier, in Clayboro.
A.:	Das habe ich schon gehört. Er hält sich zurzeit in Afrika auf.
STRÜCKNER:	Immer noch? Ambrose … ähm, Mr Wells, machte sich Sorgen, weil Mr Ford unauffindbar war.
A.:	Entschuldigung, Sie sagten, alle Diener mussten das Haus verlassen. Und dann?
STRÜCKNER:	O ja. Sobald die Zwanzig allein sind, essen und trinken sie, und in der Nacht oder am frühen Morgen vollziehen sie ihr einziges Ritual. Fragen Sie nicht. Ich weiß nicht das Geringste darüber.

[Pause, für den Fall, dass doch jemand eine Frage zu stellen wagt, was aber nicht geschieht.]

	Am nächsten Morgen schlafen sie lange, dann verbringen sie den Rest des zweiten Tages damit, einander die Hausaufgaben für das nächste Jahr zuzuteilen, und am dritten Tag, wenn ich zurückkomme, reisen sie wieder ab. Wer von ihnen möchte, kann auch länger zu Besuch bleiben, aber manche haben Familien, mit denen sie Weihnachten verbringen. *[Kurze Pause.]* Nun, das sind nur wenige.
A.:	Und diese Hausaufgaben? Was müssen sie denn erledigen?
STRÜCKNER:	Das habe ich nie erfahren. Es ist das, was sie ihre Forschungen nennen. Aber manchmal, besonders danach zu urteilen, wie John Wells darüber sprach, hatte ich den Eindruck, es handelt sich um eine Art … Jagd.

A.: Eine Jagd.

STRÜCKNER: Eine Menschenjagd, ja.

[Stille.]

Was immer es war, sie benötigten dafür haufenweise Bücher, häufige Besuche in Universitätsbibliotheken … und Feldforschung im Ausland. Die betrieb Mr Wells allerdings nur bis vor zehn Jahren. Dann wurden ihm Auslandsreisen ärztlich untersagt. Wegen seines Rheumas. Daran litt auch schon sein Vater.

A.: Wohin ist er denn gereist?

STRÜCKNER: Fragen Sie mich besser, wohin nicht. Seine letzte Reise führte nach China – sechs Monate blieb er dort. Ein Jahr davor war es Grönland. Und im Jahr davor Brasilien. Nachdem die Ärzte ihm Auslandsreisen untersagt hatten, verbrachte er einen Monat in Alaska.

A.: Reiste er allein?

STRÜCKNER: Ich vermute, dass jeder von ihnen seine spezielle Aufgabe hatte. Nur gelegentlich unterstützten sie sich gegenseitig. Die Jahre, als er selbst nicht mehr reisen durfte, waren die schlimmsten, denke ich. Er las die ganze Nacht und telefonierte ständig in Fremdsprachen …

A.: Woran litt er denn Ihrer Meinung nach? Zu viel Stress? Wie ein Yuppie?

STRÜCKNER: *[Schnell.]* Nein.
[Langsamer.] Nun, ich weiß es nicht. Aber es hatte wohl mit seinen … Forschungen zu tun. Haben Yuppies Albträume? Beißen Yuppies sich im Schlaf auf die Zunge? Sehen sie am Morgen aus, als hätten sie in der Nacht einen Ausflug in die Hölle unternommen?

[Die rhetorische Frage erzeugt Stille.]

Andererseits tat er immer so, als wäre die geheime Beschäftigung, der sie nachgingen, etwas ganz Triviales. »Alte Männer, die alte Spiele spielen«, pflegte er zu sagen. »Kein Grund zur Sorge«, sagte er einmal zu mir. »Vielleicht denken Sie, wir würden dunkle, verbotene Forschungen betreiben, aber wir mischen uns nicht in kosmische Fragen ein. Wir schauen nur vom Bühnenrand zu. Es ist einfach ein bourgeoiser Zeitvertreib.« So nannte er es. »Ein bourgeoiser Zeitvertreib.«

A.: Klingt nicht, als ob er es besonders genossen hätte.

STRÜCKNER: Manchmal schon. Aber wirklich nur manchmal. Ein paarmal kam er von einer Reise zurück – erschöpft, aber sehr glücklich. Dann erzählte er mir alles, was er erlebt hatte, wobei er wohl die besonders geheimen Punkte aussparte, aber doch mit spürbarer Begeisterung. Diese Freude hielt das ganze Jahr an, als hätte er sämtliche Prüfungen bestanden. Doch in den meisten Jahren arbeitete er von einem einundzwanzigsten Dezember bis zum nächsten, wobei er in manchen Jahren wirkte, als wäre seine Aufgabe unlösbar, in anderen, als wäre sie zutiefst verstörend, und in wieder anderen als wäre sie schlicht langweilig. Und dann waren da noch die besonders schlechten Jahre. Als ich zum letzten Mal aus Richmond zurückkam, wurde mir sofort klar, dass das Jahr seines fünfzigsten Geburtstags ein besonders schlechtes werden würde. Ich befürchtete genau das, was dann tatsächlich geschah.

A.: *[Rasch, um zu vermeiden, dass ihm der Regen wieder eine dramatische Pause stiehlt.]* Diese Gesellschaft … wissen Sie, ob sie Decknamen benutzten?

STRÜCKNER: Decknamen? Nein. *[Kurze Pause.]* Nein, nein, da bin ich mir ziemlich sicher. Obwohl … doch, sie gaben sich solche Namen.

A.: Es ist in Ordnung. Sagen Sie ruhig, was Sie wissen. Man erwartet Diskretion von Ihnen, keine Taubheit.

STRÜCKNER: *[Kurzes Lachen.]* Also … sie liebten Hinweise auf die römische und griechische Klassik. Sie sagten zum Beispiel: »Er ist Archimedes.« Oder: »Ich wünschte, ich wäre Sophokles.« Es hörte sich an wie ein Theaterseminar.

A.: Hatten Sie auch einen Decknamen?

STRÜCKNER: Ich? *[Der Klang eines amüsierten Grinsens.]* Ja, tatsächlich. Ab und zu nannte mich Wells »Aeschylos«. Warum, weiß ich nicht.

A.: Mr Strückner, wissen Sie, dass Ambrose für Sie eine Nachricht auf seinem Schreibtisch hinterlassen hat?

[Zweite kurze Pause.]

STRÜCKNER: Woher wissen Sie das?

A.: Ich habe das Kuvert gesehen. Haben Sie die enthaltene Nachricht entschlüsselt?

STRÜCKNER: Ich habe sie vernichtet. Woher wissen Sie, dass sie verschlüsselt war? Hat Mr Knox Ihnen davon erzählt?

A.: Nein. Ich weiß es, weil ich den Umschlag gesehen habe und weil Aeschylus das Schlüsselwort war. Oder war es das nicht?

STRÜCKNER: *[Seufzt.]* Ja, war es. Ein simpler alphabetischer Code. Mr Wells pflegte auf diese Art Nachrichten mit Mr Ford auszutauschen. Er hat mir gezeigt, wie das geht.

A.: Also haben Sie die Nachricht entschlüsselt.

STRÜCKNER: Ja, das stimmt.

A.: Aber Sie haben die Anweisungen nie ausgeführt.

STRÜCKNER: Ich konnte es nicht. Die Botschaft verwies auf den Safe in seinem Büro. Doch ich kenne die Zahlenkombination nicht.

A.: Er hat nicht den Safe gemeint. Die Nachricht lautet: »Schauen Sie hinter dem Van Krugge nach«, richtig? Er hat hinter dem Gemälde eine Nachricht für Sie versteckt.

STRÜCKNER: Was? Du meine Güte!

A.: Würdest du sie bitte holen, Niamh? Keine Sorge, Sir.

Ambrose trifft die Schuld daran. Er neigte dazu, Dinge zu verkomplizieren.

STRÜCKNER: Wie dumm von mir. Das war es, wonach Mr Knox suchte.

A.: Ah … dieser Mr Knox. War er auch ein Freund von Ambrose?

STRÜCKNER: O ja. Sie trafen sich ziemlich regelmäßig. Er wohnt in Lawrenceville. Nach Ambroses Tod rief ich ihn sofort an, und er kam gleich her.

A.: Danke, Niamh. Mr Strückner, das ist … Ambroses Brief an Sie.

[Papier wird entfaltet.]

Also … wir bringen das hier in die Küche und lassen Sie einen Moment allein.

[Teetassen werden auf ein Tablett gestellt und leise klirrend davongetragen, begleitet von Schritten. Eine schwere Tür schließt sich, und es wird still. Nur das Prasseln des Regens ist zu hören.]

[Ein paar Minuten vergehen.]

[Papier wird leise raschelnd gefaltet. Im Hintergrund, leiser als der Regen, ein gepresstes Schluchzen, für einen kurzen Moment. Und, gedämpft hinter großen, schlanken Fingern, wird ein großer Kloß in der Kehle heruntergeschluckt.]

[Die Tür wird geöffnet. A.'s Stimme nähert sich.]

A.: Wie wäre es mit einem Whisky, Mr Strückner? Wir haben eine Flasche gefunden.

STRÜCKNER: Nein. *[Atmet schnaufend ein, um die Fassung wiederzugewinnen.]* Nein, danke. Es geht schon.

A.: Es tut mir leid, Sir. Ich weiß, dass Sie mehr verloren haben als einen Arbeitgeber.

STRÜCKNER: Das ist schon in Ordnung. Er … *[Seufzt.]* Die meisten Leute hielten ihn für einen Eigenbrötler, wegen seines zurückgezogenen Lebensstils in den letzten Jahren. Aber ich denke, er hat mehr gesehen und erlebt, als die meisten Menschen sich je erträumen würden.

[Ein Stuhl seufzt, erleichtert.]

Nun … ich denke, ich sollte mich auf den Rückweg nach Washington machen.

A.: Mr Strückner, ich habe noch eine Frage an Sie: Sie haben ja sicher gelesen, dass Mr Wells ein Buch erwähnte. Wir konnten dieses Buch nicht finden.

STRÜCKNER: Dieses Buch.

[Der Brief wird wieder entfaltet …]

Ich habe wirklich keine Ahnung, was er damit meint.

[Enttäuschtes Seufzen.]

A.: Offenbar gab es da ein Buch, das Sie bei einem Baum sitzend gelesen haben.

STRÜCKNER: Aber ich erinnere mich nicht, je draußen bei den Bäumen gelesen zu haben.

A.: Es war ein Kinderbuch. Vielleicht eines, das Sie und Ambrose gemeinsam gelesen haben.

STRÜCKNER: Wir haben nie etwas zusammen gelesen.

A.: Oder eines, das Sie sich aus der Bibliothek ausgeliehen haben.

STRÜCKNER: Nein, nein, Sie verstehen nicht. Als ich hierher kam, sprach ich kein Wort Englisch. Ich hatte mit meiner Mutter in Aarau gelebt. Englisch lernte ich erst, als ich hier im Haus arbeitete. Ich habe mit Ambrose gespielt, weil … na, weil Kinder einfach lernen, miteinander klarzukommen. Aber damals konnten wir uns kaum verständigen, geschweige denn ein Buch gemeinsam lesen.

[Ein unpassender Donner rumpelt im Hintergrund – einer, der eine andere Schlüsselstelle des Dialogs perfekt hätte untermalen können.]

A.: Also sind diese Briefe …

STRÜCKNER: Es tut mir leid, aber ich weiß nicht, wovon er da schreibt. *[Die Stimme entfernt sich etwas vom Mikrofon.]* Sie waren beide sehr freundlich zu mir, aber ich fürchte, dass der Sturm sich wieder verschlimmert. Also ist es wohl besser, wenn ich …

A.: Möchten Sie nicht bis morgen bleiben? Ich fürchte, bei dem Unwetter sind die Straßen nicht sicher.

STRÜCKNER: Das ist wirklich sehr nett von Ihnen, aber ich habe nur den Sonntag zur persönlichen Verfügung. Gleich morgen früh muss ich bei meinem neuen Hausherrn pünktlich zur Arbeit erscheinen. Schließlich bin ich Butler, wenn Sie verstehen.

A.: Oh, jetzt, wo Sie Ihren Beruf erwähnen … Niamh? Ich denke, Sir, das gehört jetzt Ihnen.

STRÜCKNER: Oh. *[Lacht leise auf.]* O mein Gott.

A.: Es war Ambroses Wunsch. Ich glaube, das Bild ist ein paar Dollar wert.

STRÜCKNER: Oh, ja, das ist es. Das weiß ich. Ich war dabei, als er es per Telefon ersteigerte.

A.: Ja, das sieht ihm ähnlich. Er hat keine Kosten gescheut, um einen hässlichen Safe zu verstecken.

STRÜCKNER: Danke. Ich danke Ihnen von Herzen.

A.: Was meinen Sie, können Sie sich damit zur Ruhe setzen?

STRÜCKNER: Also … das weiß ich nicht. *[Eine Pause, die nicht lang genug ist, um wirklich nachzudenken. Amüsiert:]* Gott, ich weiß es nicht. Ich wüsste gar nicht, was ich mit meiner Zeit anfangen soll. Mein ganzes Leben habe ich mich um reiche Leute gekümmert.

A.: Na ja … ob Sie sich nun zur Ruhe setzen oder nicht – wenn es Ihnen nichts ausmacht, in Gesellschaft reicher Leute zu leben, warten hier immer ein Bett und ein Job auf Sie. Und wir sind wirklich pflegeleicht. Unsere Hygiene-Standards sind überraschend gering.

STRÜCKNER: *[Lacht.]*

A.: Damit will ich sagen: Wenn Sie einen Job suchen, hier haben Sie einen. Und wenn Sie sich zur Ruhe setzen wollen … Nun, das ist ebenso das Haus Ihrer Familie wie meiner.

STRÜCKNER: Sir, bitte verstehen Sie mich nicht falsch. Aber für mich sind mit diesem Haus … schwierige Erinnerungen verbunden. Und … ich sehe in Ihren Augen, dass sich wirklich jemand um Sie kümmern sollte.

A.: Ich habe Niamh. Machen Sie sich um mich keine Sorgen.

STRÜCKNER: Zu spät, Sir. Ich mache mir Sorgen. Es ist mein Job, mich zu kümmern. Aber ich wünsche Ihnen beiden das Beste.

A.: Danke, Mr Strückner. Es war mir ein Vergnügen.

STRÜCKNER: Ganz meinerseits.

[Das Rascheln von Händen, die geschüttelt werden.]

Miss. Es war mir eine Freude, Sie kennenzulernen.

[Ein Stift kratzt über Papier.]

Oh, danke! Wie reizend von Ihnen. Ich danke Ihnen sehr.

[Alle Stimmen entfernen sich vom Mikrofon.]

A.: Sie müssen versprechen, uns zu besuchen, wenn Sie in der Gegend sind.

STRÜCKNER: Ich kann nicht versprechen, dass ich einen so weiten Ausflug unternehme, aber falls doch, versprechen Sie mir bitte, dass ich Sie in guter Verfassung vorfinde.

[Ferne Stimmen hallen unverständlich in der Eingangshalle wider. Weit entfernt wird eine Tür geöffnet. In unmittelbarer Umgebung des Mikrofons ist nur noch das Rauschen des anscheinend unermüdlichen Windes zu hören.]

[Einen Moment später: Eine Tür schließt sich in der Ferne.]

[Schritte nähern sich. Ein Stift kratzt über Papier.]

A.: Ja, ich weiß.

[Eine Person kommt näher und lässt sich nahe beim Mikrofon aufs Sofa fallen.

[Ein paar Klaviertöne fallen wie Regentropfen. Es ist Sinéad O'Connors »John, I Love You«.]

[A. atmet tief durch. Langsam wird ein Blatt Papier entfaltet.]

[Leise:] »jenes wunderbaren Buches aus unserer Kindheit ...«

[Text von Sinéad O'Connors Song: [»I let my tears fall like rain / Apple-sized they were / All over her ...«] *

»das Sie bei einem Baum zu lesen pflegten ...«

[»And through all of those times/ When you could have died / This is what you find ...«] **

* »Meine Tränen fallen wie Regen / Groß wie Äpfel waren sie ...«

** »Und während all dieser Zeit / Als du fast gestorben wärest / Fandest du das ...«

… bei …

[»There's life outside your mother's garden …«] *

einem Baum …

[»There's life beyond your wildest dreams …«] **

Bei … einem … Baum

[There hasn't been any explosion / We're not spinning like –«] ***

Scheiße!!!

[Das Klavierspiel stoppt, mit fragender Not. Der Regen nicht. Stimme und Schritte stürzen davon.]

Schnell, die Autoschlüssel! Ehe er den Highway erreicht!

[Der Wind braust plötzlich lauter, weil eine Tür geöffnet, dann sofort zugeschlagen wird.]

[…]

[Die Tür öffnet sich wieder.]

NIAMH: *[Sehr lauter, auffordernder Pfiff.]*

[Schritte nähern sich: Niamh nimmt rasch den Rekorder. Verzerrter Lärm begleitet folgende Geräusche: rutschende Schritte auf Parkettboden, ungeduldige Pfiffe, sprintende

---

* »Es gibt Leben außerhalb des Gartens deiner Mutter …«

** »Leben wilder als deine wildesten Träume …«

*** »Es gab keine Explosion / Wir wirbeln nicht herum wie …«

Hundepfoten auf der Treppe, der lauteste jemals zu hörende Platzregen, etwa zehn Sekunden lang Turnschuhe und patschende Pfoten auf einem Kiesweg, eine Autotür öffnet und schließt sich, das Getöse des Sturms zu einem lauten, das Auto umgebenden Trommelwirbel dämpfend.]

A.: Help, auf den Rücksitz. Den Rücksitz!

[Der Digitalrekorder wird auf den Rücksitz geworfen, landet aber irgendwo im Fußraum. Der Motor wird gestartet. Etwas Fluffiges schüttelt sich.]

Wirklich super, Help, danke!

[Der Audi rast los. Sicherheitsgurte werden angelegt.]

Es ist nicht bloß eine Verschlüsselung. Es ist ein Wortspiel. Beeil dich! Hoffen wir, dass irgendwo die Straße gesperrt ist und er dadurch aufgehalten wird.

[Ein lautes Quietschen. Der Trommelwirbel wird unregelmäßig, sobald der Wind dreht.]

[Es folgen fünf Minuten halsbrecherischen Fahrens.]

Da! Straße wegen Unwetter gesperrt! Da ist er. Er setzt zurück!

[Autohupe. Lärm. Türen öffnen sich. Der Regen prasselt wie Kieselsteine. Der Wind brüllt. Stimmen sind kaum zu verstehen.]

[Ein Autofenster wird geöffnet.]

A.: Wie sagt man »by a tree« auf Deutsch?

STRÜCKNER: Wie bitte?

A.: Auf Deutsch! »By a tree« – wie heißt das auf Deutsch?!

[Donner kracht wie ein entgleister Zug, der ein Einkaufszentrum dem Erdboden gleich macht.]

STRÜCKNER: Hm … »bei« b, e, i … Äh … »a tree« …

A.: Was ist das deutsche Wort für »tree«?

STRÜCKNER: »Baum«, aber – OH, VERDAMMT … Entschuldigung.

A.: Was?

STRÜCKNER: Baum! L. Frank Baum! Und »by« im Englischen heißt ja nicht nur »bei«, sondern auch »von«! *Der Zauberer von Oz* ist das Buch, das »by a tree«, also »von einem Baum« geschrieben wurde!

20. NOVEMBER

A.'S TAGEBUCH

L. Frank Baum schrieb vierzehn Bücher, die im Phantasieland Oz spielen, und noch einundvierzig weitere Romane, von denen viele in der Bibliothek von Axton House stehen. Das fanden wir mit Hilfe des Katalogs heraus, und zwar unmittelbar nach einer wortlosen Fahrt nach Hause, als wir drei mit tropfenden Mänteln in die Bibliothek gestürmt waren – nein, wir *vier* tropften. Help war auch dabei.

Niamh hatte die Idee, die uns zum richtigen Buch führte: Sie ging zu dem Baum-Buch, das im höchsten Regal stand und Personen, die kleiner als Strückner waren, entgangen wäre. Sie kletterte auf meine Schultern, um es herunterzuholen.

Der Titel lautete *Der magische Monarch von Mo*, eine Ausgabe von 1930 mit Illustrationen von Frank Ver Beck, was mir erst auffiel, als ich es zum zweiten Mal durchblätterte. Beim dritten Mal, Strückner hatte sich inzwischen auf der eisernen Galerie zu uns gesellt, bemerkten wir den Trick: Mehrere Seiten waren an den Rändern so zusammengeklebt worden, dass sie drei Taschen bildeten. Inzwischen atmeten wir wieder ruhig genug, um einen Brieföffner zu benutzen und dem Buch so einige Beschädigungen zu ersparen. Es zeigte sich also, dass auch das Schütteln sämtlicher Bücher in der ganzen Bibliothek nichts genützt hätte.

In diesem Moment, als wir den Geheimfächern in dem Buch drei versiegelte Briefkuverts entnommen und auf den Bibliotheksschreibtisch gelegt hatten und Niamh entschlossen den Brieföffner schwang, gewann bei Strückner sein Butlertum die Oberhand über seine Neugierde:

»Ich gebe zu, dass ich sehr gerne wissen möchte, was darin steht«, sagte er. »Aber die Briefe sind nicht für uns bestimmt.«

Niamh und ich schauten uns an. Ich sagte zu Strückner, dass er damit natürlich vollkommen recht habe. Also legten wir sie in die Schreibtischschublade, und ich wies Niamh an, sie am nächsten Morgen mit unserem täglichen Brief an Tante Liza zu verschicken.

Sie niefte zustimmend.

Und natürlich führte sie die Anweisung nie aus.

Am nächsten Morgen standen wir besonders früh auf, um Strückner erneut Lebewohl zu winken. Er hatte am Abend seine neuen Arbeitgeber angerufen und sich entschuldigt, als sei es völlig unverzeihlich, durch einen Tornado aufgehalten zu werden.

Das postapokalyptische Morgengrauen nach dem Unwetter war erstaunlich. Selbst für amerikanische Verhältnisse.

Sobald Strückners Wagen hinter den Bäumen verschwunden war, rannten wir nach oben, um die Briefe zu öffnen.

BRIEF

Axton House
Point Bless, VA

Dr. V. Belknap
402 Lafayette St.
Midburg, VA 26900

Liebe Frau Dr. Belknap,

ich bedaure sehr, Ihnen mitteilen zu müssen, dass ich unsere Sitzungen nicht fortsetzen kann. Aufgrund von gesundheitlichen Problemen ist die lange Fahrt nach Midburg inzwischen zu beschwerlich für mich, selbst wenn sie nur alle drei Monate notwendig ist.

Bitte glauben Sie mir, dass ich es sehr bedaure, unsere professionelle (und, möchte ich hinzufügen, was mich betrifft, freundschaftliche) Beziehung so abrupt beenden zu müssen. Nicht nur, weil unsere Sitzungen, wie mir klar wird, weitaus fruchtbarer waren, als ich es mit meinem unheilbaren Zynismus für möglich gehalten hatte, sondern auch weil sie mir einen Anlass boten, einen schönen Tag außer Haus zu verbringen. Ich genoss die lange Fahrt, das gemütliche Café unter Ihrer Praxis, und vor allem das einstündige Gespräch mit Ihnen. Während ich auf der Straße des Lebens abwärts fahre, wofür mein Körper und mein Geist die Zeche zahlen, finde ich es zusehends unwichtiger, die immer rascher verschleißenden Teile zu reparieren. Viel wichtiger erscheint es mir jetzt, das wertzuschätzen, was noch übrig ist. Daher danke ich Ihnen hiermit für Ihre wirkungsvolle Behandlung meiner drängendsten Leiden: Selbstbezogenheit und Langeweile.

Gestatten Sie mir – als persönliche Anmerkung und nur für den Fall, dass Ihnen etwas daran liegt, unsere Gespräche über Träume und dergleichen fortzusetzen –,

Ihnen etwas Literatur zu diesem Thema zu empfehlen? Versuchen Sie es mit U. Bianchis Artikel in der Juni-Ausgabe des Jahrgangs 1968 der Zeitschrift *Mind & Beyond*. Und wenn Sie die Auffassungen, die er vertritt, tolerierbar finden, sollten Sie sich seine Bibliographie anschauen – insbesondere J. Kuttner und I. Dänemarr. Mir ist nicht entgangen, dass Sie, als ich diese Namen erwähnte, höflich ein spöttisches Lächeln unterdrückten. Aber ich empfehle sie Ihnen jetzt nicht als Patient, der Verständnis benötigt, sondern als Freund. Lesen Sie sie, wenn Sie möchten, zum Gedächtnis an Ihren zweifellos trivialsten Fall.

Mit herzlichen Grüßen
Ambrose Gabriel Wells

BRIEF

14.2.1995

Axton House
Point Bless, VA

Mr Curtis Knox
120 Vaughan St.
Lawrenceville, VA 23868

Lieber Curtis,

wenn dich dieser Brief erreicht, wirst du besser wissen, was aus mir wurde, als ich es jetzt weiß. Ich wage dies zu behaupten, weil du Socrates bist, und wir wissen beide, dass Socrates nicht viel reiste. Jedes Jahr wähle ich eine andere Einleitung – denn ich habe diesen Brief seit 1974 jedes Jahr umgeschrieben, für gewöhnlich um die

Zeit meines Geburtstages. (Ich hatte immer das Gefühl, dass ich nicht im Winter gehen würde, am Beginn einer neuen Kampagne. Allerdings befürchte ich, immer wieder einmal, besonders an den Abenden vor den Treffen, wenn Strückner die Zimmer vorbereitet, dass es in einem Jahr, vielleicht nicht in diesem, hoffentlich auch nicht im nächsten, aber früher oder später so scheußlich wird, dass wir noch nicht einmal eine Nacht durchhalten werden. Ich habe das noch nie zur Sprache gebracht, aber so denke ich darüber. Ich frage mich, ob du es auch so siehst.)

Aber entschuldige bitte: Ich schweife ab. Wie du sicher schon vermutest, ist dies nicht der Abschiedsbrief eines Selbstmörders. Während ich diese Zeilen schreibe, habe ich keinerlei Absichten, meinem Leben ein Ende zu setzen. Ich schreibe sie, weil ich fürchte, dieses Ende könnte mir gegen meinen Willen bevorstehen.

Wenn das so sein sollte, will ich rechtzeitig dafür sorgen, dass einige wichtige Angelegenheiten geregelt werden. Jemand muss sich um unsere Gesellschaft kümmern. Als Mitglied wird von mir erwartet, dass ich einen Ersatzmann für mich vorschlage. Als Gastgeber bin ich entschlossen, einen neuen Kurs einzuschlagen. Als unser Historiker vertraue ich dir mein posthumes Stimmrecht bezüglich der Zukunft unserer Gesellschaft an. Und ich stimme dafür, die Gesellschaft *aufzulösen*.

Ja, ich weiß, was du jetzt denkst: dass ich ein Heuchler bin. Das bin ich wirklich. Und ich war es zweiundzwanzig Jahre lang. In jedem Februar schreibe ich einen mahnenden Brief über unsere Aktivitäten, und ich plädiere dafür, kein weiteres Treffen mehr durchzuführen. Und doch, wenn das Treffen näher rückt und mein Brief ungelesen bleibt, sage ich: Lass uns weitermachen, noch ein Jahr! Einfach gesagt möchte ich, dass ihr alle das Spiel beendet, schon allein, weil ich nicht mehr mitspielen kann.

Es stimmt, Curtis. Ich bin ein schlechter Verlierer. Aber weil ich weiß, dass du nicht hartherzig genug bist, den Brief eines Toten einfach zu ignorieren, will ich versuchen, meinen Standpunkt zu rechtfertigen.

Erstens bin ich ein Wells. Wie du weißt, verhilft mir das zu ein paar Privilegien. Als Gastgeber lade ich zu den Treffen ein. Die Mitglieder berichten an mich. Die Archive befinden sich hier in meinem Haus. Mein Großvater Horace gehörte zu den ersten Spielern. Ohne ihn hätte es unsere Gesellschaft nie gegeben. Wir würden uns nicht treffen. Wir könnten nachts schlafen. Wir würden friedlich in Unwissenheit vor uns hin leben. Ein Wells hat einst das Spiel begonnen; möglicherweise eröffnet sich einem Wells nun die Chance, es zu beenden.

Zweitens bin ich kinderlos. Was für euch alle etwas nach sich zieht, was unsere Gesellschaft früher immer vermieden hat: eine Nachfolge-Debatte. Als mein Großvater die Leitung der Gesellschaft an meinen Vater vererbte, wurde das von keinem Mitglied infrage gestellt. Und als mein Vater vergaß, ein Testament aufzusetzen, protestierte niemand dagegen, dass Stillwall mein Lehrer wurde und mir die Leitung übertrug. (Hast du eigentlich schon einmal darüber nachgedacht, dass mein Vater, der tatsächlich Selbstmord beging, keinen Abschiedsbrief hinterließ? Ist dir bewusst, dass auch das ein Versuch gewesen sein könnte, die Gesellschaft aufzulösen?)

Drittens: Ich bin tot. Und hier folgt nun das, was mein Vater euch damals mitzuteilen versäumte. Er fühlte sich sehr wahrscheinlich so, wie ich mich jetzt fühle, so wie wir alle uns in schlechten Jahren fühlen. Aber er nahm sich selbst das Leben. Nicht das Spiel hat ihn getötet, das dachten wir alle.

Nun, diesmal ist das anders, Curtis. Das Spiel hat *mein* Leben zerstört. Das Spiel ist verantwortlich. Und es hat noch mehr Leben zerstört – Spears, Lutz, Dagenais … muss ich weitere Namen aufzählen?

All das kannst du den Mitgliedern darlegen und zur Diskussion stellen. Du kannst dir das rote Notizbuch aus der obersten linken Schublade im Studierzimmer in der zweiten Etage ausleihen, in dem du alle ihre Kontaktinformationen findest. Dort findest du auch den Schlüssel zu meinen Archiven, die nun dir gehören. Du kannst damit tun und lassen, was immer du willst. Ich habe deine rednerische Begabung stets bewundert, Curtis. Ich bin sicher, dass am Ende der Debatte die Gesellschaft deinen Vorschlägen folgen wird, wie auch immer diese aussehen mögen. Den Schlüssel für den Fortbestand unserer Gesellschaft werde ich allerdings dem Sekretär anvertrauen. Damit möchte ich sicherstellen, dass es überhaupt eine Debatte geben wird.

Ich weiß, dass ich euch neunzehn damit nicht vor ein unlösbares Problem stelle. Neue Situationen erfordern neue Maßnahmen, und unsere Gesellschaft verfügt über wunderbare Improvisationstalente. Wir sind schließlich nicht an in Stein gemeißelte Gesetze gebunden. Was wir tun, ist ein bourgeoiser Zeitvertreib, weiter nichts.

Leb wohl, mein Freund.

Dein wahrhaftiger
Ambrose Gabriel Wells

BRIEF

[An Caleb Ford in Clayboro, Virginia]

```
Q H T B A G L I L I O G N E D W
R B R N U I E Y Y D U D X P Q N
Q E O X I P G P I T A E E D D X
M O T D V P T I A B P R T O N E
O P N L L K P B P X Y E X K C P
R B C E Q H L A M C R N O R Q N
Y E Z C D E B C A E P H O D N R
W G L Z Q R U O I Z L X L I R K
A E T L Y D O D Y D I L M K B U
T E C L Q O O E R B R Z A E C P
Y D N L N O L I W O Y I G B T Q
Y D O T C P V Y B L G O O V C E
D B N P O E R B L H D M X A B L
L Z E G T H N L H S U H D Y Y D
B Y F O H L G U I L N R G B M O
T E O P D Z B T A E Y D I L Q O
```

NIAMHS NOTIZBLOCK

(Frühstück im Gordon's)

- Und? Was hältst du davon?

- Hast du letzte Nacht überhaupt geschlafen?

- Ein paar Stunden.

- So kannst du nicht weitermachen.

- Können wir uns jetzt bitte auf die Briefe konzentrieren?

(... ich nicht.)

- Sieh mal: Dr. Belknap ist offensichtlich eine Therapeutin. Sie hat nichts mit dieser Sekte oder Gesellschaft zu tun. Bleibt also Knox.

- Ambrose vertraute ihm, aber nicht völlig.

- Er teilte ihm seinen letzten Willen mit, doch den Taktstock, wie du es ausgedrückt hast, übergab er an Caleb, den »Sektretär«.

- & verschlüsselte ihn.

(Wir schauen uns die Verschlüsselung an.)

- Mit was für einer optischen Illusion haben wir es zu tun?

- Ist nicht wie die Aeschylus-Notiz – zu lang.

- Strückner sagte, Calebs Vater hätte mit Ambroses Vater als Soldat im Krieg gedient. Vielleicht hatten sie beide mit Kryptographie zu tun. Sicher haben wir es hier mit einer anspruchsvolleren Variante zu tun. Was ist anspruchsvoller als ein Substitutions-Verschlüsselungsverfahren?

- Alles.

- Yup. Das habe ich befürchtet. Okay. Ich werde es mir anschauen.

- Ich übernehme das. Du solltest etwas schlafen.

20. NOVEMBER (ABEND)

TRAUMJOURNAL

Ich schlafe im Park, und die Polizisten kommen und reden mit mir und piksen mit ihren Schlagstöcken auf mich ein. Ich kann sie nicht verstehen. Plötzlich halte ich einen Schlagstock fest, der gegen meinen Arm gestoßen wird. Ich sehe vorher, wo der andere Schlagstock landen wird, ducke mich und trete den Angreifer, ehe er etwas dagegen tun kann.

Ich brauche keine fünf Sekunden, um sie bewusstlos zu schlagen. Erstaunt sehe ich ihre Körper im Schnee liegen. Ich schaue auf meine Hände.

Ich schaue auf meine Hand. Da ist ein Zauberwürfel.

Ich schaue auf meine Hand. Da ist eine Granate, mit gezogenem Sicherungsstift.

Ich schaue auf meine Hand. Ich halte zwei Fünfen.

Ich schaue auf meine Hand: Sie sehnt sich nach dem Fenster, die Finger umklammern Sonnenstrahlen, aber sie schaffen es nicht. Und das Monster rammt die Mistgabel in mich, und im Aufwachen höre ich das Geräusch meiner zerbrechenden Rippen.

AUSZUG AUS JOHN LEEKS *GHOSTS OF GHOSTS*

Wenn wir die Parapsychologie »resetten« wollen, wie Bach es ausdrückte, besteht die größte Herausforderung darin, nicht die gleichen Fehler zu wiederholen. Wir haben uns darauf geeinigt, ein neues Werkzeug zu benutzen: die wissenschaftliche Methode. Doch dieser neue Zement wird schnell an Qualität verlieren, wenn er von den zwei gefährlichsten Giften der Wissenschaft kontaminiert wird: dem Egoismus und seinem großen Bruder, dem Anthropozentrismus [...] Um erneut Ernest Bach zu zitieren (10): »Die seriösen Fragen, auf die die Parapsychologie Antworten finden sollte, lauten: *Gibt es Geister?*, was eine faszinierende Herausforderung für jeden geistig offenen Menschen darstellt, und: *Was sind sie?*, was doch jeden echten Wissenschaftler interessieren sollte. Die falsche Frage lautet: *Was wollen Geister von uns?* [...]«

Selbst ich habe immer noch Mühe, diese Gespenster-Angelegenheiten nicht *persönlich* zu nehmen. Hier ist einer der Gründe dafür: Während meiner jahrelangen Arbeit an diesem Buch waren viele Kollegen so freundlich, das Manuskript zu lesen und mir ihre Ansichten dazu mitzuteilen. Die überwiegende Mehrheit fand die Liste meiner zehn sicheren Erkenntnisse über Geister zu mager. Ich hätte zu viel ausgesiebt. Doch ein besonders wertvolles Feedback kam von einem inzwischen verstorbenen guten Freund, den wir Jonathan nennen wollen – ein reiner Psychologe, also »para-frei«. Für das Übernatürliche interessierte er sich nur auf der Amateur-Ebene. Als er meine zehn Grundmerkmale las, nahm sich dieser strikte wissenschaftliche Denker sofort meinen Punkt fünf vor: »[Geister] können sprechen, weswegen davon auszugehen ist, dass sie über menschliche Intelligenz verfügen.« Dazu bemerkte er: »Das ist ein logischer Trugschluss. Papageien können ebenfalls sprechen, verfügen aber nicht über menschliche Intelligenz.«

Ist mein Punkt fünf nicht ein ausgezeichnetes Beispiel dafür, wie unser Anthropozentrismus uns zu Spekulationen verführt? Wir wissen nicht, was Geister sind, vergleichen sie aber dennoch mit uns selbst. Wir hören Stimmen: Also nehmen wir an, Geister wären menschlich.

Wir sehen eine Gestalt: Also versuchen wir, in ihr die Umrisse einer menschlichen Person zu erkennen. (Dabei sieht die Gestalt eigentlich mehr aus wie ein formloser Klecks, weswegen wir phantasieren, Geister würden lose Gewänder oder Umhänge tragen.) Zwar stimmt es, dass die Verwendung aseptischer Formulierungen wie *paranormale Phänomene* dazu dienen soll, Geister weniger zu vermenschlichen, aber wenn wir nicht sehr gut aufpassen, fangen wir rasch wieder an, Menschliches in sie hineinzuinterpretieren. Wir sind stark von der alten Idee geprägt, Geister wären Menschenseelen, die sich nach dem Tod verirrt haben. Doch das gehört nicht zu unserer Liste wissenschaftlich gesicherter Erkenntnisse: Es handelt sich um Volksglauben und Religion, einen andersartigen Wissensvorrat, der für die Wissenschaft nicht relevant sein kann, weil er ihrer Methodik nicht zugänglich ist.

Manch einer würde Jonathans Einwand vielleicht für destruktiv halten. Ich persönlich bin ihm dankbar dafür. Ich verdanke ihm meine wachsende Skepsis und Verwirrung, die beide für einen Wissenschaftler durchaus nützlich sind. Leichtgläubigkeit dagegen ist schädlich. Jonathan bewahrte sich eine geistig offene, vorurteilsfreie Haltung. Er suchte nie aktiv nach Geistern, aber kurz vor seinem Tod sah er einen. Am nächsten Tag erzählte er mir von diesem Erlebnis und war ganz mit sich und der Erfahrung im Reinen. Eine Woche später starb er an einem Herzstillstand, der durch seinen Bauchspeicheldrüsenkrebs ausgelöst wurde.

VIDEOAUFZEICHNUNG

BADEZIMMER MONTAG 20.11.1995 15:33:03

[Das Licht wird eingeschaltet, und für ein paar Sekunden flackert und tanzt es in der linken Glühbirne über dem Waschbecken wie ein desorientiertes Glühwürmchen. A. blickt hoch und wartet, dass die Glühbirne sich stabilisiert. Ein sanftes Surren setzt ein.]

[A. dreht den Wasserhahn auf und wäscht sich das Gesicht. Er lässt sein nasses Gesicht tropfen, während seine Arme zu beiden Seiten des Waschbeckens herabhängen. Das Wasser läuft. Er schaut nach links, in Richtung Badewanne. Er hält den Atem an.]

[Die Uhr zählt leere Sekunden.]

[Während seine Augen gebannt auf etwas starren, das sich zwischen ihm und dem Duschvorhang befindet, tastet er nach dem Wasserhahn und dreht ihn zu.]

[Er prüft, ob die Kamera aufnimmt, und wendet sich dann wieder dem Nichts vor ihm zu.]

A.: Du gibst dir keine große Mühe mehr, dich zu verstecken, stimmt's?

A.'S TAGEBUCH

Niamhs Vorhersage war treffgenau: Das Unwetter zog ab und hinterließ einen neuen Himmel und eine neue Erde. Ersterer ist silbergrau und vom Krächzen der Krähen erfüllt; Letztere ist einfach nur kalt. Der Wald steht versteinert da. Hohe, ihr Laub abwerfende Birken ragen strückneresk in den Himmel und ahmen den gotischen Stil des Hauses nach, so wie das Haus versucht, seine Umgebung nachzuahmen. Der Boden ist noch schneelos, aber auch … alles los. Bloß und nackt.

Der November ist da.

Wenn es Nacht wird und Axton House zu einer schwarzen, leblosen Silhouette wird, bei deren Anblick Shaggy und Scooby-Doo sich in die Hose machen und flüchten würden, haben wir drinnen beim Duft des Kaminfeuers mit seinen gelb lodernden Holzscheiten heimelige Gefühle. In diesem neuen Licht erscheint es uns wie ein echtes Zuhause, das uns vor dem Winter schützt. Es fühlt sich behaglich, schützend und freundlich an wie eine russische Datscha oder ein Bungalow in den Alpen. Die Holzvertäfelung und die dicken Teppiche verströmen Wärme. Und Niamh verströmt Wärme, wenn sie beim Kaminfeuer sitzt, ihr Kinn auf die Knie gestützt, mit Wangen, die sich röten wie Pfirsiche, der zerbrechlich wirkende Körper in einem Unterhemd in einem T-Shirt in einem Flanellhemd in einer Strickjacke; Schichten, aus denen sie sich allmählich herausschält, während die Hitze sich über uns legt. Und man wünscht sich, irgendwo dort zu sein, zwischen zwei Schichten, niemals ganz innen, aber doch nahe.

BIBLIOTHEK MONTAG 20.11.1995 17:43:43

NIAMH und A. am mit Papieren überladenen Schreibtisch. Sie blättert ein rotes Notizbuch durch. Er betrachtet einen ziemlich großen, viereckigen Schlüssel, den er in der Hand hält.

A.: Hier haben wir also den Schlüssel zu den Archiven. Aber wo ist das Schloss? *[Er spielt mit dem Schlüssel in seiner Hand.]* Das Schlüsselloch muss wie ein Kreuz aussehen. Das ist so ungewöhnlich, dass es doch eigentlich leicht zu finden sein müsste.

[Sie gibt ihm das Notizbuch, er ihr den Schlüssel.]

A.: *[Blättert im Notizbuch.]* Das ist cool, aber ihre Decknamen stehen hier nicht drin. Wir haben also eine Namensliste, und eine Liste mit Codenamen, aber keine Ahnung, welcher Codename zu wem gehört. Ausgenommen drei Personen. Was waren die Initialen in dem Prometheus-Brief?

NIAMH: *[Mit den Füßen auf dem Tisch kritzelt sie drei Buchstaben auf einen Post-it.]*

A.: *[Liest.]* S.W.L. *[Blättert ein paar Seiten um.]* Das ist Silas W. Long aus … *[Runzelt die Stirn.]* »Butt, Montana?« *[Fragend zeigt er ihr die Seite.]*

NIAMH: *[Amüsiert formt sie mit den Lippen ein Wort für ihn.]*

A.: Butte. Butte, Montana. Danke. Oh, und wir wissen, dass Curtis Knox Socrates ist. Damit sind vier Decknamen entschlüsselt. Vier von zwanzig. Zwar nur ein kleiner Schritt, aber nach vorne, würde ich denken.

NIAMH: *[Schreibt auf ihren Notizblock.]*

A.: *[Liest laut aus dem Brief, den er in der Hand hält.]* Socrates reiste nicht viel. Was bedeutet das?

NIAMH: [Hält ihm ihren Block hin.]

A.: *[Liest und steht dann auf.]* Ich weiß nicht. *[Wühlt in den Papieren auf dem Schreibtisch.]* Wo ist die Kassenbuchseite mit den Codenamen?

[Niamh fischt sie aus dem Papierdickicht und gibt sie ihm.]

Danke. *[Geht, an den Schreibtisch gelehnt, die Liste durch.]* Na ja, ich habe nicht viel klassische Bildung genossen, aber … Leonidas war ein Held der Schlacht bei den Thermopylen gegen die Perser. Und Hector verteidigte in der Ilias Troja. Dann Archimedes, Sophocles, die sind ja bekannt.

NIAMH: *[Zuckt mit den Achseln.]*

A.: *[Starrt sie an.]* Du weißt nicht, wer Archimedes war?

NIAMH: *[Sie schreibt ein paar Sekunden, setzt einen Punkt und zeigt es ihm.]*

A.: *[Liest.]* »Der Typ, der nackt herumlief und Heureka rief.« Ja, genau der. Er freute sich so, weil er eine sehr wichtige Entdeckung gemacht hatte.

NIAMH: *[Krümmt sich in einem lautlosen Lachen.]*

A.: *[In Gedanken versunken, bemerkt ihr Lachen nicht.]* Er war ein großer Physiker. Und Sophocles schrieb Theaterstücke. Jetzt ist er ein Typ namens Edward Cutler. Das ist der, der das Telegramm aus Ibiza schickte. Dann Zosimos … den habe ich gestern in der Britannica nachgeschlagen. Das muss Zosimos aus Panopolis sein, ein Alchemist, der aber erst im dritten und vierten Jahrhundert lebte, also einige Zeit nach der klassischen Antike. Socrates alias Curtis Knox ist natürlich ein Philosoph … Und dann tappe ich im Dunkeln, denn die folgenden Namen sagen mir nichts. Dioskuri, Anchises, Elpenor … bei Phoenix klingelt dann wieder etwas bei mir … und mit Alexandros könnte Alexander der Große gemeint sein … Die letzten Namen ergeben dann wieder einen Sinn, aber sie stammen aus der Mythologie, nicht aus der Historie: Chronos, Prometheus … Dieser letzte Teil der Liste kommt mir wie eine Rangfolge vor: Chronos ist … nun, die Zeit, eine Idee, eine Art Urwesen; Prometheus ist ein Titan; Heracles ein Halbgott; und Zeus ist ein Gott. DER Gott. Der König der Götter.

NIAMH: *[Schreibt.]*

A.: *[Schaut sich weiter die Liste an.]* Seltsam. Wenn es sich um eine aufsteigende Rangfolge handelt, befand sich Ambrose, als Leonidas, ganz unten.

NIAMH: *[Hält ihm den Block hin.]*

A.: *[Nachdem er gelesen hat.]* Ja, ich habe nun einmal diese Wirkung auf Frauen. *[Seufzt. Lehnt sich an den Schreibtisch.]* Weißt du, dass das Recherchieren mit dir unglaublich anstrengend ist? Ich muss das ganze Reden übernehmen, während du nur so eine Art lustiger Sidekick bist.

[Er wirft die Kassenbuchseite wieder zurück in das Chaos.]

Tja, ich denke, mehr Informationen gewinnen wir aus den Briefen nicht. Sollen wir sie abschicken?

NIAMH: *[Schüttelt den Kopf.]*

A.: Na gut. Das dachte ich mir. Und wieder einmal wird der letzte Wille eines Toten missachtet.

Wir entschieden, keinen der Briefe abzuschicken. Die verschlüsselte Nachricht an Caleb Ford beinhaltete sicher die interessantesten Informationen, doch ihr Empfänger ist verreist, und wir haben keine Möglichkeit, ihn zu kontaktieren. Es wird also nichts schaden, wenn wir ihn noch eine Weile behalten.

Den Brief an Knox könnten wir natürlich abschicken. Aber wir mögen diesen Typen nicht besonders.

Und dann ist da noch Frau Dr. Belknap.

TONAUFNAHME

MANN:	Praxis Dr. Belknap.
A.:	Hallo?
MANN:	Hallo, Sir.
A.:	Oh, hallo. Entschuldigung, die Verbindung war gestört. Ich hätte gerne einen Termin.
MANN:	Wie ist denn Ihr Name, Sir?
A.:	Ähm … Wells.
MANN:	Ist das Ihr erster Besuch, Mr Wells?
A.:	Ja, Frau Dr. Belknap wurde mir empfohlen.
MANN:	Das freut uns. Nennen Sie mir bitte Ihre Anschrift und Telefonnummer.
A.:	Eins Axton Road, Point Bless, Ponopah, zwei-sechs-neun-sechs. Telefon sieben-fünf-fünf, neun-sechs-drei, viertausend.
MANN:	*[Tippt im Hintergrund.]* Okay, mal sehen … Passt Ihnen Mittwoch, der Dreizehnte?
A.:	Es ist eine Art Notfall. Ich hatte gehofft, schneller einen Termin bei Frau Dr. Belknap zu bekommen.
MANN:	Bei Notfällen können wir Ihnen eher nicht weiterhelfen. Wer hat uns denn empfohlen?
A.:	Wells. Ambrose Wells.
MANN:	Oh, Mr Wells! Wie geht es ihm?
A.:	Er ist tot.

[Abrupt einsetzende Stille.]

	Ich fürchte, ich leide an den gleichen Symptomen wie er. Deshalb ist es ein Notfall.
MANN:	Bleiben Sie bitte einen Moment in der Leitung?

[Eine Taste wird gedrückt. Barocke Kammermusik.]

A.:	Niamh? Niamh hörst du das Gespräch mit?
NIAMH:	*[Kurzes Pfeifen in F.]*

A.:	Zeichnest du es auf?
NIAMH:	*[Kurzes Pfeifen in F.]*
A.:	Im Namen der fehlenden achtzehn Minuten auf den Watergate-Tonbändern, könntest du mir freundlicherweise erklären, warum?
NIAMH:	*[Zwei Pfeiftöne, der erste höher als der zweite.]*
A.:	Nein, natürlich nicht.

*

Schlussendlich quetschten sie mich am nächsten Tag um fünfzehn Uhr in die Sprechstunde.

AUSZUG AUS JOHN LEEKS *GHOSTS OF GHOSTS*

Es mag ironisch klingen, aber auch wenn wir, was die wahre Natur von Geistererscheinungen angeht, alle Vorurteile beiseitelassen, bleibt der Anthropozentrismus weiterhin ein Faktor. Viele kritische Parapsychologen (eine selten verwendete Bezeichnung, die demjenigen, der sich so nennt, die Verachtung nicht nur der Parapsychologen, sondern auch aller anderen einbringt) behaupten wie die Spiritisten, dass Geister menschlicher Natur sind, allerdings mit einem wesentlichen Unterschied: Sie halten Geister nicht für verstorbene Menschen, sondern für Schöpfungen der Menschen […]

M. Cassel (16) gilt als der führende Vertreter dieser Theorie, der zufolge das, was wir übernatürliche Phänomene nennen, insgesamt eine bloße Fehlwahrnehmung sein könnte, Streiche, die uns unser Bewusstsein spielt. Das macht die Phänomene nicht weniger real (so wie ja auch unser Gewissen, Träume oder *Déjà-vus* reale Ereignisse sind, deren objektive Natur ausschließlich auf unserer Übereinkunft beruht, dass wir sie alle subjektiv erleben) […] Leon Karnach (17) leugnet die materiellen Beweise nicht (ebenso wenig wie Cassel sie leugnet), aber favorisiert das Szenario, dass die Beobachter selbst diese Phänomene auslösen. Mit seinen Worten: »Wenn wir davon ausgehen, dass die Reichweite des menschlichen Bewusstseins immer noch unbekannt ist, ist die Theorie plausibler, dass ein Mensch das Flackern einer Lampe mit seinen eigenen mentalen Kräften bewirkt – wenn auch vielleicht unbewusst – als die Annahme, ein Verstorbener könnte diesen Effekt verursachen.« Letztlich kommt der Begriff Parapsychologie aus der Psychologie, die vom griechischen Wort Ψυχή (Psyche) hergeleitet ist, was *Seele* bedeutet, oder, in der heutigen Zeit, *Bewusstsein*. Die subjektive Natur unseres Forschungsgebiets lässt sich offensichtlich nicht leugnen. […]

Wenn man all das berücksichtigt, können Geister als subjektive Erfahrung – *d. h. die menschliche Wahrnehmung realer übernatürlicher Phänomene* – durch eine weitere Reihe von vorsichtig formulierten Merkmalen definiert werden. Ich werde diese nicht durchnummerieren, denn das erweckt den falschen Eindruck, es handele sich um unumstößliche wissenschaftliche Tatsachen.

Zuerst einmal belegen Berichte übereinstimmend, dass an für Spukerscheinungen bekannten Orten Geister von vorurteilslosen Beobachtern wahrgenommen wurden, die nichts über die diesen Ort umrankenden Legenden wussten. Ihre Aussagen sind logischerweise überzeugender als jene Berichte von Augenzeugen, denen die örtliche Legende bereits bekannt war, ehe sie dem Geist begegneten, sodass sie eine solche Begegnung erwarteten. Doch auch die Wahrnehmung unvoreingenommener Beobachter mag immer noch durch das Vorhandensein ästhetischer Konditionierungen oder Topoi ausgelöst werden, von denen niemand frei ist. Zum Beispiel bewirkt der Anblick eines alten, verfallenen Burggemäuers, dass Besucher eher bereit sind, dort schattenhafte Gestalten wahrzunehmen.

Andererseits geht die lokale Legende eines Spukphänomens stets dem Auftauchen des Spuks voraus. Geister werden immer mit bestimmten Personen in Verbindung gebracht, die tatsächlich gelebt haben und in irgendeiner Form bemerkenswert oder außergewöhnlich waren. Das bestätigt, laut Karnach (17), die Subjektivitätstheorie: *Die*

*Lebenden beurteilen, ob ein Mensch bemerkenswert war oder nicht.** Wir bemerken die Geister, weil wir zuvor bereits die Lebenden bemerkt haben.

Außerdem gilt: Wenn wir sie bemerken, bemerken sie, dass wir sie bemerken. (18, 19) […]

Ob es gesundheitliche Effekte gibt, lässt sich nicht eindeutig beantworten. Es gibt aber genügend Berichte, die dies wahrscheinlich erscheinen lassen. Der Aufenthalt an Orten mit Spukphänomenen (Heck House, Vine House, Chillingham, Provnorsk) wurde von unabhängigen Quellen mit akuter Migräne, Halluzinationen, Epilepsie, Blutungen an Augen, Ohren, Nase und mindestens zwei Fällen von Hirnblutungen in Verbindung gebracht. (20, 21)

Menschen, deren Tod kurz bevorsteht, sind offenbar besonders gut in der Lage, Geister wahrzunehmen. (22, 23)

* Die kursiv markierte Textstelle war im Buchexemplar aus der Bibliothek von Axton House mit Bleistift unterstrichen.

21. NOVEMBER

TRAUMJOURNAL

In dem Wäldchen aus Bäumen, deren Rinde wie versteinert wirkt, steht das Mädchen mit den verbundenen Augen in seinem türkisfarbenen Kleid und lauscht. Die Zwillingsschwester mit unverbundenen Augen beobachtet sie aus geringer Entfernung. Sie haben Verstecken gespielt, als jemand die sich versteckende Schwester attackierte. Die raue Hand des widerwärtigen Mannes, der sie festhält, ist auf ihren Mund gepresst und hindert sie daran, zu schreien. Niemand von den dreien wagt es, einen Laut von sich zu geben. In dem ganzen Wald herrscht Totenstille.

Die Sucherin mit den verbundenen Augen hat bemerkt, dass etwas nicht stimmt. Sie ist in Alarmbereitschaft. Mit unsicheren Schritten nähert sie sich dem Mann und ihrer Schwester, aber nicht in gerade Linie, sondern in einem weiten Bogen. Sie entfernt sich zunächst von ihrer Schwester, sich drehend, mit ihren ausgestreckten Armen die Umgebung erfühlend, wobei das türkisfarbene Kleid um sie herumwirbelt. Ihre Schritte sind das einzige Geräusch auf der Welt. Und jetzt nähert sie sich.

Sie umkreist sie wie ein stummer Planet auf seiner Umlaufbahn.

Der widerwärtige Mann ist wie gelähmt. Das Mädchen, das er festhält, versucht nicht mehr zu schreien.

Auch die Sucherin gibt keinen Laut von sich.

Der widerwärtige Mann wünscht sich, er könnte aufhören, Geruch, Wärme oder überhaupt irgendetwas abzusondern.

Dann bleibt das suchende Mädchen stehen, sein Gesicht leicht von ihnen abgewendet.

Es kniet sich auf den Boden. Es nimmt einen Stein. So groß wie seine Faust. Es wirft ihn und zertrümmert dem Mann damit das Nasenbein.

Der Stadtstreicher im Park schlägt die Polizisten nieder.

Ein Hotel explodiert vor dem Hintergrund baufälliger Häuser.

Der Gastank in der Wüste explodiert.

Pumaschuhe prallen auf das Bunkerdach auf der Insel und erzeugen Risse im Zement.

Die Granate pulsiert in meiner Hand. Menschen stieben auseinander. Ich werfe das Ding über die Autos hinweg. Über die Brücke hinweg. In den Fluss. Und alles endet in einer demütig platschenden Fontäne.

Ich lege auf dem Scrabble-Spielbrett ein langes Wort. Auf den Karten befinden sich griechische Buchstaben.

Reiße mir die Infusionskanülen aus dem Arm.

Küsse unter der Decke das rothaarige Mädchen.

Ihre Lippen liebkosen den roten Mohn.

Und ich finde heraus, wie sich der Zauberwürfel mit nur fünf Bewegungen in die Endposition bringen lässt. Ich setze diese Vision in die Tat um. Der Würfel hat jetzt eine einheitlich weiße Seite, und auch die anderen Seiten sind alle einfarbig. Ich blicke zu dem magentafarben geschminkten Mädchen in Unterwäsche auf, und sie lächelt mich an.

AUSZUG AUS
UMBERTO BIANCHI: »WORAUS TRÄUME GEMACHT SIND.«
MIND & BEYOND, JUNI 1968

[…] Der Nobelpreisträger Camillo Golgi lenkte im Jahr 1906 unbeabsichtigt das wissenschaftliche Interesse auf ein Gebiet, mit dem sich bis dahin nur Okkultisten (Jacques Sandoz: *Conversation des âmes*, 1728) und Medien (Salomon Percevaux, der während einer öffentlichen Telekinese-Vorführung im Jahr 1846 angeblich an einem Hirnschlag starb) beschäftigt hatten. Golgis retikuläre Theorie, nach der das Gehirn ein Netzwerk aus Zellen ist, die mittels elektrischer Impulse kommunizieren, weckte das Interesse an möglichen Gedankenübertragungen, nicht bei Ärzten, sondern bei Ingenieuren und Physikern: Teslas im Jahr 1922 durchgeführtes Experiment mit Robben ist ein gutes Beispiel dafür. Selbst nachdem Golgis Theorie von Ramón y Cajals Neuronenlehre verdrängt wurde, hat sie weiterhin Forscher dazu angeregt, die Verbindungen zwischen Gehirn und Körper zu erforschen (Furshban & Potter, 1957). Doch inzwischen hat sich eine neue Schule deutscher Wissenschaftler gebildet, die sich überhaupt nicht für diese Forschungen interessieren. Ihre Ziele sind weitaus ehrgeiziger: die Gehirn-Geist-Verbindung – oder, wie Humphrey Bogart es ausdrückte: »der Stoff, aus dem die Träume sind«.

Trotz ihres mystisch wirkenden Forschungsgegenstandes geht es diesen Wissenschaftlern ausschließlich um physiologische Fragen. Bergemaier, Kuttner, Dänemarr sind Neurologen, keine Psychologen. Jungs Nachfolger sind dafür zuständig, die Inhalte des Bewusstseins zu erforschen; diese Forscher dagegen suchen nach den physiologischen Mechanismen, von denen diese Inhalte aufrechterhalten werden.

Die Elektrizität schien eine elegante Lösung zu sein: eine Energieform, unsichtbar und wenig greifbar, darin den Gedanken ähnlich. Konrad Bergemaier (geb. 1899 in Mainz), einer der ersten Vertreter diese Schule, schien auf der richtigen Spur zu sein, als ihm 1927 die Übermittlung von Kälte- und Wärmeempfindungen zwischen zwei Individuen gelang. Leider führte die übermäßige Vereinfachung dieses Prinzips durch Nazi-Wissenschaftler in die Sackgasse der Versuche telepathischer Informationsübermittlung über Drahtverbindungen. Deren traurigen Höhepunkt bildeten abscheuliche Menschenversuche in den 1940er-Jahren, die diese ganze Forschungsdisziplin in Misskredit brachten. Dr. Eva Ruffs Forschungen an KZ-Häftlingen in Dachau zeigen, welche grässlichen Folgen eine falsche Theorie nach sich ziehen kann.

Doch Bergemaiers Anhänger lassen sich davon keineswegs entmutigen, und selbst heute noch führt die Erforschung alter Ideen mit Hilfe neuer Methoden zu bemerkenswerten Resultaten. Bei Jan Kuttners Arbeit mit Tieren werden neue Techniken des neurologischen Mainstreams sehr schnell praktisch angewendet. Dazu schreibt er: »Dass Gedanken elektrischer Natur sind, scheint das richtige Prinzip zu sein, aber unsere Vorgänger schenkten der biochemischen Unterstützung dieser elektrischen Prozesse keine Beachtung.« Dieser Fehler wird nun korrigiert. In Ostdeutschland ersetzte Karl Hannemann die alten Kupferdrähte zunächst durch tierisches Kollagen und dann durch ein von W. Opfstau entwickeltes Gel. Dieses Gel ermöglichte 1967 den Durchbruch. Zum ersten Mal gelang es, zwischen zwei Versuchspersonen erfolgreich ein mentales Bild zu übermitteln (ein springendes Pferd). Isaak Dänemarr (der ironischerweise selbst zu Ruffs Versuchspersonen gehörte) erwartet, schon bald in der Lage zu sein, Gedanken auf Fotopapier zu »projizieren«.

Sollten diese Wissenschaftler erfolgreich sein, stellen sie damit nicht nur das Ansehen einer in Verruf geratenen Wissenschaftsdisziplin wieder her. Sie werden »Ideen, Phantasien oder Träume übermitteln können, nicht indem über ein Wort oder eine Zeichnung meditiert wird, wobei es sich um eine bloße Suggestion handelt, sondern indem sie lernen, direkt mit der Substanz zu arbeiten, aus der Ideen gemacht sind.« (Bergemaier: *Nachwirkungen*. 1955.) Sie könnten Ideen ins menschliche Bewusstsein einpflanzen oder sie löschen. Sie könnten Träume aufzeichnen. So wird das Zeitalter der elektrischen Erinnerungen beginnen.

A.'S TAGEBUCH

Ich glaube, wir haben den Ort gefunden, wo Wells und sein Klub sich Inspirationen für ihr Mode-Statement holten. Es muss sich um Midburg, Virginia, handeln.

Diese Kleinstadt liegt zwei Autostunden von Point Bless entfernt, aber die Landschaft unterscheidet sich wie die eine Küste von der anderen. Point Bless hat Südstaaten-Atmosphäre; Midburg ist reiner Norden, Ostküste im New-England-Stil. Schmale Straßen wirken noch schmaler, weil die Kronen großer Bäume sich über ihnen berühren und das Straßenpflaster mit einem eleganten Teppich aus Herbstlaub bedecken. Gebäude aus roten Ziegeln schauen gleichgültig hinter schmiedeeisernen Zäune vor sich hin. Der Gesang der Vögel wird nicht von Maschinenlärm übertönt. Alle sehen aus wie Bibliothekare, und niemand schenkt unserem verdächtigen Auto Beachtung.

Ich kann mir denken, warum Ambrose sich eine Therapeutin so weit weg von seinem Heimatort suchte: Er fühlte sich hier zu Hause, unter anderen Männern mit Hüten und zahmen Tauben. Wir waren kaum hundert Kilometer weit gefahren, aber schon allein nach dem so anderen Aussehen der beiden Kleinstädte zu urteilen, könnten wir mehrere Staatsgrenzen überquert haben.

Oder hatten wir wirklich mehrere Bundesstaaten durchquert? Ich wusste es nicht, denn ich hatte fast die ganze Zeit geschlafen.

Wir machten Frau Dr. Belknaps Praxis anhand des Cafés ausfindig, das Ambrose in seinem Brief erwähnt hatte: dunkelgrüne Markisen und ein paar kleine runde Tische hinter den regennassen Fensterscheiben. Hier musste es sein.

Es war 14.45 Uhr – ich erschien also pünktlich zu meiner ersten Therapiesitzung.

TONAUFNAHME

A.: Also, ich weiß es nicht.

[Die ganze Zeit kratzt im Hintergrund ein Stift über Papier.]

Ich glaube, alles hat beim Football-Training angefangen. Nein, ich meine natürlich Fußball. Soccer. Da war dieser Junge. Er war auch nicht besonders gut, aber er spielte sichtlich gern, fühlte sich dabei nicht unwohl wie ich. Ich glaube, ich wollte, dass er mich mochte. An einem Nachmittag war der Trainer wütend auf uns. Warum, weiß ich nicht mehr. Vielleicht, weil er mich mit einem Winken hatte dirigieren wollen. Ich sollte die Verteidigung unterstützen. Stattdessen winkte ich zurück. Zur Strafe mussten wir stundenlang um den Platz laufen. Ich bin mir ziemlich sicher, dass er für mich langsamer lief. Als wir in die Umkleide kamen, waren alle anderen schon weg. Und … es hatte geregnet, wir waren also nass. Also zogen wir uns aus. Und … wir schauten uns an. Und ich erinnere mich noch an den Klang des Regens. Und an das Schweigen der Lämmer. Ich erinnere mich an diese Lämmer.

[Der Stift kratzt auf dem Papier wie eine gestresste Katze.]

Du schreibst das alles mit?

[Das Kratzen hört auf.]

Was … was ist denn das? Soll das etwa ich sein? *[Schnauft, schlägt die Hände gegeneinander.]* Ich lege dir mein intimstes Seelenleben bloß, und du kritzelst eine … Wieso habe ich Flügel? Moment, das sind doch nicht etwa meine Ohren?

[Eine Tür öffnet sich.]

DR. BELKNAP: Mr Wells?

A.: Oh! Hallo.

DR. BELKNAP: *[Hochhackige Schuhe nähern sich.]* Ich bin Dr. Vanessa Belknap. Mein herzliches Beileid.

A.: Danke. Hm, das ist meine Freundin, Niamh Connell. Wir haben gerade …

DR. BELKNAP: Auf meiner Couch herumgemacht?

A.: Ähm … ja. Wow, Sie sind gut. Ich fühle mich bereits von Ihnen geröntgt.

DR. BELKNAP: *[Hochhackige Schuhe kommen noch näher.]* Ich nehme das als Kompliment. Gehört der Ihnen?

A.: Niamh, dein Walkman liegt auf dem Schreibtisch der Frau Doktor.

[Eine Hand greift nach dem Mikrofon. STOP.]

*

[REC. Das folgende Gesprächsfragment klingt gedämpft und ist schlechter zu verstehen als die anderen.]

DR. BELKNAP: … Version, über die ich selbstverständlich nicht sprechen darf.

A.: Warum nicht?

DR. BELKNAP: Wegen der Berufsethik. Ich bin an die Schweigepflicht gebunden.

A.: Ja, aber Ambrose Wells ist tot. Ist das denn nicht so wie bei den Freimaurer-Regeln?

DR. BELKNAP: Wie bitte?

A.: Sie wissen schon, dass man erst sagen darf, dass jemand ein Freimaurer ist, wenn er das Zeitliche gesegnet hat?

[Eine unbehagliche Stille.]

DR. BELKNAP: Zufällig bin ich Freimaurerin, aber von dieser Regel habe ich noch nie gehört.

A.: Oh. Können Sie mit denn dann sagen, worüber Sie gesprochen haben. Zumindest sehr allgemein?

DR. BELKNAP: Das Übliche, worüber Klienten mit ihren Therapeuten sprechen.

A.: Um die Wahrheit zu sagen, weiß ich gar nicht so recht, was Therapeuten eigentlich tun.

DR. BELKNAP: Ihr Bestes. *[Lehnt sich auf einem Ledersessel zurück.]* Ich bin mir nicht sicher, ob Ambrose überhaupt eine Therapie benötigte. Ich glaube, er mochte es einfach, dass ich ihm zuhörte.

A.: Er mochte Sie. So viel weiß ich.

DR. BELKNAP: Sehr gut. Dieses Gefühl beruhte auf Gegenseitigkeit.

A.: Lief etwas zwischen Ihnen?

DR. BELKNAP: *[Beugt sich vor.]* Mr Wells, Sie scheinen meiner Professionalität wenig zu vertrauen.

A.: Bei allem gebotenen Respekt, ich komme als Klient zu Ihnen, nachdem Ihr einziger anderer mir bekannter Klient sich aus dem Fenster gestürzt hat. Das ist doch wohl ein echter Vertrauensbeweis meinerseits.

[Nichts.]

Okay, da Sie von sich aus nichts preisgeben, werde ich konkreter: Hat er Ihnen von seinen Forschungen erzählt? Über seinen Decknamen Leonidas?
Über seine Träume?

[Mehr Nichts.]

Hat er Ihnen erzählt, dass er jede Nacht träumt, wie ihm ein Auge herausgerissen wird?

DR. BELKNAP: Woher wissen Sie das?

A.: Ich weiß es nicht. Woher auch?

DR. BELKNAP: Hat er Tagebuch geführt?

A.: Hat er?

DR. BELKNAP: Wie können Sie sonst von seinen Träumen wissen?

A.: Vielleicht habe ich sie selbst geträumt.

DR. BELKNAP: Wollen Sie behaupten, dass ein Mann, den Sie nie getroffen haben, und Sie das Gleiche träumen?

A.: Ist das das Verrückteste, was Sie hier in Ihrer Praxis je gehört haben?

DR. BELKNAP: Es ist seltsam, dass Sie solche Vermutungen anstellen, denn Ihr Cousin hat darüber ebenfalls gesprochen.

A.: Worüber? Träume mit anderen teilen?

DR. BELKNAP: So etwas Ähnliches.

A.: Fällt auch das unter Ihre Schweigepflicht?

[Ein resignierter Seufzer.]

DR. BELKNAP: Mr Wells zeigte manchmal Interesse an Telepathie mittels elektrischer Leiter. Oh, das ist … eine Theorie, die sich als falsch erwiesen hat, wie die Phrenologie – ein missglückter Versuch, Telepathie wissenschaftlich nachzuweisen. Einige deutsche Ärzte von fragwürdigem Ruf missverstanden Golgi und vermuteten, man könne Gedanken, weil sie nichts anderes als elektrische Impulse sind, wie elektrischen Strom durch Drähte übertragen.

A.: Ja, davon habe ich gelesen. Verrückte Nazi-Experimente.

DR. BELKNAP: Nach dem Krieg setzten ein paar von ihnen diese Forschungen fort, hoffentlich mit ethischeren Methoden. In Ostdeutschland gab es dabei angeblich positive Resultate.

A.: Ein Typ namens Dänemarr? Mit zwei R?

DR. BELKNAP: Genau. Er wollte Träume elektrisch aufzeichnen. Klingt ziemlich cool, oder? Soweit ich weiß, ist es ihm noch nicht gelungen.

A.: Erzählen Sie mir von Ambroses Träumen.

DR. BELKNAP: Das kann ich nicht. Fällt unter die Schweigepflicht.

A.: Okay, dann erzählen Sie mir von meinen Träumen. Wie es scheint, träume ich das Gleiche wie er.

DR. BELKNAP: Wünschen Sie eine Therapiesitzung, Mr Wells? In diesem Fall sollten Sie mir erstmal Ihren wirklichen Namen nennen.

[Stille.]

A.: Niamh, wieso gehst du nicht nach unten ins Café und isst ein Stück Kuchen?

[…]

Bitte, geh nach unten. Ich komme später nach. Hey! Vergiss deinen Walkman nicht.

FALLNOTIZEN VON DR. VANESSA BELKNAP*

```
Patientenakte Nr. 0262
Name: ###############
Geschlecht: Männlich
Geboren: 25.06.1972
1. Sitzung: 21.11.1995 (Alter: 23)
Adresse: Axton House, 1 Axton Rd.,
Point Bless, VA 26969
Tel.: (755) 963-4000
```

Erste Eindrücke: Patient lebt erst seit Kurzem in den USA, weil er ein großes Anwesen von seinem ihm persönlich unbekannten Cousin vierten Grades Ambrose G. Wells aus Point Bless geerbt hat (kein

* Abschrift aus Dr. Belknaps Patientenakte. Ihre handschriftlichen Vermerke sind kursiv gesetzt.

Verlustschmerz). Er vermeidet es, über seinen persönlichen Hintergrund zu sprechen. Erwähnt keine Verwandten, außer einer Tante Liza. Vermutlich Einzelkind, oder, noch wahrscheinlicher, weit jünger als seine Geschwister. Er wohnt jetzt mit einer »engen Freundin« oder »Gefährtin« (circa 17, Irin, stumm, nicht angeboren) in einem Haus, das groß genug für sechs Familien wäre. Ihre Beziehung ist schwierig: Körpersprache sagt, dass sie sich füreinander interessieren, aber keinen Sex haben. Vermutlich fühlt er sich deswegen schuldig oder minderwertig, kompensiert das durch väterliche Fürsorge. Sie fühlt sich zurückgewiesen, kann aber ihre Gefühle nicht ausdrücken (wegen ihrer Behinderung), was er ausnutzt. *(Konnte noch nicht herausfinden, ob Liza seine oder ihre Tante ist.)*

Zunächst informierte er mich, dass Ambrose G. Wells aus Point Bless (PA Nr. 0178) im September dieses Jahres »in den Tod gestürzt« sei. Auch wenn er nicht um seinen Verwandten trauert, zeigte er großes Interesse an dessen Biographie. Im Gespräch erwähnte er einen Traum, den Ambrose W. immer wieder träumte, und das, obwohl er behauptet, seinem Cousin nie begegnet zu sein. (Später in der Sitzung sagte er dann, es wäre sein eigener Traum.)

SITZUNG 1
21. NOVEMBER 1995, 15.30 BIS 16.00 UHR

Ich breche das Eis mit Fragen zu seiner Bio und seiner Beziehung zu Freundin Niamh. Gibt zu, von ihr abhängig zu sein. Sie fährt Auto und versorgt den Hund. Er vermeidet es, über seine Herkunft zu sprechen. Hat eine idealisierte Vorstellung von den USA, die er sich aus Filmen und Fernsehserien gebildet hat. Fan von *Akte X*.

In seiner zweiten Nacht in Axton H. wacht er auf, geht ins Badezimmer. Sieht »einen Schatten auf dem Duschvorhang«. Die Lampen werden heller, dann platzen die Glühbirnen. Erinnert sich nicht, wie er es zurück ins Bett schaffte. Am Morgen hatte er schwere subkonjunktivale Blutungen. (Rechtes Auge ist noch nicht verheilt.) Über das Haus wird erzählt, dass dort ein Sklavenmädchen spukt, das während des Bürgerkriegs starb. *(Ambrose G. Wells wohnte im selben Haus und erzählte ebenfalls die Gespenstergeschichte. In seiner letzten Sitzung im April 95 behauptete er, er hätte einen Schatten im Badezimmer gesehen.)*

Auf die Frage, ob er an Geister glaubt, sagte er, dass er »glauben möchte«. Er hat die »Präsenz« im Badezimmer mehrmals wahrgenommen. Gestern sah er »sie« wieder, diesmal auf »intensivere« Weise. Auf meine Anmerkung, dass er die Gestalt des Geistes erst sehen kann, seit er weiß, dass es sich um dieses Mädchen aus der Zeit des Bürgerkriegs handeln soll, reagiert er mit einem Achselzucken.

Er leidet unter sehr lebhaften Träumen. *(Sagt aber nie, dass es Albträume sind.)* Als Erstes erwähnt er den Augen-Traum: Er ist in einem Keller in Afrika auf einem OP-Tisch festgeschnallt. Ein blutbesudelter Chirurg und ein schwarzer Armeeoffizier sind bei ihm. Sie reißen ihm ein Auge aus. Fürchterliche Schmerzen. Er kann sich befreien und tötet beide. (Beim Erzählen des Traums wechselt er immer wieder zwischen 1. und 3. Person.) Auf meine Nachfrage sagt er, er »weiß einfach«, dass es Afrika ist. Dann, als ich weiter nachfrage, sagt er, er kennt jemanden, der sich z. Zt. in Afrika aufhält.

Nicht alle Träume seien so schlecht, dieser sei »der am wenigsten erfreuliche«. Auf die Bitte, mir einen erfreulichen zu erzählen: Er sitzt in einem Verkehrsstau im Auto und findet die Lösung für einen Zauberwürfel. *(Die ganze Zeit in 1. Person erzählt.)* Fahrerin des Autos ist ein Mädchen in Unterwäsche, »aufreizend schön«. Auf Nachfrage: »Nein, ich berühre sie nicht.« Auf Nachfrage: Ja, er hat noch andere solche Träume: Er läuft über ein schneebedecktes Dach und schleicht sich in ein Schlafzimmer, ins Bett eines rothaarigen Mädchens, und spürt dessen »Atem in meinem Gesicht«. Er fügt hinzu, dass er in diesem Traum ebenfalls ein Mädchen ist. *(Herausfinden, ob unterdrückte Sexualität ein Problem ist.)* Er fragt: »Kann es denn nicht sein, dass ich träume, was ich lebe?« Wir sprechen über Träume. Ich entmystifiziere Freud für ihn. Wir suchen nach den Ursachen für seine Träume. Er offenbart mir: Er schläft mit Niamh in einem Bett, aber sie berühren sich nie. »Wir leisten einander Gesellschaft.«

Er wechselt das Thema, kommt auf Ambrose Wells zu sprechen. Auf Nachfrage leugnet er, dass Ambrose Selbstmord beging. Ambrose sei »etwas zugestoßen«, und er fürchtet, das Gleiche könne auch ihm zustoßen. Er verneint, düstere Gedanken zu haben und schlafzuwandeln. *(Niamh weiß sicher, ob das stimmt.)*

Ich frage, wie er zu der Vermutung kommt, sein Cousin hätte das Gleiche geträumt wie er. Antwort: »Das sind Träume, die einen dazu bringen können, aus dem Fenster zu springen.«

(Ambrose G. Wells (PA Nr. 0178) berichtete bei seinem letzten Therapietermin im April 95 von einem schrecklichen Albtraum, in dem ihm ein Chirurg ein Auge ausriss. Er erwähnte auch einen schwarzen Armeeoffizier und deutete an, dass er die beiden tötete. Möglicherweise ein außergewöhnlicher Fall von unterbewusster Suggestion, die durch irgendetwas in dem Haus ausgelöst wird. Ambrose erwähnte andere ähnliche Träume: dass er zwei Polizisten niederschlug und in einem dunklen Haus auf der Flucht vor einem Mann mit einer Mistgabel war. In meinen Notizen von jener letzten Sitzung zitiere ich Ambrose zum Selbstmord seines Vaters: »Alles scheint als Pfad angelegt zu sein, dem man folgen muss. Es ist, als würde man die Lösung für einen Zauberwürfel entdecken.«)

Vorläufige Diagnose: Unterdrücktes Verlusttrauma, Paranoia, Wahnvorstellungen, pathologische Phantasie. **Mehr als die Hälfte seiner Geschichte ist nicht wahr.**

VIDEOAUFZEICHNUNG

BADEZIMMER MITTWOCH 22.11.1995 01:33:03

Licht wird eingeschaltet.

[A. beugt sich über das Waschbecken, schwer atmend. Er öffnet den Wasserhahn nicht.]

[Die Oberseite von Niamhs halb rasiertem Kopf schiebt sich ins Bild. Sie steht bei der Tür.]

A.: Alles okay, Niamh. Entschuldige, ich habe dich geweckt. Geh wieder ins Bett.

[Er starrt wieder ins Waschbecken. Reglos.]

[Ohne sie anzusehen.] Geh ins Bett, Niamh.

[Niamh geht, schließt die Tür von außen.]

[A. zieht sein Hemd aus und dreht sich um. Er versucht, auf seinen Rücken zu schauen. Er dreht sich wieder nach vorne und presst drei Finger auf sein Brustbein.]

[Für ein paar Sekunden summen die Glühbirnen lauter, und das Licht wird heller. A. wirft einen Blick Richtung Badewanne.]

Sei still.

22. NOVEMBER

TRAUMJOURNAL

Das Baby regt sich, seinen Kopf an den Busen der Latina gepresst. Ich hoffe, dass mein Herzschlag sie nicht aufweckt, während meine andere Hand mit dem Gewehr auf die Barmänner hinter der Fensterscheibe zielt, die ihre Hände in die Höhe recken. Unvorsichtige Fliegen summen in der geplanten Schussbahn herum.

Ich ziehe die Infusionsnadeln aus meinem Arm. Ein winziger Styx aus Blut rinnt über meine Haut. Grüne Fliesen.

Der chinesische Student sitzt am Klavier. Er spielt und schreibt Ideogramme in ein Notizbuch, immer abwechselnd.

Und die vier Noten bringen eine ultraviolette Wassermasse aus Tänzern zum Wogen. Lächeln und weiße BH-Träger blitzen auf. Und wie ein Torpedo werde ich in Richtung der Oberfläche geschossen, fliege an einem Sonnenstrahl entlang und werde von der schäumenden See ausgespuckt, hinaus in einen Sturm aus chromglänzenden Wolken, und das Surfbrett unter meinen Füßen schneidet eine weit geschwungene, wie ein Amphitheater geformte Welle aus einer Milliarde Tonnen Salzwasser, die sich über mir kräuseln, und ich habe das Gefühl, Gott zu sein.

(Dann wird mir wieder das Auge herausgerissen, und dann folgt die Mistgabel.)

VIDEOAUFZEICHNUNG

MUSIKZIMMER MITTWOCH 22.11.1995 10:57:38

A. liegt zusammengerollt auf dem Sofa.

[HELP trottet herein und nähert sich dem atmenden Körper. Er klettert aufs Sofa und schnüffelt an A. Er hebt den Kopf und starrt A. an, stupst ihn sanft mit der Pfote an. A. rührt sich nicht.]

[Help verlässt das Zimmer durch die Tür zum Ballsaal.]

*

BIBLIOTHEK MITTWOCH 22.11.1995 10:59:01

NIAMH sitzt am Schreibtisch, vor sich den verschlüsselten Brief. Mit dem Bleistift umrandet sie Buchstabengruppen wie bei einem Wortsuchrätsel.

[HELP kommt in die Bibliothek und setzt sich erwartungsvoll neben Niamhs Schreibtisch.]

12:51:13

[Niamh wirft den Bleistift frustriert gegen ein Regal.]

[Help holt den Bleistift und bringt ihn seinem Frauchen zurück.]

NIAMHS NOTIZBLOCK

(Im Gordon's, Mittagessen, über die Verschlüsselung gebeugt.)

- Ich glaube, es ist eine Schablonen-Verschlüsselung.

- Was ist denn das?

- Wie in dem Spiel »Mysteries of Old Peking«

(Ich zupfe Löcher in eine Serviette und lege sie auf das Buchstabenfeld.)

- Ich verstehe: Die Buchstaben, die sichtbar bleiben, sind die Botschaft. Caleb benötigt also eine perforierte Karte, um das lesen zu können.

- Und Ambrose auch.

- Ist es denn nicht sehr riskant, einfach eine gelochte Karte herumliegen zu haben?

(Ich zucke die Achseln.)

- Und außerdem ist die Verschlüsselung ja nicht sehr lang. Wenn davon nur ein paar Buchstaben zählen, wie kurz ist dann die Nachricht? Drei Wörter?

- Mehr brauchte Strückner nicht.

- Das stimmt.

- Du glaubst, ich liege falsch?

- Nein, glaube ich nicht. Vielleicht ist es ein Schablonen-Code. Ich meine nur, dass Ambrose keine Lochkarte in seinem Schreibtisch aufbewahrte. In keinem von ihnen. Sonst hätten wir sie gefunden.

- Also hat er sie vernichtet?

- Nein, denn schließlich ist so eine Schablone nicht nur zum einmaligen Gebrauch bestimmt. Caleb benötigt die gleiche Schablone, um die Botschaft lesen zu können. Also ist es etwas, das sie beide *besitzen, oder kennen. Vielleicht ist es gar kein physisches Objekt, sondern eher eine Regel. Zum Beispiel: Lies jeden fünften Buchstaben, oder drei Buchstaben von links nach rechts und zwei nach unten, oder so, wie das Pferd beim Schach bewegt wird. Schau dir den Rätselteil in der Zeitung an, da findest du mehr Beispiele.*

(Ich finde stattdessen einen Artikel in der Zeitung, zeige ihn ihm.)

– Wussten wir DAS?

ARTIKEL IM *SOUTH VIRGINIA COURANT*, 22. NOVEMBER 1995

Dem andauernden Völkermord in Ruanda fallen monatlich immer noch 100 Menschen zum Opfer
von Meredith Cohen – Associated Press

KIGALI – In jedem Monat werden noch immer etwa einhundert ruandische Tutsi von Hutu-Flüchtlingen getötet, die aus dem Osten von Zaire die Grenze überqueren und Überfälle verüben. Sie drohen damit, die junge Regierung zu stürzen.

Obwohl der hundert Tage dauernde Völkermord mit der Regierungsübernahme der linken Ruandischen Patriotischen Front (RPF) im Juli 1994 endete, haben die ethnischen Spannungen zwischen der Hutu-Mehrheit und den dezimierten Tutsi nicht abgenommen, woran die eine Politik des Appeasements betreibende Regierung des neuen ruandischen Präsidenten Pasteur Bizimungu bislang wenig ändern konnte.

Génocidaires, die aus dem Land flohen, weil sie Vergeltung fürchteten, leben jetzt in großen Flüchtlingslagern im Osten von Zaire. Von dort führen sie immer wieder Überfälle auf die Tutsi-Bevölkerung von Süd-Kivu durch und dringen gewaltsam auf ruandisches Territorium vor.

»[Der zairische Diktator] Mobutu erlaubt und unterstützt diese Angriffe nicht nur, sondern will damit gezielt unseren neuen Staat schwächen, um ihn dann zu erobern«, erklärte Henri Umutoni, der Sprecher der Regierung in Kigali.

Während des Völkermordes in Ruanda im Jahr 1994, verübt von Angehörigen der FAR (Forces Armées Rwandaises) zusammen mit extremistischen Hutu-Milizen, wurden im ganzen Land eine halbe bis eine Million Tutsi und gemäßigte Hutu ermordet.

BRIEF

Axton House
1 Axton Rd.
Point Bless, VA 26969

Liebe Tante Liza,

entschuldige unser Schweigen. Ich habe jetzt erst bemerkt, dass A. seit zwei Tagen keinen Brief mehr geschrieben hat. Er schreibt überhaupt kaum noch etwas. Während des Tages liest er oder schläft. Die Nächte werden sehr anstrengend. Gestern sind wir nach Midburg gefahren, zu Ambroses Psychotherapeutin. Mir war sie nicht sehr sympathisch. Ihm schon. Er hat für eine Sitzung bezahlt & das alles. Doch es geht ihm trotzdem nicht besser. Sie sagt, dass sie Freimaurerin ist. Gibt es das überhaupt – weibliche Freimaurer?

Er überlässt es mir, den Brief an Caleb zu entschlüsseln (davon hat er dir erzählt, oder?) & liest, worüber Ambrose in seinen Briefen schrieb & Frau Dr. Belknap erzählte: Verrückte Deutsche versuchen, Gedanken über elektrische Drähte zu übertragen. Die Literatur darüber hat er in der Bibliothek gefunden, allerdings das meiste auf Deutsch. Ich wünschte, Strückner wäre hier. Ich mag ihn. Er könnte mir helfen, mich um A. zu kümmern. Von mir lässt er sich nicht helfen. Ich werde nachts davon wach, dass er träumt & ich wage nicht, ihn zu stören, weil er dann wütend auf mich ist, als hätte ich seine Träume unterbrochen. Er kommt überhaupt nicht zur Ruhe & dann schläft er tagsüber einfach irgendwo im Haus ein & sein rechtes Auge ist immer noch rot & er will nicht, dass ich ihn fotografiere. Ich habe ihm gesagt, dass wir in einem anderen Zimmer schlafen sollen & er sagt dann, dass ich allein umziehen soll, in die zweite Etage! Du solltest ihn zur Vernunft bringen. Auf dich hört er.

Ich vermisse dich sehr. Ich wünschte, du wärst hier.

In Liebe
Niamh

A.'S TAGEBUCH

Natürlich ist es ätzend, wenn einem jede Nacht ein Auge ausgerissen und man dann mit einer Mistgabel am Boden aufgespießt wird. Es ist eine verdammte Quälerei.

Aber ich sehne mich nach dem Rest. Ich will den stolzen Blick der Frau, die in Unterwäsche Auto fährt. Ich will den Frieden des sterbenden arabischen Lesers. Ich will die pfirsichflaumige Wärme unter der Decke der Rothaarigen, ich will ihre Liebe in der Dunkelheit hören.

23. NOVEMBER

TRAUMJOURNAL

Das taillenhohe Gras wogt sanft im Wind, spielt mit den roten Papierblumen und streicht über ihren Körper und meinen, sie hat sich ein farbloses Shirt über dem Bauchnabel festgeknotet.

Ich pflücke eine große Mohnblume und gebe sie ihr. Sie nimmt sie mit zwei Fingern und führt sie zum Mund, doch der Wind trägt die Blütenblätter davon, sobald ihre Lippen sie berühren. Etwas stimmt nicht mit ihr. An der Art, wie ihre Haut, die Haut eines ganz normalen Mädchens, in der Sonne glüht wie auf einem brennenden Polaroidfoto.

Ich sitze unter im Wind klapperndem Küchengeschirr und lese eine Zeitschrift. Zwischen gewaltigen Wolkenkratzern ist mein Verkaufsstand winzig wie ein Insekt. Der Yuppie, der mit einer Schale Nudeln an der Theke steht, lässt seine Essstäbchen fallen.

Mir fällt das Buch aus der Hand.

Ich falle. Und das Monster verfolgt mich mit der Mistgabel, und ich zucke zusammen und hoffe, dass es diesmal nicht weh tut, aber es tut immer weh.

SICHERHEITSVIDEO: RAYS ELEKTROGESCHÄFT

23.11.1995 MONTAG 10:01

Ein Mädchen mit halbseitigem Undercut, der das viele Metall an ihrem Ohr sichtbar macht, stöbert in den hinteren Regalen.

Die FRAU mit Daunenweste und Wollmütze kommt hinter der Ladentheke hervor.

FRAU: Ach, Sie sind das.
NIAMH: *[Winkt ihr zu, wobei sie weiter Schachteln anschaut.]*
FRAU: *[Ruft nach hinten.]* Sam, das Mädchen aus dem Axton House ist wieder da!
[Zu Niamh.] Hab Ihren Bruder schon länger nicht gesehen. Wie geht's ihm?
NIAMH: *[Nickt nur.]*

[SAM, mit Baseballkappe, einen Becher Kaffee in der Hand, gesellt sich zu der Frau.]

SAM: Hallöchen! Auf der Suche nach einem neuen Spielzeug?
NIAMH: *[Wirft ihm ein kurzes Grinsen zu.]*

[Schließlich entscheidet sie sich für eine Schachtel, geht zur Ladentheke und schaut in ihr Portemonnaie. Sam schiebt die Kartonware der Frau zu.]

SAM: Seid ihr mit dem Sicherheitspaket zufrieden, das wir euch besorgt haben?
NIAMH: *[Reckt den Daumen in die Höhe, während sie mit der anderen Hand ein Bündel Geldscheine zückt.]*
SAM: Ja, ich habe es jetzt auch seit sechs Monaten. In Farbe, mit Ton, eine Kassette pro Tag ...
FRAU: *[Hinter der Kasse.]* Zweihundertfünfundneunzig, Darling.

NIAMH: *[Blättert das Geld auf den Tisch.]*

SAM: *[Schaut sich die Ware an.]* Noch eine Kamera? Mädchen, ich freue mich auf den Film, den du drehst. Wird bestimmt ein Blockbuster.

FRAU: *[Nimmt das Geld.]* Vielen Dank.

SAM: Kommen in deinem Film Geister vor?

[Niamh hält inne; starrt den Mann an.]

[Eine extrem unentschlossene Sekunde hängt in der Luft, weiß nicht, ob sie vergehen soll oder nicht, tut es dann aber doch.]

SAM: *[Überreicht ihr den Karton mit der Kamera.]* Kleiner Scherz.

NIAMH: *[Nimmt die Schachtel, lächelt, winkt ihnen zu und geht.]*

FRAU: Auf Wiedersehen. Grüßen Sie Ihren Bruder von uns!

SAM: Viel Spaß mit der Kamera!

[Sie warten, schauen ihr nach, wie sie aus dem Sichtfeld verschwindet, bis die Türklingel zweimal ertönt.]

FRAU: *[Jetzt mit kalter Stimme.]* Du bist ein Arschloch.

SAM: Aber ich hab's doch nett gemeint!

HANDKAMERA

Ein wie mit Aquarellfarben gemaltes Chaos aus nicht identifizierbaren Objekten verwandelt sich mühsam in Virginia, mit einem großen Haus im Vordergrund. Man erkennt einen Wintergarten, und Wind rauscht im Mikrofon. Dann schwankt das Bild etwas, und die Kamera bewegt sich vorwärts, begleitet vom Knirschen des Kieses unter den Chucks und gelegentlichem Zoomen auf die wie Gliederfüßer aussehenden Weinranken, die zwischen den Fenstern an der Hauswand herabkriechen. Die vielen zerbrochenen Latten der verrottenden hölzernen Fensterläden erkennt man kaum. Die Bildqualität ist zu schlecht, um die Schönheit der Hässlichkeit des Hauses einzufangen. Also gleitet die Kamera weiter über das Feld aus vom Regen übriggebliebenen Wasserpfützen zu der von Grün überwucherten Mauer am anderen Ende des Gartens. Die Kamera schwenkt durch die verlassen daliegende Kulisse das Gartens wieder zum Haus, das dreinblickt wie eine mürrische Großmutter, die sich nur fürs Fotoalbum ein Lächeln abringt. Dann wird die Kamera auf die magnetisch anziehend wirkende grüne Form der Buchsbaumhecke gerichtet, der äußeren Wand des Labyrinths, lässt sich von dem Tor in der Mitte einfangen und zoomt heran, bis die abblätternde weiße Farbe auf dem eisernen Torbogen in der Hecke sichtbar wird.

Der Torbogen wird durchschritten, und die Kamera schaut prüfend in die zwei nach links und die zwei nach rechts führenden Gänge, und auf eine Myriade welke Blätter und Insektenleichen dort, wo Niamhs billige Chuck-High-Tops-Kopien den Boden berühren, zum ersten Mal im Bild auftauchen und dann in den ersten Gang nach rechts einbiegen.

Ein Tunnel mit grünen Wänden führt in eine lange Sackgasse, der die Kamera aber trotzdem folgt, in der Hoffnung, auf eine Öffnung in einer der Wände zu stoßen, was tatsächlich passiert. Dort wendet sie sich nach links und vollführt einen Schwenk durch einen anderen Gang, wobei die Schritte der Gummisohlen sich beschleunigen. Vor dem Ende des Ganges biegt die Kamera rechts ab, kontrolliert die rechte Seite, wählt dann den Weg nach links, biegt erneut rechts ab, und Niamhs Schritte werden langsamer. Dann ein U-Turn nach links. Die Kamera wird zum Boden geschwenkt, sodass das Mikrofon das Frühstücksgeräusch der Blätter aufnimmt, die unter den Schuhen zerbröseln. Eine Zickzackbewegung nach rechts, links, rechts, die zu schnell für den Autofokus ist, und schließlich gelangt die Kamera zu einem kleinen Platz und ruht dort andächtig auf einer Skulptur in der Mitte.

Es ist Ariadne, die vor einem Himmel aus Fernseh-Bildrauschen aufragt. Ihre marmorne Schönheit beeinträchtigt durch den Schmutz auf Haut und Lippen. Ihre Finger wickeln ein versteinertes Garnknäuel auf.

[Stopp.]

Blick nach oben zum Bogen des Tores. Die Kamera schwenkt nach unten. Eine sanft von Adern überzogene Hand kommt ins Bild, Macramé-Bänder baumeln vom zarten Handgelenk, und diese Hand bricht einen Zweig ab und zeichnet damit einen Pfeil in den Kies. Der Pfeil zeigt nach links. Dann folgen die Chuck-Imitationen dem Pfeil, rennen durch einen langen Gang des Labyrinths. Am Ende biegen sie nach rechts ab, und die Kamera wundert sich über die vielen Wege, die an dieser Stelle abzweigen. Sie schaut wieder nach unten, und der Zweig zeichnet einen Pfeil nach links. Die Chucks folgen dem Zweig. [Stopp.]

Ein Chuck verwischt den Pfeil. Der Zweig zeichnet, wie der Zeigefinger der Baba Yaga, einen neuen Pfeil auf den süßlich nach verrottetem Laub riechenden Pfad. Die Chucks folgen, rennen durch einen weiteren grünen Tunnel und bleiben vor einer neuen Abzweigung nach links stehen. Der Zweig zeichnet einen Pfeil, der dorthin weist. [Stopp.]

Der Chuck verwischt den Pfeil, dreht sich um hundertachtzig Grad und läuft weiter, in die nächste Sackgasse. [Stopp.]

Der Chuck zeichnet irgendwo einen Pfeil. [Stopp.]

Der Chuck verwischt wieder einen Pfeil, biegt in eine andere Richtung ab. [Stopp.]

Die Kamera schaut nach oben, sich nach einer anderen Farbe als Grün sehnend. [Stopp.]

Das Mikrofon nimmt heftiges Atmen durch die Nase auf. [Stopp.]

Ein Notizblock liegt auf dem Boden, mit der Bleistiftzeichnung eines unfertigen Irrgartens auf der obersten Seite, hinter der Miniaturwand aus umbrabraunen Blättern, an deren rissigen Rändern zuckerkorngroße Insekten knabbern. Die parallelen Wände eines grünen, unscharfen

Labyrinthganges führen ins Nichts. Dann pfeift Niamh, wodurch das Mikrofon übersteuert. Anschließend hört man eine Elster, die aufgeregt davonflattert, aus Angst vor einer heranbrausenden Lokomotive.

Die Stille ebbt langsam wieder hinein, wie der Schatten einer reifen dunklen Regenwolke. Niamh pfeift wieder. Die Stille wird sich nicht mehr lange vertreiben lassen.

Niamh springt ins Bild, rennt vorwärts, erreicht eine Stelle in dem Korridor, wo plötzlich Help von links die grüne Heckenwand durchbricht. Sie umarmt den Hund, küsst ihn auf den Kopf, und Help leckt ihr das Gesicht. Ausgelassen folgt er Niamh, als sie wieder auf die Kamera zu rennt, die noch Zeit hat, den Dreck auf Niamhs Schuhspitzen zu filmen, der aussieht wie der Dreck auf Ariadnes Lippen. Dann wird die Kamera gepackt. Sie zeichnet die letzten Momente im Labyrinth auf, ehe Help und Niamh durch das Loch in der Hecke kriechen, wo … [Stopp.]

VIDEOAUFZEICHNUNG

BIBLIOTHEK DONNERTAG 23.11.1995 13:02:26

NIAMH sitzt auf dem Boden, streichelt HELP und hört A.'s Redeschwall zu.

A.:	Aber ich habe es dir doch gesagt. Und du wusstest es auswendig! Rechts, rechts, links, rechts, geradeaus, rechts, dann erreichst du das Zentrum!
NIAMH:	*[Schreibt wütend auf ihren Notizblock. Zeigt ihn A.]*
A.:	*[Nachdem er gelesen hat.]* Du willst also das ganze Labyrinth kartographieren. Wozu?

[Niamh steht auf, geht mit großen Schritten zum Schreibtisch und nimmt die verschlüsselte Nachricht an Caleb. Mit dem Finger zeichnet sie einen imaginären Pfad durch die Buchstaben.]

A.: *[Begreift.]* Oh! *[Später, leiser.]* Oh.

[Er wirkt eher verblüfft als scharfsinnig.]

NIAMH: *[Schreibt.]*

[Lange.]

[Zeigt es.]

A.: Ja, ich verstehe, was du meinst. Und wenn man eine Karte seines eigenen Irrgartens auf seinem Schreibtisch aufbewahrt, ist das verständlich und wenig verdächtig.

[Sie entspannt sich und blickt zu ihm auf, als erwarte sie seine Anweisungen.]

Okay, du könntest … eine Luftaufnahme machen. Kann man das Labyrinth vom Turm aus sehen?

NIAMH: *[Schüttelt den Kopf.]*

A.: Nein. Wir könnten einer Taube eine Kamera umbinden. Das haben sie im Ersten Weltkrieg gemacht.

NIAMH: *[Schreibt. Zeigt ihm das Geschriebene.]*

A.: O Mann, Niamh! Ich sage dir doch, dass deine Idee gut ist! Was soll ich noch machen? Mir deshalb einen runterholen?

[Nach einem Moment der Stille dreht sich Niamh wütend um und stürmt durch die Westtür hinaus.]

[Help folgt ihr einen Moment später.]

[Dem Hund zugewandt.] Ja, klar, du bist natürlich auf der Seite vom Frauchen.

HANDKAMERA

Ein weiter Novemberhimmel füllt das Bild aus. Unten schiebt sich eine Phalanx ferner Bäume in ihn hinein, als wäre er ein sehr alter, am Rand gesprungener Spiegel. Der Wind heult unangenehm ins Mikrofon. Ab und zu hört man ein flatterndes Halstuch.

Die Kamera schwenkt nach oben. Eine Säule aus Ziegelsteinen kommt ins Bild, an der ein Strick befestigt ist. Die Kamera wird ein Stück rückwärts getragen, sodass man erkennen kann, dass sie einen Schornstein bilden, der so groß wie die Kamerafrau ist und direkt am Rand der steilen unteren Giebelsparren emporragt. Lose schwingt der Strick im Wind. Die Kamera wird nach Osten geschwenkt, wo der flachere Winkel der oberen Dachschräge es ermöglicht, das ganze Dach zu überblicken, ein Feld aus blauen Schieferpfannen, durchbrochen von weiteren farblosen Schornsteinen und, am anderen Ende des Daches, der Silhouette eines Turms. Unterdessen wird der Strick um den Fuß eines Blitzableiters geschlungen. Niamhs Hand zieht sanft an dem Strick, wodurch der Hanf mit einem heiseren Sägegeräusch an dem Metall schabt und Rost abschleift. Die Kamera wird gekippt, und keine fünf Zentimeter vor der weißen Schuhspitze eines Chucks endet die Dachschräge über dem Abgrund. [Stopp.]

Die Kamera befindet sich jetzt in niedrigerer Position und ist auf einen Stratus im Westen gerichtet, der den Himmel verhüllt. Der heulende Wind lässt Niamhs Halstuch immer wieder gegen die Linse peitschen. Und dann, wie wenn man auf einer Achterbahn den höchsten Punkt erreicht und von dort auf die steilste Abfahrt hinunterschaut, späht die Kamera hoch oben in der Nähe des Dachfirsts über die Giebelkante. Die senkrecht nach unten gerichtete Kamera erfasst die beiden Chucks an den Enden schlanker Beine in gestreiften Leggings. Die Hand, die die Kamera hält, zittert aufgeregt.

Die Schuhe kriechen langsam auf den blauen Dachpfannen nach unten, die jetzt fast das ganze Bild ausfüllen, als plötzlich …

… ein lautes Scheppern ertönt, und der ganze Schlitten, bestehend aus Beinen und Chucks und Halstuch und Kamera, schlittert mit hoher

Geschwindigkeit in schräger Linie abwärts, kracht gegen eine Fenstergaube, prallt von ihr ab, sodass für eine Sekunde der leere Himmel das Bild völlig ausfüllt, landet wieder auf dem Dach und rutscht weiter, bis Niamhs Fersen drei Zentimeter über die Regenrinne am unteren Ende des Daches hinausragen. Abrupt und wie durch ein Wunder sind Schuhe, Beine, Halstuch und Kamera zum Stillstand gekommen.

Und der abgebrochene Blitzableiter, der scheppernd hinterherrutschte, fliegt ungebremst über die Dachkante, und man hört, wie er auf dem Boden aufprallt, tief unten.

*

MUSIKZIMMER DONNERSTAG 23.11.1995 14:46:08

[A. hört auf zu schreiben, als es draußen laut scheppert. Er öffnet die Glastüren und ruft.]

A.: Niamh, tust du was Dummes?

*

Die Welt hält immer noch den Atem an. Die Kamera wird hochgehoben und schaut nun über die Dachkante wie Simba, der König der Löwen, als der Affe ihn auf dem Felsen in die Höhe hebt. Unscharf werden Birken sichtbar, und dann ein smaragdgrüner Irrgarten. Die Kamera zoomt ihn heran.

*

(Im Foyer: ich, mit einem Blitzableiter in der Hand.)

- *Warst du etwa auf dem Dach?*

(Ich nicke.)

- *Ganz allein?*

(Ich nicke.)

- *Wow! Gute Arbeit!*

VIDEOAUFZEICHNUNG

MUSIKZIMMER DONNERSTAG 23.11.1995 22:37:15

Im Kamin prasselt ein Feuer. Schmutziges Geschirr auf dem Boden. A., NIAMH und HELP liegen auf dem Teppich und schauen sich *Emergency Room* an.

A.: Komm schon, *Akte X* ist viel besser als das hier. Scully liebt Mulder, und wir brauchen keine Klaviermusik-Szenen, um das zu merken. Es ist einfach da. Man merkt es an der Art, wie sie sagt: »Mulder, haben Sie den Verstand verloren?«, während ihre Augen sagen: »Ich will mit dir schlafen!« Das ist sexuelle Spannung. Das hier nicht. Das ist emotionaler Porno.

[Trinkt einen Schluck Cherry Coke.]

Scully ist der einzige romantische Subplot, den ich brauche.

[Sie schauen weiter Emergency Room.]

VIDEOAUFZEICHNUNG

KÜCHE FREITAG 24.11.1995 05:13:14

Träge flackernd geht das Licht an.

(Die Küche: Stromlinienförmige Edelstahl-Moderne und silberne Geräte Seite an Seite mit Holzbalken, altmodischen Fensterläden und einem Backsteinofen.)

[A. betritt die Küche und öffnet den Kühlschrank. Schaut, ob ein Glas, das auf dem Abtropfgestell steht, sauber ist. Gießt sich, vor der Anrichte stehend, ein Glas Milch ein.]

[Das Licht flackert erneut. A. blickt auf.]

[Das Licht leuchtet greller.]

A.: *[Genervt.]* Was ist jetzt schon wieder?

[Gleißende Helligkeit verleiht allen Gegenständen im Bild eine Aura wie von brennendem Eis.]

[Eine Leuchtröhre explodiert funkensprühend und fällt scheppernd auf die Anrichte. A. dreht sich in diese Richtung, während das Videobild blendend weiß wird und auf der Tonspur ein ohrenbetäubendes Summen zu hören ist. Er hält sich die Ohren zu, schreit.]

Drehst du jetzt total durch?!

[Das Bild ist komplett weiß überbelichtet – das Letzte, was noch sichtbar ist: eine schemenhafte menschliche Gestalt, und zwar nicht dort, wo A. gestanden hat.]

[Alle Leuchtstoffröhren platzen, krachend wie Gewehrschüsse.]

[Licht und Lärm verschwinden. Sie hinterlassen eine Milchpfütze und Glasscherben und A., der bewusstlos auf dem Boden liegt.]

05:20:00

[Weiter geschieht nichts.]

24. NOVEMBER

BRIEF

Axton House
1 Axton Rd.
Point Bless, VA 26969

Liebe Tante Liza,

[...] Um 9 Uhr kam der Arzt, lange nachdem die Rettungssanitäter bereits gegangen waren. Während der Untersuchung war er weiterhin nur halb bei Bewusstsein. Dr. untersuchte die Augen, & ich hatte sie vorher noch gar nicht gesehen. Sie sind ganz rot, das ganze Weiß ist blutunterlaufen, sogar bis in die Iris & und als er anfing zu sprechen, hustete er & blutete aus Mund und Nase. Dr. sagte, er kann nicht auf dem Sofa bleiben, also brachten wir ihn ins Schlafzimmer, weil Dr. sagte, er ist offenbar blind & braucht eine Umgebung, die er kennt. Also ist er wieder in dem verfluchten Schlafzimmer & dort untersuchte der Dr. die Schnitte an seinen Fußsohlen (von den Scherben) & und die ganze Zeit schien er okay, aber während ich draußen mit dem Dr. sprach, hörten wir ihn plötzlich schreien: »Ah, verdammt!«, & er krümmte sich, als hätte er einen Krampfanfall, & und ich musste ihn beruhigen & dazu bringen, dass er sich wieder hinlegte. & der Dr. sagte, er würde ihm ein Schlafmittel geben, damit er sich nicht ständig die Augen reibt & unter seinen Augen taucht der rote Rand wieder auf und leuchtet wie glühende Kohlen, & ich fragte, ob er mit den Schlaftabletten träumen wird & ob er ihm etwas verordnen kann,

was REM unterdrückt, weil ich mich an den Prometheus-Brief erinnerte, wo sie sagten, dass es dagegen Tabletten gibt. Dr. war einverstanden, warnte mich aber, dass diese Tabletten ihn zwar ruhig machen, aber nicht ausgeruht & und gab mir ein Rezept. Werde die Tabletten holen, wenn ich das hier zur Post bringe, aber erst, wenn es ihm besser geht, & zunächst hat Dr. ihm ein normales Schlafmittel verabreicht. Ich will ihn nicht allein lassen, aber das den Brodies zu erklären würde ewig dauern & Help ist gerade keine große Hilfe. & ich weiß nicht, was ich sonst tun soll, habe aber schreckliche Angst, also schicke ich dir das als Eilbrief & und hoffe, du meldest dich, bevor die Lage hier noch schlimmer wird.

*

SCHLAFZIMMER FREITAG 24.11.1995 11:23:04

Der Aufnahmewinkel ist flacher als in den anderen Zimmern. Offenbar steht die Kamera auf einem Möbelstück, ausgerichtet auf das Bett. A. und NIAMH scheinen darin zu schlafen, sie über der Decke, er darunter.

HELP liegt auf dem Teppich. Alles ist ruhig.

11:24:04

[A. springt auf. Alle schrecken aus dem Schlaf.]

[Er umklammert seine Brust, die Lippen zusammengepresst, heftig durch die Nase atmend. Dann schaut er unter seinem T-Shirt nach.]

[Niamh beobachtet ihn dabei, als hätte sie Angst, ihn zu berühren. Als sie die Hand nach ihm ausstreckt, zuckt er zunächst zusammen, erkennt dann, dass sie es ist, spannt sich dann wieder an, als erwarte er die nächste Attacke.]

[Sie greift rasch nach Stift und Notizblock.]

NIAMHS NOTIZBLOCK

- Kann ich irgendwas tun?

(Er kneift die Augen zusammen.)

- Ich kann nicht lesen.

- KANN ICH IRGENDWAS TUN?

- Hast du die 911 angerufen?

(Ich nicke.)

- Wie zum Teufel hast du das gemacht?

VIDEOAUFZEICHNUNG

MUSIKZIMMER FREITAG 24.11.1995 06:35:50

Durch die Fensterläden der Glastüren kriecht der Morgen in das stille Zimmer.

06:36:44

[NIAMH stürzt herein, springt über den Klavierstuhl zum Telefon. Sie drückt drei Tasten. HELP rennt hinter ihr her, während sie nervös wartet, dass sich jemand meldet. Sie drückt die Lautsprechertaste, sodass das Freizeichen hörbar wird. Sie lässt das Telefon los und fummelt hektisch an dem Diktiergerät herum, das sie bei sich trägt, dabei schaut sie immer wieder zur Tür, durch die sie gerade gekommen ist.]

[Jemand meldet sich.]

NOTRUFZENTRALE: Neun-eins-eins, wie können wir helfen?

[Niamh bedient hektisch das Diktiergerät.]

Hallo?

[Sie drückt auf eine Taste und hält das Gerät dicht ans Telefon. A.'s aufgenommene Stimme ertönt, mit etwas Muzak im Hintergrund.]

A. (Tonaufnahme): Help. Help, komm her!

[Help, der sich angesprochen fühlt, bellt das Diktiergerät an.]

NOTRUFZENTRALE: Sir? Um was für einen Notfall handelt es sich?

[Niamh hat gerade einen Befehl in das digitale Gerät getippt. Sie drückt wieder auf PLAY. Help bellt immer noch.]

A. (Tonaufnahme): *[In ruhigem, gar nicht zu der Situation passenden Tonfall.]* Nummer 1, Axton Road, Point Bless, Ponopah, zwei-sechs-neun-sechs-neun.

[Help kläfft wie verrückt den Rekorder an.]

NOTRUFZENTRALE: Hallo? Sir, Sie wissen hoffentlich, dass Scherzanrufe bei der Notrufzentrale strafbar sind?

[Verzweifelt schlägt sie die Hand vors Gesicht, würde sich am liebsten selbst die Augen auskratzen … dann steckt sie dieselben Finger in den Mund und pfeift laut »Hilfe!«, während Help weiter das Telefon ankläfft. Sie drückt eine Taste am Rekorder und stellt den Ton laut.]

A. (Tonaufnahme): *[Fortissimo.]* HELP! HELP, KOMM HER!

NOTRUFZENTRALE: Jesses! … Okay, ich alarmiere Ihre örtliche Polizei. Ich hoffe in Ihrem Interesse, dass das kein übler Scherz ist.

[Niamh fällt auf die Knie, aus der jämmerlichen Situation erlöst. Verwirrt springt Help auf den Tisch und schnüffelt nach einem Hinweis darauf, was gerade eben geschehen ist.]

*

[Forts.]

Die Polizei von Point Bless kennt uns schon. Die wissen, dass ich stumm bin. Also nahmen sie den Notruf ernst.

Jetzt ist es 15 Uhr. Während der letzten Stunden ist er abwechselnd wach oder träumt. Die Träume wecken ihn auf, aber durch das Starnox ist er nach ein paar Sekunden wieder weg. Ich kaufe jetzt Hypnogog. Außerdem hab ich die Badezimmerkamera ins Schlafzimmer gebracht, damit ich ihn vom Erdgeschoss aus beobachten kann.

Bitte, tu etwas! Ich flehe dich an.

Liebe Grüße,
Niamh

TRAUMJOURNAL

Die Frau im Mohnfeld küsst die Blume, deren Blütenblätter davonfliegen. *Sie ist auch ein Geist.**

*

* Dieser Eintrag ist extrem nachlässig, fast unleserlich geschrieben.

Die Chucks haben an der gemauerten Umrandung, die das untere Dachende begrenzt, sicheren Halt gefunden, und die abgerissene Blitzableiterstange liegt hinter dem Haus im sandigen Garten. Die Kamera beachtet sie nicht weiter, sondern schwenkt zurück zu dem Irrgarten, dessen innere Wände ein umgekehrtes Labyrinth aus erhöht aufgeschütteten Pfaden bilden.

VIDEOAUFZEICHNUNG

SCHLAFZIMMER FREITAG 24.11.1995 16:32:44

Eine Bankerlampe im Vordergrund beleuchtet die Szenerie, während das Dämmerlicht vor dem Fenster zur Rechten wenig beiträgt, außer einem Klecks Lila. NIAMH sitzt am Tisch, direkt unter dem elektrischen Licht. Sie ist mit Geodreieck und Lineal ausgerüstet und arbeitet an einer Zeichnung dessen, was sie auf dem Monitor ihrer Handkamera sieht.

Im Hintergrund wirkt A. lediglich wie ein Hügel in der sturmzerwühlten Bettlandschaft.

> *[Niamh bedient die Kamera, die Augen auf den Monitor gerichtet. Sie drückt auf die Play-Taste. Der Soundtrack ist leise und kaum hörbar, abgesehen von dem lauten Klirren und Scheppern an einer Stelle. Bei dem Niamh still in sich hineinlacht.]*

16.33.01

> *[Die Bettlandschaft bebt. Niamh rennt zu A. und hält ihn, als er aus den Laken hochschießt und ihren Arm umklammert.]*

[Er starrt sie auf paranoide Art an. Seine blinden Hände tasten sich wie Spinnen an ihrem Arm hoch bis zu ihrer Schulter. Dort blickt er auf, schaut Niamh ins Gesicht.]

*

(Er klingt wie auf Drogen. Seine Augen sind röter als rot, aber er kann wieder sehen.)

- Weißt du, was ich gern kaufen würde?

(Kopfschütteln.)

- Einen Zauberwürfel. Hattest du je einen?

(Kopfschütteln.)

- Würde dir das keinen Spaß machen?

(Kopfnicken. Er entspannt sich, legt sich wieder hin.)

- Sehe ich schlimm aus?

- WIESO?

- Du schaust mich an, als würde ich schlimm aussehen.

- DU HAST SCHON BESSER AUSGESEHEN.

- Tut mir leid. Für dich möchte ich gut aussehen. Da gebe ich mir immer Mühe.

(Schläft ein.)

NIAMHS ARBEIT

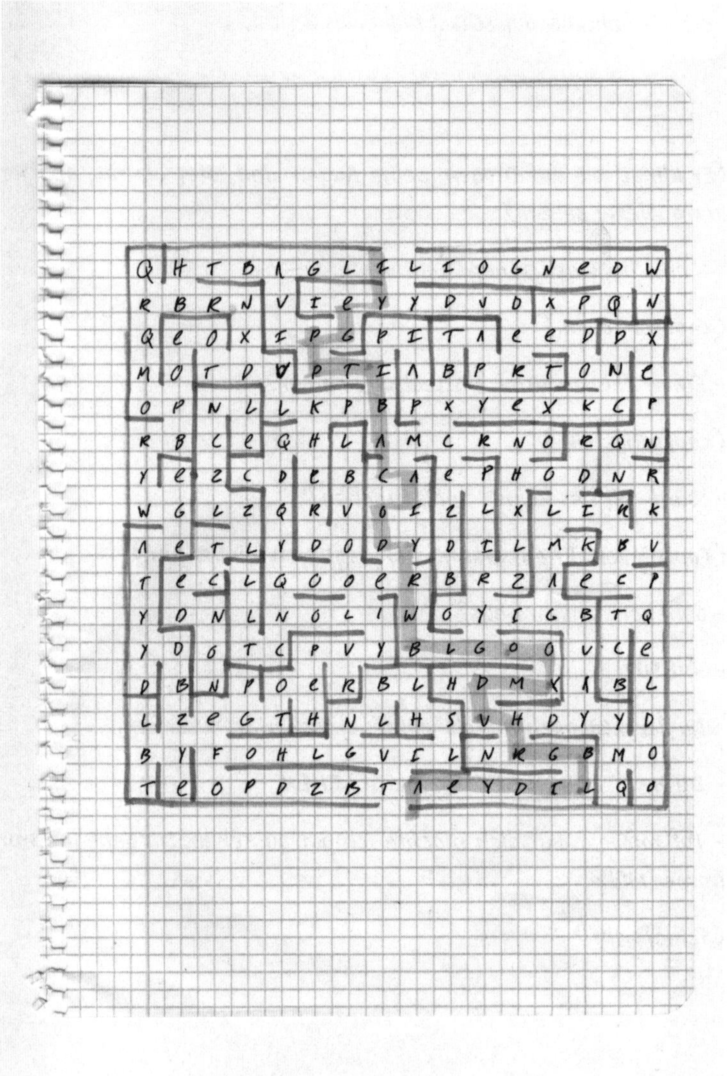

VIDEOAUFZEICHNUNG

SCHLAFZIMMER FREITAG 24.11.1995 21:43:20

Es ist dunkel, aber die Tür steht offen, und das Licht im Flur brennt. Der Bettvorhang auf dieser Seite wurde zugezogen, um den Schläfer vor dem gelblichen Lichtschein abzuschirmen.

21:43:45

[A. wacht stöhnend auf, und seine Hand krallt sich in seiner Brust fest, als wollte er sich das Herz herausreißen. Er starrt auf seine verkrampft klammernde Hand. Sein ganzer Körper zuckt heftig.]

[…]

[Langsam beruhigt sich sein Puls wieder.]

[Er blickt auf, scheint einen Punkt rechts von der Kamera zu fixieren, bei der Tür zum Ankleidezimmer.]

A.: *[Ungeduldig.]* Was willst du?

[Keine Antwort. A. starrt weiter auf diese Stelle.]

Hau ab!

[…]

RAUS, SAGE ICH! VERSCHWINDE!

HANDKAMERA

Der Rauchsalon ist ganz Mahagoni und Grün. Ausgestopfte Tierköpfe wachen über ihn. Sie hängen über dem Kaminfeuer hinter dem Billardtisch, auf dem jemand große, sich einrollende Bögen altes Pauspapier ausgebreitet hat. Auf diese Bögen wurde mit Bleistift wieder und wieder der gleiche Irrgarten-Plan gezeichnet, so wie bei dem, der im Vordergrund über eine handschriftliche Kopie des verschlüsselten Briefs gelegt wurde, und zwar auf dem Sekretär, den Niamh in ihren neuen Arbeitsplatz verwandelt hat, beleuchtet von der grünbeschirmten Bankerlampe aus dem Schlafzimmer. Niamhs Aufmerksamkeit ist auf die vier kleinen Monitore der Überwachungsanlage gerichtet, genauer gesagt, auf jenen Monitor, der einen Mann zeigt, der sich im Bett aufgesetzt hat und schreit, jemand solle verschwinden.

Und dann dreht Niamh an einem Knopf, und der Ton für diesen Monitor wird ausgeschaltet, aber das Schreien ist immer noch zu hören, aus einem anderen Zimmer in einer anderen Etage, weit weg. Und sie birgt ihr Gesicht in den Händen, und ein Schluchzen schüttelt ihre zierliche Brust, doch ohne einen Laut hervorzubringen, und ihr Körper erzittert von jedem Nachbeben dieses großen Schluchzens, Tränen fließen über ihre linke Wange. Ihr linkes Profil ist der Kamera zugewandt – das kahlgeschorene.

25. NOVEMBER

VIDEOAUFZEICHNUNG

SCHLAFZIMMER SAMSTAG 25.11.1995 07:07:52

Immer mehr Morgenlicht dringt durch die Ritzen der morschen Fensterläden.

07:08:00

[Ein heftiger Schock schleudert die Decken weg. NIAMH schreckt voller Entsetzen aus dem Schlaf. Sie umklammert ihre Brust, legt die andere Hand auf den Rücken und atmet in einer für sie ganz fremden Lautstärke.]

[A. regt sich entmutigt und erschöpft. Er setzt sich kaum auf. Niamh betastet ihre Wirbelsäule, schaut unter ihrem Football-shirt nach. Sie tauschen Blicke aus. Niamhs Mund steht immer noch offen.]

A.: *[Neugierig.]* Hast du es auch gespürt?

TELEGRAMM

Von Niamh Connell
Point Bless, Ponopah, VA

BRAUCHE SOFORT HILFE STOP LETZTE NACHT
WAR FURCHTBAR STOP ICH VERLIERE IHN STOP
FINDE EINE LÖSUNG BITTE!

TRAUMJOURNAL

Für mich gibt es kein Zurück. Das weiß ich. Ich kann diese Seite kaum noch sehen. Rote Flecken schwappen in mein Sichtfeld, flimmern vor den Buchstaben, folgen jedem Wort, das ich schreibe. Aber ich schließe meine Augen und kann die exakte Form der goldenen arabischen Buchstaben auf dem Rücken des Buches sehen, das der Leser hält, bevor seine braune Hand erschlafft und der Band auf den Teppich fällt, während der Kopf des Lesers sanft nach vorn sinkt, dem Bogenfenster entgegen, von wo die wässrige Musik kommt. Ich kann nicht mehr von Niamhs Lippen ablesen, aber sobald ich mich hinlege, sehe ich die Frau in Unterwäsche hinter dem Steuer mich seelenschmelzend anlächeln, nachdem ich das Rätsel des Zauberwürfels gelöst habe und stolz bin, dass eine solche Göttin stolz auf mich ist. Ich kann Niamhs Wärme nicht mehr spüren, aber ich spüre den Atem der Rothaarigen unter der Decke sanft meine eiskalten Glieder trocknen, spüre ihr Haar, das mich in den Schlaf liebkost. Und ich verbringe jetzt mehr Zeit schlafend als wachend. Ich gehöre jetzt mehr zu der Rothaarigen als hierher. Bald werden Niamh und Axton House aufhören zu existieren, und da werden die Puma-Schuhe sein und fallen, dem Sandfleck im Ozean entgegen, den verschneiten Städten, dem Mohnfeld. Ich werde nicht länger ich selbst sein. Ich werde der Stadtstreicher im Park sein, der Surfer im Sturm, der sterbende Leser, der Klavierschüler, die

Burschikose im Bett der Rothaarigen. Ich werde das Poker spielende Skelett sein. Ich werde das Monster mit der Mistgabel sein.

Und das ist die traurige Wahrheit: Ich will all diese Leute sein. Lieber will ich noch tausendmal mit der Mistgabel durchbohrt werden, als in einer Welt ohne Monster und Göttinnen aufzuwachen. Lieber will ich selbst die Rolle des Monsters spielen.

VIDEOAUFZEICHNUNG

SCHLAFZIMMER SAMSTAG 25.11.1995 11:21:58

Im Schlafzimmer herrscht Zwielicht. Sonnenlicht fällt durch die Ritzen der Fensterläden. HELP liegt am Fußende des Bettes.

[Der Hund hebt ein Ohr. Dann seinen ganzen Kopf. Er schaut zu dem zuckenden Körper unter der Bettdecke.]

TELEGRAMM

Von: Tante Liza
London, United Kingdom

WORAUS BESTEHT DER BETTHIMMEL?

VIDEOAUFZEICHNUNG

SCHLAFZIMMER SAMSTAG 25.11.1995 11:22:10

[Eine Schockwelle wischt die Bettdecke weg. HELP springt vom Bett und bellt laut. A. zuckt und windet sich im Bett; ein wilder, heiserer, blutiger Schrei durchbricht die Blockade in seiner Kehle.]

TELEGRAMM

Von: Niamh Connell
Point Bless, Ponopah, VA

MESSING!

VIDEOAUFZEICHNUNG

SCHLAFZIMMER SAMSTAG 25.11.1995 11:22:17

[HELP bellt wie wild und beobachtet A., der sich in Krämpfen windet und an dem elastischen Band zerrt, das ihn ans Bett fesselt.]

TELEGRAMM

Von: Tante Liza
London, United Kingdom

ZERSTÖRE IHN SOFORT.

VIDEOAUFZEICHNUNG

SCHLAFZIMMER SAMSTAG 25.11.1995 11:22:24

[Der Himmel und das ganze Bett erzittern unter dem letzten Blitz in A.'s Gehirn, der das elastische Band zerreißt. Um sein Leben schreiend, während HELP um Hilfe schreit, rollt sich A. auf die Seite, springt aus dem Bett und wirft sich durch das Fenster.]

TEIL 2

Backyard Palace

ABOVE-GROUND POOLS
GAZEBOS, PERGOLAS
OUTDOOR FURNITURE
1236 East Hway. Clayboro 26960
Tel. (755) 963 4881 Fax (755) 963 4998

PURCHASE & INSTALLATION NOTICE

INVOICE NO.
474VN-21K384

SHIPPING ADDRESS
1 AXTON RD. POINT BLESS 26969

SOLD TO
NIAMH S. CONNELL

QTY.	ITEM	PRICE
1 (ONE)	TANGANIKA 76IN. ABOVE-GROUND POOL KIT SIZE XL (16' X 32' X 76IN.)	$4,795.00
1 (ONE)	SAND FILTER	$399.95
1 (ONE)	ATTACHABLE LADDER	$229.95
1 (ONE)	CLOWNFISH FLOATING CHLORINATOR	$0.00

TOTAL $5424,9

11-17-95

CUSTOMER'S SIGNATURE

DEALER'S SEAL (ON PAYMENT)

Customer Copy

BRIEF

[…] Help war es, der Alarm schlug: Der Sturz war zu sanft. Das Regenwasser schlug über mir zusammen, sobald ich im Pool gelandet war. Ehe ich auch nur eine Ahnung hatte, wo ich mich befand, umfassten eisige Tentakeln meine Arme und Beine, injizierten Blei in meine Muskeln, verhinderten jeden Versuch, Schwimmbewegungen zu machen.

Niamh brauchte nur zehn Sekunden, um nach draußen zu rennen, über die Wand des Plastikpools zu klettern, sich voll bekleidet hineinzustürzen, meinen Körper zu packen und meinen Kopf aus dem Wasser zu ziehen. Durch das unfreiwillige Tauchen wurde offenbar fast alles Blut von meinen Augen weggewaschen, denn ich konnte die blaue Seitenwand des Pools und die Nordflanke von Axton House klar und deutlich erkennen – und Niamhs Gesicht, Atome von meinem entfernt, Tauperlen auf den Wimpern, die Lider über ihren geschlossenen Augen in ultrahoher Auflösung, während wir uns umklammerten, und ihre blaugefrorenen Lippen meine küssten, aus schierer Erschöpfung.

Und dann hörte das Bellen abrupt auf, weil Help von der Fensterbank des Schlafzimmers sprang (oder wohl eher fiel) und wir ihn aus dem Pool fischen mussten.

Wir rannten ins Haus, klatschnass, mit klappernden Zähnen (ich wusste nicht, dass auch Hunde mit den Zähnen klappern können). Wir erzeugten eine Spur von durch Nässe hochgewölbten Dielenbrettern von der Eingangshalle zum Musikzimmer, wo wir ein Feuer im Kamin anzündeten, unsere Kleidung abstreiften und Niamh trockene Sachen anzog, bevor sie nach oben flitzte, um auch für mich etwas zum Anziehen zu holen. (Hier zeigt sich, welche Vorteile es hat, dass sie überall im Haus Kleidungsstücke herumliegen lässt.)

NIAMHS NOTIZBLOCK

(Am Feuer.)

- Gut gemacht, Niamh. Brillant gut.

(Umarme ihn.)

- Was machen deine Augen?

- Ich sehe wieder ganz gut. Wie sehen sie aus?

- Besser als vor einer Stunde.

- Gut.

- Habe Tante Liza telegrafiert. Sie sagt, ich soll Bett zerstören.

- Das Bett ist doch völlig in Ordnung. Es sollte völlig in Ordnung sein. Also, was ist das Problem mit dem Bett?

*

Wir untersuchten das Bett gründlich. Beschrieben haben wir es dir ja schon: Es ist aus mit Schnitzereien verziertem Holz gefertigt, mit einem Himmel aus Messing, der mit lachsroter Seide verkleidet ist. Es ist groß genug, dass es eine eigene Postleitzahl bekommen könnte, und so schwer, dass wir es zu zweit nur mit Mühe zehn Zentimeter von der Wand abrücken konnten. Wir entfernten die Bettwäsche, kontrollierten die Matratze, krochen mit einer Taschenlampe unters Bett. Nein, mit dem Bett ist wirklich alles in Ordnung. Ich weiß, du wirst das hier sowieso überspringen, um gleich den Absatz zu lesen, der von einer adversativen Konjunktion eingeleitet wird. Hier ist er:

Aber. Niamh bewies schon zum zweiten Mal an diesem Tag ihre geniale Geistesgegenwart und holte das Voltmeter, das der Elektriker bei uns vergessen hatte. Sie überprüfte damit den Betthimmel. Das Voltmeter knisterte vernehmlich, als sie damit das Messinggestell berührte. Wir verrückten das Bett, wofür wir titanische Kräfte aufbringen mussten, und überprüften die Wand dahinter. Dort sind keine Drähte sichtbar, aber in der linken Ecke entdeckten wir etwas, das möglicherweise Strom leitet: ein Kupferrohr. Ich vermute, es handelt sich um eine alte Gasleitung. Der Elektriker sagte, die alten Wasserrohre seien nie entfernt worden, und das gilt wohl auch für die Gasleitungen. Niamh maß den freiliegenden Teil des Rohres: circa 124 bis 125 Volt.

*

- Was ist unter diesem Zimmer?

- Bibliothek?

- Aber die Bibliothek hat keine Fenster. Zu welchen Zimmer gehört das Fenster hier drunter?

- Kinderzimmer?

*

Der Nordflügel auf der zweiten Etage ist weitgehen Terra incognita. Wie ich dir schon geschrieben habe, nimmt die Bibliothek den größten Teil dieser Etage ein, und wir benutzen sie als Abkürzung, um das Treppenhaus im Westen mit der Galerie im Osten zu verbinden. Die Südseite beherbergt zwei modernisierte Schlaf- und ein Badezimmer. (Eines dieser Zimmer bewohnte Strückner.) Auf der Nordseite gibt es, von der Treppe aus, den Rauchsalon, wo wir die Überwachungsmonitore installiert haben, ein Kinder- oder Spielzimmer, ein kleines Schlafzimmer für ein Kindermädchen, ein größeres Zimmer für ein Kind oder einen Teenager, und dann kommt man wieder zur Ostgalerie.

Unser Schlafzimmer muss sich über dem Spielzimmer und der Bibliothek befinden. Wir zählten auf der zweiten und dritten Etage die Schritte zu den Fenstern, um es herauszufinden. Wir fanden ein Maßband und notierten die Entfernungen. Wir klopften gegen die Wände, Niamh im Spielzimmer, ich in der Bibliothek.

Doch wir konnten einander nicht hören. Es gibt also dazwischen ein geheimes Zimmer.

*

- Ich hole eine Axt und schlage die Wand ein, dann wissen wir es.

- Wow, du bist aber heute gewalttätig! Sollten wir nicht etwas mehr Respekt vor dem Geheimnis dieses Hauses haben?

- Scheiß auf das Geheimnis – fast hätte ich dich deswegen verloren!

*

Am Ende willigte Niamh ein, stattdessen die Regale an dieser Wand auszuräumen.

Strabons *Geographie* leistete etwas Widerstand.

Niamh tastete hinter dem Buch die Wand ab. Sie fand eine Verriegelung und zog daran. Hinter dem Regal erwachte ein Verschlussmechanismus zum Leben. Zwischen den Regalen befanden sich Lampen tragende Wandpfeiler. In dem Pfeiler links von uns hatte sich ein Spalt geöffnet. Wir zogen ihn ein Stück von der Wand weg, wodurch das Regal aufschwingen konnte. Ich fragte mich, wer diese Geheimtür gebaut hatte: Axton, oder vielleicht die Wells? Wenn es Axton war, dann gab es einen weiteren guten Grund für die Wells, das Haus zu kaufen. Wenn es die Wells waren … nun, wir sind wirklich eine coole Familie!

Das Geheimzimmer ist lang und schmal, sodass es zwischen Bibliothek und Spielzimmer passt. An einer Seite verrottet eine Kommode, auf der anderen steht eine ebenso verwahrlost aussehende Werkbank. Selbst für Axton-House-Verhältnisse sahen diese Möbelstücke alt aus.

Noch ehe wir den Lichtschalter fanden, spürten wir, dass sich hier ein Schatz verbarg. Vielleicht glitzerte etwas im Dunkeln, glitzerte wie ein Kristall, und siehe da: Es war tatsächlich ein Kristall. Vielleicht hatte ich diese Ahnung, wie wenn draußen im Freien die Luft plötzlich stillsteht und man hochblickt und die perfekte Gewitterwolke sieht. In der Kristallkugel schien tatsächlich eine Gewitterwolke gefangen zu sein.

Meine Neugierde war stärker als die Vorsicht. Ich berührte die Kugel.

Ich erinnerte mich, dass Dr. Belknap die Telepathie mittels elektrischer Leiter verächtlich als »falsche Theorie« bezeichnet hatte. Sie hatte gesagt, Dänemarr sei es »noch nicht gelungen«, Träume aufzuzeichnen. Am liebsten hätte ich diese Kugel genommen und wäre damit nach Midburg gefahren, um ihr zu beweisen, dass sie sich irrte. Denn es war ihnen doch gelungen: Sie hatten ein Gerät gebaut, das Gedanken aufzeichnen konnte. Und alle Traumgeschöpfe, die mich seit meiner ersten Nacht in Axton House heimsuchten, alle Gesichter, alle Buchstaben, alle spitzen Gegenstände, alle Wetterkapriolen warteten in dieser Kristallkugel darauf, über mich herzufallen. Und im Moment, als meine Fingerspitze die leere Oberfläche der Kugel berührte, sprangen sie in mein Bewusstsein über: der Stadtstreicher, der die Polizisten niederschlägt, der Junge, der die Granate wirft, der chinesische Klavierschüler, der DJ auf Ibiza, der Koch in seiner Nudel-Verkaufsbude, der sterbende Leser und der zirpende Brunnen, die Bankräuberin mit ihrem Baby, und Fliegen, die dummerweise durch die Flugbahn des Geschosses flogen, die Zwillinge in dem Wäldchen, das burschikose Mädchen auf dem Dach, der Geist in den Tropen, der Surfer im Sturm, das Folteropfer, das sich an seinen Peinigern rächt, das Mädchen, das die Mohnblume küsst, der griechische Scrabble-Spieler, der Händeschüttler vor der Explosion, der Mistgabel-Mörder, der intubierte Patient, das Skelett, die Meteorfrau, die mit ihren Puma-Schuhen auf dem Dach eines Bunkers auf einer Meeresinsel im Nirgendwo aufschlägt. Und viele Millisekunden später, als Niamh mich so kraftvoll weggezerrt hatte, dass ich hinfiel, und sich zu mir kniete und ich von ihren Lippen ablas, *Was ist?*, sah ich auf ihrem besorgten Gesicht das wundervolle Lächeln der Göttin in Unterwäsche hinter dem Lenkrad, die den Zauberwürfel in meiner Hand sieht und stolz auf mich ist, weil ich endlich ganz allein die Lösung gefunden habe.

*

- Was jetzt?

- Das weiß ich nicht.

- Wir sollten sie vergraben.

- Das finde ich etwas zu drastisch.

- Wie kann das zu drastisch sein?

- Am wichtigsten ist, sie elektrisch zu isolieren. Fotografiere sie für Tante Liza. Leg sie dann in den Karton zurück, und den Karton in einen Karton in einen Karton ...

- & in den Keller.

- Und fasse sie nur mit Handschuhen an.

*

Wir fanden noch ein paar interessante Objekte (Polaroids liegen bei). Das Verdächtigste von ihnen ist eine schwere Eisenstange, die an einen großen Inbusschlüssel oder Schraubenzieher erinnert und deren Zweck uns völlig unklar ist. In der Kommode fanden wir Pläne von Axton House, von denen die ältesten aus der Zeit der Axtons stammen und die jüngsten aus den 1960er-Jahren. Das Geheimzimmer ließ Horace im Jahr 1901 einbauen. (Ich nehme an, dass die Baupläne hier versteckt wurden, weil sie, hätte man sie an anderer Stelle aufbewahrt, die Existenz dieses Zimmers verraten hätten.)

Wir fanden die Kristallkugel übrigens am einen Ende der Bank. Sie war aus einem mit Schaumstoffkugeln gefüllten Karton gefallen, als das Regal, in dem sie lag, umstürzte. Dann war sie bis zur nördlichen Wand gerollt, wo sie so liegenblieb, dass sie permanent das Kupferrohr berührte, das an der kahlen Wand nach oben führte. Der Rest ist Spekulation.

*

- Was noch?

- Also, dieser große Sechskantschlüssel ist ein neuer Hinweis. Damit haben wir schon zwei Schlüssel, aber noch keine Schlösser. Nach denen sollten wir suchen. Was ist mit der Verschlüsselung?

- Ich habe den Irrgarten kartographiert & versucht, das Muster auf die Verschlüsselung anzuwenden. Funktioniert nicht. Ich glaube, es ist keine Schablonen-Verschlüsselung.

- Das dachte ich mir.

- Hättest du das nicht früher sagen können?!

- Ich war damit beschäftigt, aus Fenstern zu springen.

- Du solltest es dir anschauen.

- Das werden wir. Zusammen. Morgen früh werden wir in der Bibliothek bestimmt ein paar Handbücher über Kryptographie finden.

- Erst nachmittags.

- Wieso?

- SONNTAG.

- Oh, schon wieder? Ach, komm schon! Immerhin hätte ich mich eben fast in den Tod gestürzt!

- Ein Grund mehr, sich etwas auszuruhen!

*

Also sind wir wieder auf dem Stand, dass wir dich nicht vermissen. Aber vielen Dank. Ganz vielen Dank.

Wir lieben dich
A. & N.

PS: Wir haben uns geküsst!

Eine Woche später

3. DEZEMBER

NIAMHS NOTIZBUCH

(In der Kirche.)

- Meine ich das nur, oder werden die Bibellesungen jeden Sonntag länger?

- Sei still & hör zu. Das geht auch dich etwas an.

- Nein, tut es nicht. Ich bin kein Thessalonicher.

- Kichere nicht. In der Kirche kichert man nicht.

A.'S TAGEBUCH

Letzte Nacht schneite es.

Als wir heute Morgen aufwachten, sahen wir den blauesten Himmel seit Wochen. Niamh kramte ihr Canadian-Dharma-Bum-Barbie-Outfit hervor, einschließlich ihrer Mütze mit Ohrklappen, die das gestern Abend getrimmte Haar auf ihren Schläfen bedeckte. Dann folgten wir Help in den Wald. Die Bäume stehen da wie kolossale Skelette. Ihre Äste klammern sich an der Luft fest, im Licht einer höchst wirkungslosen Sonne. Und doch sehen diese Bäume in ihrer winterlichen Enthaltsamkeit lebendiger aus als je zuvor. So wie die Flechten und das Moos auf den Bergkämmen und Schluchten ihrer Rinde stehen diese gigantischen Birken wie Mikroorganismen auf der Kruste eines durchs All wirbelnden Felsen und strecken sich dem Licht entgegen.

Axton House bleibt grau, unbeteiligt und düster. Trotzdem nennen wir es unser Zuhause. Ob ihm das gefällt oder nicht.

VIDEOAUFZEICHNUNG

KÜCHE SONNTAG 03.12.1995 13:39:22

DAS DRÖHNEN EINES MOTORS mischt sich in den Soundtrack. DAS BELLEN DES HUNDES schafft es verdienstvollerweise, trotzdem gehört zu werden.

[A. geht zum Wandtelefon, nimmt den Hörer, tippt eine Nummer in die Tasten und schlendert zur Anrichte.]

[Durch die offene Hintertür kommt ein MANN herein: dicker, ausladender Mantel, schwere Stiefel.]

MANN: He, wo kann ich mir die Hände waschen?

A.: *[Schaut auf die Hände des Mannes.]* Hm … ein Tank mit Schwefelsäure wäre wohl das Beste. Aber versuchen Sie es mit der Spüle.
[Ins Telefon:] Oh, hallo, Mrs Brodie? *[…]* Ja, ich bin es.

[Der Mann wäscht sich an der Spüle die Hände. Mit schnellem Blick entdeckt er die Kamera in der Südostecke der Küche. Mit seinem durch eine Narbe entstellten Gesicht grinst er breit und dümmlich hinein.]

[A. hält sich das freie Ohr zu.] Ja, ich weiß, es ist sehr laut – ich lasse die Zufahrt mit einem Schneepflug räumen *[…]* Das weiß ich nicht. Ein paar Jungs, die sonntags arbeiten. Soll ich sie später zu Ihnen schicken?

[Der Mann wischt sich die Hände am Mantel ab, nickt A. zu und geht hinaus. In der Tür stößt er beinahe mit NIAMH zusammen, die HELP am Halsband hinter sich her zieht. Help bellt den Mann an, und Niamh schaut ihn stirnrunzelnd an, als sie mit dem Hund an ihm vorbeigeht.]

Okay. Ich rufe wegen des Termins mit Ihrem Mann an *[…]* Kein Problem, ich warte.

[Niamh lässt Help los. Der Hund saust durch die südliche Tür wieder aus der Küche. Sie entledigt sich ihrer Winterstiefel und geht zum Küchenschrank, zum Fach mit den Frühstücks-Cerealien. A. beobachtet sie jetzt. Beide Schläfen und ihr Hinterkopf sind nun rasiert, während oben auf dem Kopf ein großes Büschel Locken tanzt. Sie stopft sich eine Portion Lucky Charms direkt aus der Packung in den Mund.]

Hey – was ist los?

[Niamh zuckt die Achseln. Auf ihrem Lucky Charms mampfenden Gesicht lässt sich eindeutig ablesen, dass sie wegen etwas beunruhigt ist.]

Was hast du denn?

[Das MOTORGERÄUSCH wird leise, während sich draußen der Schneepflug vom Haus entfernt. Niamh schreibt etwas auf ihren Notizblock und zeigt es ihm.]

[A. liest, wirkt dann irritiert.] Er »starrt dich an«? Wer? Der kleine Typ mit der Narbe?

NIAMH: *[Pantomime: »Der große Gorilla mit dem Schnurrbart.«]*

A.: Aha? *[Unbeholfen.]* Was soll ich machen? Rausgehen und ihn verhauen?

NIAMH: *[Winkt verächtlich ab.]*

A.: Okay. Tut mir leid. Ich wünschte, ich könnte etwas dagegen tun. Das ist wohl der Haken daran, so sexy auszusehen wie du.

[Niamh hält auf dem Weg zur südlichen Küchentür inne und macht auf dem Absatz kehrt. A. ist jetzt abgelenkt, betrachtet ein paar Papiere.]

[Leise nähert sie sich wieder der Anrichte und starrt A. an. Er bemerkt es.]

Ähm, ich meine: sexy in der Art einer flachbrüstigen Manga-Heldin mit Punkfrisur.

[Er versucht, in ihren Augen zu lesen, während sie das Gesagte verarbeitet, doch sie bleibt unbeeindruckt, und auf ihren Lippen formt sich ein Niefen.]

[Sie schreibt etwas; er versucht, wegzuschauen, ist sichtlich ungeduldig. Dabei hält er weiterhin den Telefonhörer in der Hand. Dann zeigt sie ihm, was sie geschrieben hat.]

Was – nein, das bin ich nicht, Niamh. Ich bin objektiv. Du bist es … hm … wert, dass man sich nach dir umdreht. Ich versuche nur, mich nicht zu Nabokov-mäßig zu benehmen. *[Ins Telefon:]* Oh, ja, Mr Brodie?

[Niamh lässt resigniert die Schultern sinken. Dann schreibt sie wieder etwas.]

Ja, ich habe eben mit Glew telefoniert. Er sagt, dass er gerne heute vorbeikommt. Er bringt die Unterlagen um 16 Uhr vorbei. Passt Ihnen das?

[Sie hört auf zu schreiben und hält ihm den Zettel herausfordernd hin.]

[Während er liest, spricht er ins Telefon.] Natürlich, okay. *[Dann verstehend.]* Ähm … einen Moment bitte. *[Eine Hand über der Sprechmuschel.]* Nein, Niamh, »wir« haben gar nichts getan – du hast es getan. Ich war eine Sekunde davor noch bewusstlos!

[Sie starrt ihn wütend an, und zwar für sehr lange Zeit, die von der Uhr des Videogeräts als nur drei Sekunden angezeigt wird, was gar nicht stimmen kann.]

[Dann dreht sie sich um und marschiert hinaus, lässt ihn allein. Der MOTOR ist jetzt nicht mehr zu hören.]

[A. blickt verächtlich weg. Dann spricht er wieder ins Telefon.]

Ja, Mr Brodie? Entschuldigen Sie die Unterbrechung *[…]* Okay, dann sehen wir uns um vier. Danke.

[Er legt auf und verlässt die Küche, Niamh hinterher.]

*

MUSIKZIMMER SONNTAG 03.12.1995 13:41:01

[NIAMH kommt aus der Eingangshalle herein, unter der Kamera.]

A.: *[Aus dem Off.]* Niamh!

[Sie dreht sich vor dem Klavier um, schaut in die Kamera, verletzt. A. kommt zu ihr, bleibt etwa einen Meter vor ihr stehen.]

Sieh mal, ich bin … *[Seufzt.]* Niamh, möchtest du reden?

NIAMH: *[Dreht ihren Kopf etwas von ihm weg, schluckt den Kloß in ihrer Kehle herunter. Zeigt ihm ihre leeren Hände wie ein offenkundiges Beweisstück und formt mit ihren Lippen einen lautlosen Schrei: »JA!«]*

[Sie geht durch die westliche Flügeltür hinaus.]

[Diesmal folgt A. ihr nicht.]

[Der gelbliche Schein der Wandlampe flackert scheu hinter seinem Buntglasschirm. A. bemerkt es, blickt auf.]

A.: *[Voller Verachtung, in Richtung Decke.]* Oh, sorry. Habe ich dich auch verärgert?

[Eine kurze Gelegenheit für eine Antwort: Doch nichts passiert. Die Lampen schweigen.]

[A. geht grummelnd hinaus.]

Verdammt, diese Frauen bringen mich noch ins Grab.

A.'S TAGEBUCH

[Forts.]

Ich weiß es nicht. Vielleicht hatte sie zu wenig zu tun. Die letzte Woche war ziemlich ruhig, nachdem ich das Aus-Dem-Fenster-Springen aufgegeben habe. Und das war positiv, denke ich. Die Ruhe war gut für meine Gesundheit, und Niamh hatte sich etwas Urlaub verdient.

Aber dieser Zustand dauert jetzt schon sieben Tage. Die einzige Action bestand darin, dass wir in Clayboro ins Kino gingen und uns *Jumanji* anschauten und sie ihr Körpergewicht in Popcorn aß. Sie braucht wieder Arbeit. Schließlich ist sie ja hier, um mich zu beschützen – jedenfalls hat Tante Liza das gesagt. Also sollte ich möglichst bald wieder mein Leben riskieren.

Außerdem könnte ich ihr erlauben, sich einen Computer zu kaufen – sie sammelt schon seit einiger Zeit Prospekte für solche Geräte. Durch Niamhs Technik-Begeisterung und ihr neuestes Hobby, wie ein Nashorn durch die erste Etage zu rennen und plötzlich Türen aufzureißen, während ich dazu »Stampede!« rufe, wird unser Wohnsitz bis zur Wintersonnenwende, wie ich fürchte, kaum wiederzuerkennen sein, auch wenn Ambrose Wells davon bestimmt wenig begeistert wäre.

Aber, hey, selbst Ambroses Verein scheint inzwischen im 20. Jahrhundert angekommen zu sein. Als Niamh gestern das Faxgerät einstöpselte, kam ein Fax aus Los Angeles. Wer hätte gedacht, dass der alte Telegrammschreiber Ambrose ein Faxgerät besaß? Wir jedenfalls nicht, bis wir es gestern zufällig entdeckten. Wach auf und rieche den Duft der Neunzigerjahre!

*

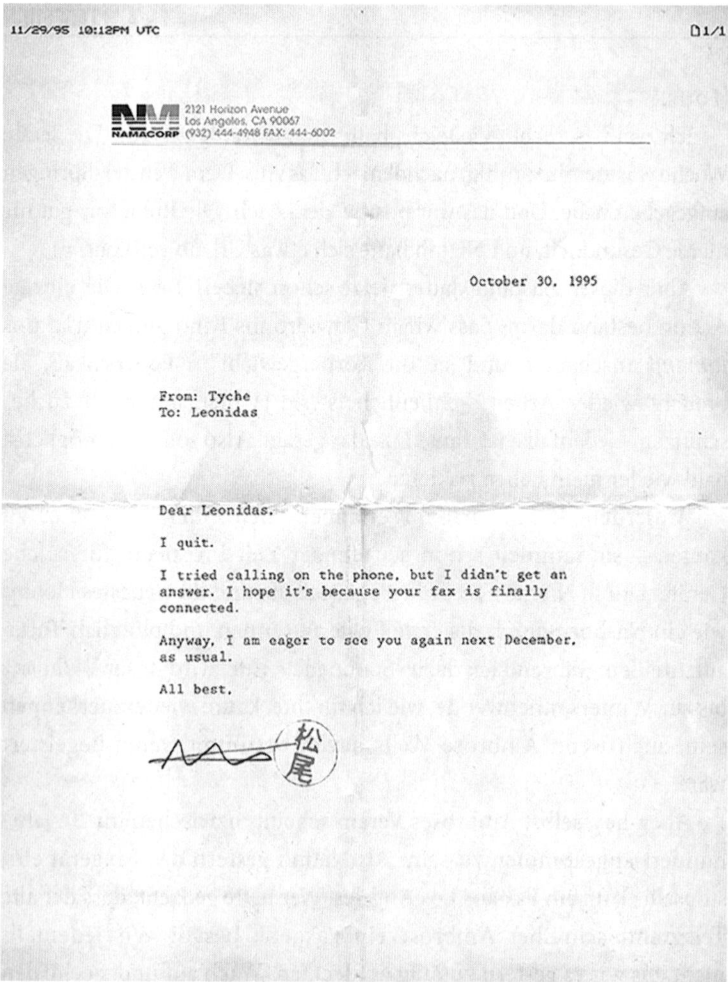

11/29/95 10:12PM UTC

1/1

NM
NAMACORP
2121 Horizon Avenue
Los Angeles, CA 90067
(932) 444-4948 FAX: 444-6002

October 30, 1995

From: Tyche
To: Leonidas

Dear Leonidas,

I quit.

I tried calling on the phone, but I didn't get an answer. I hope it's because your fax is finally connected.

Anyway, I am eager to see you again next December, as usual.

All best,

松尾

(Laut dem kleinen roten Notizbuch des Generals Leonidas, in dem die Kontaktdaten seiner Freunde festgehalten sind, muss dieser »Tyche« Ken Matsuo sein, der anscheinend auch das »ma« in Namacorp ist.)

VIDEOAUFZEICHNUNG

MUSIKZIMMER SONNTAG 03.12.1995 16:23:27

MR BRODIE überfliegt die Dokumente, die GLEW ihm auf dem Tisch hinblättert. A. steht am Klavier und gießt drei Gläser Bourbon ein.

MR BRODIE:	Es ist großartig, dass Sie sich um das Schriftliche kümmern.
GLEW:	Selbstverständlich. Das ist kein Problem. *[Gibt Brodie seinen Kugelschreiber.]* Wenn Sie bitte hier unterschreiben würden …

[Mr Brodie unterschreibt beide Exemplare des Dokuments.]

	[Nimmt das eine Exemplar, reicht Mr Brodie das andere.] Mr Brodie, ab jetzt sind Sie der rechtmäßige Eigentümer von Axton Creek.
A.:	*[Kommt mit den Gläsern zu ihnen.]* Der alte Axton würde sich freuen, das zu hören.
MR BRODIE:	*[Lacht leise.]* Ich hoffe, ich werde dieses Land nicht lange behalten. Wenn es uns gelingt, es vor Weihnachten zu verkaufen, kann ich mir mit meiner Frau eine schöne Urlaubsreise leisten – zu Orten hier in Amerika, wo wir noch nie waren.
A.:	Darauf trinken wir.
GLEW:	Bravo!

[Sie trinken.]

	[Wendet sich A. zu.] Was ist mit Ihnen? Haben Sie und Miss Connell schon Pläne für Weihnachten?
A.:	Wir haben nichts Besonderes vor. Ich denke, wir bleiben zu Hause. *[Blick zu Brodie, verschwörerisch.]* Ich habe gehört, dass um diese Zeit hier ganz schön was los ist.

MR BRODIE:	*[Gluckst in sich hinein.]*
A.:	Nein, im Ernst, ich habe noch nicht groß darüber nachgedacht. Wir waren in letzter Zeit ziemlich beschäftigt.
GLEW:	Beschäftigt? *[Amüsiert.]* Womit?
A.:	Ach, wissen Sie … ein exzentrischer Millionär sein und all das. Denken Sie, man bekommt im Winter einfach mal eben so einen Pool im Garten installiert? Mit solchen Dingen muss ich mich beschäftigen. Das ist wirklich nicht leicht!

[Und alle lachen.]

AUSZUG AUS SAMUEL MANDALAYS *ARS CRYPTOGRAPHICA*

Obgleich sie den Namen ihres hauptsächlichen Befürworters Lyon Playfair (1818–1898) trägt, wurde die Playfair-Verschlüsselung 1854 von dem höchst vielseitigen Erfinder Charles Wheatstone (1802–1875) entwickelt. Es handelt sich dabei um die bekannteste und gebräuchlichste bigraphische Verschlüsselung. In der viktorianischen Zeit wurde sie zum Standardverfahren. Ihre erste militärische Anwendung erfolgte im zweiten Burenkrieg (1899–1902), und noch im Zweiten Weltkrieg griff man auf sie zurück. Ihre Beliebtheit beruht darauf, dass sie leicht anzuwenden, aber äußerst schwer zu knacken ist. Die Playfair-Verschlüsselung ist einfach zu erlernen und das Verschlüsseln und Entschlüsseln funktioniert bei ihr sehr schnell, das Knacken des Codes hingegen erfordert eine nahezu übermenschliche Geduld.

Im Computerzeitalter ist die Playfair allerdings wie jede schnelle manuelle Methode zur Verschlüsselung strategischer Informationen kaum noch geeignet, weil sie sich mit Hilfe neuer Algorithmen leicht knacken lässt und der Geduldfaktor dabei keine Rolle mehr spielt. Dennoch verwenden Anhänger manueller Techniken, Kryptographie-Puristen oder Menschen, die nicht über aufwendige technologische Ressourcen verfügen, die Playfair auch heute noch im Alltag, freuen sich an ihrer Eleganz und dem nahezu hundertprozentigen Schutz, den sie gegen manuelle Entschlüsselungsversuche bietet.

Um mit der Playfair-Verschlüsselung arbeiten zu können, müssen Sender und Empfänger sich im Voraus auf ein Schlüsselwort und einige wenige spezifische Details hinsichtlich der verwendeten Varianten verständigt haben. Wir werden uns mit der Britischen Playfair beschäftigen, wie sie von Großbritannien im Ersten Weltkrieg eingesetzt wurde. Hierfür benötigt man lediglich Papier und Stift.

Das Schlüsselwort wird verwendet, um die ersten Felder eines 5 × 5-Gitters zu füllen. Dieses wird dann mit den anderen Buchstaben des Alphabets komplettiert. Damit die 26 Buchstaben in 25 Felder passen, werden *i* und *j* als ein Buchstabe behandelt. (Es gibt eine Variante, bei der *q* weggelassen wird, aber die *ij*-Lösung funktioniert besser.) Um nun eine Nachricht zu verschlüsseln, werden Satz- und Leerzeichen weggelassen und der Text in Blöcke aus je zwei Buchstaben zerlegt, wobei ein bedeutungsloses Zeichen (meistens wird dafür *x* verwendet) eingesetzt wird, um eine Paarung zweier gleicher Buchstaben zu unterbrechen. Finden Sie diese Bigramme in dem Quadrat und ersetzen Sie sie durch die zwei Buchstaben in den gegenüberliegenden Ecken der Diagonale, die sie bilden.

Schauen wir uns ein Beispiel an. Wir verwenden wieder unser bekanntes Schlüsselwort Mozambique, mit dem wir die ersten Felder des 5 × 5-Gitters füllen. (Natürlich lassen wir das zweite *m* weg.) Den Rest des Gitters füllen wir in alphabetischer Reihenfolge. Beachten Sie, dass wir *j* weglassen, weil *i* ja bereits vorkommt.

M	O	Z	A	B
I	Q	U	E	C
D	F	G	H	K
L	N	P	R	S
T	V	W	X	Y

Als Nachricht verwenden wir ein Beispiel aus Legrands berühmter verschlüsselter Schatzkarte in »Der Goldkäfer«:

A good glass in the bishop's hostel in the devil's seat.

Entfernen Sie alle Satzzeichen und zerteilen Sie den Text in Buchstabenpaare. Das zweite Paar wäre *oo* aus dem Wort »good«, aber da wir Paare aus gleichen Buchstaben vermeiden wollen, fügen wir als inhaltlich bedeutungsloses Füllzeichen *(x)* hinzu und fahren dann normal fort. Und das ist das Resultat:

AG OX OD GL AS SI NT HE BI SH OP SH OS TE LI NT HE DE
VI LS SE AT

Bei einer ungeraden Buchstabenzahl, die mit einem einzelnen Buchstaben endet, wird ein weiteres *x* ergänzt.

Nun folgt die Verschlüsselung: Nehmen Sie das erste Bigramm, *ag*, und kontrollieren Sie seine Position im Gitter. Stellen Sie sich nun die gegenüberliegenden Ecken dieses Quadrats vor: Sie erhalten *z* und *h*. Damit ist das erste Bigramm entschlüsselt: *ag* = *zh*.

Nun folgt das Bigramm *ox*. Die gegenüberliegenden Ecken dieses Vierecks sind *a* und *v*. Beachten Sie dabei stets die Reihenfolge: Der erste verschlüsselte Buchstabe ist derjenige in der gleichen Zeile (nicht Spalte) wie der erste unverschlüsselte Buchstabe. (Denken Sie daran, dass wir im Westen Zeilen lesen, keine Spalten.) Also ist *ox* = *av*.

Nun überspringen wir einige Bigramme und gehen weiter zu *he*. Diese Buchstaben befinden sich in der gleichen Spalte im Gitter. Also lautet die neue Regel: Nehmen Sie die Buchstaben, die sich unmittelbar darunter befinden. Demnach ist *he*=*rh*.

Weiter hinten fällt das Bigramm *ls* in die gleiche Zeile des Gitters. Hier lautet die Regel: Nehmen Sie die Buchstaben, die sich rechts von diesen Buchstaben befinden. So wird *l* zu *n*. Rechts von s steht kein Buchstabe, also greifen wir stattdessen nach links, wo *l* steht und erhalten so: *ls* = *nl*.

Präsentieren Sie die verschlüsselte Nachricht bei der Weitergabe nicht in Buchstaben-Zweierblöcken. So verbergen Sie die bigraphische Natur der Verschlüsselung. Hier ist die verschlüsselte Nachricht:

ZHAVMFDPBRLCLVRHMCRKZNRKBNXITDLVRHHITQNLRCMX

Zur Entschlüsselung kehren Sie den Prozess einfach um. Es empfiehlt sich, das Schlüsselwort häufig zu ändern.

A.'S TAGEBUCH

[Forts.]

Es ist also eine Playfair-Verschlüsselung. Diese Bemerkung über »Anhänger manueller Techniken und Kryptographie-Puristen« – das passt doch geradezu perfekt zu Wells. Aber es gibt einen noch eindeutigeren Hinweis. Ich starre jetzt schon seit einer Woche auf diese Verschlüsselung: *J* ist der einzige Buchstabe, der darin nicht auftaucht.

Leider fürchte ich, dass ich trotz all unseres Bemühens, Ambroses Regeln zu befolgen und uns seiner Geheimnisse würdig zu erweisen, nicht in der Lage sein werde, dieses Rätsel zu lösen. Ich muss den Umweg nehmen: den Code knacken. Habe ich Erfolg, gibt es etwas, worauf ich stolz sein kann. In dem Handbuch heißt es, dass das Knacken einer Playfair »eine nahezu übermenschliche Geduld erfordert«. Das kann ich inzwischen gut nachvollziehen: Ich beschäftige mich an diesem Abend bereits seit zwei Stunden damit, und in der Galerie breitet sich ein Teppich von 5 × 5-Gittern und unsinnigen Bigramm-Kritzeleien aus.

O ja, ich denke, uns steht eine aufregende Woche bevor!

VIDEOAUFZEICHNUNG

MUSIKZIMMER MONTAG 04.12.1995 01:34:59

Die Lampen im Zimmer sind ausgeschaltet. A. liegt im flackernden Lichtschein des Fernsehers auf dem Boden und schreibt in sein Tagebuch. NIAMH liegt zusammengerollt auf dem Sofa und schläft. HELP widmet sich den Resten der Pizza.

APPLAUS und die Schlussmusik von *Late Night with Conan O'Brien.*

[A. steht auf und steckt das Tagebuch in die Tasche. Er streckt sich und wendet sich Help zu.]

A.: Weck mich, wenn *Beakman's World* anfängt. *[Zu Niamh.]* Niamh. Komm, du gehörst schon längst ins Bett.

[Sie rührt sich nicht.]

Niamh?

[Nichts. Er hockt sich neben sie, legt eine Hand auf ihre Seite.]

Sieh mal, Niamh. Es tut mir leid. Ich … *[Seufzt.]* Vielleicht … möchtest du lieber allein schlafen?

[Ohne die Augen zu öffnen, streckt sie plötzlich beide Arme nach ihm aus.]

Ja, das dachte ich mir.

[Er nimmt sie in den Arm, sie schlingt ihre Arme um seinen Hals, und er trägt sie den weiten Weg zum Schlafzimmer.]

[Auf halbem Weg zur Nordtür murmelt er:]

Warum muss dieses dämliche Geisterhaus drei Stockwerke haben?

[Niamh macht ein spöttisches Gesicht, bevor sie in die Dunkelheit bei der Tür eintauchen.]

4. DEZEMBER

SICHERHEITSVIDEO: POINT BLESS, POSTAMT

04.12.1995 MONTAG 09:31

OHNE TON.

[EIN MÄDCHEN schaut genau in die Kamera. An ihren Ohren glitzern Metallschleifen. Ein Haarschopf mit verknoteten Strähnen oben auf ihrem ansonsten rasierten Kopf fällt in einer Kaskade zarter Locken über ihr Gesicht und wird von ihr alle zwanzig Sekunden mindestens zweimal weggepustet.]

[Der POSTANGESTELLTE hinter dem Fenster überreicht ihr einen großen Briefumschlag. Das Mädchen mit der Mohawk-Frisur nimmt ihn entgegen und hüpft in ihren Pippilangstrümpfen davon.

13.-AUSSEN-SHERIFFBÜRO-TAG

[MULDER stürmt aus dem Sheriffbüro, verärgert; SCULLY holt ihn ein.]

SCULLY

Mulder! Ich weiß, was Sie denken, aber das ist verrückt.

MULDER

[Dreht sich wütend zu ihr um.]
Warum? Warum ist es so schwer zu glauben? Dass es prophetische Träume gibt, weiß man doch schon seit …

SCULLY

In der Sensationspresse! Mulder, Träume sind einfach nur ein Nebenprodukt des Unterbewusstseins, das seine eigene Art der Wahrnehmung hat. In die Zukunft schauen kann es aber nicht.

MULDER

Und wie erklären Sie sich das?
[Gibt ihr eine Akte.]

*

MUSIKZIMMER MONTAG 04.12.1995 10:44:29

A. steht da, mit einem geöffneten Briefkuvert in der Hand, und schaut NIAMH an. Ihre Blicke treffen sich.

*

SCULLY
[Etwas offener jetzt, beschwichtigend.]
Sie verdrehen die Kausalkette. Träume bringen keine Ereignisse hervor – Ereignisse bringen Träume hervor. Unsere Erfahrungen beschäftigen unser Bewusstsein.

MULDER
Okay, aber wie kann er von einem Ereignis träumen, das Tausende Kilometer entfernt stattfindet?

*

10:44:53

Niamh zieht ihren Notizblock aus dem Pullover und schreibt.

*

– Kanada ist gar nicht so weit weg.

BRIEF

Axton House
1 Axton Rd.
Point Bless, VA 26969

Liebe Tante Liza,

[…] Auf dem Umschlag steht kein Absender, aber die Marken sind irgendwo in Ontario abgestempelt worden. Es ist keine schriftliche Nachricht enthalten, nur Fotos, aber ich denke, es gibt einen Zusammenhang zwischen ihnen und dem Telegramm, das wir am Mittwoch, dem 29. erhielten.

Ich füge Kopien einiger Fotos bei. Auf der Postkarte mit dem Anwesen im Neuengland-Stil steht auf der Rückseite: Sexton Hall, in Alder Parish, Sudbury. Ich glaube, ich erkenne die Bäume auf der linken Seite wieder.

Auf dem zweiten Foto sieht man die Zwillinge, die als Feen verkleidet bei einer Schultheateraufführung mitwirken. Im Original sind sie rothaarig.

Auf dem dritten Foto, der Familie auf der Hochzeit, ist das Paar unwichtig. Dieselben Zwillinge stehen links in der ersten Reihe, nahe bei dem Bernhardiner. Diese kleinen Mädchen mit türkisfarbenen Kleidern habe ich in meinem Traum gesehen.

EIN TELEGRAMM

Von: Daniel Vasquez
Alder Parish, Ontario, Kanada

GEFUNDEN! STOP BILDER SIND UNTERWEGS STOP
NAMEN IM DEZEMBER STOP DIOSKURI

Das ist das zweite Telegramm, das wir von einem Mitglied von Ambroses Gesellschaft erhalten. (Ehrlich gesagt, ist es mein zweites Telegramm überhaupt.)

Das erste traf kurz nach Ambroses Tod ein, von einem Edward Cutler (alias Sophocles), der es von Ibiza aus abschickte. Ich habe es eben noch einmal gelesen. Die Struktur ist ähnlich: »Gefunden! Danke. Freue mich auf unser Treffen im Dezember.« Darin kündigte dieser Cutler an, dass er eine CD schicken will (die, die Niamh nicht mehr spielen darf. Ich habe es ihr verboten, weil wir dann jedes Mal alles stehen und liegen lassen und anfangen zu tanzen, und sogar Help freut sich so, dass er auf den Teppich pinkelt). Dann ist da der Brief von Prometheus (alias Silas W. Long), vom 1. November, der mit einem unmissverständlichen »Ich muss vorzeitig aussteigen« anfing. Und schließlich das Fax von Tyche in Los Angeles, der ebenfalls ankündigte, aufgeben zu wollen. Bekommst du da nicht auch eine Gänsehaut?

Ambrose schrieb an Knox: »Als Gastgeber lade ich zu den Treffen ein. Die Mitglieder berichten an mich. Die Archive befinden sich hier in meinem Haus.« Bei diesen Telegrammen und Briefen handelt es sich zweifellos um die Berichte der Mitglieder an Ambrose.

Strückner sagte, dass bei den Dezember-Treffen jedem Mitglied eine Aufgabe zugewiesen wird. Ich würde sagen, dass Edward »Sophocles« Cutler und Daniel »Dioskuri« Vasquez ihre gelöst haben. Silas »Prometheus« Long schaffte es nicht.

Dann haben wir die Kassenbuchseite mit den zwanzig Codenamen unter der Überschrift »1994 Statusreport der Mission«. Nummer 4, Sophocles, war mit »Gefunden« markiert. (Die Mappe mit der CD und Longs Telegramm waren mit einer 4 beschriftet.) Bei Nummer 7 (Cybele) und 15 (Alexandros) stand ebenfalls »Gefunden«. Es müsste also irgendwo im Haus noch zwei nummerierte Mappen geben.

Wir durchwühlten erneut Ambroses Schreibtisch. Diesmal wussten wir, wonach wir suchten. Wir fanden die Nummer 7, Cybele. Die Mappe enthielt unter anderem die Kopie einer mexikanischen Polizeiakte mit einem Fahndungsfoto.

Sie heißt Amelia Ramos. Sie ist die Frau in meinem Traumjournal, die das Baby und das Gewehr in den Armen hält.

VIDEOAUFZEICHNUNG

KÜCHE MONTAG 04.12.1995 16:39:03

NIAMH starrt auf A., A. starrt auf Papiere und Fotos, die auf der Anrichte ausgebreitet sind, verdutzt.

[Niamh schreibt auf ihren Notizblock und zeigt ihn ihm.]

Ich glaube dir.

[A. grinst.]

A.: Du glaubst also, dass diese Leute nach den Menschen aus ihren Träumen suchen?

[Er seufzt.]

Gut, vielen Dank … aber, sieh mal, du bist Katholikin. Du würdest alles glauben.

[Sie formt mit den Lippen einen lautlosen Protestschrei und bewirft A. mit ein paar Dokumenten.]

[Lachend.] Entschuldige! Konnte ich mir nicht verkneifen.

[DAS TELEFON KLINGELT. Beide schauen zu dem fremdartigen Apparat an der Wand.]

[Es klingelt.]

[Sie wechseln Blicke.]

[Es klingelt wieder.]

In Ordnung, ich geh schon ran.

[Beim vierten Klingeln nimmt er ab.]

Hallo, hier bei Wells. *[…]* O nein, Sir, er ist nicht zu Hause. Kann ich ihm etwas ausrichten? *[…]* Nein, Sir.

NIAMH: *[Kommt näher und schreibt hastig.]*

A.: Mein Name ist Jones. *[Liest von Niamhs Notizbuch ab.]* Ich bin der neue Hausmeister.

NIAMH: *[Ruft ihm stumm ein Wort entgegen.]*

A.: *[Liest ihre Lippen.]* Hausdiener. Ich bin der neue Hausdiener *[…]* Wie Sie wünschen, Sir. Ich sage ihm, dass Sie angerufen haben. Auf Wiederhören.

[Er legt auf.]

Das lief doch gut, oder?

NIAMH: *[Sie schreibt wieder und hält es ihm hin.]*

A.: Zu britisch? Wieso?

NIAMH: *[Bewegt übertrieben die Lippen.]*

A.: *[Liest ihre Lippen.]* Jones. *[Noch einmal.]* Johns. *[Noch einmal.]* Jawns. [Noch einmal.] Dschooauns.

NIAMH: *[Daumen hoch.]*

BRIEF

[Forts.]

Tatsache ist, mir ist es egal, ob die Leute mir glauben. Ich brauche eine Scully, die mich herausfordert. Und Niamh kann das nicht mehr – sie ist eindeutig von meinem wahnhaften sexuellen Geplapper geblendet.

Ich könnte mich an dich wenden, aber statt jemandem, dessen Briefe nur maximal drei Zeilen lang sind, hätte ich dann jemanden, der mir nur alle zwei Wochen einen Brief schreibt.

Aber es ist okay. Ich weiß, an wen ich mich wenden kann.

Küsse,
A.

5. DEZEMBER

INTERVIEW IN *NEUE WISSENSCHAFT*, MAI 1981 – ERSTER TEIL

NEUE WISSENSCHAFT: **Und warum Kristallkugeln?**

ISAAK DÄNEMARR: Warum nicht?

NW: **Wegen möglicher unerwünschter Assoziationen.**

ID: Ich verstehe, aber die Frage kann ich nicht beantworten. Ich habe mir wenig Gedanken über das Design gemacht. Zurzeit bin ich viel zu sehr mit den funktionellen Aspekten beschäftigt, um mich für ästhetische Fragen zu interessieren. Die Kugel ist einfach nur der Informationsträger.

NW: **Wie eine Filmrolle.**

ID: Eher wie eine Computerdiskette.

NW: **Was ist der Unterschied?**

ID: Auf dem Film sind tatsächlich die kleinen Bilder vorhanden. Man kann sie durch den Projektor sehen, aber auch mit bloßem Auge. Auf der Diskette sind ausschließlich digitale Informationen gespeichert: Einsen und Nullen. Ohne einen Computer, der diese Informationen verarbeiten kann, sind sie nutzlos.

NW: **Und was für einen Computer benötigen wir in diesem Fall?**

ID: Ein menschliches Gehirn.

NW: **Würden Sie uns das bitte näher erklären? Was befindet sich in der Kugel?**

ID: Vereinfacht ausgedrückt handelt es sich um das maßstabsgetreue Modell eines neuralen Netzwerks. Maßstabsgetreu heißt hier: überlebensgroß. Die Kugel enthält ein synthetisches

Protoplasma, das auf Opfstaus und Hannemanns Kollagen basiert. Ich nenne es Neuroplasma – ein chemisches Gemisch, das zu einem elastischen, schaumstoffähnlichen Gewebe koaguliert ist. Dieses Gewebe mit seinen mikroskopisch kleinen Poren verhält sich so, wie sich gemäß der retikulären Theorie das Gehirn verhält.

NW: **Um Missverständnissen vorzubeugen – sprechen wir hier von lebendigem Gewebe?**

ID: Nun … organisches Gewebe.

NW: **Lebendig?**

ID: In gewissem Sinne, ja.

TONAUFNAHME

[Im Hintergrund Gesprächsfetzen und klirrendes Kaffeegeschirr.]

A.: Guten Morgen.

DR. BELKNAP: Guten Morgen. Danke, dass Sie den weiten Weg auf sich nehmen.

A.: Das ist okay. Niamh fährt gerne Auto. Und mir gefällt es hier.

DR. BELKNAP: Ambrose fühlte sich hier auch wohl. Sind Sie sicher, dass Sie den Kaffee nicht mit nach oben in meine Praxis mitnehmen möchten?

A.: Nein. Ich brauche keine Therapie mehr. Ich habe ja Niamh, wie ich schon sagte.

DR. BELKNAP: Okay. Dann lassen Sie uns gleich zur Sache kommen. Ich habe die Texte gelesen, die Sie mir empfohlen haben. Ich finde es … gruselig.

KELLNER: Guten Morgen, Frau Doktor.

DR. BELKNAP: Hi, Justin. Kaffee, bitte.

A.: Wussten Sie, dass solche Dinge existieren?

DR. BELKNAP: Kristallkugeln, die Träume enthalten? Ich habe auch jetzt noch durchaus meine Zweifel, dass so etwas existiert.

A.: Aber Bianchis Artikel haben Sie gelesen.

DR. BELKNAP: Das Artefakt habe ich aber nicht gesehen. Haben Sie es mitgebracht?

A.: Nein.

DR. BELKNAP: Aber Sie haben es?

A.: Ja. In einem Karton in einem Karton. Im Keller. Mit anderen Kartons. Ich habe nie verstanden, warum Schatzsammler und antike Zivilisationen ihre goldenen Götterfiguren in einem leeren Raum auf einem Altar präsentierten. Das ist, als würde man zu Indiana Jones sagen: »Hey, hier ist unser kostbarster Besitz. Greif zu und stehle ihn.«

DR. BELKNAP: Hat es Ambrose auch dort aufbewahrt?

A.: Seine Kugel war gut versteckt. Und es gibt noch mehr.

DR. BELKNAP: Wo?

A.: In einem Kellergewölbe. Wir haben sie vorige Woche entdeckt.

HANDKAMERA*

Die Kamera folgt A., der einen Plan in der Hand hält. Man hört Schritte widerhallen, und hoch oben strömt Sonnenlicht durch die Westfenster. Sie machen einen U-Turn um die Weinregale, wo kleine Eichenfässchen ihren Inhalt verdauen und Spinnweben traurig von Flaschen herabhängen. Dann gehen sie von dort in den dunkleren Teil des Kellers, wo alter Plunder zum Leben erwacht. Wasser, das durch undichte Stellen hereinsickerte, hat dort eine Pfütze gebildet, die am anderen Ende des großen Raumes Sonnenlicht reflektiert und Wellenlinien auf die Decke

* Dieses Video trägt den Datumsstempel 28. November.

zeichnet. Der Keller ist grünblau und kalt wie ein Hallenbad bei Nacht, in das jemand unerlaubt eindringt.

A. bleibt bei einer Ansammlung ausrangierter Möbel und abgehängter Gemälde vor der Südwand stehen, schaut wieder auf den Plan und lässt ihn auf den Boden fallen, wo er sich einrollt. A. schiebt ein großes Gemälde beiseite und einige andere vor der Wand gestapelte Dinge. Dahinter kommt in der Wand eine kreisförmige Fläche aus Edelstahl zum Vorschein. Die Kamera zoomt heran, um die futuristisch wirkende Verriegelung im Zentrum der Tur zu zeigen – eine kleine Scheibe aus dem gleichen schimmernden Material, mit einem kreuzförmigen Schlüsselloch, in das A. den entsprechend geformten Schlüssel steckt. Ein lautes Klacken ertönt, und dann öffnet sich mit einem hydraulischen Seufzer die Tür zu dem geheimen Gewölbe. A. umfasst die Kante der sehr massiven Tür und öffnet sie weiter. Er geht nah an die Kamera, um sie zu überprüfen, ein leicht gerötetes Auge wie der Dunst vor dem Sturm.

A. betritt das Gewölbe durch den höhlenartigen Eingang. Die Kamera folgt ihm. Chuck-Schuhe steigen über die hohe Metallschwelle, und das Bild wird dunkel.

Ein Lichtschalter klickt. Kristallkugeln reflektieren dunkel den Schein der Lampen. Jede ist mit einem aufgeklebten Zettel beschriftet und ruht auf quadratischen Schalen in Regalen entlang der Wände des mit gusseisernen Pfeilern verstrebten Gewölbes. Die restliche Stellfläche ist angefüllt mit alten Aktenschränken, deren hölzerne, von schwarzem Eisen eingerahmte Schubladen kleine handbeschriebene Etikettenschilder tragen.

Im Zentrum des Gewölbes steht eine Art flache Vogeltränke, die wirkt wie ein leerer Altar.

TONAUFNAHME

DR. BELKNAP:	Woher wussten Sie, dass es dieses geheime Gewölbe gibt?
A.:	Wir wussten, dass sich irgendwo im Haus Ambroses Archiv befindet. Und wir hatten die Baupläne. Darin war das Gewölbe eingezeichnet.

[Löffel tanzt in einer Kaffeetasse.]

DR. BELKNAP:	Und Sie behaupten, nachdem die Kugel aus dem Raum entfernt wurde, hätten die Träume aufgehört.
A.:	Nein. Ich träume immer noch das gleiche Zeug. Überwiegend. Aber jetzt sind es echte Träume. Sie haben ihre besondere Macht verloren. Es ist … mein Gehirn erschafft immer wieder die gleichen Szenen, aber sie werden jetzt nicht mehr von außen eingespeist. *[Kurzes Schweigen.]* Sie glauben mir nicht. Kommen Sie, sagen Sie ruhig, dass ich verrückt bin. Das ist hier ja keine Therapiesitzung.
DR. BELKNAP:	Nein, das würde ich nicht sagen. Es ist nur … schwer vorstellbar.
A.:	Nun, Sie sind Psychologin …
DR. BELKNAP:	Psychotherapeutin.
A.:	Was auch immer. Sie müssten doch wissen, wie so etwas funktioniert. Ein Artefakt, das … Rohgefühle enthält, unverarbeitete Sinneseindrücke, die das Gehirn dann interpretiert – ist das wirklich so verrückt?
DR. BELKNAP:	Nein. Das existiert schon seit Jahrtausenden. Man nennt es »Buch«.

INTERVIEW IN *NEUE WISSENSCHAFT*, MAI 1981 – ZWEITER TEIL

NEUE WISSENSCHAFT: **Und damit kann man also Träume aufzeichnen.**

ISAAK DÄNEMARR: Nun, es ist noch kein fertig entwickelter Prototyp – aber, ja, es ist mir gelungen, Bewusstseinsprozesse aufzuzeichnen und wieder abzuspielen. Zumindest einzelne Bilder.

NW: **So wie es Ihrem Mentor Karl Hannemann mit dem Pferdebild gelang?**

ID: Nein, viel mehr als Professor Hannemanns Pferd. Größere Gedankengebilde. Komplexe Ideen. Sogar ganze Ideenketten.

NW: **Zum Beispiel?**

ID: Nun, es ist schwierig, Gedanken des Wachbewusstseins aufzuzeichnen, weil der Bewusstseinsstrom im Wachzustand zum Wandern neigt. Wenn ich aber einen Menschen dazu bringe, Musik zu hören, kann ich aufzeichnen, welche Bilder die Musik in ihm auslöst.

NW: **Handelt es sich dabei nur um Bilder, oder auch um akustische Eindrücke?**

ID: Visuell, akustisch, Geruch, Geschmack, Tastsinn … Stellen Sie sich die Sache aber bitte nicht wie einen Fernsehfilm vor. Man kann sie nicht als Video abspielen. Das habe ich versucht. Die Aufzeichnung wird in Ihr Gehirn eingespeist und dort für Sie erfahrbar.

NW: **Das ist ja viel besser als Kino!**

ID: In der Tat. Allerdings sind bis jetzt nur sehr kurze Übertragungen möglich.

NW: **Welche Speicherkapazität haben diese Kugeln denn? Gemessen in Schlafstunden.**

ID: Sekunden. Das ist schwer zu sagen. Bis jetzt ist es mir kaum gelungen, mehr als die letzten zehn aufgenommenen Sekunden wiederholt abzuspielen. Alles vorherige Material geht verloren. Das Protoplasma bildet sich immer wieder um. In Computerbegriffen ausgedrückt: Die Daten werden überschrieben.

NW: **Wollen Sie damit sagen, dass Gedanken Raum einnehmen?**

ID: Ja, das ist eindeutig so. Doch das menschliche Gehirn besitzt eine gewisse Flexibilität bei der Speicherung von Erfahrungen. Es benötigt keine neuen Gehirnzellen, um neue Ideen zu speichern. Es assoziiert alte Ideen mit neuen. Das kann die Kugel nicht. Sie kann Informationen nicht organisieren oder auswerten. Also beschränkt sie sich immer auf das, was zuletzt aufgezeichnet wurde, und zwar ungefähr die letzten zehn Sekunden.

NW: **Dennoch sind Sie in der Lage, die Gedanken eines Menschen in einer Kugel zu speichern?**

ID: Ja.

NW: **Und die Gedanken aus der Kugel in das Gehirn eines anderen Menschen zu übertragen?**

ID: Ja.

NW: **Können Sie das, was in einer Kugel gespeichert ist, auf eine andere kopieren?**

ID: Ja.

NW: **Das ist wirklich erstaunlich.**

ID: Danke.

TONAUFNAHME

[DR. BELKNAP und A. diskutieren, die Stimmen überschneiden sich.]

DR. BELKNAP: Wenn ich »Elefant« sage, stellen Sie sich bildlich einen Elefanten vor. Ihr Gehirn erschafft den Elefanten, ausgelöst durch drei Silben.

A.: Nein, die Kugel bewirkt, dass Sie den Elefanten genauso sehen, wie ich ihn sehe, verstehen Sie? Wenn ich Ihnen erzähle, dass mir das Auge ausgerissen wurde, und Sie sich das dann vorstellen und versuchen, den Schmerz nachzuempfinden, spüren Sie noch nicht mal halb so viel wie das, was die Kugel Sie spüren lässt. Diesen mit elektrischer Übertragung arbeitenden Telepathie-Forscher ging es nicht um Worte. Sie sagten, dass Worte nur Suggestionen seien. Die Kugel enthält alles. Den stechenden Schmerz, wenn Ihr Sehnerv reißt, als würde Ihnen ein Haar ausgerissen. Die Geschwindigkeit, mit der ein Körper aus der Stratosphäre hinab auf die Erde fällt. Die Temperatur im Bett einer jungen Frau.

DR. BELKNAP: Sie schlafen im Bett einer jungen Frau!

A.: Einer anderen jungen Frau!

[Stille nach dem Höhepunkt. Kratzendes Schreibgeräusch eines Bleistifts. Eine leere Sekunde.]

Ja, genau. Hallo? Noch ein Stück Himbeerkuchen, bitte. Es ist real. Träume dagegen sind doch eher verworren. Da kommt es vor, dass Sie mit Ihrer Großmutter sprechen, und plötzlich verwandelt sie sich in den Briefträger. Oder Sie wollen etwas lesen, aber die Buchstaben schwirren wild herum. Das ist hier nicht so. Es gibt keine unscharfen Ränder. Alles ist perfekt realistisch.

[Ein Teller wird auf den Tisch gestellt, nahe beim Mikrofon.]

DR. BELKNAP: Diese Kugel möchte ich gerne sehen. Aber … einstweilen glaube ich Ihnen.

A.: *[Leise.]* Wirklich. Dann sind Sie ja weniger skeptisch als ich.

DR. BELKNAP: Zu diesem Dänemarr habe ich meine eigenen Recherchen angestellt. [Kramt in ihrer Handtasche.] Ich dachte mir, dass Sie das hier gern lesen würden. Haben Sie Zugang zum Internet?

A.: Wir arbeiten daran.

DR. BELKNAP: Hier ist die Internetadresse zum Interview einer deutschen Zeitschrift mit Dänemarr. Es gab in den achtziger

	Jahren einen Wissenschaftsaustausch zwischen den beiden Deutschlands zu diesem Thema. Im Westen war man offenbar sehr beeindruckt von Dänemarrs Resultaten.
A.:	Cool. Vielen Dank.
DR. BELKNAP:	Wie geht es Ihnen sonst?
A.:	Prima, danke. So, wie ich am Telefon sagte: kein Fieber, keine unruhigen Nächte …
DR. BELKNAP:	Und der Geist?
A.:	Da gibt es nichts Neues zu berichten. Wobei ich denke, dass der Geist mit den Kugeln und den Träumen gar nichts zu tun hat.
DR. BELKNAP:	Ich habe mir die Akte Ihres Cousins noch einmal angesehen. Da ich … nicht länger Ihre Therapeutin bin, sollten Sie wissen, dass er im April behauptete, einen Geist gesehen zu haben. In der Badewanne.
A.:	Oh.
DR. BELKNAP:	Eine bemerkenswerte Parallele.
A.:	Nicht wirklich. Menschen, deren Tod kurz bevorsteht, sehen sie häufig.

6. DEZEMBER

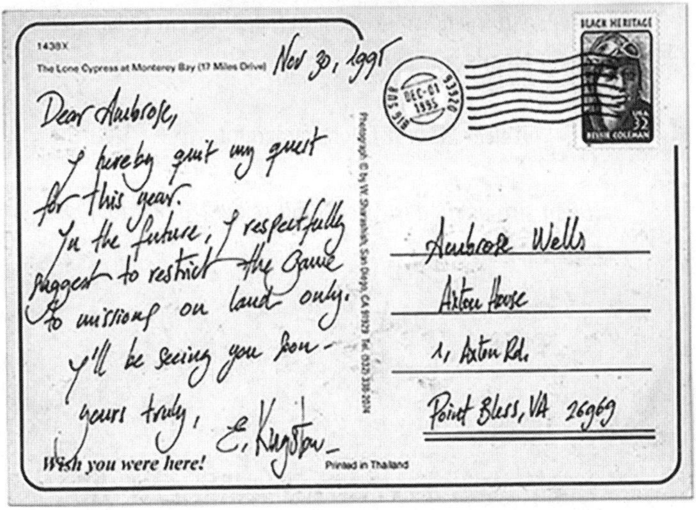

Übersetzung der Postkarte: 30. Nov. 1995, Lieber Ambrose, hiermit beende ich meine diesjährige Suche. Für die Zukunft empfehle ich mit dem gebotenen Respekt, das Spiel auf Missionen an Land zu begrenzen. Wir sehen uns, dein E. Kryston; Kartenaufdruck: Ich wünschte, du wärest hier!

VIDEOAUFZEICHNUNG

SCHLAFZIMMER MITTWOCH 06.12.1995 11:37:21

Der Blick auf das Bett ist durch Verpackungskartons und Berge von Luftpolsterfolie verstellt. Im Vordergrund schließt NIAMH den Computer an.

*

GALERIE MONTAG 04.12.1995 11:37:26

Die Südfenster zur Rechten vervielfachen sich zum anderen Ende des Raumes hin. Die Kamera befindet sich in niedriger Position. Vollgekritzelte Blätter, auf vielen sind 5 × 5-Gitter zu sehen, übersäen den Boden. Auf einer Lichtung inmitten des Blätterwaldes befinden sich ein Notizbuch, Mandalays *Ars Cryptografica*, eine halbe Flasche Yoo-hoo-Kakaodrink, und A. im Lotussitz. Er hält hinter seinem Rücken einen Baseballschläger.

[HELP bellt irgendwo. A. steht auf, geht an ein Fenster und schaut hinaus.]

A.: *[Leicht besorgt.]* Ooh, verdammt.

[Dreht sich um und ist wieder mit seiner Mammutaufgabe konfrontiert.]

BRIEF

Axton House
1 Axton Road
Point Bless, VA 26969

Liebe Tante Liza,

[…] Der Besucher war Curtis Knox.

Wir servierten ihm Tee im Esszimmer – das Musikzimmer war nicht sauber genug. Anfangs war es schwierig. Er wollte vermutlich nicht mit uns reden, und Niamh auch nicht mit ihm: Sie ist überzeugt, dass er hinter dem Einbruch Anfang November steckte. Den hatte ich schon fast vergessen – immerhin liegen vier Wochen und ein Sprung aus dem Fenster dazwischen. Aber für Niamh war er immer noch der Eindringling, den sie in der Nacht davonrennen sah. Sie war dementsprechend angespannt.

Nach zehn Minuten schickte ich sie hinaus. Weißt du, ich halte ihn für unfähig, durch ein Fenster in ein Haus einzusteigen. Ich kann mir vorstellen, dass er die Jacke auszieht und die Hemdärmel hochkrempelt, wenn die Situation es erfordert (übrigens zeigte seine Haut eine nicht der Jahreszeit entsprechende Bräune), aber ein Verbrechen traue ich ihm nicht zu. Und selbst wenn er den Einbruch veranlasst haben sollte, schien er nun bereit, der Diplomatie eine Chance zu geben. Er würde ganz sicher niemandem die Pistole auf die Brust setzen. Da würde er eher jemanden anheuern, der das für ihn erledigt.

Also ging Niamh nach oben und beschäftigte sich wieder mit dem Einrichten des Computers, während wir über das Teeservice und das Wetter redeten, darüber, wie das Internet unser Leben verändern würde, und über andere Frivolitäten. Ich hatte erwartet, Knox wäre ein Computer-Skeptiker, aber das ist er nicht. Ich merkte an, dass ich über Ambroses Verschlossenheit für diese neuen Technologien überrascht gewesen sei.

»Ambrose?«, sagte er. »Warum hätte ausgerechnet er sich für das Internet interessieren sollen?«

»Schon allein, weil er sich dadurch viele teure Ferngespräche hätte sparen können«, sagte ich.

Das war das »Kommen-wir-zur-Sache«-Signal. Knox beugte sich vor, stellte Tasse und Untertasse auf den Tisch, und seine Stimme wurde um einige Grade britischer.

»Tatsächlich«, begann er, »steht das in Zusammenhang mit dem Grund meines Besuches.«

Darauf folgte eine etwa zweiminütige Zickzack-Einleitung, deren Inhalt ich vergessen habe.

»Die Sache ist, dass ich nun schon seit einiger Zeit auf eine … sagen wir, Nachricht von Ambrose Wells warte – darüber, was nach seinem Ableben geschehen soll.«

Ich tat schockiert und beugte mich vor, um zu demonstrieren, wie geradezu monströs interessiert ich war. »Fahren Sie bitte fort.«

»Ich meine, eine Verfügung in seinem letzten Willen, eine urkundliche Mitteilung, gewissermaßen.«

»Ich verstehe«, sagte ich, während ich gedanklich die Kette von Lügen aufdröselte, die zu beachten war, ehe ich weiterredete. »Natürlich«, setzte ich das Lügen fort, »war Ambroses Tod für uns alle ein großer Schock.«

»Sie wussten doch gar nichts von der Existenz Ihres Cousins.«

»Umso bestürzender war das alles für mich. Vielleicht blieb ihm ja nicht mehr genug Zeit, um alles zu arrangieren.«

»Ich bin mir ziemlich sicher, dass diese Verfügung wichtig für ihn war und er sich darum gekümmert hat.«

»Tatsächlich? Wann haben Sie ihn denn zuletzt gesehen?«, fragte ich, weil mir keine bessere Frage einfiel.

»Am zwanzigsten Juni«, antwortete er. »Aber es handelt sich um langfristige, sorgfältige Planung erfordernde Geschäfte.«

»Geschäfte«, wiederholte ich. »Was denn für Geschäfte?«

»Nun, hm … Forschungsarbeiten, die er nicht beenden konnte. Er hat mit Sicherheit Vorkehrungen getroffen, dass jemand diese Arbeiten fortsetzt.«

»Nur, um sicherzugehen – hat es etwas mit Freimaurerei zu tun?«

Seine Reaktion war sehenswert. Wenn er wollte, dass ich ihn trotzdem noch ernst nahm, hätte er ab jetzt eine sehr große Waffe ziehen und auf mich richten müssen.

»Freimaurerei oder etwas Ähnliches«, sagte ich. »Ich weiß, dass Ambrose einem Kreis von Forschern angehörte, die gemeinsame Recherchen durchführten.«

»Ja, das ist richtig«, gab er unumwunden zu. »Dabei gilt meine Sorge aber weniger den eigentlichen Forschungen. Angesichts der Umstände seines Todes müssen ihm weit ernstere Angelegenheiten zu schaffen gemacht haben als unsere albernen Forschungen.«

»Oh, dann sind auch Sie Mitglied dieser Gruppe.«

»Ja … das stimmt. Aber anders als ich – und das ist der Punkt, der mir Sorge macht – hatte Ambrose in der Gruppe eine Position inne, die mit gewissen … « Das folgende Wort kam ihm nur zögernd über die Lippen. »… Privilegien verbunden war – und er hat mit Sicherheit verfügt, auf wen diese Privilegien übergehen sollen.«

»Was sind das denn für Privilegien?«

»Nun, besondere Aufgaben, verbunden mit dem Besitz bestimmter … Gegenstände.«

»Zum Beispiel einer Kristallkugel?«

(Ja, das musste gesagt werden. Schließlich hatte ich nicht den ganzen Tag Zeit.)

Es verging gefühlt eine Minute, während Knox sich eine

Strategie überlegte. Schließlich sagte er: »Sie haben sie also gefunden.«

»Ja.« Ich improvisierte eine auf der Wahrheit basierende Lüge. »Wir fanden eine Nachricht von Ambrose bezüglich dieser … ›Gesellschaft‹. Ich denke, es war ihm wichtig, wie es mit Ihnen und den anderen Mitgliedern weiterging. Auch dachte ich mir, dass die Gesellschaft der Grund für Ihren letzten Besuch war.«

»Das haben Sie mir nie gesagt.«

»Ich sage es Ihnen jetzt. Diese Nachricht war an die Person gerichtet, auf die er sein Amt übertragen wollte.«

»Haben Sie die Nachricht noch?«

»Nein. Der, an den sie adressiert war, hat sie. Caleb Ford.«

Wenn das für ihn eine unangenehme Überraschung war, verbarg er das recht gut.

»Ambrose hatte seine Adresse in Kigali«, fuhr ich fort.

»In Afrika?«, fragte er. Es klang wie bei Michael Palin in *Der Sinn des Lebens*: »Ein Tiger, in Afrika?«

»Wir warten immer noch auf Fords Antwort.«

»Aber Kigali ist lediglich ein Ankerpunkt. Er könnte sich überall im Gebiet der Großen Seen aufhalten.«

»Ich verstehe. Aber was soll ich tun?«

»Wissen Sie denn nicht, was in dieser Region los ist?«

»Hm … wir schauen kein CNN, aber …«

»Dort herrscht Bürgerkrieg. Es finden schreckliche Massenmorde statt!«

»Mr Knox, worauf wollen Sie hinaus?«

Er holte tief Luft und antwortete: »Es tut mir sehr leid, das sagen zu müssen, aber Ford ist wahrscheinlich tot.«

Sonderlich zu bedauern schien er das nicht.

Von seiner mich irritierenden Gefühllosigkeit abgesehen, war seine Theorie durchaus plausibel. Seit

April hatte Ford niemanden mehr kontaktiert. Auf den Telefonrechnungen, die ich mir vor Wochen angeschaut hatte, waren mehrere Gespräche nach Ruanda verzeichnet, alle jedoch kurz – vielleicht in einem Hotel für Ford hinterlassene Nachrichten. Und dann stand die Frage im Raum, wie man sich ein Hotel im heutigen Ruanda vorstellen muss. Gibt es eine Rezeption mit Glocke? Fällt der Putz von den Wänden? Sitz ein Mann im Anzug hinter dem Rezeptionstisch, oder ein Kind auf Drogen, das eine AK-47 schwingt?

»Sehen Sie«, unterbrach Knox meine Gedanken, »seit acht Monaten haben wir nichts mehr von Caleb Ford gehört. Ich fürchte, wir müssen vom Schlimmsten ausgehen.« Er senkte für einen Moment den Blick, womit er zumindest den Anschein von Aufrichtigkeit erweckte. »In aller Bescheidenheit bin ich überzeugt, Ambrose Wells gut genug zu kennen, um zu wissen, dass er für den Fall, dass Ford ausscheidet, mich mit seiner Nachfolge betraut hätte.«

»Er scheint das aber nie in Betracht gezogen zu haben.«

»Dennoch, wenn Sie darüber nachdenken, werden Sie zu dem Schluss kommen, dass es das Vernünftigste ist, mir zu geben, was Ambrose an Caleb geben wollte.«

»Wir wissen nicht, ob Caleb tot ist. Man würde uns in diesem Fall doch sicher benachrichtigen. Solange wir nicht herausgefunden haben, was mit ihm passiert ist, solange er nicht für tot erklärt ist, werde ich mich an Wells' Anweisungen halten.«

»Das ist Afrika. Es wird keinen offiziellen Totenschein geben.«

»Soweit ich weiß, gibt es in Ruanda jetzt eine stabile Regierung. Es gibt Behörden. Sie können einen Toten identifizieren.«

»Zwischen Kigali und Zaire liegen eine Million Leichen herum!«

»Ist Caleb Ford ein Weißer?«

»Ja.«

»Dann wird seine Leiche auffallen.«

Er stand auf. »Oh, das ist empörend!«

»Langsam. Immerhin sprechen wir hier über Onkel Ambroses letzten Willen.«

»Oh, jetzt ist er plötzlich ›Onkel Ambrose‹? Nicht mehr ein ›Cousin vierten Grades‹?«

»Er hat mir sein Haus vererbt! Ich würde ihn ›Daddy Cool‹ nennen, wenn er sich das gewünscht hätte!«

Wir wechselten noch ein paar Sätze, die alle nicht so gut waren wie diese. Also mache ich es kurz: Knox kündigte an, mit Glew, dem Anwalt, sprechen zu wollen, auf dass dieser mich zur Vernunft brächte. Dann ging er. Ich kann mir vorstellen, was Glew ihm sagen wird. Vorausgesetzt, dass die Nachricht an Caleb ohne Zeugen unterzeichnet wurde und somit rechtlich nicht bindend ist, gilt Ambroses Testament, in dem eindeutig steht, dass er mir Axton House *und seinen gesamten Inhalt* vermacht. Und die Kristallkugel wurde eindeutig in Axton House gefunden.

Die Frage ist, warum Knox *diese* Kristallkugel will. Soweit wir wissen, ist sie nichts weiter als ein Speichergerät. Im Keller gibt es noch viele weitere Kugeln. Was macht diese eine so besonders?

Oder: *Welche der Kugeln hat er eigentlich gemeint?*

Wenn aber Caleb wirklich tot ist, könnte sich das Rätsel als unlösbar erweisen. Ambrose hatte diese Möglichkeit offensichtlich nicht in Betracht gezogen. Vielleicht ahnte er im September, dass Caleb in Schwierigkeiten stecken könnte, nicht jedoch im Februar, als er die Briefe schrieb, einschließlich des verschlüsselten Briefes an Caleb. Möglicherweise war die Kette nun ganz unterbrochen.

Wir können nur hoffen, dass es uns doch noch gelingt, den Code zu knacken, und dass der verschlüsselte Brief einige echte Hinweise enthält. Zum Beispiel, was mit dem großen Sechskantschlüssel geöffnet werden kann, den wir gefunden haben, was die Kristallkugeln wirklich enthalten und was in diesem Haus zur Wintersonnenwende passiert.

VIDEOAUFZEICHNUNG

SCHLAFZIMMER MITTWOCH 06.12.1995 23:01:15

NIAMH und A. sitzen vor dem Computer und denken nach.

Sehr intensiv.

Sehr lange.

A.: *[Schnippt plötzlich mit den Fingern, womit er sein Kinn der Stütze beraubt.]* Benutze das Gummihähnchen mit einer Seilrolle in der Mitte.

[Ein paar von Niamh ausgeführte Mausklicks später starren sie erwartungsvoll auf den Monitor.]

[Ekstase stellt sich ein.]

Hurraaa! Ich bin ein exzellenter Pirat!

7. DEZEMBER

A.'S TAGEBUCH

Ich habe es wirklich mit jedem halbwegs vernünftigen Schlüsselwort versucht.

Die erste und offensichtlichste Möglichkeit war *Caleb Ford* (oder *Caleb* oder *Ford*). Dann wäre wie bei der Aeschylus-Nachricht der Name des Empfängers der Schlüssel gewesen. Nachdem sich das als falsch erwies, wurde mir klar, was für eine törichte Wahl ein solches Schlüsselwort gewesen wäre, denn jeder, der den Brief abfing (wir zum Beispiel) kannte ja Calebs Namen, der auf dem Briefumschlag stand.

Trotzdem versuchten wir es auch mit anderen einfachen Lösungen wie *Ambrose*, *Wells* und *Axton House*. Nur um sie definitiv ausschließen zu können.

Natürlich musste es auch für Caleb einen Codenamen geben. All diese Codenamen stehen in der Kassenbuch-Liste. Wir wissen nur nicht, welcher davon Calebs ist. Also probierte ich es mit jedem einzelnen von ihnen: *Leonidas, Hector, Archimedes, Sophocles, Zosimos, Socrates, Cybele, Dioskuri, Anchises, Elpenor, Coroebus, Phoenix, Amphiaraus, Tyche, Alexandros, Asterion, Chronos, Prometheus, Heracles* und *Zeus*. Alle schieden aus.

Außerdem versuchte ich es mit *Gesellschaft, Zwanzig, Kristallkugel, Traum, Albtraum, Geist* und *Ngara*. Oh, und *Belknap*. Hey, man weiß ja nie.

Und dann probierte ich noch *Rothaarig, Mistgabel, Augapfel, Granate, Surfen, Zauberwürfel* und *Puma-Schuhe*. Ohne Erfolg.

Verdammt, Schluss mit den Nettigkeiten: Der Code muss geknackt werden, koste es, was es wolle!

*

- Wie?

- Also, laut Mandalays Handbuch brauchen wir lediglich eine Lücke in der Verschlüsselung, ein Stück Klartext.

- Den wir aber nicht haben.

- Nein, aber wir wissen, was zu erwarten ist. Sozusagen. Es gab ja noch einen anderen Brief, den an Knox, vermutlich am selben Tag geschrieben, zum gleichen Thema und unverschlüsselt. Vielleicht finden wir darin einige Anregungen.

(Ich meditiere.)

- Beide Briefe beginnen mit dem Datum. Erstes Wort = Februar?

*

Ich verbrachte den größten Teil des Montags damit, diese Theorie auszuprobieren. Erfolglos. Ich zog in Erwägung, dass Februar zu Feb. abgekürzt worden sein könnte, aber auch das brachte mich nicht weiter. Playfair ermöglicht es nicht, Zahlen zu verschlüsseln, wenn also ein Datum Teil des Textes ist, müssen die Zahlen ausgeschrieben werden. Und die Nachricht ist nur 256 Buchstaben lang. Beginnt man mit »Februar, der fünfzehnte, neunzehnhundertfünfundneunzig«, ist der Platz schon fast aufgebraucht, ohne zum eigentlichen Thema zu kommen.

Vielleicht hatte Ambrose das Datum weggelassen. In diesem Fall würde der Text mit dem Absender beginnen: »Axton House«. Ich brauchte den halben Dienstag, um diese Möglichkeit zu verfolgen, was letztlich ebenfalls fehlschlug.

Also versuchte ich es mit »Lieber Caleb« als Anfang. Damit vergeudete ich die zweite Hälfte des Dienstags.

– Ich denke nicht, dass die Nachricht wie ein konventioneller Brief beginnt: Er muss sich kurzfassen.

– Sie könnte aber immer noch wie einer enden. Er muss irgendwie unterschrieben haben.

– Also lautet das letzte Wort »Wells«?

– Oder Ambrose? A. G. W.?

*

Ich probierte es mit allen drei Möglichkeiten plus *Leonidas*, Ambroses Codenamen.

Und so vergeudete ich den Mittwoch.

VIDEOAUFZEICHNUNG

GALERIE DONNERSTAG 07.12.1995 11:04:25

Ein Herbstteppich aus weißen und von der Zeit vergilbten Blättern liegt auf der Galerie verstreut wie aus dem Flugzeug abgeworfene Feindpropaganda.

A. sitzt resigniert unter den tristen Fenstern und wirft immer wieder einen Baseball zur gegenüberliegenden Wand, während er die Verschlüsselung studiert, die er in der freien Hand hält.

5 × 5-Gitter in fast unendlicher Zahl liegen überall in der Galerie ausgebreitet.

HELP beobachtet, wie der Baseball in einem endlosen Kreislauf A.'s Hand verlässt, gegen die Wand, auf den Boden, wieder in seine Hand.

NIAMH spielt auf der Mundharmonika »Cockles and Mussels«.

[Niamh steckt ihr Instrument in die Tasche und greift zu Notizblock und Bleistift.]

A.: Du brauchst gar keinen Vorschlag zu machen. Ich höre dir nicht zu. *[Wirft den Ball.]* Nimm es, wie es ist: Du verstehst davon nichts. Sei einfach nur da und sieh süß aus.

NIAMH: *[Stummes Kichern.]*

[A. verliert den Ball. Help schnappt ihn sofort und bringt ihn schwanzwedelnd seinem Herrchen. A. ignoriert den Hund und steht auf.]

A.: Okay, welche Worte werden wohl in diesem Brief auftauchen? Ambrose schreibt an Caleb, seinen besten Freund, eine Nachricht aus dem Grab. Welche Worte wird er verwenden?

[Niamh fängt sofort an zu schreiben. Er geht auf und ab, wobei er achtlos auf die herumliegenden Zettel tritt.]

»Tot.« »Klub«, nehme ich an. »Geheimnis.«

NIAMH: *[Zeigt ihm ihren Notizblock.]*

A.: *[Liest vor.]* »Speicherkugel«, ja, gut. Auch »Freund«. Er hat gute Gründe, emotional zu werden. So war es auch im Brief an Knox. »Liebe.«

NIAMH: *[Zeigt ihm noch ein Wort.]*

A.: »Entschuldige«, ja, nicht schlecht. Aber keines dieser Wörter hilft uns weiter. Sieh mal.

[Er nimmt die Verschlüsselung und zeigt sie ihr.]

Die erste Zeile: Dieses Bigramm, LI, wiederholt sich.

QH TB AG LI LI OG NE DW …

Jedes Bigramm wird in Playfair auf die gleiche Art verschlüsselt, also muss dieses Wort Buchstaben enthalten, die sich wiederholen, wie in … »Kokosnuss«. Solche Wörter musst du finden.

[Niamh scheint es in Erwägung zu ziehen, doch dann zuckt sie die Achseln. A. geht wieder auf und ab.]

Dieses Wort steht am Anfang. Wie hat er angefangen? Nicht mit dem Datum oder der Adresse, auch nicht mit »Lieber Caleb«. Er ist gleich zur Sache gekommen.

Niamh: *[Schreibt.]*

A.: »Komm sofort her.« Oder: »Ich brauche dich.«

Niamh: *[Zeigt ihm, was sie geschrieben hat.]*

A.: *[Bleibt stehen, um zu lesen.]* »Ich bin tot.« Okay, vielleicht nicht ganz so schroff. *[Geht weiter.]* »Wenn ich tot bin …«
[Bleibt stehen, zeigt auf Niamh.] Nein: »Wenn du das liest, bin ich tot.«

Niamh: *[Bewegt die Lippen.]*

A.: Ja, du hast recht: »werde ich tot sein.«

[ERLEUCHTUNG!]

»If you are reading this. (Wenn du das liest.)« *[Aufgeregt.]* Das ist es! Damit beginnt der Brief!

*

Wahrscheinlich endet der Satz mit »I am dead / will have died«, aber der erste Satzteil ist lang genug, denn er enthält mehr als acht Buchstabenpaare.

```
IF YO UA RE RE AD IN GT HI S?
QH TB AG LI LI OG NE DW RB RN
```

Wir wissen, dass jedes Bigramm mit dem gleichen 5×5-Gitter verschlüsselt wurde (das wir rekonstruieren müssen), und zwar nachfolgenden Regeln:

1. Wenn beide Buchstaben in derselben Zeile des Gitters lagen, benutzte Ambrose jeweils den Buchstaben rechts von ihnen. (Horizontale Regel.)

2. Lagen beide Buchstaben in derselben Spalte, nahm Ambrose jeweils den darunterliegenden Buchstaben. (Vertikale Regel.)

3. Wenn sie nicht in derselben Zeile oder Spalte lagen, nahm er die diagonal gegenüberliegenden Buchstaben. (Diagonale Regel.)

Ein Merkmal der diagonalen Regel ist, dass jeder zweite Buchstabe anders verschlüsselt wird. Sie kann also nicht Paar 3 in unserer Liste produziert haben: *ua* = *ag*. Dieses Paar muss entweder nach der horizontalen oder der vertikalen Regel gebildet sein, was bedeutet, dass alle drei, also *u, a* und *g*, im Gitter entweder in derselben Zeile oder derselben Spalte liegen müssen. Das Gleiche gilt für Paar 6, *in* = *ne*.

Die diagonale Regel besagt außerdem, dass die erste Hälfte sowohl der unverschlüsselten wie auch der verschlüsselten Bigramme in derselben Zeile stehen. Ein Beispiel: Paar 5: *ad* = *og* folgt der diagonalen Regel.* Somit teilen sich *a* und *o* eine Zeile, und ebenso *d* und *g*. Auf diese Weise belegt Paar 5, dass *a* und *g* nicht in einer Zeile stehen. Paar 3 kann demnach nicht der horizontalen Regel folgen. Es muss bei diesem Paar die vertikale Regel sein. Dadurch erhalten wir einen ersten Teil des Gitters:

	u	
Stück I	a	o
	g	d

(Zwischen diesen beiden könnten sich andere Spalten befinden – deswegen die senkrechte Linie, aber das ist erst später von Bedeutung.)

Ganz ähnlich beweist Paar 4 (*re* = *li*), welches ebenfalls diagonal verschlüsselt ist, dass *i* und *e* nicht in derselben Spalte stehen. Daher

* Schnell erklärt: Wäre das nicht so, müssten alle Buchstaben in den Paaren Nr. 3 und Nr. 5, *u a g d o*, eine vollständige Spalte / Zeile bilden. Damit wäre dann Paar Nr. 7 nicht möglich.

muss Paar 6 der horizontalen Regel folgen, wodurch sich uns ein weiteres Stück des Gitters erschließt:

Stück II

r		l
i	n	e

Nun mischen wir das erste Stück des Gitters mit Paar 7 (*gt= dw*). So erhalten wir die Position der Buchstaben *t* und *w* in Relation zu *g* und *d*:

WENN PAAR 7 HORIZONTAL IST:

u			
a	o		
g	d	t	w

WENN PAAR 7 VERTIKAL IST:

u	
a	o
g	d
w	t

(Vertikal kann es aber nicht sein, weil dann g und d in derselben Spalte stehen müssten. Aber wir wissen bereits, dass das nicht der Fall ist.)

Nun folgt der nächste Schritt: Wenn wir das erste Stück des Gitters mit Paar 2 (*yo* = *tb*) mischen, passen die Buchstaben y und b nur in das zweite Szenario. (Das erste Szenario scheidet aus, weil Paar 2 dann keiner Regel folgen würde: *o* und *t* müssen entweder in derselben Zeile oder derselben Spalte stehen.)

Stück I

u		
a	o	b
g	d	
w	t	y

Mischen wir nun Stück II mit Paar 8 (*hi* = *rb*). So erhalten wir die Position der Buchstaben *h* und *b* in Relation zu *i* und *r*:

```
   WENN PAAR 8              WENN PAAR 8
 HORIZONTAL IST:           DIAGONAL IST:

    h

    r         l          h    r         l
 ----------------      ---------------------
    i    n    e          b    i    n    e

    b
```

Wenn wir das mit Paar 1 (*if* = *qh*) kombinieren, kommt nur das erste Szenario infrage. (Das zweite nicht, weil *i* und *h* darin nicht in derselben Zeile oder Spalte stehen.)

```
                  f  |  h
                     |  r         l
   Stück II   -------+---------------
                  q  |  i    n    e
                     |  b
```

Wir können diese beiden Stücke jetzt zusammenführen, indem wir ihren einzigen gemeinsamen Buchstaben verwenden: *b*. Wegen der Linien ist das nicht einfach: Nur Buchstaben ohne Linien dazwischen gehören wirklich zusammen, also wissen wir nicht, wie sie zu ordnen sind. Aber wir kennen die fünf Buchstaben, aus denen sich die *b*-Spalte zusammensetzt: *b, h, i, r, y*. Welcher davon steht direkt unter *b*? *y* kann es nicht sein (Stück I zeigt uns klar eine Lücke zwischen *b* und *y*.) Auch *i* kommt nicht infrage (es befindet sich über *b*), und *r* ebenfalls nicht (es steht unterhalb von *h*). Es muss sich also um *h* handeln.

```
   q  |  i    n    e
      |  b
   f  |  h
      |  r         l
      |  y
```

Da wir von den Buchstaben *i, n, e* wissen, dass sie beieinanderstehen, aber nicht der alphabetischen Reihenfolge entsprechen, können wir davon ausgehen, dass sie zum Schlüsselwort gehören. Also stellen wir diese Zeile nach oben. Auch der Buchstabe *q* muss Teil des Schlüsselwortes sein. Und auf *q* folgt in der Regel *u*. In der Spalte unter *u* stehen *a* und *g*. Also:

q	u	i	n	e
	a	b		
f	g	h		
		r		l
		y		

Und damit ist das Schlüsselwort gefunden.

NIAMHS NOTIZBLOCK

- Es gibt etwas, das mich seit dem Gespräch mit Knox gestern beschäftigt. Ich fragte ihn, wann er Wells zuletzt lebend gesehen hat. Er antwortete: am zwanzigsten Juni. Sofort, ohne lange zu überlegen. Wie kommt es, dass er sich so genau an Monat und Tag erinnert?

- Geburtstag?

- Vielleicht. Aber es gibt eine viel coolere Antwort.

- Sommersonnenwende!

- Genau! Ich denke, die Gesellschaft hat noch ein anderes regelmäßiges Treffen abgehalten – eines, bei dem Ambrose sich mit seinen ihm am Nächsten stehenden Mitstreitern traf: Ford und Knox. Ford hielt sich dieses Jahr in Afrika auf, also kam nur Knox hierher. Doch was machst du, wenn du regelmäßige Treffen an jeder

Sonnenwende veranstaltest und zwischendrin ein außerplanmäßiges Treffen einberufen musst ... Was liegt zwischen den Sonnenwenden?

*- **Die Tagundnachtgleichen.** (engl. Equinox)*

- Was bedeutet: Außerplanmäßiges Treffen: höchste Alarmstufe! Equinox ist das Schlüsselwort.

e	q	u	i	n
o	x	a	b	c
d	f	g	h	k
l	m	p	r	s
t	v	w	y	z

BRIEF (ENTSCHLÜSSELT)

WENN DU DAS LIEST, BIN ICH AUS DEM SPIEL AUSGESTIEGEN. ICH RATE DIR DRINGEND, MEINEM BEISPIEL ZU FOLGEN, ABER WENN MÖGLICH AUF WENIGER DRAMATISCHE WEISE. ES IST KEIN BOURGEOISER ZEITVERTREIB MEHR. FALLS DIE ANDEREN DAS NICHT SEHEN WOLLEN, HAST DU ALS DER SCHRIFTFÜHRER DAS LETZTE WORT. AXTON HOUSE, DRITTE ETAGE, SCHREIBTISCH IM ARBEITSZIMMER, DRITTE SCHUBLADE RECHTS. DORT WERDE ICH ZU DIR SPRECHEN.

BRIEF

Axton House
1 Axton Road
Point Bless, VA 26969

Liebe Tante Liza,

verflucht! Alles umsonst! […]

Ein leeres Blatt Papier, weiter nichts. Von den Sachen, die wir in der dritten Schublade des Schreibtischs im Arbeitszimmer in der dritten Etage fanden, kommt das einer Nachricht noch am nächsten.

Wir durchsuchten das ganze Zimmer, das, nebenbei bemerkt, eine ziemlich düstere, rotbraun gestrichene, von uns nur selten aufgesuchte Kammer ist, dekoriert mit schmutzigen Illustrationen à la Gustave Doré. In dem Zimmer erledigte Ambrose bis zuletzt seine persönlichen Büroarbeiten. Wir hatten es bereits eine Woche zuvor auf der Suche nach dem roten Notizbuch mit den zwanzig Namen durchkämmt.

Und das ist der Punkt. All diese Geheimnistuerei und Verschlüsselung – nur damit wir in eine Schublade schauen, die noch nicht mal abgeschlossen war?

Offensichtlich vertraute Ambrose darauf, dass niemand, der zufällig über den Inhalt dieser Schublade stolperte, darin etwas von Bedeutung erkennen würde. Falls seit Ambroses Tod überhaupt jemand darüber stolperte. Strückner war mit seiner eigenen verschlüsselten Botschaft beschäftigt. Wenn Glew, der Anwalt, hier nach Dokumenten suchte, wäre der Schubladeninhalt für ihn völlig uninteressant gewesen: ein leeres Blatt Papier, nur halbherzig unter einem alten Telefonbuch verborgen, daneben ein Fotoalbum mit Familienbildern, ein Deck Spielkarten, ein Vorrat an Büroklammern. Nichts, was diese ganze Konspirations-Paranoia rechtfertigen würde.

AUSZUG AUS SAMUEL MANDALAYS *ARS CRYPTOGRAPHICA*

Zwar heißt es, mit den Computeralgorithmen würde eine neue Ära der Verschlüsselung beginnen – und die Computer werden uns diesbezüglich bestimmt nicht enttäuschen – und dennoch ist bei den maschinellen Verschlüsselungen ein essenzielles Hindernis zu überwinden: Sie erregen Verdacht. Algorithmen-basierte Verschlüsselungen lassen sich kaum als normaler Text tarnen, sodass sie, wenn es sich um einen sichtbaren Code handelt, zwangsläufig die Aufmerksamkeit des Feindes erregen.

Was sich immer noch besser mit traditionellen Methoden (selbst den kindischsten unter ihnen) erreichen lässt als mit Computern, ist die Befolgung von Sir Francis Bacons dritter Regel: Das Verbergen der Verschlüsselung – nicht nur der Information. Seit Jahrhunderten benutzt man Akrosticha, Cardan-Gitter, Geheimtinte und andere Methoden, um selbst noch die Existenz einer verborgenen Botschaft zu verhüllen. Geheime Schriften können in längeren Texten oder der äußeren Umwelt versteckt werden. Es existiert eine unendliche Zahl von Schriftmustern, die überall um uns verborgen sind. Neue Wege werden immer durch die menschliche Imagination gefunden, nicht durch künstliche Intelligenz.

Demnach können Computer nicht die gleichzeitige Beachtung der drei Prinzipien der Kryptographie gewährleisten (§ 4.1.1: Zufälligkeit, Unsichtbarkeit, Kürze). Solange wir uns an diese Regeln halten, werden unsere manuellen, selbstgemachten Verschlüsselungen auch weiterhin eine Herausforderung für menschliche und mechanische Angreifer darstellen.

VIDEOAUFZEICHNUNG

KÜCHE DONNERSTAG 07.12.1995 18:11:45

Mehrere Gegenstände sind auf dem Küchentisch versammelt: Das weiße, unbeschriebene Blatt Papier im Zentrum, eine Untertasse mit einer Zitronenscheibe darauf, ein Messer, ein paar Wattebäusche, ein Föhn, und davor sitzt NIAMH.

A. sitzt daneben auf einem Küchenstuhl. Er nimmt die Zitronenscheibe und träufelt etwas Saft auf ein Stück Wattebausch. Dann beugt er sich dicht genug über das Blatt Papier, um daran schnüffeln zu können, und reibt mit der Watte vorsichtig über die Oberfläche. Niamh erwärmt das Papier vorsichtig mit dem Föhn.

[Sie lehnen sich zurück, als wollten sie dem Raum geben, was möglicherweise aus dem Papier auftauchen könnte.]

[Spannung.]

[Die schon bald an Langeweile grenzt.]

A.: Ach, vergiss es!

[Er drückt mit der Hand eine halbe Zitrone über dem Papier aus, sodass der Saft über das Papier und den halben Tisch läuft, und Niamh stellt den Föhn auf maximale Hitze.]

[Sie schaltet den Föhn aus. A. lässt von dem Blatt Papier ab, in der Hoffnung, dass es nun endlich sein Geheimnis freigibt.]

[Vergeblich.]

[Das WANDTELEFON klingelt. Sie schauen sich an.]

[Niamh nieft. A. nimmt erst nach dem dritten Klingeln den Hörer ab.]

[Missmutig.] Jaa?

[Er starrt auf den Hörer, dann Niamh an.]

Einfach aufgelegt.

[Er legt ebenfalls auf. Niamh zeigt ihm, was sie geschrieben hat.]

*

- Sie rufen immer öfter an.

- Ist mir auch aufgefallen. Das soll wohl den Druck erhöhen.

- ?

- Weil die Wintersonnenwende näher rückt. Und wir noch nicht ansatzweise herausgefunden haben, was dann in diesem Haus stattfinden soll. Vermutlich müssten wir längst bestimmte Vorbereitungen treffen, die man seitens der Mitglieder der Gesellschaft von uns erwartet. Und jetzt fragen sie sich, ob alles in Ordnung ist.

- Na und? Wenn wir es nicht rechtzeitig herausfinden, werden sie nicht kommen. Dann passiert einfach gar nichts.

- Ich fürchte allmählich, dass auf jeden Fall etwas passieren wird. Mit einer Kristallkugel oder irgendwelchen anderen bösen Dingen, die hier im Haus verborgen sind. Was, wenn dieses Böse zur Wintersonnenwende geschieht – und wir sind nicht darauf vorbereitet?

*

[Beide schweigen für einen Moment.]

[Oder zwei.]

A.: *[Plötzlich.]* Okay, schauen wir doch mal, was uns das Internet darüber sagen kann, wie man Geheimtinte sichtbar macht. Los!

[Niamh springt auf und eilt aus der Küche.]

*

[Forts.]

Wir versuchten es mit Jod. Wir versuchten es sogar mit Betadine, was angeblich das Mittel der Wahl sein sollte. Das Papier zeigte sich unbeeindruckt.

Wir versuchten es mit Ammoniakdämpfen: Wir füllten im Keller einen Eimer mit zwei Flaschen Ammoniak und gossen Bleichmittel dazu, um die Dämpfe freizusetzen. Vergeblich. Dann schaute Help, der keine Maske trug, zur Tür herein und kotzte.

Wir versuchten es mit UV-Licht: fuhren nach Clayboro, tranken in einer Kneipe ein Bier und erzählten dem Barmann, Bekannte hätten mich neulich in eine Disco mit UV-Licht mitgenommen, ich wüsste aber die Adresse nicht mehr. Er gab uns die Namen von drei solchen Discos zwischen Clayboro und Virginia Beach. Wir fuhren weitere vierzig Meilen zur nächstgelegenen, zahlten Eintritt, erkämpften uns mit Ellbogeneinsatz den Weg zur Tanzfläche, testeten, wie das Blatt Papier auf das UV-Licht reagierte, fluchten, weil wieder nichts passierte, genehmigten uns zwei Drinks und gingen wieder. Den Leuten in der Disco gefiel Niamhs Frisur.

Ich weiß es nicht. Ich habe Theorien, aber keine Lust, sie aufzuschreiben. Aber, hey, du kannst dich jederzeit einbringen! Du musst nicht immer erst warten, bis ich mich aus einem Fenster stürze. Dein Input ist jederzeit willkommen.

Du solltest dir einen E-Mail-Account einrichten. Das würde unsere Kommunikation sehr vereinfachen. Wenn du deine E-Mail-Adresse hast, kontaktiere mich unter theycallmemisterwells@lycos.com. Wir vermissen dich hier im einundzwanzigsten Jahrhundert.

Küsse,
A.

8. DEZEMBER

NIAMHS NOTIZBLOCK

(Im Gordon's.)

- Vielleicht bellen wir ja den falschen Baum an.

(Er starrt eine Weile auf meinen Satz.)

- Ich habe keine Ahnung, was das bedeuten soll, denke aber, dass wir an der falschen Stelle nach einer Antwort suchen. Dieses Stück Papier kann sie uns nicht geben.

- Vielleicht gab es in der Schublade wirklich eine Nachricht, und jemand hat sie gestohlen.

- Aber warum hätte er eine wichtige geheime Nachricht in einer unverschlossenen Schublade aufbewahren sollen?

- Doppelter Boden?

- Nein, das haben wir doch schon gecheckt. Ich habe keinen Hunger. Iss du meinen Toast. Oh, du hast ihn ja schon gegessen. Gut für dich.

- Vielleicht war Ambrose gar nicht so clever.

- Wenn wirklich eine Nachricht in der Schublade war und jemand sie an sich genommen hat, wieso hat dieser Jemand dann stattdessen ein leeres Blatt Papier dort hineingelegt?

- Wo sonst sollte man denn ein unbeschriebenes Blatt aufbewahren?

VIDEOAUFZEICHNUNG

KÜCHEFREITAG 08.12.1995 09:39:25

[TELEFON klingelt.]

[HELP trottet emsig zum Wandtelefon.]

[Telefon klingelt.]

[Der Hund starrt zum Telefon hoch.]

[Telefon klingelt.]

[Der Hund verliert das Interesse am Telefon und läuft zu seiner Wasserschale.]

[Telefon klingelt.]

[Schleck, schleck, schleck.]

[Das Klingeln hört auf.]

MUSIKZIMMER FREITAG 08.12.1995 16:24:53

Regen prasselt gegen die Fenster. NIAMH legt auf dem Couchtisch die Karten für eine Patience.

[A. betritt das Zimmer von Süden, geht wortlos an Niamh vorbei und legt sich auf die Couch, nahe bei HELP, der sich vor dem Kaminfeuer zusammengerollt hat.]

[Das Patience-Spiel geht weiter.]

16:25:30

[A. nimmt eine Hand von der Brust und legt sie unter seinen Kopf.]

[NIAMH legt das letzte Ass ab.]

16:26:04

[Die Erde rotiert unbekümmert vor sich hin.]

16:26:05

[A. springt vom Sofa auf und über HELP hinweg, durchquert mit drei Schritten das Zimmer, stößt gegen den Couchtisch und lässt NIAMH dadurch erstarren, dass er mit ausladender Geste die Hand ausstreckt.]

A.: Sag mir bitte, dass du diese Karten NICHT GEMISCHT HAST!

NIAMH: *[Schüttelt erschrocken den Kopf.]*

A.: *[Mit irrem Blick. Jack-Nicholson-mäßig ruhig.]* Gut. Dann stapele sie jetzt wieder genau in der Reihenfolge, in der du sie vorgefunden hast.

[Niamh starrt die auf dem Tisch liegenden Karten an. Sie nimmt ein Ass vom Farbstapel, zögert … platziert es auf einem der Kolonnenstapel. Dann nimmt sie eine andere Karte …]

[Sie schaut A. an, ratlos.]

A.: *[Hält sich die Hand vors Gesicht.]* Schscheiße.

[Niamh starrt ihn an, dann die Karten auf dem Tisch, extrem besorgt. Dann starrt sie, zufällig, in die Kamera.]

[Sie schüttelt A.'s Arm.]

16:44:48

[NIAMH hat die Karten wieder gestapelt. A. steht jetzt neben ihr.]

A.: Okay, hör zu: Das leere Blatt Papier war bloß ein Ablenkungsmanöver. Das ergibt Sinn. Der Schwierigkeitsgrad der Rätsel steigt immer mehr an. Jeder Code ist schwieriger zu knacken als der vorherige. Es begann mit der Aeschylus-Verschlüsselung: Die war einfach, sodass Strückner damit zurechtkam. Dann folgte das Rätsel mit dem »Baum«, eine personalisierte Verschlüsselung. Als Drittes kam dann eine Playfair: eine im Zweiten Weltkrieg verwendete professionelle Verschlüsselungsmethode. Und zuletzt nun ein unsichtbarer Code, einer, den man noch nicht einmal sehen kann. Die Playfair-Verschlüsselung sagte uns nur: »Dritte Schublade rechts.« Und in Mandalays Handbuch steht: »Es existieren unendlich viele Schriftmuster, die überall um uns verborgen sind.« Zum Beispiel kann ein Kartendeck ein solches Muster sein. Es besteht aus zweiundfünfzig Karten ohne Joker, was sechsundzwanzig schwarze und sechsundzwanzig rote Karten ergibt. Das Alphabet hat sechsundzwanzig Buchstaben. Da haben wir das Muster: Ein Kartendeck enthält zwei Alphabete – genug, um eine kurze Botschaft zu verschlüsseln!

NIAMH: *[Schreibt ganz schnell.]*

– Es macht mich TOTAL an, wenn du das tust.

A.: *[Liest es. Reagiert amüsiert.]* Ich weiß. Kannst ja später lange duschen. Jetzt hör zu.

[Kichernd nimmt sie ein leeres Blatt Papier (höchstwahrscheinlich DAS leere Blatt Papier), während A. die Karten durchgeht.]

Okay, ich dachte: schwarzes Alphabet und rotes Alphabet, aber das würde zu viel Rätselraten bedeuten, wenn man nicht weiß, welche Ordnung für die Farben festgelegt wurde. Vermutlich stehen also die schwarzen Karten für die eine Hälfte des Alphabets, und die roten für die andere. Und … das Pik-Ass ist bei einem neuen Deck in der Regel die oberste Karte. Nehmen wir also an, die erste Hälfte ist schwarz, von A bis M, und die roten Karten gehen von N bis Z.

[Niamh ist bereits dabei, auf dem Blatt Papier den Karten Buchstaben zuzuordnen.]

Als wir das Kartendeck fanden, lag die Pik-Dame oben. Das ist … der Buchstabe L. Dann folgt die Herz-Drei, also N, O …P. »L-P.« Dann die Kreuz-Neun. Das ist … J?

NIAMH: *[Warnender Doppelpfiff, während sie eifrig schreibt.]*

A.: Nein, I. Dann der Herz-König: Z. »L-P-I-Z.«

[Niamh schaut ihn verunsichert an.]

Ist okay. Das ist nur Füllmaterial. Du kannst die Karten, die du nicht brauchst, nicht einfach wegwerfen. Kreuz-Zehn … Kreuz-Drei … Pik-König …

*

Q♠	3♥	9♣	K♥	10♣	3♣	K♠	9♦	6♠
5♦	7♠	10♥	8♣	Joker	10♠	A♠	K♣	5♠
6♦	6♥	A♣	3♠	5♥	5♣	4♠	6♣	2♥
8♦	A♥	7♥	2♠	4♦	9♥	Joker	J♣	2♦
9♠	A♦	J♥	8♠	2♣	Q♥	7♦	7♣	8♥
Q♣	K♦	10♦	3♦	J♠	Q♦	4♣	J♦	4♥

L P I Z J C M V F R G W H [joker] J A M E S S A C R
E D F O U N T B Q V [joker] K O I N X H B Y T G U L Z
W P K Y D X Q

*

[Beide betrachten konzentriert das nun nicht mehr leere Blatt.]

A.: Da ist es. Die Joker markieren, wo die Nachricht anfängt und endet. Das ist der einzige Teil, der einen Sinn ergibt. *[Runzelt die Stirn.]* Wenigstens ansatzweise.

[Nimmt das Blatt, um es genauer zu inspizieren.]

James, Sacred, Fount … B-Q-V. Was bedeutet das?

[NIAMH durchzuckt es plötzlich. Sie schreibt eilig auf ihren Notizblock. Hält ihn A. hin.]

A.: *[Liest.]* »Henry James: *Sacred Fount.*« Ist das ein Buch?
NIAMH: *[Nickt.]*
A.: Woher weißt du das bloß?
NIAMH: *[Schaut ihn stumm an.]*
A.: Okay, dann steht B-Q-V vielleicht nicht für Buchstaben. Es müssen also die Zahlen der Karten gemeint sein. Zwei, vier, neun. Bestimmt ist das die Seitenzahl im Buch!

[Niamh springt auf und stürmt hinaus.]

A.: JUMANJI!

[Sie rennen beide in die Bibliothek.]

SEITE 249 IN HENRY JAMES: *THE SACRED FOUNT**

Lieber Caleb,

immer wieder finde ich tröstlich, was damals dieser *Sifu* in Yunnan zu uns sagte: dass man ein Blatt am besten in einem Wald versteckt. Und jedes Mal wenn ich diese Seiten durchblättere, wächst meine Überzeugung, dass dieser Brief gut versteckt ist, denn niemand, der bei Sinnen ist, würde mehr als hundert Seiten von James' weitschweifigem Buch lesen. Ich weiß, hier können wir ungestört reden. Natürlich ist diese Geheimniskrämerei überdramatisch, aber dafür wurde die Gesellschaft ja gegründet: um unser Leben dramatischer und aufregender zu machen.

Leider müssen in jeder Geschichte einige Charaktere im Verlauf der Handlung abtreten. Mein Freund, wenn du diese Zeilen liest, bist du zum Helden unserer Geschichte geworden, und ich bin die Figur, deren Tod als warnendes Beispiel dient. Ich hoffe, du wirst diese Warnung nicht ignorieren, nicht den Fehler machen, den ich bei Spears, Dagenais und Wells senior machte.

Es gibt nicht viel, was ich bedauere. Wir alle haben faszinierende Leben geführt. Wir haben aufregendere Reisen unternommen und Menschen getroffen, faszinierendere Dinge gesehen, als es den meisten Menschen vergönnt ist. Doch wir zahlen dafür einen Preis: Wir alle leiden an Schlafstörungen. Siebzehn von uns mussten sich schon

* Die Seite war in das Buch eingenäht und in der gleichen Schrifttype gedruckt.

psychotherapeutisch behandeln lassen. Viele leiden unter Panikattacken, einige erlitten Krampfanfälle. Diese Narben werden bleiben, doch auch der gewonnene Erfahrungsschatz bleibt.

Ich gebe dir nicht den Rat, all das über Bord zu werfen. Aber es ist mein Wunsch, dass ihr nicht euer ganzes Leben dafür opfert. Das Leben von jedem von euch ist schon genug dadurch bereichert, aber eben auch belastet. Welchen zusätzlichen Erkenntnisgewinn könnt ihr denn noch erwarten? Meine Familie nimmt seit drei Generationen an diesem magischen Spiel teil – voller Ehrfurcht, und Angst. Und ich, inzwischen fünfzig Jahre alt, verstehe es keinen Deut besser als mein Großvater, als ihm dieses Geschenk damals zufiel. Und selbst wenn du tausend Jahre lebtest, würde es dich immer noch überraschen. Doch es wird dich auch niemals befriedigen. Es ist eine Reise ohne Ende. Deshalb könnt ihr alle es ebenso gut hier und jetzt beenden. Ruht euch aus. Trefft euch weiterhin vor Weihnachten und tauscht die guten Erinnerungen aus. Möge die Gesellschaft noch viele friedliche Jahre erleben.

Es ist jetzt an dir, diese Hinterlassenschaft der Familie Wells zu verwalten und zu entscheiden, was damit geschehen soll. Strabon hütet das letzte Jahr sowie den Schlüssel zur Gegenwart. Unser Historiker soll sich um die Vergangenheit kümmern. Wo die Gegenwart zu finden ist, weißt nur du.

Ich habe keine Anweisungen für dich, Caleb. Ich hinterlasse dir nur diese Worte in Treu und Glauben. Die Toten können keine Anweisungen erteilen. Sie können nur flüstern.

Es war eine Freude, mit dir dieses Abenteuer zu leben. Lebewohl, mein Freund.

Ambrose G. Wells

NIAMHS NOTIZBUCH

(Nach so etwa 5 Minuten.)

- Was IST Strabon?

- Er war ein griechischer Geograph im ersten Jahrhundert. Das Buch in der Bibliothek, hinter dem du die Türverriegelung des Geheimzimmers gefunden hast, war ein Band seiner Geographie. Aber das wussten wir schon.

- ALSO?!

- Also ... nichts. Das war es.

*

GALERIE FREITAG 08.12.1995 17:30:23

Die vielen Fenster weinen sanfte Regentropfen. HELP, NIAMH und A. sitzen auf einem Playfair-übersäten Boden und warten darauf, dass ihnen die Seite 249 aus Henry James' *The Sacred Fount* doch noch eine neue Erkenntnis eröffnet.

*

- All die Hinweise führen also zu GAR NICHTS?

- Nun, sie führen zum Geheimzimmer in der Bibliothek, aber diese Überraschung haben wir uns ja schon verdorben. Wir haben uns nicht an die vorgesehene Reihenfolge gehalten.

- Wer ist der Historiker?

- Curtis Knox. Das sind die Vorstandsmitglieder der Gesellschaft: Ambrose ist der Gastgeber, Caleb der Schriftführer und Knox der Historiker.

- »Vergangenheit und Gegenwart?«

- Vor seinem Tod teilte der Gastgeber das Erbe zwischen dem Sekretär und dem Historiker auf. Das tat er, weil er wollte, dass die Gesellschaft nicht weiterbesteht: Ein unter geteilter Herrschaft stehendes Imperium ist eher dem Untergang geweiht. Das »letzte Jahr« ist die Kristallkugel, die wir im Geheimzimmer fanden. Sie gehört ins Archiv, also in den geheimen Gewölbekeller, wo die anderen Kristallkugeln aufbewahrt werden. Sie sind die Vergangenheit, und deshalb ist Knox für sie zuständig. Aber dort waren wir ja auch schon. Sie sind nutzlos. Es ist ein Archiv voller Albträume. Der Schlüssel zur Gegenwart muss jener Sechskantschlüssel sein, den wir im Geheimzimmer fanden, aber wir wissen nicht, wo das Schloss ist. Caleb weiß es.

- Also warten wir auf Caleb?

- Ich glaube immer mehr, dass Knox recht hat, Niamh. Caleb hat es nicht geschafft, Afrika lebend zu verlassen.

BRIEF

Axton House
1 Axton Road
Point Bless, VA 26969

Liebe Tante Liza,

[…] Also wieder alles umsonst.

Wie üblich bin ich offen für deine Vorschläge und Ideen. Falls die Sache dich zufälligerweise interessiert. Aber bestimmt hast du Wichtigeres zu tun.

Küsse,
A.

VIDEOAUFZEICHNUNG

GALERIE FREITAG 08.12.1995 18:06:29

HELP hat seinen Kopf auf die Wade seines Frauchens gelegt und nimmt Anteil an ihrer Depression. NIAMHS müßige rechte Hand krault ihn sanft, während ihre Linke *The Sacred Fount* aufgeschlagen hält, in dem eines von Niamhs Augen zum x-ten Mal liest. (Das andere Auge ist unter einer Haarkaskade verborgen, die ihr übers Gesicht fällt.)

A.'s Blick ist wie eine abgeschossene F-16 in das Marschland aus verschwendetem Papier gestürzt, das die gesamte Breite der Fenstergalerie einnimmt: Aberdutzende Blätter mit 5 × 5-Gittern, konsonanten-verseuchten Sätzen und spekulativen Irrgarten-Karten.

Regentropfen spähen durch gotische Fenster.

[A. hebt ein Blatt auf. Es ist einer der Irrgarten-Pläne.]

A.:	Niamh ... hast du das gezeichnet?
Niamh:	*[Nickt.]*
A.:	*[Tippt mit dem Finger auf die Zeichnung.]* Wie kommt man denn da hin?

9. DEZEMBER

HANDKAMERA

Nebelfetzen schweben gespenstisch vor dem Objektiv, zwischen den sich bewegenden Formen und neongrünen Gängen des Labyrinths. A., in roter Jacke, geht voraus. Die Kamera späht über seinen Arm hinweg auf die handgezeichnete Karte, während Help neugierig überholt und an der Hecke schnüffelt. Die rote Jacke kommt vor einer Abzweigung zum Stehen. Ein Finger zeigt nach links und bewegt sich in selbige Richtung. Der Nebel weicht zurück, und ein warnender Pfiff dicht beim Mikrofon befiehlt Help, bei Fuß zu gehen. So bewegen sich die rote Jacke, die Kamera, der Vierbeiner still voran. Sie zerteilen den Nebel, aber die Kamera fürchtet und bestätigt dann, indem sie über ihre von einem Tuch bedeckte Schulter blickt, dass der Nebel nur vorgibt, sie passieren zu lassen, während er hinter ihnen herkriecht und den Weg, auf dem sie gekommen sind, wieder verhüllt, wie das Rote Meer hinter Mose und seinem Volk wieder zusammenfloss. An der nächsten Kreuzung des Irrgartens zeigt A. wieder nach links. Kurz darauf biegen sie noch einmal links ab und landen in einer Sackgasse. Er betrachtet die Karte, die Kamera wartet, der Hund schnüffelt, hebt das Bein und markiert das neu eroberte Land.

»Hinter dieser Hecke müsste es sein«, sagt A.

Wir warfen Niamhs Halstuch über die Hecke und banden ein Ende oben an einem Zweig fest. Dann gingen wir an der Hecke entlang, sodass sie sich immer rechts von uns befand. Nachdem wir gefühlt kilometerweit gegangen waren, stießen wir wieder auf das Tuch, diesmal von der anderen Seite, wo wir es oben festgebunden hatten. Es gibt im Irrgarten also eine geschlossene, ringsum von Hecken umgebene Zone.

Wir müssen noch herausfinden, welchen Eingang die Gesellschaft benutzte, um in diese geschlossene Zone zu gelangen. Irgendwo zwischen zwei Bäumen muss es eine schmale Öffnung geben, aber Help war der Ansicht, unter der Hecke hindurchzukriechen ginge schneller.

Es zeigte sich, dass der von Hecken umschlossene Bereich enttäuschend schmal war: nur ein weiterer enger, mäandernder Gang zwischen hohen grünen Blätterwänden, von Nebelschwaden durchzogen, die hinter jeder Ecke lauerten.

Der sich schlängelnde Weg verlief grob in westlicher Richtung. Auf der Karte sah er kürzer aus als in Wirklichkeit. Am Ende macht der Pfad eine Kehrtwende und endet in einer Sackgasse. Die hohe grüne Wand dort bildet im unteren Bereich eine Nische, die aus der Luft nicht zu sehen ist. Und in dieser Nische steht eine große verwitterte Statue: ein Mann mit einem Stierkopf.

Am Podest gibt es keine Inschrift. Als wir die Figur von hinten betrachteten, entdeckten wir etwas, das unsere Herzen höherschlagen ließ: Zwischen den Schulterblättern des Minotaurus befand sich, nicht sehr auffällig, ein sechseckiges Loch.

Das war die perfekte Belohnung für unser Durchhaltevermögen – und dafür, dass wir den in dem Geheimzimmer gefundenen Sechskantschlüssel mitgebracht hatten.

Niamh steckte ihn in das Loch. Irgendwo in dem Marmortorso klackte es. Sie drehte den Schlüssel eine Viertelumdrehung nach rechts. In den Eingeweiden des Ungeheuers wurden dadurch Zahnräder in Bewegung gesetzt. Stein knirschte auf Stein.

Wir schauten auf der Vorderseite nach und sahen, dass sich im Sockel der Figur ein schmaler Spalt gebildet hatte, in dem wir außer

Spinnweben und Dreck nichts erkennen konnten. Wir entfernten die schwere Steinplatte, die der Mechanismus freigegeben hatte, und ließen sie auf den Boden fallen. Jetzt sahen wir im Inneren des Sockels ein Objekt liegen, halb verborgen, als lauere es dort auf Beute.

Niamh berührte es.

In der nächsten Millisekunde wurde sie gegen die Hecke hinter ihr geschleudert, so heftig, dass ihr Oberkörper Laub und Zweige durchbrach.

Ich zog sie wieder auf die Füße. Ihre Arme und Beine zitterten. Sie starrte mich geschockt an. In Niamhs Pupillen flimmerten Milliarden Schatten.

Ich benutzte meine Jacke als Isolierung, während ich den Schatz aus dem Sockel rollen ließ. Zu diesem Zeitpunkt vermutete ich bereits, dass es sich um eine weitere Kristallkugel handelte. Warum Niamh so etwas wie einen elektrischen Schlag bekommen hatte, war unerklärlich. Sie sagte mir, sie hätte nicht wirklich Elektrizität gespürt. Ihre Hand schmerzte nicht. Sie war nur von einem krampfhaften Zucken gepackt worden. Help mussten wir von der Kugel nicht fernhalten – er mag sie nicht und meidet ihre Nähe.

Ich schlug die Kugel in meine Jacke ein, und wir gingen zurück zum Haus.

HANDKAMERA

A. bleibt jetzt dichter bei der Kamera, sodass er nur unscharf zu sehen ist. Und der Nebel wird dichter, sodass sie auf dem Pfad zwischen den hohen Hecken nur noch fünf Meter weit sehen können. Dann rennt Help an der Kamera vorbei und verschwindet im Nebel. Als das Trappeln seiner Pfoten auf dem blassgelben Laub schon fast nicht mehr hörbar ist, schlägt er plötzlich an, laut und heftig.

A. sagt »Verdammt!«, und beide, die Kamera und er, rennen jetzt vorwärts. Sie erreichen das Eingangstor des Irrgartens und schauen nach draußen, in die Welt außerhalb der Hecken. Der Nebel bleibt hinter ihnen zurück, das Bellen geht weiter, und man sieht das düstere Haus und den kahlen Garten dahinter. Ein weißes Auto parkt dort, und ein viktorianisch aussehender Mann steht daneben und richtet einen Revolver auf die Kamera.

*

Eiskalter Nieselregen beschloss, uns Gesellschaft zu leisten.

Die Situation war wirklich unangenehm. Wir standen dort, und beide Parteien waren offenkundig weder bereit zu schießen noch sich erschießen zu lassen. Lediglich Helps Gebell lenkte von dieser Unerfreulichkeit ab.

»Lassen Sie fallen, was Sie da in den Händen halten«, sagte der Mann schließlich.

»Es könnte dabei zerbrechen.«

»Nein, wird es nicht.«

Ich ließ die Kugel mitsamt der Jacke fallen, in die sie eingewickelt war und die ich bei dem kalten Regen jetzt sehr gern angezogen hätte.

»Vielleicht sollten wir uns unterhalten«, schlug ich vor.

»Wo ist Ambrose?«, fragte er. Sein Schnurrbart zuckte, als er den Namen aussprach.

Ich deutete mit dem Kinn auf Axton House.

»Er hat sich im September aus dem Schlafzimmerfenster gestürzt.«

Jetzt wirkte er noch angespannter als zuvor. Er war blond und blauäugig, hatte jugendliche, jedoch erschöpft und müde wirkende Gesichtszüge.

Ich fügte hinzu: »Wir müssen uns wirklich unterhalten, Mr Ford.«

VIDEOAUFZEICHNUNG

KÜCHE SAMSTAG 09.12.1995 11:14:01

Der Tee ist fertig. Auf der Anrichte steht ein Tablett mit einem Teeservice für drei.

NIAMH füttert HELP mit Keksen.

A. lehnt mit verschränkten Armen an der Spüle und schaut auf die Uhr.

A.'S TAGEBUCH

Wir kochten Tee und gaben ihm Zeit, im Musikzimmer ungestört am Kamin zu sitzen und Seite 249 von *The Sacred Fount* zu lesen. Das zumindest schuldeten wir ihm: den Brief eines Toten und fünf Minuten Alleinsein, um zu trauern.

Als wir zurückkehrten, räusperten wir (die Zweibeiner) uns, um ihm Gelegenheit zu geben, sich zu sammeln, was er erkennbar tat. Er hatte eines dieser kindlichen Gesichter, auf denen Traurigkeit einen tieferen

Abdruck zu hinterlassen scheint. Anfangs machte er auf mich den Eindruck eines naiven, aber mutigen Menschen vom Typ Dr. Watson – soeben hatte er erfahren, dass sein Sherlock Holmes gestorben war.

Ich fragte in beiläufigem Ton: »Und, wie war es in Afrika?«

»Die Hölle auf Erden. Danke der Nachfrage«, antwortete er.

(Später erfuhr ich, dass er acht Wochen in einer unterbesetzten und unzureichend gegen Angreifer geschützten Botschaft auf seine Ausreise warten musste.)

Während Niamh den Tee servierte, fiel ihr klirrend ein Löffel aus der Hand. Ich fragte, ob es ihr gutgehe. Sie machte Anstalten, aus dem Zimmer zu gehen, wollte sich am Flügel abstützen, was ihr aber nicht gelang. Sehr sanft fiel sie auf den Boden, wobei ihre schlaffe Hand unbeabsichtigt eine Taste berührte und einen dramatischen Ton anschlug.

Ich rannte zu ihr, redete auf sie ein, aber sie versuchte nicht einmal, die Augen offenzuhalten.

»Es wird ihr bald wieder besser gehen«, sagte Caleb aus dem Schaukelstuhl, in dem er es sich bequem gemacht hatte. »Was sie jetzt braucht, ist Schlaf. Sie hat die Kugel berührt, richtig?«

»Wieso ist das wichtig? Wieso bewirkt die Kugel, dass Menschen so unglaublich müde werden?«

»Nicht das Auge bewirkt das. Es ist ein Schutzmechanismus des Gehirns. Sie hat so viel gesehen, dass ihr Gehirn nun erschöpft ist.«

»Aber sie sagte, sie hätte überhaupt nichts gesehen.«

»Das genaue Gegenteil ist der Fall. Sie hat eine gewaltige Menge an Informationen so schnell gechannelt, dass sie es gar nicht mitbekam. Aber ihr Kurzzeitgedächtnis wurde dadurch überlastet. Ihr Gehirn muss sich herunterfahren und in den REM-Modus gehen, um sich zu reinigen. Legen Sie sie einfach aufs Sofa. Sie wird ziemlich unruhig träumen.«

Inzwischen war Niamh völlig weggetreten. Ich trug sie zum Sofa. Help setzte sich neben sie und wich während des gesamten Gesprächs mit Caleb Ford nicht von ihrer Seite. Es war eines der längsten meines Lebens.

»Wie konnten Sie aus diesem Brief herauslesen, wo sich das Auge befindet?«, fragte Caleb und zeigte auf den Roman von James.

»Das haben wir nicht. Niamh hat eine Karte des Irrgartens angefertigt. Wir entdeckten eine ganz von Hecken umschlossene Zone ohne sichtbaren Eingang. In die sind wir eingedrungen.«

»Und der Schlüssel?«

»Befand sich in dem Geheimzimmer in der Bibliothek.«

»Und wie haben Sie das entdeckt?«

»Auf die gleiche Art: ein Plan des Hauses.«

»Wie unorthodox«, lautete sein Kommentar.

»Also, ich finde, dass Ihre Gesellschaft es mit der Geheimhaltung ein bisschen übertreibt. Und das alles nur, um Träume zu verstecken.«

»Wie bitte?«

Zum ersten Mal blickte ich von Niamhs Gesicht auf. »Speicherung von Träumen. Das, was sie in den Kristallkugeln aufzeichnen. Den Kugeln, oder *Augen*, wie Sie sagen«, versuchte ich es.

Wieder warf er mir einen Blick zu, wobei das Heben seines Schnurrbartseine Mischung aus Interesse und Skepsis ausdrückte, an die ich mich allmählich gewöhnte.

»Sie beide waren ganz schön emsig«, sagte er, »aber ich glaube, Sie haben noch nicht annähernd begriffen, um was es hier geht.«

»Dann erleuchten Sie mich. Ich bin aufrichtig interessiert.«

Jetzt wäre er an der Reihe gewesen, er schwieg aber.

»Andererseits kann ich es auch selbst herausfinden«, dachte ich laut nach. »Wenn ich etwas habe, dann ist es Zeit.«

»So viel Zeit nun auch wieder nicht«, sagte er.

»Oh, Sie meinen bis zum Wintersonnenwenden-Treffen? Wenn ich nicht eingeweiht werde, was dort stattfindet, wüsste ich nicht, warum ich gestatten sollte, dass Sie sich weiter hier treffen. Schließlich ist das jetzt mein Haus. Vielleicht sollten Sie sich einen anderen Treffpunkt suchen. Und neue Artefakte.«

»Aber in diesem Brief heißt es, dass die Artefakte an mich gehen.«

»Ein unversiegelter Brief ohne Zeugen ist juristisch wertlos.«

»Ambrose wollte, dass ich sie bekomme.«

»Ambrose war der Meinung, dass Sie vor mir hier eintreffen würden. Ambrose glaubte, Strückner würde seine Anweisungen korrekt ausführen. Wenn man darüber nachdenkt, hat er diese ganze Angelegenheit nicht besonders gut geplant. Jetzt bin ich der Besitzer von Axton House und allem, was sich darin befindet. Dazu gehören auch die Schlüssel, das Archiv im Keller, und die Kristallkugeln.«

»Aber nicht diese hier«, sagte er und zeigte auf das, was, immer noch unter meiner Jacke verborgen, auf einem Stuhl lag.

Niamh sprang aus ihrem Koma heraus wie ein harpunierter Delphin. Ich eilte zu ihr, um sie zu beruhigen und von dem Versuch abzubringen, einen lauten Schrei auszustoßen.

Zehn Sekunden später fiel sie wieder in tiefen Schlaf, während ich ihre Schultern hielt. Caleb wirkte völlig ungerührt. Ich betrachtete ihn zum zweiten Mal. Es war schwierig, sich ihn in einem afrikanischen Kriegsgebiet vorzustellen. Er wirkte auf mich wie eine dieser Nebenrollen in Western – vielleicht der Uhrmacher der Wildweststadt, oder ein Angestellter der Eisenbahngesellschaft: jemand, der in der Wüste Tweed trägt und über den die Leute sich lustig machen, weil er seine Fingernägel sauber hält. Ich wette, er hat auch in Ruanda Wert auf saubere Fingernägel gelegt. Und doch, trotz seines runden Gesichts und sanften Benehmens waren da diese tiefen Linien unter seinen blauen Augen, die bestätigten: *Ich war dort.*

»Okay, ich gebe auf«, sagte ich. »Verraten Sie mir bitte, was diese Kugel hier so besonders macht?«

Er wollte eilig antworten, verstummte jedoch nach der ersten Silbe. Er schrieb den Text in Gedanken um, setzte neu an, brach aber wieder ab. Er versuchte eine neue Strategie, dachte über eine alternative Route nach, fand keine. Ich machte die ganze Zeit über einen höchst aufnahmebereiten Gesichtsausdruck.

Dann fiel ihm seine Aktentasche ein – das Einzige, was er aus dem Auto mitgenommen hatte, nachdem er seinen Revolver wieder ins Handschuhfach gelegt hatte. Er legte sie sich auf den Schoß, öffnete den Reißverschluss und entnahm ihr eine Dokumentenmappe. Auf den Deckel war ein Zettel mit der Aufschrift »12« geklebt. Er blätterte den Inhalt der Mappe durch und entschied, mir ein Foto zu zeigen.

»Kennen Sie diesen Mann?«

Es handelte sich um einen Schwarzen mit gepflegten kurzen Haaren – ein schlechtes Führerscheinfoto mit einer weiß gekalkten Mauer im Hintergrund.

»Nein.«

Er nickte, nahm das Foto zurück und gab mir stattdessen ein Schwarzweißfoto. »Und was ist mit dem Mann rechts?«

Ich sah zwei Weiße an einer Hafenmole. Der rechte Mann. *Der Chirurg mit dem blutbeschmierten Kittel, der mir die Zange zwischen Augapfel und Augenhöhle stieß.*

Ich zuckte zusammen und schützte unwillkürlich mein rechtes Auge mit der Hand.

»Ah, ich sehe, Sie kennen ihn.«

Ich glaube, zum ersten Mal seit der Pubertät geriet ich ins Stottern. »Ver… verdammt, wie, wie …«

»Er war Südafrikaner, aus einer Burenfamilie. Praktizierte in Bloemfontein als Arzt. In den frühen achtziger Jahren schloss er sich einer Gemeinschaft junger südafrikanischer Weißer an, die sich weiter im Norden niederlassen wollten. Letztlich endete die Sache damit, dass sie von der afrikanischen Gastfreundlichkeit lebten und sich mit schamanischen Drogen eindeckten. Irgendwann strandete er in Ruanda. Er litt an einer permanenten Psychose. Voriges Jahr nutzte er den Völkermord dort für ein kreatives chirurgisches Experiment.«

Ich setze mich auf, packe den Kopf des Chirurgen und ramme sein Gesicht in eine Batterie Spritzen, die mit den Nadeln nach oben in einem Regal aufgereiht sind.

»Ist das also wirklich passiert?«

»Ich habe seine Leiche gesehen. Die Leiche des Arztes. Den Körper des Opfers habe ich nicht gefunden, aber ich denke nicht, dass es noch lange gelebt hat. Phönixe gewinnen selten mehr als ein paar zusätzliche Minuten.«

Ich renne zur Tür, mit der einen Hand meine leere Augenhöhle bedeckend, durch meine Finger spüre ich den Luftzug in ihr. Ich schieße mir den Weg durch den Korridor frei. Schwarze Soldaten mit Kalaschnikows verspritzen ihre nutzlose Gehirnmasse über die Wände.

»Das kann nicht sein.«

»Ich nehme an, Sie haben hier ähnliche Aktenordner gefunden?«, sagte er.

»Ja.« Es fiel mir schwer, mich zu konzentrieren. Ich war abgelenkt durch die grässliche Erinnerung an die bei lebendigem Leib verbrennenden Soldaten. »Die Nummern 4 und 7. Und wir denken, dass 15 hier irgendwo sein muss, auch wenn wir sie noch nicht gefunden haben.«

»Die 15 wurde dieses Jahr ziemlich früh aufgespürt. Sie muss bereits archiviert sein«, sagte er, als kommentiere er das Wetter. »Nummer 4 war die Techno-Musikerin, richtig? Die mit dem Ohrwurm. Cutler hat sie also gefunden?«

»Er hat eine CD geschickt.« Ich rieb mir die Augen im Versuch, meiner Verwirrung Herr zu werden. »Nummer 7«, stammelte ich. »Das war eine Mexikanerin. Jemand hat ihre Polizeiakte geschickt. Die Frau in der Akte sah genauso aus wie sie.«

»Nicht *wie* sie. Sie muss es gewesen sein.«

Ich schaute zu Niamh hinunter – sie wand sich unruhig auf meinem Schoß.

»Was ist mit ihr passiert?«, fragte ich. »Was hat sie in dieser Kugel gesehen?«

»Nichts. Man schaut nicht hinein. Es schaut heraus. Es ist ein Auge.«

Und er zeigte auf das scheußliche Ding, das wir aus dem Sockel des Minotaurus geholt hatten und das nun in seinem Versteck unter meiner Jacke lauerte.

»Ich bin eher bereit, etwas zu glauben, wenn ich es schwarz auf weiß sehe«, sagte er und stand auf. »Wenn Sie mich kurz entschuldigen. In Ambroses Bibliothek gibt es einige ausgezeichnete Bücher zu diesem Thema.«

AUSZUG AUS G. L. BURGESS: *RELIKTE AUS EINER BESSEREN WELT.* NEW YORK, 1957

Dennoch gilt, was Berkeley schrieb: » Nicht nur der Mythos, auch die Geschichte trotzt dem Materialismus.« Die in alten Chroniken niedergeschriebene Geschichte ist von Ideen bevölkert, nicht von Objekten oder Subjekten. Es ist reine Spekulation, Bücher als Beweismaterial für die Existenz solcher Objekte heranzuziehen. Der allessehende Spiegel, der sich laut dem byzantinischen Geschichtsschreiber George Hamartlos im Besitz Alexanders des Großen befunden haben soll, mag derselbe gewesen sein, den laut Herodot und Dion Chrysostomos bereits Gaumata, der Magier, besaß – oder nicht. Es könnte sich bei Gaumatas Spiegel aber auch um das »allsehende Fenster« gehandelt haben, das, laut Plinius dem Älteren (*Naturgeschichte*, XXX.103), auf der Spitze des Turmes der Herrscher in der Nähe von Erzurum saß und das gesamte Universum »in voller Größe« überblicken konnte. (Dieser Turm könnte jener gewesen sein, den Galland in Äthiopien verortete.) Im Jahr 1666 borgte sich Borellus (Alchemie, XIII) von Plinius das Adjektiv *omnividens*, um eine Kristallkugel in dem bis heute nicht lokalisierten Palast Amber zu beschreiben, welche »die Spiegelbilder aller Geschöpfe des Universums beherbergt«. Vielleicht zitiert der Franzose hier Zosimos aus Panopolis, der behauptete, ein solches Objekt in einem Tempel der Skythen gesehen zu haben. Oder er zitiert Abulfeda, der die Kugel in Amr, Iberia, verortete und versicherte, sie sei »das Auge eines heidnischen Gottes«. Avicenna verband diese Legende mit der des Alif, einer kleinen Kugel, »die das gesamte Universum enthält«. Im 19. Jahrhundert erwähnen Sir Richard Burton und von Slatin die Moschee von Amr im Nordosten der Türkei. Die Vorstellung von einem allessehenden Kristall überdauerte also die Jahrhunderte und diverse Mutationen, um in der Gegenwart zwischen alten Ruinen in Erscheinung zu treten. Aber, wie Berkeley schrieb: »Ruinen können immer schon Ruinen gewesen sein; und manche menschlichen Skelette waren niemals Menschen.«

AUSZUG AUS V. LAURENTIS: *VON ÄUSSEREN KREISEN.* LUZERN, 1679

& von diesen Werkzeugen, die Zauberer anwenden, können Spiegel und Kristallkugeln von ihren Besitzern kontrolliert und zur Beobachtung ihrer Feinde benutzt werden. Doch manche Artefakte besitzen ein eigenes Bewusstsein und Willenskraft. Durch manche Kristalle kann man hindurchsehen, aber andere sind Augen & haben ihren eigenen Willen. Diese Augen beobachten nicht nur Menschen, sondern auch Dämonen & Engel & verbotene Dinge, die zu schauen dem Menschen nicht erlaubt ist. Aus diesem Grund warnt uns das Buch Jaël: »Verflucht sei, wer durch ein Auge schaut, denn das Auge blickt in seine Seele & und richtet über das Gute und Böse darin. Findet es Böses in seinem Herzen, werden Albträume ihn heimsuchen & das Wissen um die Verborgene Welt wird in seine Seele kriechen wie Spinnen.«

AUSZUG AUS F. RAYNAL: *BERICHTE EINES REISENDEN.* LONDON, 1908

25. September – Früh am Morgen, während Iskandar und sein Diener sich über die Route berieten, skizzierte ich den unnatürlich gelben Himmel über dem Schwarzen Meer. Sie entschieden, uns in das Land jenseits der Grenze zu führen, die in diesem zerklüfteten Gebiet aus messerscharfen Gipfelgraten bloß eine Linie auf der Karte ist und von türkischen Schmugglern und Russisch sprechenden Zigeunern ungehindert überschritten wird.

Schon wenige Meter von der Küste entfernt stieg der Pfad mühselig steil bergan, wobei schattige Täler und großartige Ausblicke rasch aufeinander folgten. Einmal erblickten wir von einem dieser Aussichtspunkte jenseits des Flusses Yavits ein weiteres Höhlendorf, und ich bestand darauf, es zu erkunden. Sobald wir den langen Hang hinaufstiegen, schwärmten die Bewohner durch unzählige Löcher in den Felswänden aus wie Termiten-Soldaten, die ihr Nest verteidigen. Und als wir im Dorf eintrafen, bereitete es den Kindern großes Vergnügen, mit den Händen über unsere Kleidung zu streichen, wobei meine Brille sie besonders zu amüsieren schien. Unterdessen boten uns unverschleierte Frauen Essen und Wasser an. Uns blieb gar nichts anderes übrig, als uns ihrer Gastfreundschaft zu überlassen. So blieben wir zum Mittagessen, das aus gestampftem Gemüse, Käse, Brot und Tee bestand. Gaumont bot den Dorfältesten Scotch an, den sie aber ablehnten. Obschon nur wenige von ihnen Arabisch sprachen, folgten sie doch einer islamischen Tradition.

Es wurde bereits kühler, als wir durch den Fluss wateten und zur Hauptroute durch das Samzic-Gebirge zurückkehrten. Gaumont entdeckte in der Ferne einige byzantinische Ruinen, und wieder einmal sprachen wir über die vielen reichen Kulturen, die dieses Land formten, vom oströmischen Reich, das seinem westlichen Gegenstück so unähnlich war, zu den Persern, Türken und Russen. Ein wunderschöner Beweis für dieses farbenfrohe Substrat begegnete uns am Azidz-Pass: die Moschee von Amr, die Sir Alistair Boleskine im letzten Band seiner *Reisen durch Asien* erwähnt. Bei der Moschee (dieses Wort ist eine Übertreibung) handelt es sich lediglich um einen geweihten, von Säulen umgebenen rechteckigen Hof innerhalb eines größeren byzantinischen Palastes. Der Imam freute sich sichtlich über unser Interesse an der stark verfallenen, aber immer noch Macht ausstrahlenden Architektur. Er führte uns nach unten in die Kellergewölbe, zu den Überresten eines älteren Bauwerkes, über denen man den Palast errichtet hatte. Gaumont war tief erstaunt über den Anblick dieser nicht-islamischen Bögen, die eindeutig aus der Zeit vor Mohammed und Jesus Christus stammten.

Dann nahm der Wächter des Bauwerkes mich bei der Hand und führte mich in den tiefsten Teil des Kellergewölbes. Ich gestehe, dass mich ein starkes Unbehagen befiel, als wir zwischen diesen Bögen und Säulen hindurchgingen. In der Dunkelheit jenseits der blendend hell lodernden Fackel meines Führers erschien mir ihre Zahl unendlich. Durch Spalten in der Decke rieselte unaufhörlich Sand in die Kammer, sodass vor der gegenüberliegenden Wand der Boden anstieg und die Kapitelle sich für mich in Griffweite befanden. Offenbar betraten oft

Fackelträger das Bauwerk, denn die Deckengewölbe waren rußgeschwärzt. Der Imam blieb vor einem Pfeiler stehen und wies mich an, meine Hand auf das Kapitell zu legen. Obwohl ich ein merkwürdiges, vibrierendes Geräusch in der Dunkelheit bemerkt hatte, erinnerte ich mich zu diesem Zeitpunkt nicht an das unerklärliche Wunder, das Sir Boleskine erwähnt hatte, und dessen Zeuge ich nun selbst werden würde: Meine Hand berührte nichts als den uralten Stein, und doch spürte ich in ihm etwas, das ich nur als das schnelle, heftige Schlagen eines Herzens beschreiben kann. Mein Führer sagte, in dem Pfeiler werde der Augapfel Allahs aufbewahrt. Man halte diese Kugel dort verborgen, damit kein Mensch durch sie Gott schauen könne. Aber einmal jährlich, am Sonnenaufgang des kürzesten Tages, ruhe das göttliche Auge für einen Moment. Dann könne ein Mensch hineinblicken, und das Auge offenbare ihm zwanzig Menschen, die es auserwählt habe, und diese zwanzig würden schon bald mit Allah im Himmel sprechen.

*

Caleb gab mir noch zwei Bücher, die er aus der Bibliothek geholt hatte, wobei er meine Lateinkenntnisse stark überschätzte. Ich schaute nur kurz hinein und warf sie zu den anderen auf den Haufen.

»Das ist Scheiße«, urteilte ich abschließend.

»Ich weiß, dass es so wirkt.«

»Ich sage nicht, wie es wirkt, ich sage, was es ist. Es wirkt noch schlimmer.«

»Glauben Sie an Gott?«

»Nein, Niamh ist gläubig. Ich bin eher der rationale Typ.«

»Glauben Sie an Geister?«

Ich seufzte, um das Tempo etwas zu drosseln. »In diesem Haus fällt es schwer, nicht an sie zu glauben.«

»Oh, dann haben Sie es also gesehen.«

»Sie«, berichtigte ich ihn. »Sie ist ein Mädchen.«

Er stand auf, in der resoluten Art eines Geschichtslehrers. Der Kamin stand ihm gut. Ich saß immer noch auf dem Sofa. Niamhs Kopf ruhte auf meinem Schoß. Meine rechte Hand spielte mit ihren Ohr-Piercings.

Er fragte, ob er rauchen dürfe. Als ich es erlaubte, stopfte er sich eine Pfeife.

»Diese Kugel«, begann er und zeigte auf den Stuhl mit meiner Jacke und dem dunkel schimmernden Objekt darunter, »gelangte 1892 in Horace Wells' Besitz.«

»Hat er sie aus dem Pfeiler gestohlen?«

»Wie bitte? Nein, die Kugel unter der Moschee ist noch dort, soweit ich weiß. Es gibt mehrere. In der Suda steht, es wären fünf. Drei davon haben wir aufgespürt. Diese hier erwarb Horace im Tausch gegen einen Revolver von einem Flüchtling in Bombay, wo sein Vater stationiert war. Der Unberührbare trug Handschuhe und hatte sie in ein Tuch eingeschlagen. Als Horace sie mit bloßen Händen anfasste, lernte er, warum. Er reiste dann ein Jahr lang in Indien herum und trug die Kugel immer bei sich. Erst als Horace wieder nach Bombay zurückgekehrt war, begegnete er dort einem Gelehrten, der ihm erzählte, was er da eigentlich gegen seinen Revolver eingetauscht hatte.«

Er zündete sich die Pfeife an. Sie stank auf eine durchaus würdevolle Art.

»Das ist die Wells'sche Version. Mein Großvater erzählte die Geschichte so: Der Flüchtling hätte Horace von dem Auge erzählt. Daraufhin sei er ein Jahr kreuz und quer durch Indien gereist und habe überall danach gesucht. Auch in dieser Version begegnete er, als er mit dem Auge nach Bombay zurückkehrte, dem Gelehrten, und zwar am einundzwanzigsten Dezember. An diesem Tag sah er die ersten Zwanzig.«

»Zwanzig was?«

»Zwanzig Personen. Zwanzig Visionen. Zwanzig Träume, wie Sie es nennen. Von da an war er besessen. Wenn Sie wollen, können Sie seine Notizen zu den ersten Zwanzig lesen. Sie befinden sich im Archiv. Die Wells haben Aufzeichnungen zu allen Zwanzig seit 1892 archiviert.«

»Was für zwanzig Leute? Was meinen Sie denn damit?«

»Das Auge wählt sie aus«, antwortete er mir geduldig und zeigte auf die Bücher, die ich vor mir auf den Boden geworfen hatte. »Das Auge Allahs erinnert sich, während es einmal in jedem Jahr für eine Minute ruht. Während des ganzen restlichen Jahrs zeigt es nur flimmernde Bilder und Schatten. Wenn man es in dieser Zeit berührt, durchzuckt einen ein heftiger Schlag, und dann folgt das.« Er zeigte auf Niamh. »Bedeckt man die Kugel mit einer isolierenden Schicht und berührt sie dann, rauschen Bilder, Geräusche und Gerüche in unglaublicher Geschwindigkeit an einem vorbei, und Sekunden später tritt der gleiche Effekt ein.« Wieder zeigte er auf Niamh. »Doch jedes Jahr, bei Anbruch des kürzesten Tages, unterbricht das Auge seine rasende Aktivität für eine Minute, und in dieser Zeit kann man es berühren. Dann wählt es zwanzig Ereignisse aus dem vergangenen Jahr aus, zwanzig Meilensteine am Straßenrand, in denen zwanzig – nach den rätselhaften Kriterien des Auges – auserwählte Personen aus aller Welt die Hauptrolle spielen. Eine Musikerin auf Ibiza. Ein Waffenhändler in Liberia. Eine Bankräuberin in Mexiko. Ein Opfer des Völkermordes in Ruanda. Die meisten, jeder auf seine Art, bemerkenswert. Manche mögen uns trivial erscheinen. Manche Erlebnisse sind von sinnlicher Schönheit. Andere sind so grausig, dass sie alle anderen überschatten. Das Auge scheint sie alle schon bald zu vergessen, wenn es wieder mit insektenhafter Geschwindigkeit sein ewiges Beobachten fortsetzt. Doch wer von uns die Zwanzig sah, fühlte, was die Zwanzig fühlten, und wird so schnell nicht vergessen.«

»Nun mal langsam«, unterbrach ich ihn. »Sie wollen … doch wohl nicht behaupten, dass alles, was das Auge enthüllt, tatsächlich geschehen ist?«

»Irgendwo auf der Welt, irgendwann im Jahr 1994.«

»Ich sah … einen Menschen aus vielleicht fünfzigtausend Metern Höhe stürzen, auf einer tropischen Insel aufprallen und einfach davongehen, als wäre nichts geschehen. Ich sah, wie ein Skelett Poker spielte!«

Caleb nickte und schmauchte friedlich seine Pfeife.

»Seit Jahrhunderten«, begann er, »berichten die, die zur Wintersonnenwende in das Auge blickten, sie hätten ›Kreaturen‹ oder

›Monster‹ gesehen. Und ja, wenn das Auge einen Eskimo, einen Cherokee oder einen Aborigine auswählte, muss das dem muslimischen Pilger wie Bilder aus einer fremden Welt vorgekommen sein. Heute ist die Welt fast vollständig kartographiert – oder jedenfalls glaubt das der Laie. So sind heute unter den Zwanzig nur noch drei oder vier, die nicht von dieser Welt zu sein scheinen.«

»Mr Ford«, beharrte ich. »Ein POKER SPIELENDES … SKELETT!«

»Das Schönste an diesem göttlichen Auge scheint mir, dass es nicht nur selbst außergewöhnlich, sondern auch ein Fenster zu außergewöhnlichen Phänomenen ist.«

Caleb nahm wohl an, mein Widerstand würde unter der Last der vielen Argumente, die mein Verstand gegen diese Behauptungen vorbringen wollte, kollabieren.

»Aha«, sagte ich, »wenn man etwas in einer Kristallkugel sieht, muss es wahr sein.«

»Bei Ihrem Cousin hat es jedenfalls funktioniert«, entgegnete er triumphierend. »Wissen Sie, warum wir hier sind? Weil es Horace Wells gelang, ein Spukhaus ausfindig zu machen, das er in dem Auge gesehen hatte. Das Ngara-Mädchen war die Nummer Zehn des Jahres 1896.«

Er setzte sich wieder hin und fügte hinzu: »Die Zehner sind übrigens immer Geister. Der Junge in Afrika dieses Jahr? Der, der über die Schulter schaute? Was er da spürte, war ein Geist.«

Darauf wusste ich nichts zu sagen. Und er lehnte sich in seinem Sessel zurück und rauchte wie ein glücklicher kleiner Hobbit.

»Um die Wahrheit zu sagen, war das eine bemerkenswerte Leistung.« Jetzt redete er weit ausholend, wie man es eher von einem alten weisen Mann erwartet hätte. »… eine Zehn zu finden. Elpenore geben früh auf.«

Ich verstand nur Bahnhof.

»Dann stimmt es also«, sagte ich, um das Gespräch wieder in den Bereich der geringstmöglichen Absurdität zu lenken, »dass die Wells dieses Haus kauften, weil es darin spukte.«

»Unter anderem, ja. Im Jahr 1900 war sich Horace Wells darüber im Klaren, dass er dem Auge sein ganzes Leben widmen würde, dass er versuchen würde, das Rätsel der Zwanzig zu lösen. Er benötigte einen ruhigen Rückzugsort, wo er das Auge sicher verstecken konnte, und genug Geld, um seine Forschungen zu finanzieren. Also ging er nach Amerika, ins Land der unbegrenzten Möglichkeiten, schnell reich zu werden.«

»Und wählte ein Haus mit Gespenst.«

»Hätten Sie das an seiner Stelle nicht auch getan?«

»Doch«, sagte ich sofort.

»Und warum?«, hakte er nach, wobei seine Pfeife mich ins Kreuzverhör nahm wie ein Staatsanwalt.

»Weil die Begegnung mit dem Ngara-Mädchen das Interessanteste ist, was mir je im Leben passierte.«

»Jetzt reden Sie wie ein echter Wells«, sagte er. »Sie verstehen, warum Horace von dem Auge besessen war, warum wir davon besessen sind. Es zählt zu den wenigen Dingen auf der Welt, die unserem Verstand trotzen, die das übersteigen, was nach dem allgemeinen menschlichen Konsens real und möglich ist. Keine unsichtbaren Ektoplasma-Schwaden oder fragwürdigen abstrakten Phänomene: ein reales, greifbares Objekt, das sich über jede Logik hinwegsetzt. Ein Eindringling aus der Welt der Mythen. Ein Relikt aus der magischen Vergangenheit, das den Weg in unsere Zeit gefunden hat.

Horace Wells' Leben war vorher ohne Herausforderungen gewesen. Sohn eines britischen Offiziers, hoch gebildet, nicht besonders religiös. Sein Weg schien vorgezeichnet. Ein nüchternes Leben ohne Überraschungen. Doch dann schenkte Indien ihm eine solche. Ein göttliches Objekt. *Das Auge eines Gottes* wird es von manchen genannt – als könnten sie so der Erkenntnis ausweichen, dass das Auge selbst ein Gott ist! Es stellte Wells' Leben völlig auf den Kopf. Er sah durch das Auge außergewöhnliche Orte, unmögliche Menschen, transzendente Dinge!«

»Und natürlich wollte er immer mehr davon sehen.«

»Wem wäre das nicht so gegangen? Das Auge sieht nicht nur – am Ende des Jahres urteilt es. Zum ersten Mal hört man eine Wesenheit, die dem Menschen überlegen ist – ein Gott *spricht.* Wie könnte irgendjemand das ignorieren? Jeder hätte getan, was der alte Wells tat: Sein Leben damit zuzubringen, jene zu finden, die das Auge auserwählt hatte. Nicht nur, um an der Größe dieser Menschen partizipieren zu können, sondern auch um vielleicht selbst einmal die Aufmerksamkeit des Auges auf sich zu ziehen. Zum ersten Mal sagt uns jemand außerhalb eines zweifelhaften heiligen Buches, was von den Menschen erwartet wird.«

»Also wird offenbar von uns erwartet, Rubiks Zauberwürfel zu lösen, uns homosexueller Liebe hinzugeben sowie einander zu berauben und grausam abzuschlachten«, wand ich ein.

»Das Auge kennt keine Moral«, sagte er, und es klang, als würde er zitieren. »Es ist anders als alle Religionen. Es ist kein heiliges Objekt, das von Priestern in ein Werkzeug verwandelt wurde, Priestern, die Gebote und Moralvorschriften aufstellen, um Macht über die Menschen zu erlangen. Da ist nur das heilige Objekt selbst. Punkt. Es ist ein Gott … und wir, seine Gefolgsleute, versuchen herauszufinden, was seine Botschaften bedeuten.«

Wir schwiegen einen Moment.

»Wie Sie es beschreiben, klingt es mehr nach einem Kult als einer Geheimgesellschaft.«

»Ja, das mag sein«, gab er zu. »Das von Raynal beschriebene Auge von Amr befindet sich in einem Tempel. Wir haben Grund zu der Annahme, dass alle existierenden Augen in Verbindung zu diesem stehen. Irgendwann in früheren Zeiten wurden sie voneinander getrennt und an verschiedene Orte gebracht. Und gewiss wurden sie einst religiös verehrt. Heute sind sie nicht viel mehr als eine Legende, und noch nicht einmal eine populäre. Ein paar tausend Menschen weltweit haben vielleicht etwas über sie gelesen, ein paar Hundert haben es vielleicht mit eigenen Augen gesehen … und, soweit ich weiß, haben lediglich zwanzig Personen während dieses Jahrhunderts die jährlichen Urteile des Auges nachverfolgt und archiviert.«

»Dafür hat Horace Wells die Gesellschaft gegründet.«

»Nicht wirklich *gegründet*. Die Gesellschaft des Auges bildete sich gewissermaßen von selbst. Ich denke, anfangs wollte Horace einfach nur die Offenbarung mit anderen teilen. Der Schatz war für einen einzigen Mann zu groß. Und so kam jedes Jahr zur Wintersonnenwende wieder jemand dazu, der in der Minute der Offenbarung zugegen war – dem Moment des Jahresrückblicks, wenn das Auge sich erinnert und spricht. Mein Großvater gehörte zu den ersten Gästen. Auch Spears und Dagenais. Unsere Familien kamen auf demselben Schiff aus England. Aber damals war es noch keine Gesellschaft mit festen Regeln. Das Auge war nur Anlass für ein weihnachtliches Treffen. Natürlich sahen sie, dass es in magischer Hinsicht passend schien, die Gruppe auf zwanzig Teilnehmer zu erweitern. Das war eine gute Anzahl: vom Auge selbst gewählt. Diese Größe erreichte die Gruppe im Jahr 1908.«

»Und ich nehme an, zu diesem Zeitpunkt fanden sie es dann logisch, Aufgaben zu verteilen: zwanzig Visionen für zwanzig Mitglieder.«

»Ich denke nicht, dass sie es damals schon Aufgaben nannten. Aber es stimmt, vor 1910 begannen sie damit, jedem Mitglied eine der Visionen zuzuweisen, mit denen derjenige dann arbeitete. Das Ziel war, die Vision in einen Kontext zu setzen, herauszufinden, wo in der Welt sie sich ereignet hatte und wer beteiligt gewesen war. Auf die Art, wie Horace Wells Axton House gefunden hatte.«

»Wurde ein Preis ausgesetzt?«

»Nein. Ich denke, die Aussicht, einen der Auserwählten aufzuspüren und mit ihm oder ihr persönlich zu sprechen, war aufregend genug. Nicht, dass diese auserwählten Menschen viel mitzuteilen hätten. Sie sind sich ihrer kosmischen Bedeutung nicht bewusst. Heute geht es gar nicht mehr darum, sie persönlich zu treffen. Wenn es nur gelingt, bis zum Ende des Jahres den Namen herauszufinden, ist das ein Sieg.«

»Hört sich nach einer ziemlichen Herausforderung an.«

»Und es ist eine Sucht. Es wird zu einer Vollzeitbeschäftigung. Man kann nicht mehr davon ablassen. Und es beschäftigt uns ja sogar in unseren Träumen. Sobald er es sich leisten konnte, gab Wells seinen Beruf als Eisenbahningenieur auf, verkaufte seine Aktien, als sie gerade hoch im Kurs standen, womit er es nebenbei vermied, in den Strudel der Weltwirtschaftskrise zu geraten, investierte in den Landbesitz hier und wurde zu einem dieser berufslosen Charaktere aus Jane-Austen-Romanen, deren einzige Arbeit darin besteht, Briefe zu schreiben. Andere Mitglieder machten es ebenso. Deshalb wurde die Gesellschaft nicht gegründet. Sie entstand einfach. Das Auge beherrschte ihr ganzes Leben. Warum also nicht etwas Formelles daraus machen? Schließlich waren einige von ihnen Engländer.«

»Die Gesellschaft ist also nur … ein Versuch, einer Obsession einen rationalen Anstrich zu geben.«

»Und unsere Obsession ist es, das Auge der Ratio zugänglich zu machen. In der Gesellschaft versuchen wir mit vereinten Kräften, unser gemeinsames Problem zu lösen: Was ist dieses Objekt? Was sagt es uns? Die Gesellschaft ist wie Gruppentherapie. Wir teilen unsere Bewunderung und unsere Abscheu, die wir für das Auge empfinden. Wir reden es klein und verharmlosen es.«

»Wirklich?«, warf ich ein. »Denn für mich sieht es aus, als würden Sie mit Ihren Codes, Ihrer Geheimniskrämerei sich selbst wichtigmachen.«

»Ganz im Gegenteil«, widersprach er sanft. »Natürlich ist die Geheimhaltung notwendig. Ein außergewöhnliches Objekt bleibt nur außergewöhnlich, wenn man es einem kleinen Kreis vorbehält. Der Rest ist einfach nur melodramatisches Getue unsererseits. Wir amüsieren uns auf die britische Art, mit formell organisierten Treffen und Vereinsordnung. Für die Gründer wurde ihre Obsession dadurch leichter beherrschbar. Sie machten aus ihr ein Spiel.«

»Einen bourgeoisen Zeitvertreib«, zitierte ich.

»Genau. Nicht jeder kann sich ein Hobby leisten, das so viel Zeit und Geld verschlingt. Oder so an der Gesundheit zehrt.«

Niamh regte sich im Schlaf, ihr Kopf auf meinem Schoß, meine Fingerspitzen wieder in dem wilden Haarschopf hinter ihren Ohren. Help lag neben ihr, mit gesenktem Kopf, die Augen auf Niamhs Gesicht gerichtet.

Caleb zündete sich die Pfeife wieder an. Seine Stimme war schätzungsweise eine Oktave tiefer geworden.

»Dass manche jungen Leute vorzeitig gealtert und erschöpft aussehen«, sagte er bitter, »kommt in unserer Gruppe leider häufig vor.«

Es war seltsam, dass er das erwähnte, denn während einer nicht so interessanten Stelle seiner Erläuterungen hatte ich gedacht, dass er für einen Mann von zweiundvierzig Jahren alt aussah. Er erklärte es mit Erschöpfung, aber ich denke, seine Kleidung trug auch dazu bei.

»Ironischerweise«, fuhr er fort, »ist es gerade diese Überanstrengung, die uns jedes Jahr so bereitwillig hierher zurückkehren lässt – wenn nicht wegen des Auges, dann wegen des tröstlichen Gefühls, unter unseresgleichen zu sein. Wenn wir dann mit unseren Freunden die alten Rituale wiederholt, einander von unseren Sorgen erzählt und üppig gegessen und getrunken haben, scheint es ganz natürlich und selbstverständlich, das Auge zu konsultieren.«

»Wirklich?« Ich musste an Prometheus' Brief denken. Er schrieb, er freue sich, Ambrose wiederzusehen, sei aber nicht sicher, ob er an der Versammlung teilnehmen wolle.

»Das Auge spricht nur einmal im Jahr, etwa eine Minute lang. Niemand von uns will sich diese Gelegenheit entgehen lassen. Ich habe noch nie erlebt, dass jemand die Einladung zu einem der Treffen ausgeschlagen hätte«, sagte er mit einem Grinsen.

»Jedenfalls nicht verbal«, erwiderte ich, ohne zu grinsen.

Sein Blick wanderte zu *The Sacred Fount*, meiner zu Niamh.

»Was passiert, wenn jemand desertiert?«, fragte ich.

»Wir haben eine Liste von möglichen Nachfolgern – Personen, die uns von Mitgliedern empfohlen wurden, basierend auf persönlichem Vertrauen und ihrer Verfügbarkeit. In Wells' Fall und in meinem wurde die Mitgliedschaft innerhalb der Familie weitergegeben. Aber das kommt heute nicht mehr oft vor. Die meisten von uns haben keine Familien mehr. Das Spiel beansprucht zu viel Zeit.«

Er sagte es mit einem Anflug von Selbstaufgabe, die ihn, wie schon Pfeife und Schaukelstuhl, viel älter wirken ließ, als er war.

»Aber warum lassen Sie es so weit kommen?«, fragte ich.

»Oh, zu gewinnen ist eine enorm befriedigende Erfahrung. Glauben Sie mir. Ich bin nur gerade deprimiert, weil ich kürzlich erfahren habe, dass sich mein bester Freund aus dem Fenster gestürzt hat. Aber – eine

Vision zu haben, sie auszukosten und zu analysieren, sie dann anhand der in ihr enthaltenen Hinweise in Raum und Zeit zu verorten; dann in ein Land, eine Region zu reisen und die richtige Person dort zu ermitteln und aufzuspüren – das ist eine sehr lohnende Aufgabe. Diese Menschen mit eigenen Augen zu sehen und über ihre Großartigkeit zu staunen, auch wenn die Menschen in ihrem Umfeld und sogar sie selbst blind dafür sind … das entschädigt für die Albträume, für alles. Es ist wie ein kleiner Sieg über das Auge. Es pickte einen Menschen unter sechs Milliarden heraus und zeigte ihn mir.« Er wiederum zeigte auf seine Aktentasche. »Und ich habe ihn gefunden. Er hieß Julien Mugiraneza.«

»Das Folteropfer«, sagte ich und erinnerte mich an den Führerschein, den ich nicht hatte identifizieren können. »Er war ein Tutsi. Aber Sie sagen, dass er tot ist?«

»Das spielt keine Rolle. Ich habe einen besonderen Menschen gefunden. Ich habe gewonnen.«

»So wie … die Nummern 4, 7 und 15?«

»Ja. In diesem Jahr gibt es vier Gewinner.«

Er schwieg einen Moment und fügte dann hinzu, wobei er angesichts der Ironie schmerzlich das Gesicht verzog: »Also wäre es eigentlich ein gutes Jahr gewesen.«

»Wurden denn jemals alle zwanzig aufgespürt?«

»Nein. Davon konnten wir nur träumen«, sagte er. »Der Rekord liegt bisher bei sechs. Und dabei ist die Suche heute einfacher denn je. Schließlich hatten sie früher ja die Kristallkugeln noch nicht.«

»Oh«, sagte ich angesichts des neuen Unterkapitels, das damit eingeleitet wurde. »Dann sind die anderen also einfach nur Kristallkugeln.«

»Genau. An denen ist nichts Mystisches. Das sind menschengemachte Speichergeräte, die alle Offenbarungen des Auges seit 1973 enthalten – etwas, für das unsere Väter getötet hätten. Es begann damit, dass das Auge Ambrose und Curtis in den Ostblock führte. Es war nicht einfach, damals dorthin zu reisen, das kann ich Ihnen sagen. Man brauchte dafür einen wirklich guten Grund. Jedenfalls begegneten die beiden in Ostberlin einer Gruppe von Neurowissenschaftlern …«

»Dänemarr!«

»Genau der«, sagte er anerkennend. »Dr. Dänemarr suchte nach einem Medium, mit dem er elektrische Signale übertragen wollte, durch die im Gehirn bestimmte Ideen ausgelöst werden, Gefühle ohne äußere Stimuli, ähnlich dem, was man in Träumen sieht, hört und riecht. Als er Ambrose und Curtis davon erzählte, dachten sie sich, dass diese Beschreibung auf das göttliche Auge zutraf. Natürlich verbot ihnen die Geheimhaltung, zu der sie sich verpflichtet hatten, mit ihm über das Auge zu sprechen … Aber sie entschieden, dass es in diesem Fall im Interesse der Gesellschaft lag, eine Ausnahme zu machen. Nach ihrer Rückkehr blieben sie mit Dänemarr in Briefkontakt und empfahlen ihm Literatur wie die, in die Sie eben einen Blick geworfen haben. Im Jahr 1972 besuchte Dänemarr Ambrose. 1973 machte Ambrose einen Gegenbesuch, bei dem Dänemarr ihm einen Prototyp zeigte. Eine Kristallkugel. Mit ihr lassen sich aber lediglich eine Minute lang traumartige Aktivitäten aufzeichnen, und das nur auf ungeordnete, chaotische Weise. Weiter kam er mit den ihm zur Verfügung stehenden Ressourcen nicht. Doch für unsere Zwecke passt das perfekt. Die Visionen werden bis ins kleinste Detail aufgezeichnet, vielleicht weil das elektrische Signal des Auges klarer und deutlicher ist als der Gedankenstrom eines Menschen. Ambrose war begeistert, lobte Dänemarr überschwänglich und bot an, weitere Kristallkugeln zu kaufen.«

»Ambrose sponserte also Dänemarrs Forschungen.«

»Ja, in gewisser Weise. Dänemarrs Prototypen haben sich seither nicht nennenswert weiterentwickelt, aber verschlechtert hat sich ihre Qualität auch nicht. Sie sind eine enorme Hilfe für uns. Vor dem Jahr 1973 konnten wir die Visionen nur wiedererleben, indem wir versuchten, von ihnen zu träumen. Doch, wie Sie sich sicher denken können, tauchten von den zwanzig Visionen des Jahres in Träumen immer nur die Schrecklichen wieder auf.«

»Zu viel vom Mistgabel-Mörder und zu wenig vom burschikosen Schulmädchen auf dem Dach«, raunte ich düster.

»Wir stellten uns damals Wecker, die uns alle sechzig bis neunzig Minuten weckten, also zu den üblichen Intervallen zwischen den REM-Phasen, um uns an die weniger dramatischen, zarteren Episoden erinnern zu können, unmittelbar nachdem wir von ihnen geträumt hatten. Das war alles, was wir hatten: Träume und Notizen. Die ersten Minuten nach der Offenbarung des Auges waren entscheidend. Haben Sie schon einmal eine Kristallkugel gelesen?«

Ich brauchte einen Moment, bis mir klar wurde, dass er damit einfach meinte, eine Kugel anzufassen. Ich erinnerte mich an die, die wir zuerst gefunden hatten, in dem Geheimzimmer. Wie ich sie mit einer Fingerspitze ganz leicht berührt hatte und sofort all diese Bilder in mein Bewusstsein gesprungen waren.

»Das war nur eine Aufzeichnung«, sagte er, als hätte er meine Gedanken gelesen. »Das Auge selbst zu lesen ist viel intensiver. Stellen Sie sich nun vor, Sie müssten sich bewusst davon lösen und sofort zu Papier und Stift greifen und sich Notizen machen, bevor die Eindrücke verblassen. Das tun wir noch immer, aber ein Backup in Gestalt von Dänemarrs Kugeln zu besitzen, ist sehr beruhigend. Dann vergleichen wir unsere Notizen – wenn jemand dabei nicht auf zwanzig Einzelvisionen kommt, hat er eine übersehen oder zwei irrtümlich miteinander vermischt. Dann sprechen wir über sie, solange sie noch frisch sind: Hat jemand ein geographisches Merkmal erkennen können, eine Sprache oder vielleicht sogar ein Gesicht? Menschen aus dem öffentlichen Leben gelangen nur selten auf die Liste. Nur bei Fünfzehnern passiert das ab und zu. Und wenn die Zwanzig des Jahres bestimmt sind, wird gezogen.«

»Gezogen?«

»Wir ziehen Lose. Um jedem seine Rolle zuzuweisen.«

»Rolle«, wiederholte ich. Das war interessant. »Sie meinen, wer Gastgeber wird, Sekretär und so weiter?«

»Nein, das sind eher Ämter. Ich bin der Sekretär, entweder bis zum Lebensende oder bis ich von dem Amt zurücktrete. Die Rollen dagegen ändern sich von Jahr zu Jahr.«

»Leonidas, Hector, Archimedes und so weiter«, vermutete ich.

»Richtig. Die Rolle, die Ihnen durch Losentscheid zufällt, bestimmt darüber, an welcher Vision Sie arbeiten werden: Leonidas erhält die erste Vision, Hector die zweite, und so weiter. Die Namen sind eine verhältnismäßig moderne Erfindung. Eine von Ambroses ersten Neuerungen – er war derjenige mit der klassischen Schulbildung.«

»Ich weiß, dass Ambrose Leonidas war. Wer sind Sie?«

»Der zwölfte. Phoenix«, sagte er in einem Tonfall, als sei er enttäuscht, dass ich nicht selbst darauf gekommen war. Ich hätte es mir wohl wirklich denken können. Noch vor zwei Tagen hatte ich geglaubt, er wäre in Afrika ums Leben gekommen. Jetzt saß er hier in meinem Musikzimmer und zündete sich seine Pfeife wieder an, die dazu neigte, bei besonders langen Monologen auszugehen.

Später erst wurde mir die wahre Bedeutung klar: Phoenix. *Millionen Jahre lang liege ich in der Dunkelheit und höre, wie sie sich über meinen Augapfel amüsieren. Dann wache ich auf und töte sie.*

»Genau«, sagte Caleb. Es war mir gar nicht bewusst, dass ich laut gedacht hatte. »Zwölfer gehören meistens zu den besonders schlimmen Aufgaben. Deswegen lassen wir das Los entscheiden – niemand würde freiwillig die Rolle des Phoenix übernehmen. Obwohl wir alle die zwanzig Visionen gemeinsam erleben und von ihnen träumen, ist es ein großer Unterschied, ob Sie sich auf die Suche nach einem Schulmädchen oder nach einem gefolterten Mann begeben.«

»Moment, ich komme wieder nicht mit«, sagte ich, während ich im Geiste die Vorspultaste drückte, von der Flucht aus der Folterkammer zur Szene mit dem explodierenden Gastank. »Meinen Sie damit, dass … alle Zwölfen gleich sind?«

»Geben Sie mir das Buch«, sagte Caleb mit einem Seufzer, der zu signalisieren schien, dass meine Verwirrung doch noch sein Mitleid weckte. »Das mit den Metallriemen.«

Es war eines der lateinischen Bücher, bei denen ich zuvor so getan hatte, als würde ich darin lesen. Ich erinnerte mich, dass ich es früher schon in der Bibliothek bemerkt hatte, in einem Regal mit anderen megalithisch dicken Bänden. Der Ledereinband war durch die Riemen verstärkt. Die Buchseiten waren dünn wie Zwiebelhäute und von ähnlicher Farbe. Die Buchstaben waren klein und dick, das kleine *s* hakenförmig.

»Die Wells waren es, die mit dem Auge lebten, also studierten sie es auch im Detail. Schon bevor die Gesellschaft die volle Mitgliederzahl von zwanzig erreichte, hatte Horace Wells einige Muster erkannt. Zum Beispiel: ›Die zehnte Vision ist immer jemand, den man normalerweise nicht sehen kann‹: das Ngara-Mädchen im Jahr 1896. Zwölfen sind Menschen am Rande des Todes, die plötzlich ausbrechen und entkommen: der Tutsi, letztes Jahr. Dreizehnen sind lebende Menschen, die Geister sehen können.«

»Das Paar im Mohnfeld«, sagte ich. »Sie war ein Geist.«

»Das haben Sie also bemerkt. Schließlich fand Horace heraus, welche Kriterien das Auge anwendet.«

Er hielt mir das Buch offen hin und schlug eine Seite auf, wo sich auf der linken Seite gedruckter Text und rechts ein Stich befand. Der Stich zeigte einen nackten Mann mit einem Speer. Der Stil erinnerte mich an die Illustrationen in dem Arbeitszimmer im obersten Stock.

»Die Zwanzig entsprechen in jedem Jahr einem Kanon von zwanzig Sternzeichen eines jahrtausendealten Zodiaks, der in byzantinischen und persischen Quellen erwähnt wird. Möglicherweise stammt er aus dem indischen Brahmanismus, wo er die Stadien auf dem Pfad der spirituellen Evolution repräsentierte. Das erste dieser zwanzig Sternzeichen ist der Krieger.«

In weniger als fünf Sekunden schlage ich die beiden Polizisten nieder.

»Der Beobachter.«

Ich hebe die Granate auf. Der Sicherungsstift ist gezogen.

»Der Weise.«

Ich spiele Klavier und schreibe Ideogramme.

»Das Genie.«

Ich stehe an dem Altar zwischen der tanzenden Menge und den UV-Lampen.

»Der Zauberer.«

Ich lese unter dem im Wind klappernden Küchengeschirr. Der Yuppie lässt seine Essstäbchen fallen.

»Der Edelmann.«

Das Buch fällt mir aus der Hand. Ein Brunnen plätschert melodiös vor den maurischen Fenstern.

»Die Mutter.«

Unvorsichtige Fliegen summen in der geplanten Schussbahn zwischen mir und den Barmännern herum.

»Die Zwillinge.«

Sie zertrümmert dem widerwärtigen Mann, der mich festhält, mit dem Stein das Nasenbein.

»Die Liebende.«

Ich rieche ihr Haar, der Schnee an meinen Fußsohlen schmilzt unter der Bettdecke.

»Seele.«

Der afrikanische Junge schaut über die Schulter, sieht durch mich hindurch; seine Haut spürt mich.

»Knochen.«

Der Ozean schleudert mich hinaus in einen Sturm aus chromglänzenden Wolken.

»Der Phoenix.«

Ich schieße auf den Gastank. Er explodiert in einem Feuerball. Die Guerillakämpfer werden bei lebendigem Leib geröstet.

»Das Orakel.«

Die Mohnblume zerfällt, als die durchscheinenden Lippen sie küssen.

»Das Schicksal.«

Ich lege auf dem Scrabble-Spielbrett ein griechisches Wort mit dreizehn Buchstaben.

»Der König.«

Ich schüttele seine schwarze Hand. Etwas explodiert zwischen den baufälligen Dächern.

»Das Ungeheuer.«

Ich ramme die Mistgabel in ihn hinein und sehe seine Organe kollabieren.

»Der Wolf.«

Ich ziehe die Infusionsnadeln aus meinem Arm. Ein winziger Styx aus Blut rinnt über meine Haut.

»Die Krabbe.«

Ich halte zwei Fünfen. Pokergesicht.

»Der Juggernaut.«

Ich lande mit gewaltiger Wucht auf der Tropeninsel, sodass Risse im Zement entstehen.

»Und der Gott.«

Ich löse das Rätsel des Zauberwürfels. Sie lächelt mich an.

Caleb klappte das Buch zu.

Ich verspürte eine unerklärliche Verzückung.

»Möchten Sie noch mehr wissen?«, fragte er einladend.

Mir schwirrte der Kopf. Ich hatte das Gefühl, gleichzeitig zu träumen und zu wachen. Ich glaubte zu halluzinieren. Ich hatte das Gefühl, viel zu viele Personen gleichzeitig zu sein.

Ich musste warten, bis sie wieder verblassten und verschwanden.

»War das Skelett *Knochen*?«

»Nein. Knochen ist die Nummer Elf – der Surfer. Das Skelett war die Krabbe. Fragen Sie mich nicht, warum.«

»Warum?«

»Hören Sie, wir wissen noch längst nicht alles, okay? Es ist nur ein Kanon. Die Anzahl und die Reihenfolge stimmen. Manche Zuordnungen sind ziemlich einleuchtend, andere erschließen sich nicht so leicht. Der König ist immer ein Mensch mit Macht. Weise sind Wissenschaftler. Genies sind Künstler. Die Mutter ist tatsächlich eine Mutter, selten ein Vater. Die Zwillinge sind Zwillinge, manchmal aber auch einfach nur Geschwister. Seelen sind unsichtbar. Wölfe sind oft Menschen, die gerade aufwachen. Krabben sind … wahrscheinlich nichtmenschliche Wesen. Und Juggernauten und Götter … auf sie können wir uns noch immer keinen Reim machen.«

Zu Helps großer Freude streckte Niamh ihre Glieder wie ein winziger süßer Berg und zwang sich dazu, aufzuwachen. Auf ihren Notizblock schrieb sie, mit schiefer, schlaffer Hand, als wollten die Buchstaben einschlafen oder wie Dominosteine umfallen: *Habe ich viel verpasst?*

Ich zeigte ihr den Rekorder. Sie niefte.

Da das Gespräch mit Caleb auch ohne sie ganz gut lief, gab ich ihr den Rat, ins Bett zu gehen. Ehe sie hinausging, schrieb sie eine Zeile für Caleb. Er stand auf und verbeugte sich.

»Das ist wirklich sehr freundlich von Ihnen, Miss«, sagte er. »Ich freue mich auch, wieder zurück zu sein. Gehen Sie bitte zu Bett. In ein paar Stunden werden Sie sich viel besser fühlen.«

Help eskortierte sie nach oben.

Caleb und ich blieben im Musikzimmer. Obwohl unsere Unterredung jetzt schon einige Stunden dauerte, war ich längst noch nicht zufrieden. Caleb hatte sich nicht wieder hingesetzt. Er stand bei einer der Glastüren und betrachtete sie, schaute aber nicht durch sie nach draußen.

Er drehte sich um und legte die Hand auf eine Sessellehne. Nicht, um sich abzustützen. Es wirkte eher, als wollte er dem Sessel etwas Gutes tun.

»Ich sollte sofort Curtis Knox kontaktieren.«

In diesem Moment wurde mir klar, dass ich seit Wochen eine Nachricht von Ambrose an Knox nicht weitergeleitet hatte. Das werde ich schleunigst nachholen – und mir eine gute Erklärung einfallen lassen müssen.

»Knox ist überzeugt, dass Sie tot sind«, sagte ich unterdessen.

»Dann werde ich ihm Neuigkeiten aus der Unterwelt überbringen«, erwiderte er, mit vizepräsidentiell ausdruckslosem Gesicht. »Eine Botschaft von Ambrose. Wir haben viel zu besprechen.«

»Wirklich? Was gibt es denn zu besprechen? Knox machte auf mich den Eindruck, unbedingt weitermachen zu wollen. Sind Sie da anderer Meinung als er?«

Er drehte sich zu mir um. »Verdammt, Ambrose ist tot!«

Diese Bemerkung erforderte, auch wenn es doch etwas Offensichtliches war, einen Moment des Schweigens. Ich blieb auf dem Sofa sitzen, gefasst.

»Entschuldigen Sie bitte, wenn ich zu anmaßend klinge«, begann ich, »aber das ist doch früher schon vorgekommen, oder nicht? Wie viele Selbstmorde gab es allein während Ihrer Mitgliedschaft?«

Er senkte betreten den Blick. »Zwei, bei denen es feststeht.« Dann, resolut: »Aber diesmal liegen die Dinge anders. Ambrose will, dass wir aufhören.«

»Ja, als wäre es den anderen ohnehin ziemlich egal, wie es mit der Gesellschaft weitergeht.«

»Jetzt nehmen Sie sich etwas zu viel heraus«, tadelte er mich.

»Ich nehme mir sogar noch mehr heraus: Ambrose beging keinen Selbstmord. Es war ein Unfall. Eine der Speicher-Kristallkugeln in dem Geheimzimmer rollte von einem Regal und landete so, dass sie eine alte Gasleitung berührte. Kugeln, auf denen etwas gespeichert ist, weisen eine elektrische Ladung auf. Etwa vier bis fünf Volt. Wir haben es gemessen. Die Ladung übertrug sich durch die Gasleitung auf das Messingbett in Ambroses Schlafzimmer. Der Betthimmel wirkte wie eine Antenne, die diesen elektrischen Strom auf den Schläfer im Bett übertrug. Ambrose Träume waren anders als Ihre: Die auf dieser Kugel gespeicherten Aufzeichnungen wurden ihm jede Nacht ins Bewusstsein übertragen. Deshalb hatte er in seinem letzten Jahr so schlimme Albträume. Er dachte, es läge daran, dass er nun selbst in das Alter kam, in dem sein Vater aus dem Fenster gesprungen war. Aber in Wirklichkeit wurde ihm einfach zu viel Input aus der Kugel ins Gehirn eingespeist. Das brachte ihn um.«

Auch wenn diese Erkenntnis nur ein schwacher Trost war, merkte ich doch, wie sie in Calebs Denken Wurzeln schlug, obwohl er sich zunächst dagegen sträubte.

»Der Gesellschaft ein Ende zu setzen, indem er sich selbst das Leben nahm, war keine spontane Verzweiflungstat. Er hat es von Jugend an vorgehabt. Er entschied sich für ein Leben als Junggeselle. Er wählte Kinderlosigkeit. Er wollte, dass dieses Familienerbe mit ihm endete.«

»So sah er es im Februar, als er diese Briefe schrieb«, entgegnete ich. »Aber er starb erst im September. Er hatte also sieben Monate Zeit, seine Meinung zu ändern.«

»Und wie kommen Sie darauf, dass er sie änderte?«

»Na, was glauben Sie wohl, warum ich hier bin?!«, fragte ich mit Nachdruck. »Wenn er die Tradition wirklich beenden wollte, warum hat er mich ins Spiel gebracht? Warum hätte er dann plötzlich anfangen sollen, auf einem anderen Kontinent nach seinem nächsten Verwandten zu suchen? Warum hätte er mir alles vererben sollen, nachdem er Ihnen die Schlüssel gegeben hatte? Er wollte es so. Er wollte, dass wir jetzt diese Diskussion führen!«

Jetzt musste Caleb sich erst einmal setzen. Ich nahm seinen Platz am Fenster ein und schwieg.

Vielleicht zwei Minuten später hörte ich, wie er ein Blatt Papier aus dem Gewirr von 5 x 5-Gittern und Spielkarten auf dem Tisch zog. Es war die Kassenbuchseite mit den Codenamen.

»Die muss aktualisiert werden«, sagte er und zog einen Kugelschreiber aus der Westentasche.

Ich spähte über seine Schulter, während er in seiner Fin-de-Siècle-Handschrift einige Felder ausfüllte.

»Prometheus … ich meine, Silas Long, teilte in einem Brief mit, dass er aufgibt«, informierte ich ihn. »Und auch Tyche, Ken Matsuo. Und ein Herr namens Kingston. Er hat diese Woche eine Postkarte geschickt.«

»Kingston …« Er überlegte einen Moment. »Ich glaube, er war Coroebus – er war auf der Suche nach dem Surfer. Okay.«

»Jemand namens Vasquez hat Fotos der rothaarigen Zwillinge geschickt. Er fand sie in Ontario.«

»Vasquez hat seine Zwillinge gefunden? Das ist wirklich ein erfolgreiches Jahr.«

Das Dokument sieht jetzt so aus:

1994 Statusreport der Mission–Dezember

1	Leonidas		*verstorben*	
2	Hector		*im Einsatz*	
3	Archimedes			
4	Sophocles		*GEFUNDEN*	*Ibiza, Spanien*
5	Zosimos		*im Einsatz*	
6	Socrates	*(verloren)*		
7	Cybele		*GEFUNDEN*	*Sonora, Mexiko*
8	Dioskuri		*GEFUNDEN*	*Ontario, Kanada*
9	Anchises			
10	Elpenor		*hat aufgegeben*	
11	Coroebus		*hat aufgegeben*	
12	Phoenix	*(verloren)*	*GEFUNDEN*	*Kamembe, Ruanda*
13	Amphiaraus			
14	Tyche		*hat aufgegeben*	
15	Alexandros		*GEFUNDEN*	*Monrovia, Liberia*
16	Asterion		*im Einsatz*	
17	Chronos			

18	Prometheus	*(???)*	*hat aufgegeben*
19	Heracles	*(Betty)*	*hat aufgegeben*
20	Zeus		*hat aufgegeben*

»›Im Einsatz‹ bedeutet, dass der Sucher noch unterwegs zum mutmaßlichen Aufenthaltsort der Zielperson ist«, erklärte mir Caleb. »Aufgeben kann man jederzeit, wenn man überhaupt nicht mehr weiterweiß, oder wenn man einfach erschöpft ist. Jetzt um diese Zeit geben viele auf. Das ist, als wurde man Urlaub machen. Man beschäftigt sich mit anderen Dingen, um nachts wieder besser schlafen zu können.«

»Elpenore geben früh auf«, zitierte ich ihn.

»Das ist unser Insider-Jargon. Die Seele hat immer eine sehr kurze Vision – aus der man kaum handfeste Informationen entnehmen kann. Wer also dieses Los zieht, ist meist früh mit seinem Latein am Ende. Dieses Jahr war es in Westafrika, glaube ich.«

Mann mit freiem Oberkörper schaut über die Schulter. Er spürt mich.

Ich tippte mit dem Finger auf die sechste Zeile und fragte: »Was bedeutet ›verloren‹?«

»Dass die Zielperson vermutlich tot ist. Ziemlich oft wird jemand vom Auge wegen der letzten Tat auserwählt, die er oder sie im Leben vollbracht hat.«

Das Buch fällt mir aus der Hand. Ein Brunnen plätschert melodiös vor den maurischen Fenstern.

»Prometheus ist Nummer 18.« Ich zeigte auf die drei Fragezeichen. *Ich halte zwei Fünfen. Pokergesicht.* »Das Skelett, richtig?«

»Genau. Ein schwerer Brocken, oder?«

Die müde Resignation in seinen Worten ließ mich lächeln.

»Aber … wie können Sie akzeptieren, dass so etwas möglich sein soll?«

»Es gibt für mich keinen Grund, es nicht zu akzeptieren. Schließlich habe ich gerade einen Phoenix gefunden. Ich war in der Hütte und habe alles gesehen – oder jedenfalls das, was übrig war. Es war nicht einfach der Traum eines Gottes. Es ist wirklich passiert. Das Auge sieht alles, was auf der Erde geschieht. Und sein Blick reicht noch viel weiter: Der *Edelmann* des Jahres 1969 war ein Astronaut auf dem Mond.

Allerdings konnten wir nie eindeutig klären, ob es sich um Armstrong oder Aldrin handelte. Wir kennen den Mörder von Präsident Kennedy: Das Auge machte ihn 1963 zum König. Es gibt verborgene Ereignisströme, von denen Sie und ich nichts wissen. Im Untergrund läuft eine parallele Geschichte ab, mit ihren eigenen Kriegen und Schurken. Und Helden: Vor wenigen Jahren verhinderte ein Mädchen, ein Kind noch, einen terroristischen Bombenanschlag in einer überfüllten Londoner U-Bahnstation. Niemand nahm davon Notiz. Dieses Mädchen rettete Hunderte Menschenleben: Der *Beobachter*, 1991. Und wenn das Auge sagt, dass jetzt im Moment irgendwo auf der Welt jemand Poker mit einem Skelett spielt – ja, dann akzeptiere ich das.«

Ich schaute wieder auf die Kassenbuchseite.

»Wer ist Betty?«, fragte ich.

»Oh, ja, Betty. Sie ist eine besondere Favoritin des Auges. Und für uns fast jedes Jahr eine der traumatischsten Visionen. ›Heracles gibt immer auf‹«, epigrammierte er. »Die Juggernaut-Visionen sind so bizarr, dass sie sich einfach nicht kategorisieren und lokalisieren lassen. Das gilt ganz besonders für Betty. Bettys Taten, ihr Leben, ihr … Universum sind so andersartig, dass man einfach nicht weiß, wo man mit der Suche beginnen soll.«

Ich stürze hinunter auf die Erde. Die größte Flughöhe, die ein Paar Puma-Sportschuhe je erreicht hat. Ich lande krachend auf dem Betondach.

»Woher wissen Sie so genau, dass es eine Frau ist? Ich konnte in der Vision ihr Gesicht nicht sehen.«

»Wir alle haben sie schon gesehen. Außerdem kennen wir ihre Schuhe.«

»Wie kommt es, dass ich diese Vision in der ersten Person sehe, was auch der Fall ist, wenn sie mir den Augapfel herausreißen, während ich in der Monster-Vision das Gefühl habe, das Opfer zu sein, nicht der Killer? Und bei der Zwillingsvision sehe ich das Geschehen abwechselnd aus der Perspektive des einen und des anderen Mädchens. Es ist, als würde die Kamera wechseln.«

»Sie sollten sich das Ganze nicht wie einen Fernsehfilm vorstellen. Es ist … nun, keine Kamera. Sie erleben etwas, das wirklich geschieht.

Mit etwas Übung gelingt es Ihnen, den Fokus zu steuern, sodass Sie bestimmte Details genauer betrachten können. Ich vermute, dass das Gehirn einfach dazu neigt, die Rolle einzunehmen, zu der es am ehesten einen Bezug herstellen kann. Und die meisten Menschen, die Zeugen eines Mordes werden, empfinden Mitgefühl mit dem Opfer, nicht dem Täter. In anderen Jahren haben wir Bettys Gesicht gesehen. Ich nehme an, in diesem Jahr gab es keine Zeugen für ihre Tat. Sie hat es ganz für sich allein erlebt.«

»Warum nennen Sie sie Betty?«

»Die älteren Mitglieder sagen, dass das ihr Name ist. Der Legende nach hat in einer Vision einmal jemand zu ihr ›Betty‹ gesagt, worauf sie sich umdrehte. Sie ist überhaupt ein ganz besonderer Fall. Curtis, unser Historiker, hat die genauen Daten, aber soweit ich weiß, ist es in der ganzen Zeit nur zwei- oder dreimal vorgekommen, dass jemand mehr als einmal im Leben unter den zwanzig Auserwählten war. Betty dagegen … wenn ich mich nicht irre, war sie seit 1900 sechsundsechzig Mal der Juggernaut.«

»Dann muss sie ja über hundert Jahre alt sein«, widersprach ich.

Er schaute mich an, mit sich naiv wölbenden Augenbrauen.

»Ich habe Ihnen ja gesagt: Es gibt Wirklichkeiten, von deren Existenz Sie nichts ahnen.«

Die alte Standuhr schlug drei. Caleb legte seinen Kugelschreiber hin und stand auf.

»Ob das Treffen dieses Jahr stattfindet oder nicht«, sagte er, »Curtis Knox muss unverzüglich kontaktiert werden.«

»Ja, unbedingt.«

»Und wenn es stattfinden soll, hätten die Einladung eigentlich schon vor einer Woche verschickt werden müssen.«

»Dann sollten Sie sich besser an die Arbeit machen.«

»Und der exakte Zeitpunkt der Sonnenwende muss ermittelt werden, damit wir berechnen können, wann das Auge sich offenbart.«

»Tun Sie das.«

»Und es müssen logistische Vorbereitungen getroffen werden.«

»Darum können Niamh und ich uns kümmern.«

»Und das heißt noch nicht, dass das Spiel nicht beendet wird«, sagte er und kam einen Schritt näher. »Wenn alle informiert sind, soll die Gesellschaft gemeinsam entscheiden, wie es weitergeht.«

»Wenn sie beschließen, das Spiel zu beenden, werde ich das Auge behalten«, sagte ich. »Dann gibt es keinen Grund, warum Sie es bekommen sollten.«

Er überlegte für 2,83 Sekunden.

»Abgemacht.«

Wir besiegelten es mit einem Händedruck.

VIDEOAUFZEICHNUNG

SCHLAFZIMMER SAMSTAG 09.12.1995 23:59:00

NIAMH sitzt auf dem Bett und hört ihren Rekorder ab. HELP hat sich an ihren Füßen zusammengekuschelt.

CALEB: »Und das heißt noch nicht, dass das Spiel nicht beendet wird. Wenn alle informiert sind, soll die Gesellschaft gemeinsam entscheiden, wie es weitergeht.«

A.: (REC): »Wenn beschlossen wird, das Spiel zu beenden, werde ich das Auge behalten. Dann gibt es keinen Grund, warum Sie es bekommen sollten.«

[2.83 Sekunden Stille.]

CALEB: Abgemacht.

[Niamh zieht triumphierend an der Pfeifenschnur einer imaginären Dampflokomotive.]

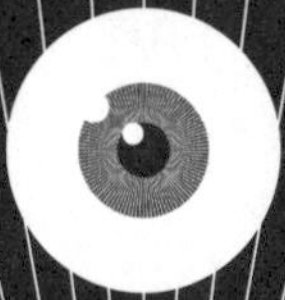

TEIL 3

Eine Woche später

SICHERHEITSVIDEO:
VERHÖRZIMMER, VIRGINIA STATE POLICE, POLIZEIWACHE BEZIRK 35, EMPORIA

22.12.1995 14:02

Ein kahlgeschorener weiblicher Teenager sitzt allein am Verhörtisch und schaut in Richtung Tür. Sie trägt einen dicken Anorak über einem Unterhemd und schwere Outdoor-Boots. Ihre Beine sind nackt. Ein Sandwich aus dem Automaten liegt unberührt vor ihr.

[Die Tür öffnet sich. Herein kommen Deputy TED Miller in Uniform und Detective MORGAN Summers in Zivilkleidung, der sich einen Bericht durchliest.]

MORGAN: … Straßensperren sind eingerichtet, aber viel zu spät.

TED: Hey, wir haben getan, was wir konnten! Für den Ponopah-Sheriff war die Sache einfach eine Nummer zu groß. *[Setzt sich auf die Tischkante, wobei er der Jugendlichen den Rücken zudreht.]* Wir sollten unseren Jungs draußen eine Chance geben. Ich habe keine Lust, Miss Chemotherapie hier eine Aussage aus der Nase zu ziehen.

MORGAN: Jetzt halten Sie mal die Luft an!

TED: Hören Sie: Das ganze Haus war voller Kameras! Sie behauptet, sie hätte heute Morgen vergessen, die Videokassette zu wechseln.

MORGAN: Kein Grund, unfreundlich zu ihr zu sein.

TED: Ach was, sie kann doch von da hinten meine Lippen sowieso nicht ablesen. Sie ist taubstumm.

[Der Teenager springt auf und wirft mit dem Sandwich nach Ted. Das Brot prallt zum größten Teil von ihm ab, aber Salatblatt und Schinken bleiben dank der Haftkraft industriell hergestellter Mayo an seinem Hinterkopf kleben. Er verzieht keine Miene und akzeptiert den Ketchup, der in sein Hemd einzieht als Strafe für seinen Fehler.]

MORGAN: *[Liest ruhig zu Ende.]* Aha, tatsächlich ist sie nur stumm.
TED: *[Seufzt, sich zur Ruhe zwingend.]* Ja, hab ich inzwischen auch gemerkt.
MORGAN: Vielleicht ist es besser, wenn ich mich um sie kümmere.
TED: Wenn Sie meinen. Fühlen Sie sich ganz wie zu Hause.

[Ted geht hinaus, ohne die Frau eines Blickes zu würdigen. Die Tür schließt sich hinter ihm.]

[Die junge Frau setzt sich wieder. Der Detective nimmt sich einen Stuhl und stellt ihn links von ihr hin. Er setzt sich und legt den Bericht und einen weiteren Papierstapel auf den Tisch.]

MORGAN: Okay, Ni-am … wird es so ausgesprochen?
NIAMH: *[Schaut ihn nicht an, schüttelt den Kopf, bewegt die Lippen.]*
MORGAN: Was?
NIAMH: *[Jetzt blickt sie auf und formt mit den Lippen ihren Namen.]*
MORGAN: »Niief«. Ich verstehe. Okay. *[Liest in dem Bericht.]* Also, Nief, wie ich hier lese, haben Sie darauf verzichtet, die zwei Ihnen zustehenden Telefonate zu führen … *[Man sieh ihm an, dass er sich der Absurdität dessen bewusst ist, was er gerade gesagt hat.]* Wir müssen also einen Anwalt für Sie stellen. Unser für Minderjährige zuständige Pflichtverteidiger hatte heute frei. Er ist jetzt auf dem Weg hierher. Leider haben wir keinen Dolmetscher für Gebärdensprache, aber … trotzdem

brauchen wir jetzt möglichst schnell eine Aussage von Ihnen.

[Er wartet auf eine Antwort. Aber sie starrt nur auf den Tisch.]

Ich habe eine Tochter in Ihrem Alter. *[Pause.]* Sie redet auch nicht mit mir.

[Er lehnt sich zurück und schiebt dann den Stapel, den er mitbrachte, zu ihr hin – es zeigt sich, dass es leeres Kopierpapier ist. Er legt einen Stift obenauf.]

Also, Nief, ich denke, es gibt da Einiges, was Sie für uns aufschreiben sollten. Sind Sie einverstanden, damit jetzt sofort zu beginnen? Ihr Pflichtverteidiger wird es sich später anschauen.

NIAMH: *[Sie schnaubt: Der erste Laut, den sie hier von sich gibt. Dann signalisiert sie Zustimmung und nimmt den Stift.]*

MORGAN: Gut. Ich danke Ihnen.

[Sie fängt an zu schreiben. Zunächst schaut der Detective ihr dabei interessiert zu. Aber nach einer Minute entscheidet er, dass es wohl besser ist, sich nützlich zu machen.]

Ich besorge Ihnen noch ein Sandwich. Und etwas zum Anziehen.

[Morgan verlässt das Verhörzimmer. Sie schreibt weiter.]

21. DEZEMBER

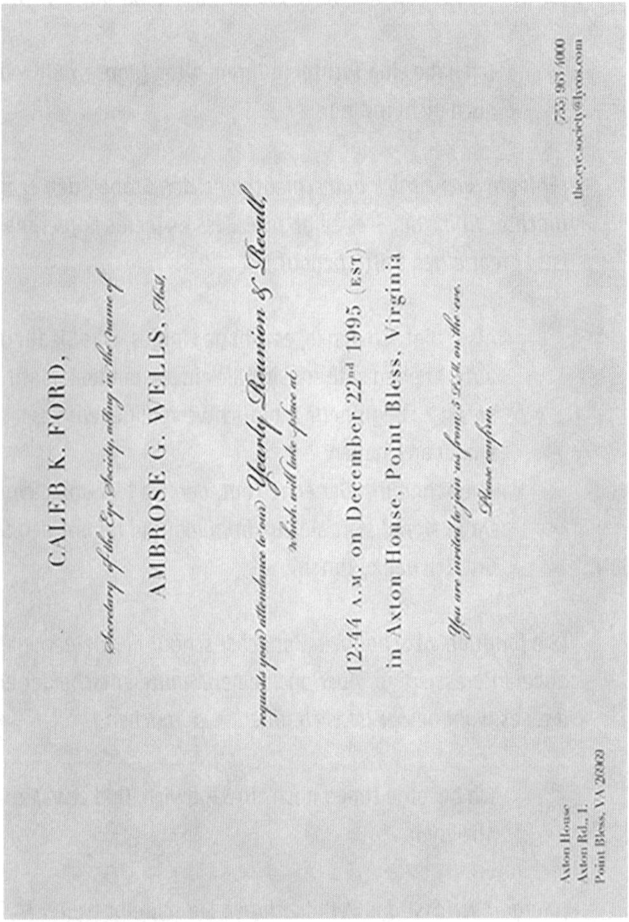

CALEB K. FORD,

Secretary of the Eye Society, acting in the name of

AMBROSE G. WELLS, *Host,*

requests your attendance to our Yearly Reunion & Recall,
which will take place at

12:44 A.M. on December 22nd 1995 (EST)
in Axton House, Point Bless, Virginia

You are invited to join us from 3 P.M. on the eve.
Please confirm.

Axton House
Axton Rd., 1.
Point Bless, VA 26969

(755) 963 4000
the.eye.society@lycos.com

Transkription der Einladung:
CALEB K. FORD, Schriftführer der GESELLSCHAFT DES AUGES, lädt im Namen des verstorbenen Gastgebers AMBROSE G. WELLS ein zur JÄHRLICHEN OFFENBARUNGSVERSAMMLUNG um 0:44 Uhr am 22. Dezember 1995 (EST) im Axton House, Point Bless, Virginia Sie sind eingeladen, ab 15 Uhr des Vortags unsere Gäste zu sein. Um Rückantwort wird gebeten.

VIDEOAUFZEICHNUNG

KÜCHE DONNERSTAG 21.12.1995 17:00:00

Die Anrichte, auf der eine rote Decke ausgebreitet wurde, ziert ein farbenfrohes Festmahl aus hübsch garnierten Köstlichkeiten wie Stars, die auf dem roten Teppich defilieren. Ein dickes Kochbuch liegt aufgeschlagen zwischen der Kasserolle und den mit Thunfisch gefüllten Eiern. Der Backofen ist eingeschaltet. Auf dem Herd kochen Nudeln, und aus zwei weiteren Töpfen steigt Dampf auf. NIAMH knetet Frikadellen. Sie hat sich die Haare komplett abrasiert, sodass nur noch ein aschfarbener Schatten auf ihrem Schädel übrig ist.

Zu Niamhs Füßen wartet HELP mit 90 Schwanzwacklern pro Minute darauf, dass etwas Essbares auf den Boden fällt.

> *[Niamh neckt ihn mit einem Stück Hackfleisch und pfeift zweimal kurz. Help stellt sich auf die Hinterbeine, bettelt um den Bissen.]*
>
> *[TÜRKLINGEL.]*
>
> *[Help vergisst die Leckerei und bellt wie verrückt. Niamh versucht ihn dazu zu bringen, Sitz zu machen, erfolglos.]*

A.'S TAGEBUCH

Nach Edward Cutler traf ein Asiate – Ken Matsuo – ein. Er ist ein Mitglied der zweiten Generation und mit achtunddreißig der Zweitjüngste. Zudem war er der bisher am wenigsten viktorianisch aussehende. Während Caleb und Cutler in ihren Anzügen wirkten, als wären sie direkt aus der Vergangenheit angereist, machte Matsuo einen modisch herauspolierten Eindruck, als sei er zu einer Oscar-Party eingeladen. Ich bedauerte, für den großen Abend nur Jeans zur Verfügung zu haben.

»Du kommst erst als Zweiter. Was ist los mit dir?«, begrüßte ihn Caleb, während sie sich umarmten. Offenbar kommen die Gewinner immer etwas eher, um ihren Erfolg zu teilen.

»Dann müssen Sie der neue Mr Wells sein«, sagte Matsuo und deutete höflich eine Verbeugung an, ehe er mir die Hand gab. Sein Lächeln versöhnte die traurige Erinnerung an den verstorbenen Gastgeber mit einer optimistischen Aufgeschlossenheit gegenüber dem neuen. Er war mir sympathisch. »Dieses Jahr hatte ich eine einfache und doch zugleich schwierige Aufgabe«, sagte er. »Ich war …«

»Tyche, ich weiß. Wir haben Ihr Fax erhalten. Sie suchten den griechischen Scrabble-Spieler.«

»Selbst kleine Länder können sehr groß sein, wenn man das Innere einer Küche als einzigen Anhaltspunkt hat.«

Cutler gesellte sich wieder zu uns und ich führte unsere Gäste ins Esszimmer. Niamh und ich wollten sichergehen, dass unsere Vorbereitungen denen meines Vorgängers in nichts nachstanden. Unsere Gäste wurden nicht enttäuscht. Die Tafel sah grandios aus – mit der gedämpften Beleuchtung, der Abenddämmerung vor den Fenstern und dem sonderbaren blauen Leuchten vor dem vierten Fenster, das durch den Pool blockiert ist.

»Das ist Help«, verkündete ich, als der bellende Wirbelwind hereinstürmte und die Gäste einlud, ihn an ihren Hosen schnüffeln zu lassen, um sich miteinander bekannt zu machen. »Sie müssen sein Verhalten entschuldigen. In Gegenwart anderer Wirbeltiere wird er immer ganz aufgeregt. Und das ist meine Partnerin, Niamh Connell.«

Wenn Niamhs neue (erst am Vortag kreierte) Frisur (oder besser, die völlige Abwesenheit einer solchen) sie irritierte, verbargen sie das ziemlich gut. Cutler traf der Anblick etwas unvorbereitet, denke ich: Für einen Augenblick schien er wie eingefroren. Mit ausgestreckter Hand starrte er Niamh an, als wäre sie das Letzte, was er heute Abend hier anzutreffen erwartet hätte. Und sicher war sie das: eine Minderjährige, eine Frau, eine Köchin, alles in einer Person. Aber dann, als er ihr die Hand schüttelte, verhielt er sich aufrichtig freundlich. Er schien mir einer dieser etwas steifen und verklemmten Gentlemen zu sein, die beim Anblick von Hippies in San Francisco (wo er geboren ist) die Stirn runzelten, aber für Niamhs natürlichen Charme stellte er keine Herausforderung dar. Er war ein Mann in den Sechzigern, klein, aber kräftig, und in bester Laune. Höchstwahrscheinlich, weil er gewonnen hatte.

»Habe ich mich verzählt, oder stehen da einundzwanzig Stühle?«, bemerkte Matsuo.

»Ganz richtig«, antwortete ich. »In diesem Jahr darf die Köchin dabei sein. Sie weiß sowieso alles.«

Niamh schrieb auf das oberste Blatt ihres Notizblocks:

Keine Sorge, ich werde Ihnen nicht ins Wort fallen.

Wieder klingelte es an der Tür, was bei Help den nächsten Bellanfall auslöste. Caleb öffnete, und ließ Curtis Knox herein – ein angespannter Augenblick, den ich gerne vermieden hätte.

»Nun, ich denke, Sie kennen sich bereits«, sagte Caleb, als wir uns in der Halle gegenüberstanden.

»Guten Abend«, sagte ich und gab ihm die Hand. »Haben Sie die Post erhalten, die Sie erwarteten?«

»Ich bekomme in letzter Zeit ziemlich viel interessante Post, ja«, antwortete er. »Danke der Nachfrage.«

Niamh begrüßte ihn ebenfalls und gestikulierte heftig. Gemeint war wohl, sie müsse etwas in den Backofen schieben. Oder bedeutete es, dass sie jemanden mit der Rikscha abholen musste? Caleb erkundigte sich bei Knox nach Philip Beauregard, der sich noch immer nicht gemeldet hatte. Das war im Moment seine größte Sorge.

»Leider habe ich auch nichts von ihm gehört«, sagte Knox. »Bis vor zwei Wochen habe ich mit niemandem Kontakt aufgenommen. Ich wartete auf ein Signal von Ambrose. Und dann, gerade als ich Kingston, Stillwall und Black kontaktierte, bist du zurückgekehrt.«

»Es war ein sonderbares Jahr«, sagte Caleb. Diese beschönigende Wortwahl passte nicht zu seinem Tonfall. »Und doch auch ein gutes«, verkündete er, an uns alle gewandt. »Es gibt fünf Erfolge zu verzeichnen!«

Es gab Oh-Ausrufe und Kopfnicken von den anderen, außer von Knox, der den perfekten Augenblick gefunden hatte, die Aktenmappe hochzuhalten, die er unter dem Arm getragen hatte.

»Sechs. Ich habe einen Edelmann ausfindig gemacht.«

Die Hochrufe wurden lauter. Wir gingen ins Musikzimmer, wo Knox den Inhalt der Mappe auf dem Flügel ausbreitete. Unter anderem war da das Foto eines Grabsteins mit einem Halbmond, ein weiteres Foto, das ein maurisches Haus mit Bogenfenstern zeigte, ein paar arabische Zeitungen, und ein Buch.

»Er hieß Yusuf el-Tahtawi, ein Mathematiklehrer in Alexandria, Ägypten. Er starb im Alter von neunundsechzig Jahren in seinem Haus, als er gerade den letzten Vers in einer Gedichtsammlung aus al-Andalus las. Er besaß eine andere Ausgabe, aber ich bin überzeugt, dass es sich um diese Anthologie hier handelte.«

»Sechs!«, rief Matsuo. »Wir haben den bisherigen Rekord eingestellt!«

»Wie selten ist ein Edelmann?«, fragte Cutler.

»Ich glaube, zuletzt hat Beauregard einen gefunden, vor vielleicht zehn Jahren.«

»Warum legen Sie Ihren Bericht erst jetzt vor?«, fragte ich Knox.

»Ich wusste, dass Ambrose nicht mehr da ist. Wozu hätte ich mir die Mühe machen sollen?«

»Der Fund ist ziemlich frisch, nehme ich an?«, sagte Matsuo.

»Ja, erst im vorigen Monat unternahm ich meine Exkursion. Ich hatte seine Todesanzeige im Internet entdeckt.«

Ich entschuldigte mich einen Moment, während die anderen das neue Informationszeitalter priesen.

Ich schloss mich in Ambroses Arbeitszimmer ein, nahm den Telefonhörer und Ambroses rotes Notizbuch und wählte eine Nummer in Lawrenceville. Ich hoffte, dass auch Knox Dienstboten hatte.

»Hallo?«

»Hallo. Könnte ich bitte Curtis sprechen?«

»Ich bedaure, Mr Knox ist über das Wochenende verreist. Kann ich ihm etwas ausrichten?«

»Oh, ich dachte, er ist noch in Ägypten.«

»Nein, Sir, er ist vor zwei Wochen aus Ägypten zurückgekehrt. Darf ich fragen, wer Sie sind, Sir?«

»Oh, tatsächlich. Wie lange war er denn weg?«

»Genau einen Monat, Sir. Vom sechsten November bis zum fünften Dezember.«

»Ich verstehe. Okay. Danke. Sagen Sie ihm bitte, dass ich angerufen habe.«

»Sir, ich habe Ihren Namen nicht …«

Ich legte auf.

Und fluchte wahrscheinlich leise vor mich hin.

*

KÜCHE DONNERSTAG 21.12.1995 17:43:28

NIAMH steht am Herd und rührt in einem Topf.

[A. kommt herein, schaut das Essen an. Er stützt sich an der Spüle ab, macht ein nachdenkliches Gesicht. Sie hält ihm einen Löffel Fischsuppe hin.]

[A. ignoriert das.]

A.:	Sei nett zu Knox. Er ist nicht der Bösewicht, für den wir ihn hielten.
NIAMH:	*[Erstaunt, ihr Niefen ist verschwunden. Sie schüttelt den Kopf, ist deutlich anderer Meinung.]*
A.:	Knox ist am Tag nach seinem Besuch hier nach Ägypten abgereist, am 6. November. Einen Monat später kam er zurück. Der Einbruch passierte am 7. November. Er kann es nicht gewesen sein.
NIAMH:	*[Wirft den Holzlöffel in den Topf, holt ihr Notizbuch.]*

A.:	Ich weiß, wir dachten, dass er jemand angeheuert haben könnte. Aber würdest du einen Einbrecher anheuern, der etwas für dich stehlen soll, und zur gleichen Zeit verreisen? Das wäre Unsinn! Du würdest damit bis nach deiner Rückkehr warten, denn hier bei uns im Haus ist das Diebesgut sicherer als in den Händen eines angeheuerten Kriminellen.
NIAMH:	*[Reglos, hatte noch keine Gelegenheit, eine einzige Zeile zu schreiben.]*
A.:	Wir brauchen einen anderen Verdächtigen. Aber das macht nichts, denn heute Abend trudeln alle, die in Frage kommen, hier ein.
NIAMH:	*[Schreibt, hält ihm dann den Notizblock hin.]*

*

– Vielleicht bin ich ja zu misstrauisch, aber Help dreht völlig durch.

– Ja, habe ich bemerkt. Zu viele sonderbare Leute für ihn. Sperr ihn ins Arbeitszimmer, für den Fall, dass sich wieder jemand von ihnen für den Safe interessiert.

TONAUFNAHME

[Im Hintergrund: Gläser und Silberbesteck klirren, und am Tisch sind mehrere Gespräche im Gange.]

CUTLER:	… trotzdem, dass das Publikum selbst einen Song zum Besten der Welt macht. Die Studioversion ist eine andere Erfahrung. Sie weckt das Interesse. Aber als ich in den Klub ging und ihren Auftritt sah, und wie all diese Leute zu ihrer Musik tanzten … also, das war Ekstase! Wie ein Voodoo-Ritual. Da erkannte ich, dass diese Frau ein Genie

ist, nicht wegen der Komposition an sich, sondern durch die Art, wie sie die Seelen der Leute erreicht, ihren ganz ursprünglichen animalischen Kern.

MATSUO: Ich habe immer noch mit der Vorstellung zu kämpfen, dass Sie tatsächlich in einem Klub auf Ibiza waren, Cutler.

A.: Ich auch. Wenn ich es schaffe, mir das vorzustellen, wird das Auge mich mit nichts mehr überraschen können.

[Gedämpftes Gelächter.]

KNOX: Aber, Edward, du weißt, dass das Publikum nichts damit zu tun hat. Denk an das Genie in Neuseeland.

FORD: *[Von der Seite leise zu A.]* Vor ein paar Jahren war das Genie eine Jugendliche. Sie schrieb ein paar Zeilen in ihr Tagebuch. Wir haben weder sie noch das Tagebuch aufspüren können.

KNOX: Sie war allein auf ihrem Zimmer, und vermutlich hat bis heute nie jemand dieses Gedicht gelesen. Was machte es zum besten Kunstwerk des Jahres? Die öffentliche Reaktion kann keine Rolle gespielt haben. Es muss das Gedicht selbst gewesen sein. Seine Schönheit, seine technische Perfektion. So wird es auch bei dieser DJane sein.

STILLWALL: *[Neue Stimme: alter Mann mit Südstaatenakzent.]* Ach bitte! Wollen Sie ernsthaft behaupten, ein elektronischer Beat, gemischt mit ein paar aus verschiedenen Musikstücken zusammengeklauten Noten, könnte eine perfekte Komposition ergeben?

MATSUO: Warum denn nicht?

STILLWALL: Warum? Wollen Sie ernsthaft Mozart mit einer solchen Notendiebin vergleichen?

MATSUO: Ja, will ich! Die Zeiten ändern sich nun mal.

FORD: *[Flüsternd.]* Jetzt geht's los.

MATSUO: Wissen Sie denn, wie viel Arbeit in dieser Komposition steckt? Der einzige Unterschied besteht darin, dass ein klassischer Komponist dem Orchester sagt, was es tun soll, während sie vorher aufgezeichnete Instrumente benutzt. Diese DJs nennen ihre Arbeitsplätze »Labs«!

STILLWALL: Ken, Ken, bitte, Sie sind achtunddreißig. Hören Sie auf, hier am Tisch den jungen Rebellen zu spielen.

MATSUO: Und Sie sind erst neunundsechzig. Tun Sie nicht so, als hätten Sie Mozart persönlich gekannt! Ich will Ihnen etwas über Mozart sagen: Er spielte, weil er wollte, dass die Leute seine Musik hören. Würde er heute leben, würde er keine Symphonien schreiben. Seine Musikvideos würden auf MTV laufen. Die Musik entwickelt sich weiter!

STILLWALL: Oh, man muss also heute alt sein, um Mozart wertzuschätzen!

MATSUO: Wenn Sie es so sagen ... ja!

[Lautes Gelächter.]

FORD: Leute, Leute, ihr beweist gerade, wie richtig das Grundprinzip der Musik ist: Jede Generation glaubt, dass das, was ihre Kinder hören, Müll ist.

A.: Damit hätten meine Eltern recht. Ich höre wirklich gerne *Garbage. [Matsuo lacht, als Einziger.]* 'Tschuldigung – ein Witz nur für die nächste Generation.

MATSUO: Sie sind der Jüngste am Tisch. Was ist Ihre Meinung dazu?

A.: Hm ... ich bin sicher, dass das Auge Mozart früher einmal ausgewählt hat ... irgendwann im Jahr sechzehnhundert soundso viel.

KNOX: Glaube ich nicht.

MATSUO: Für das Auge wäre Mozart zu sehr Mainstream gewesen.

KNOX: Ich wette, es entschied sich damals für Salieri.

FORD: Bitte, ich glaube, ihr habt noch nicht verstanden, was unser Gastgeber meint. Es ist doch so, dass die Kunst sich ständig weiterentwickelt, und so auch der Geschmack des Auges. Aber das ist es nun einmal: Geschmack. Dass das Auge diesen Song mag, heißt nicht, dass wir ihn auch mögen müssen. Das Auge beobachtet einfach den sich ständig verändernden Fluss der Gegenwart. Es ist sich der neuesten Trends bewusst. Es entwickelt sich also genau wie wir. Das macht seine jährliche Auswahl nicht zur objektiven Wahrheit. Es handelt sich lediglich um eine Meinung, die allerdings zugegebenermaßen auf *sehr* umfassenden Informationen basiert.

A.: Aber Sie haben gesagt, dass Auge wäre etwas Göttliches.

FORD: Auch Götter können sich irren.

A.: Oh. Tatsächlich? Kann dein Gott sich irren, Niamh?

NIAMH: *[Klopft einmal laut auf den Tisch, nahe beim Mikrofon.]*

A.: Okay. Das wusste ich nicht. Jetzt mal langsam. Du bist die Köchin. Du solltest arbeiten, statt dich hier so zu amüsieren.

[Gelächter.]

CUTLER: Alles schmeckt ganz vorzüglich.

MATSUO: Ich behaupte, dass diese Nudeln besser sind als die in Kuala Lumpur.

KNOX: Finde ich auch.

A.: Die Nudeln in Kuala Lumpur?

FORD: Das war der Zauberer in diesem Jahr. Der Koch mit seinem Imbissstand in Kuala Lumpur.

MATSUO: Der Koch liest in einer Zeitschrift, während sein Kunde an der Theke der kleinen Verkaufsbude Nudeln isst und anschließend die Essstäbchen fallen lässt, ganz verzückt von der köstlichen Mahlzeit.

A.: O ja! Und über ihm hängen Holzlöffel, die im Wind klappern.

MATSUO: Genau, diese Vision.

A.: Ich erinnere mich nur schwach an sie. Sie war nicht besonders bemerkenswert.

MATSUO: Ja, Zauberer sind leicht zu finden, nicht wahr, Knox?

KNOX: Nach dem König werden sie am zweithäufigsten aufgespürt.
CUTLER: Weiser, Genie und Zauberer, das ist das glückliche Trio – die Arbeit an ihnen ist immer angenehm.
FORD: Der Zauberer ist fast immer ein Koch, der angeblich die beste Mahlzeit der Welt kocht.
KNOX: Und das ist niemals ein Engländer. *[Gelächter.]*
FORD: *[Lächelnd.]* Der Historiker muss es ja wissen.
KNOX: Statistiken lügen nicht.
A.: Woher wissen Sie alle, dass es Kuala Lumpur war?
MATSUO: Man sieht die Petronas im Hintergrund, die Petronas-Türme mit der Brücke. Sie waren rechts hinter dem Kunden sichtbar. Okay, man musste schon ein bisschen danach suchen. Aber mit der Zeit bekommt man den Bogen heraus.
VASQUEZ: *[Weit entfernt vom Mikro; ein junger Bariton.]* Heute Abend ist jedenfalls Miss Connell die neue Zauberin!
CUTLER: Darauf trinken wir!

[Gläser klirren.]

A.: *[Flüsternd.]* Wer ist das noch gleich?
FORD: Wer? Der mit den langen Haaren? Vasquez. Er hat die Zwillinge gefunden.
A.: Aha. Das erklärt seine gute Laune.
MATSUO: *[Laut.]* Hey, Vasquez, wie wär's nach dem Dinner mit einem Sprung in den Pool?
A.: Das tut mir leid. Wir haben ihn letzte Woche geleert. Bei Frost darf kein Wasser darin sein.
MATSUO: Wie schade!
VASQUEZ: *[Weit weg.]* Ich wäre dabei gewesen.
KINGSTON: *[Eine trockene, heisere Stimme.]* Unsinn, du würdest erfrieren, sobald du das Wasser berührst.
VASQUEZ: Ganz im Gegenteil. Die Kälte würde mich konservieren, bis der Notarzt kommt. Wie bei den Knochen im Jahr zweiundneunzig.

KINGSTON: Und du glaubst, wir würden den Notarzt rufen?

[Gelächter und Händeklatschen.]

A.: *[Flüsternd.]* War das … Charlie?
FORD: Kingston. Coroebus. Hat Ihnen eine Postkarte geschickt.
A.: Ah, richtig.
CUTLER: *[Laut.]* So, und wer bekommt denn das letzte gefüllte Ei?
FORD: Mal sehen: Wer hat auf der Suche nach dem Phoenix acht Monate in Afrika verbracht? Oh, ich war das. Danke.

[Amüsierter Protest.]

MATSUO: Also, nun halt mal den Ball flach!
CUTLER: So wird er jetzt das ganze Jahr lang herumprahlen.
KINGSTON: Ernennen wir ihn doch zum Phoenix auf Lebenszeit. Er macht das wirklich gut.
FORD: Nein, das ist gegen die Regeln.
CUTLER: Oder Asterion. Mal sehen, wie du damit klarkommst.
VASQUEZ: Hey, wo ist eigentlich Philip? Ich kann nicht glauben, dass gerade er sich diesen Abend entgehen lässt.
A.: *[Ford zugewandt.]* Warum verstößt das gegen die Regeln?
FORD: Man darf nicht zweimal hintereinander die gleiche Rolle übernehmen.
KNOX: Das wäre unfair, weil manche Rolle regelmäßig wesentlich schwieriger sind als andere.
NIAMH: *[Warnpfiff.]*
A.: Was? Oh, das Telefon. Entschuldigen Sie mich.

[Ein Stuhl schabt über den Dielenboden. Schritte entfernen sich nach draußen.]

*

Ich ging an den Apparat im Arbeitszimmer, um gleichzeitig nach Help zu schauen.

»Hallo.«

»Hallo, kann ich bitte Mr Ambrose Wells sprechen?«

»Wer ist denn da?«

Ich sah keinen Grund, nicht offen zu sagen: »Ambrose Wells ist in diesem Sommer gestorben. Ich bin sein Cousin.«

Der Mann am anderen Ende der Leitung schwieg, so lange, dass es fast unerträglich wurde.

»Sir, hier ist Corporal Lowe aus dem Büro des Sheriffs von Pennaniket, Louisiana. Sir, kennen Sie einen Philip Beauregard?«

Schluck.

»Ja, das ist ein Freund meines Cousins.«

»Ich fürchte, ich habe schlechte Nachrichten für Sie, Sir. Ich rufe an, weil der Besitzer des Dixie-Motels hier in Pennaniket Ihre Telefonnummer beim Gepäck eines Philip Beauregard fand, der, nachdem er im Motel eingecheckt hatte, als vermisst gemeldet wurde. Wir … haben gerade seine Leiche gefunden«, sagte er stockend. »Es tut mir sehr leid, Sir.«

»Wie ist er denn gestorben?«

»Wir haben ihn außerhalb der Stadt gefunden …«

»*Wie* ist er gestorben?«, beharrte ich.

»Er wurde ermordet, Sir. Jemand hat die Leiche in einem Familiengrab auf einer alten, verlassenen Farm verscharrt. Wir glauben, dass er etwa drei Monate dort gelegen hat, aber …«

»*Wie?*«

»Also … ihm wurde eine Mistgabel in die Brust gerammt.«

Und ich falle. Und mein Brustkasten kollabiert, Blut spritzt.

Entweder sagte ich: »Mein Gott«, oder ich keuchte einfach nur. Ich weiß es nicht mehr. Die Stimme des Corporals zitterte vor Angst oder Verlegenheit.

»Offenbar geschehen diese Morde schon seit einigen Jahren. Der alte Asa hat Anhalter ermordet und ihre Leichen dort vergraben. Wir kontaktieren jetzt gerade …«

»Ist er tot?«

»Bitte?«

»Der Mörder, haben Sie ihn erschossen?«

»Ja«, antwortete er. Vor meinem inneren Auge erschien das Bild dieses Polizisten am Telefon. Ich sah, wie er eine Träne wegwischte und tapfer den Kopf hochhielt. »Er hat mit einem Gewehr auf die Beamten geschossen, die ihn festnehmen wollten. Also erwiderten sie das Feuer.«

»Danke«, sagte ich leise.

Nach einer nun erträglichen Pause erwiderte er: »Keine Ursache, Sir.«

Kurz danach legten wir auf.

*

VASQUEZ:	Hey, dann hätten wir hier zum ersten Mal einen englischen Zauberer!
NIAMH:	*[Kurzer, protestierender Doppelpfiff.]*
MATSUO:	Sie ist keine Engländerin, Vasquez. Sie ist Irin!
CUTLER:	Irin? Woher denn in Irland?

[Schritte nähern sich dem Mikrofon.]

A.:	Caleb, kann ich Sie kurz unter vier Augen sprechen?

A.'S TAGEBUCH

Wir entschieden, es den Mitgliedern nach dem Abendessen zu sagen.

Man kann gar nicht beschreiben, was sich in ihren Gesichtern abspielte. Der Tod eines Freundes ist immer ein Schock. Aber wenn ein Albtraum Wirklichkeit wird – das ist fürchterlich.

Nach ein paar lauten, entsetzten Flüchen sagte niemand mehr etwas. Nicht einmal Caleb. Nachdem er die traurige Nachricht verkündet hatte, wirkte er wie erstarrt.

Vielleicht eine Minute später sprach Daniel Vasquez, der Puerto-Ricaner, leise den Gedanken aus, der ihm offenbar unverfroren auf der Zunge gelegen hatte.

»Wir haben den Rekord gebrochen.«

Die anderen Gäste starrten ihn an. Er war ein gut aussehender Mann Anfang vierzig, charmant, mit kinnlangen Haaren, und außer mir der Einzige im Raum, der keine Krawatte trug.

»Philip hat das Ungeheuer gefunden. Damit sind es sieben Erfolge«, erklärte er. »Haben Sie einen Namen?«

»Ja. Der alte Asa, sagte der Polizist.« Sie sogen den Namen auf wie ein verbotenes Wort.

»Na also. Wir haben den Rekord gebrochen.«

»Was bedeutet das schon?«, rief Silas Long, alias Prometheus, mit trauriger Stimme. Er war es, der im November per Brief mitgeteilt hatte, dass er aufgab – ein kleiner Mann, er saß am anderen Ende des Tisches. Bisher hatte er geschwiegen. »Mein Gott, Beauregard ist tot, und ihr denkt nur an eure Spielstatistik!«

Niemand widersprach.

»Dieses Spiel ist unser aller Untergang!«

»Es war einfach nur ein weiterer Unfall«, sagte Knox.

»Ach, hör doch auf!«

»Nein, das werde ich nicht.«

Zur allgemeinen Überraschung sprach Knox mit bemerkenswerter Autorität, ohne die Stimme zu heben. »Philip wurde Opfer eines Serienkillers, der wahllos tötete. Es hätte jeden treffen können. Das Spiel hatte damit nichts zu tun.«

»Aber er wäre nicht in die Höhle des Löwen gegangen, wenn das Auge uns diese gefährliche Höhle nicht gezeigt hätte – wenn wir ihn nicht dorthin geschickt hätten!«

Caleb schaltete sich ein. »Silas, wir sind dafür nicht verantwortlich.«

»Oh, ja, ich weiß! Es war Pech. Jeder von uns hätte an seiner Stelle dieses Los ziehen können.« Er schaute sich im Raum um, wie sie auf seine Worte reagierten. Die Leute in seiner Nähe schienen nicht widersprechen zu wollen. Da erst fiel mir auf, dass die Gewinner dieses

Jahres an meinem Ende des Tisches saßen. Vasquez bildete die einzige Ausnahme.

»Und jetzt? Werden wir wieder unsere Lose ziehen?«, fragte Long wütend. »Sehen, wer das nächste Ungeheuer jagen darf?«

»Das können wir gar nicht«, sagte Eli Kingston, der die Postkarte aus Kalifornien geschickt hatte. »Wir sind nur neunzehn.«

Vasquez zeigte auf Niamh. »Was ist mit der Köchin?«

»Eine Frau?«, beschwerte sich jemand.

»Das wäre dringend an der Zeit«, beharrte Vasquez.

»Du meine Güte, ihr müsstet euch mal hören!«, rief Long. »Ihr rennt sehenden Auges in den Tod!«

Mindestens zwei von ihnen stimmten ihm lautstark zu. Der eine war Jeff Stillwall, einer der ältesten. Er kam aus Tennessee. In diesem Jahr war er Anchises gewesen – und hatte das lesbische Schulmädchen aufspüren müssen, das über ein verschneites Dach gelaufen war. Ich hatte es mir gemerkt, weil ich fand, dass er ein glückliches Los gezogen hatte: Einer solchen Vision hätte ich auch gerne nachgespürt.

»Ihr merkt gar nicht, was das Auge euch antut«, sagte Long. »Auch ich war blind, aber jetzt sehe ich es. Ich bin nicht bereit, dieses Spiel länger fortzusetzen.«

»Wir sollten abstimmen«, sagte Stillwall.

Caleb entgegnete: »Warum lassen wir nicht den Gastgeber entscheiden, wie es weitergehen soll?«

»Wer hat ihn denn zum neuen Gastgeber gemacht?«

»Na, Sie ja wohl nicht«, schnauzte ich Stillwall an.

Niemand sagte ein Wort. Hey, wenn Knox die Leute bis zur Sprachlosigkeit verblüffen kann, kann ich das auch!

»Hören Sie, Sie können über Regeln und Moral diskutieren, solange Sie wollen. Aber in vier Stunden wird das Auge wieder sprechen, das können Sie nicht verhindern. Da es meine erste Gelegenheit ist, die Offenbarung des Auges mitzuerleben, habe ich mich persönlich entschieden, sie mir auf keinen Fall entgehen zu lassen. Gentlemen, es steht Ihnen allen frei, zu tun, was Sie für richtig halten. Meine Gastfreundschaft bindet Sie nicht an irgendein Spiel, an von Einzelnen festgelegte Regeln oder an demokratische Entscheidungen.

Der Keller ist heute Nacht ab 12 Uhr 30 geöffnet. Mein Haus ist Ihr Haus.«

Nach diesen Worten ging ich hinaus, gefolgt von Niamh.

*

– Du bist das Alphamännchen!

– Halt die Klappe.

VIDEOAUFZEICHNUNG

KÜCHE DONNERSTAG 21.12.1995 23:46:45

Jede horizontale Fläche ist mit schmutzigem Geschirr und Essensresten vollgestellt.

Zwei viktorianische Gentlemen: CUTLER (Mittsechziger, untersetzt, schütteres Haar) sitzt auf einem Küchenhocker, und VASQUEZ (Anfang vierzig, lange Haare, Van-Dyke-Bart) steht ihm gegenüber neben der Anrichte. Vazquez starrt auf etwas, das gerade aus Cutlers Mund kam. Vermutlich ein Wort.

Starrt lange Zeit.

VASQUEZ:	Kann nicht sein!
CUTLER:	Doch!

[Eine Sekunde später kichert Vasquez, ungläubig.]

*

RAUCHSALON DONNERSTAG 21.12.1995 23:47:05

Drei viktorianische Gentlemen spielen Pool: STILLWALL (der Älteste, weiße Koteletten), REDBY (dick, bärtig), KINGSTON (in den Vierzigern, Cäsar-Haarschnitt). Ein vierter (Silas LONG) sitzt, die rechte Seite dem Kamin zugewandt, mit einem Glas in der Hand in einem Sessel.

STILLWALL:	Ich finde, ich habe mich dieses Jahr gut geschlagen. *[Beugt sich, etwas mühsam, für einen Stoß vor.]* Ich habe meine Zielperson aufgespürt.

[Er stößt. Eine gestreifte Kugel fällt in eine Tasche.]

REDBY: Es war ja nicht schwer. Norwegen, oder Finnland, nehme ich an?

STILLWALL: Nein. Archangelsk, Russland.

[Er stößt wieder. Kein Punkt.]

LONG: Wie haben Sie das herausgefunden?

STILLWALL: Anhand des Gebäudes. Wer ist dran?

KINGSTON: Langsam. Das Gebäude, auf dem das burschikose Mädchen herumhüpfte?

STILLWALL: Ja. Anhand der Zeit, wann die Mädchen ins Bett gehen mussten, der Sonne und dem Schnee ermittelte ich, dass mein Ziel irgendwo am Polarkreis lag. Also bestellte ich mir Bildbände von Städten in der Nähe des sechsundsechzigsten Breitengrades und hoffte, die Skyline wiederzuerkennen: Fairbanks, Reykjavík, Tromsø, Murmansk … es war Archangelsk. Sankt Ursula, ein Mädcheninternat.

LONG: *[Sehr interessiert.]* Und wie ging es dann weiter?

STILLWALL: Das war's. Weiter nichts.

KINGSTON: Sie hatten schon den Namen der Schule, und dann haben Sie aufgegeben?

STILLWALL: Was hätte ich denn Ihrer Meinung nach tun sollen?

KINGSTON: Na, hinfliegen, zu der Schule fahren, die Klassenfotos checken, die Akten der Schülerinnen sichten. So hätten Sie die Namen herausgefunden!

STILLWALL: Ich kann doch nicht in ein Internat in Russland spazieren und sagen: »Hallo, Towaritsch, zeigen Sie mir mal Ihre Akten!« Soll ich dann vielleicht noch hinzufügen: »Oh, und ich möchte mir auch gerne die Fotos der Mädchen anschauen!«? Außerdem war es inzwischen schon Herbst. Wollen Sie etwa, dass ich in dieser Jahreszeit nach Nordrussland reise, nur wegen eines verdammten Fotos?

REDBY: Ich hätte es versucht.

LONG: Ich auch.

STILLWALL: Tut mir leid, Sie zu enttäuschen. Ich bin neunundsechzig!

KINGSTON: Sie Ärmster! Überlegen Sie mal: Ich musste mich mit einem Surfer mitten auf dem Meer herumschlagen, ohne jeden Orientierungspunkt. Zwei Monate trieb ich mich in den Surfer-Hochburgen von Südkalifornien herum, in der Hoffnung, das Gesicht des Surfers wiederzufinden. Dagegen war Ihre Aufgabe ein Klacks!

STILLWALL: Zwei Monate an der südkalifornischen Küste! Was für ein schweres Los!

[Kingston starrte angesichts dieser sarkastischen Bemerkung einen Moment stumm ins Leere.]

[Dann brechen sie alle in lautes Lachen aus.]

LONG: *[Geht amüsiert mit einer leeren Karaffe hinaus.]* Ich hole uns mehr Brandy.

*

MUSIKZIMMER DONNERSTAG 21.12.1995 23:48:54

Caleb FORD, Curtis KNOX, Ken MATSUO, NIAMH und A. sitzen am Ecktisch, nahe bei den geistigen Getränken. Andere viktorianische Männer stehen in Zweier- und Dreiergruppen auf der gegenüberliegenden Seite des Raumes. Überall stehen Gläser und schwirren Gesprächsfetzen herum.

A.: Die Polizei will Beauregards Gepäck hierher schicken. Hat er denn keine Familie?

FORD: *[Zu Knox.]* Gibt es da nicht eine Schwester in Boston?

KNOX: *[Bläst den Rauch seiner ägyptischen Zigarette in die Luft.]* Wenn ich mich richtig erinnere, redeten sie nicht mehr miteinander.

MATSUO: War er nicht mit einer Psychiaterin zusammen? In …

KNOX: Nein, sie hatten sich schon wieder getrennt. *[Zweiter Zug an der Zigarette.]* Philip war besessen.

A.: *[Nach einer kurzen Pause, um jemandem Zeit für eine Erläuterung zu geben.]* Aha?

KNOX: Er lebte für unser Spiel. Keine Zeit für langfristige Beziehungen.

FORD: Er war noch recht jung, hatte Geld … er reiste fast jedes Jahr. Er war zehn Jahre dabei, und in dieser Zeit hat er, glaube ich, dreimal gewonnen, richtig?

KNOX: Und zweimal war er ganz nah dran. So intensiv zu spielen ist nicht möglich, wenn man Familie hat.

[Ein dritter Zug. Der Rauch treibt in barocken Kringeln davon.]

A.: Aber wäre es denn nicht gut, die Last mit jemandem zu teilen?

KNOX: Vielleicht. Aber die Einstellung, die man durch das Spiel entwickelt, ist nicht beziehungsfreundlich. Das Auge macht uns zu Zynikern. Es zeigt uns das Beste und das Schlechteste im Menschen. Wobei es aber spürbar ein Faible für das Schlechte hat.

FORD: *[Bedrückt.]* Verdammt, Curtis, wenn ich dich so reden höre, brauche ich noch einen Drink.

KNOX: *[Ohne ihn zu beachten, A. zugewandt.]* Wussten Sie, dass das Auge nicht an die Ehe glaubt?

MATSUO: O Mann!

KNOX: Ist euch je aufgefallen, dass die Zwanzig eigentlich Einundzwanzig sind? Denn die Zwillinge sind ja schließlich zwei. Sie sind die einzige Plural-Kategorie. Der Liebende dagegen ist nur einer. Das Auge konzentriert sich nur auf einen Teil des Paares. Der größte Liebende des Jahres ist immer nur einer der beiden. So großartig dieser oder diese Liebende sein mag, die Liebe findet nie wirkliche Erfüllung.

[Caleb Ford steht auf.]

FORD: Möchte jemand noch einen Bourbon? *[Schaut in den Eiskübel.]* Das Eis ist alle.

[Er geht in Richtung Tür, aber Niamh bedeutet ihm, sich wieder hinzusetzen. Sie verschwindet in Richtung Küche.]

A.: *[Vergewissert sich, dass Niamh weg ist, dann zu Knox]*: Ist der Liebende öfter ein Mann als eine Frau?
MATSUO: Ich würde sagen, das ist ziemlich ausgeglichen.
KNOX: Ich würde sagen, dass derjenige, der geliebt wird, häufiger eine Frau ist.
A.: Das macht Sinn.

*

KÜCHE DONNERSTAG 21.12.1995 23:51:02

CUTLER und VASQUEZ, noch genau dort, wo wir sie kurz zuvor verlassen haben.

[LONG kommt mit der leeren Karaffe herein.]

LONG: Gentlemen. *[Geht zu den Flaschen.]*
VASQUEZ: Hey, Silas, das musst du dir anhören.
LONG: *[Desinteressiert.]* Hab ich schon gehört. Ist doch völliger Unsinn.
CUTLER: Ist es nicht. Schau dir doch ihr Gesicht an!
LONG: Edward, nein, wirklich – Schluss damit! Es kann nicht sein.
VASQUEZ: Ich habe ihr Gesicht nie gesehen.
CUTLER: Hört mal, ich spiele dieses Spiel seit dreiunddreißig Jahren. Ich habe Erfahrung, kann mich konzentrieren. Ich habe ihr Gesicht damals gesehen, und heute habe ich es wiedergesehen!

VASQUEZ: Wie kannst du dir so sicher sein? Wie lange ist es her – fünf Jahre?

CUTLER: Vier. Ich war Leonidas. Ich war hinter diesem lächelnden schwarzen Mädchen in der Wüste her, und gleich danach war sie es!

LONG: Edward. Hör mir bitte zu. Weißt du, wie gering die Wahrscheinlichkeit ist, zufällig auf jemanden zu treffen, den du durch das Auge gesehen hast?

CUTLER: Also, ich habe schon ein paar gesehen: zwanzig pro Jahr, seit dreiunddreißig Jahren …

LONG: *[Unterbricht ihn.]* Zwanzigmal dreiunddreißig zu SECHS MILLIARDEN! Unmöglich!

[NIAMH betritt die Küche. Das Gespräch verstummt schlagartig. Auf ihrem Weg zum Gefrierschrank lächelt sie den Gästen zu.]

VASQUEZ: Hallo.

[Die anderen nickten nur höflich. Cutler und Vasquez nehmen sich etwas von den Überbleibseln des Dinners. Niamh holt einen Beutel Eis aus dem Gefrierschank und geht lächelnd hinaus.]

VASQUEZ: Wer war in dem Jahr Hector?

CUTLER: Hyde hat mich gerade daran erinnert: Es war Beauregard.

VASQUEZ: Verdammt.

CUTLER: *[Zu Long.]* Warum schauen wir nicht im Archiv nach, wenn du mir nicht glaubst?

VASQUEZ: Wozu? Die Akte ist unvollständig. Sie wurde ja nicht gefunden.

CUTLER: Aber es gibt eine Aufzeichnung der Vision.

[Long schaut auf die Uhr, dann Cutler an.]

LONG: Im Archiv. Unten im Keller.

[Cutler schweigt zustimmend. Long seufzt, gießt sich noch einen Brandy ein.]

*

MUSIKZIMMER DONNERSTAG 21.12.1995 23:52:33

FORD, KNOX, MATSUO, A. und NIAMH sitzen schweigend da, ihre Drinks in der Hand.

[Eine Tür öffnet sich. Eine andere Gruppe viktorianischer Gentlemen kommt herein. Einer von ihnen trägt einen Billardqueue.]

HANDKAMERA

Im Licht der Gartenlampen, das durch die Kellerfenster schimmert, geht die Gruppe viktorianischer Männer wie Amontillado-Sucher an den Weinregalen vorbei. Dann biegen sie in geschlossener Formation nach links ab und bilden vor der dicken, stählernen Tresortür ein dicht gedrängtes Halbrund. Das Wasser im feuchten Teil des Kellers reflektiert die Lampen und taucht die Gruppe in einen grünblauen Schimmer.

Die Kamera schwebt zwischen den Männern hindurch ganz nach vorne, wo der General mit dem blonden Schnurrbart wie ein Zeremonienmeister neben der Stahltür steht. In einem langsamen Schwenk zeigt die Kamera die Wartenden. Man sieht Stillwalls weiße Koteletten, Vasquez mit seiner Korsarenfrisur und Matsuos Schlitzaugen. Matsuo zwinkert mit einem Grinsen in die Kamera, ehe er seine Aufmerksamkeit wieder dem General zuwendet, dem jetzt von A. der kreuzförmige Schlüssel überreicht wird.

Der Schlüssel dreht sich klackend im Schloss, und die Türhydraulik keucht. Rasch packen ein paar Männer an und öffnen die Tür. Die Kamera starrt in das finstere Gewölbe, während A. und der General über die Schwelle steigen und in der Schwärze verschwinden. Dann beeilt sie sich, ihnen zu folgen, und sieht die Chucks über die hohe Schwelle steigen.

Der Lichtschalter klickt. Und die kleine Truppe, jetzt fahl in der mittelalterlich anmutenden Düsternis des kreisförmigen Gewölbes, versammelt sich um das zentrale Podest, das mit einem Tuch abgedeckt ist. Der General entfernt dieses schwungvoll und enthüllt das Auge. Die Kristallkugel dröhnt selbstbewusst vor sich hin, atmet kaum wahrnehmbar. Auf ihrer Oberfläche flirrt ein Schleier aus dunklen Ozeanen und Galaxien. Und über der Kugel leuchten Knox' blaue Augen in die Kamera, und er sagt:

»Willkommen im Rest eures schlaflosen Lebens.«

*

Knox, als Historiker oder vielleicht ganz unabhängig von dieser Rolle, oblag es, die Übertragung der Offenbarung in eine leere Kugel durchzuführen. Dafür wurde ein zweites Podest (eine weitere auf den Kopf gestellte Vogeltränke, würde ich sagen) herangerollt. Um die Aufzeichnung zu ermöglichen, muss jemand gleichzeitig beide Kugeln berühren.

Caleb schaute auf die Uhr und winkte die anderen näher heran. Es ist leicht, sich in einem Raum ablenken zu lassen, den man nur einmal im Jahr betritt. Cutler, Vasquez und einige andere stoberten in noch unsortierten Akten.

»Gentlemen«, warnte sie Ford, »der Sonnenaufgang in Amr findet in genau …«

Plötzlich veränderte sich etwas in dem Auge.

Wenn ein Hintergrundgeräusch, dessen man sich gar nicht richtig bewusst war, plötzlich aufhört, ist das ein sonderbares Gefühl. Genau das geschah, aber nicht nur dort im dem Gewölbe. Es war, als würde dem Planeten Erde ein allgegenwärtiger Ton gestohlen, dem ich unbewusst mein Leben lang gelauscht hatte.

»Schnell, eure Hände.«

Das Auge ist nur etwa so groß wie ein Volleyball. Es können also nicht zwanzig Leute gleichzeitig ihre Handflächen darauflegen. Die Fingerspitzen mussten genügen. (Und sie hatten ja wohl auch in all den Jahren genügt.) Ich stand Schulter an Schulter mit Matsuo und jemand anderem. Dann quetschte sich Niamh noch zwischen uns, nachdem sie die Kamera außerhalb des Kreises auf ein kleines Schreibpult gestellt hatte, das normalerweise benutzt wurde, um die Akten zu bearbeiten. Ihre kleine Hand zögerte dicht über der Kugel. Sie schaute mich fragend an. Ich signalisierte, dass sie das Auge jetzt gefahrlos berühren konnte. Die elektrische Ladung war minimal, von jener Stärke, bei der Metall sich samtig anfühlt. Es war merkwürdig, aber nicht unangenehm. Gegenüber von uns streckte Knox, der etwas seitlich zum Auge stand, seinen linken Arm nach hinten zu der anderen Kugel aus.

Caleb nennt diesen Moment die »Phase der Besinnung«. Wir verbrachten ihn größtenteils schweigend, aber nicht ganz.

Ich war drauf und dran zu zitieren, was Ambrose Wells in seinem posthumen Brief an Knox geschrieben hatte: »… dass es in einem Jahr, vielleicht nicht in diesem, hoffentlich auch nicht im nächsten, aber früher oder später so scheußlich wird, dass wir noch nicht einmal eine Nacht durchhalten werden.«

»Fünfzig Dollar darauf, dass dieses Jahr Betty nicht der Juggernaut ist«, sagte Vasquez.

»Abgemacht!«, sagten sofort drei Stimmen.

»Fünfzig Dollar darauf, dass die Mutter in Jugoslawien ist«, sagte Kingston.

»Abgemacht!«

»Fünfzig Dollar, dass der Edelmann Amerikaner ist.«

»Ist das unwahrscheinlich?«, fragte ich Matsuo.

Ich bekam keine Antwort, denn das Auge kam dem zuvor.

*

Der Ruck fährt ihnen in die Glieder, richtet ihnen die Wirbelsäule auf, zieht sie nach außen, während ihre Hände umso fester miteinander verbunden werden. Ihre Muskeln zucken eine Sekunde lang, Niamh versagen fast die Beine, ihr kahler Kopf biegt sich nach hinten, aber ihre ausgestreckten Arme bleiben im Zentrum des Kreises verankert, zusammen mit den anderen, alle haben die Augen geschlossen, niemand rührt sich, außer vielleicht einem leichten Beben und Zittern. Aber es könnte auch sein, dass die Kamera stehengeblieben ist und das Laufwerk immer wieder dasselbe Bild zeigt. Wohl eher nicht, denn man sieht, wie A. seinen Kopf weiter nach hinten beugt und die Lippen öffnet, und dann folgt ein gemeinsames Seufzen. Sie alle scheinen im selben Augenblick zu erkennen, dass ihre Lungen noch funktionieren. Einige entscheiden sich, möglichst schnell möglichst viel Luft einzusaugen, bevor der nächste Schock ihnen den Atem raubt, und A.'s Arm, in die Mitte des Kreises ausgestreckt, zittert jetzt heftig. Wieder erfasst sie ein kollektives Stöhnen. Dann intensiver Schmerz. Und ein Schnauben. Und eine Zuckung. Und ein plötzlicher, vielstimmiger Schrei. Und dann nichts. Und dann …

*

Der Strom der Visionen spuckte uns wieder aus. Es war, als hätte uns etwas gegen die Kellerwände geschleudert.

Alle beugten sich vor und rieben sich ihre Gesichter. Jetzt begriff ich, warum Eimer bereitstanden.

»Caleb, Sie Lügner!«, rief ich. »Sie haben gesagt, dass es nur eine Minute dauert!«

Matsuo schaute auf die Uhr und sagte: »Länger war es auch nicht. Lediglich fünfundfünfzig Sekunden, um genau zu sein.«

»Es kommt Ihnen länger vor, weil Ihr Gehirn währenddessen mit mehr Stimuli pro Sekunde gefüttert wurde, als Sie normalerweise durch ihre Sinnesorgane aufnehmen«, erläuterte Knox.

Niamhs Hände packten ihren Kopf wie Spinnen, die an einem Stein hochklettern.

Zum Glück benötigte niemand einen der Eimer. Man hörte, wie sich die Gäste räusperten, den Schweiß von der Stirn wischten und die Luft wieder in ihrem Körper willkommen hießen.

»Es war doch wieder Betty, richtig?«, sagte Vasquez und strich sich durchs Haar.

»Ja.«

»Das hatte ich befürchtet.« Er zückte sein Portemonnaie.

VIDEOAUFZEICHNUNG

SCHLAFZIMMER FREITAG 22.12.1995 02:55:36

A. schreibt im Bett.

[NIAMH kommt herein und schließt die Tür hinter sich.]

A.: Hast du die Videobänder gewechselt?

[Sie nickt. Er schreibt weiter. Niamh setzt sich auf ihre Bettseite, zieht ihre Schuhe aus, ihren Rock, ihre Leggings, ihren Sweater, ihr Hemd. Dann sitzt sie im Unterhemd da, lächelt und sieht energiegeladen aus, überhaupt nicht ruhebedürftig.]

[A. bemerkt das.]

Machst du dir gar keine Notizen?

NIAMH: *[Zuckt gleichgültig die Achseln und zeigt auf seine Notizen.]*

A.: *[Begreift.]* Ja, klar, du hast ja schon meine. Du solltest wirklich aufs College gehen. Hast schon die richtige Studenten-Mentalität. Hast du etwas erkennen können?

NIAMH: *[Sie zuckt wieder die Achseln, schüttelt den Kopf.]*

A.: Ja. Das war auch wirklich schwierig, fast nicht möglich.

[Er schreibt immer noch. Niamh schaut genau in die Kamera, mit einem schelmischen Kichern.]

[Dann nimmt sie ihm den Stift weg, langt über das Bett und knipst seine Nachttischlampe aus.]

[A. reibt sich erschöpft den Nasenrücken, während Niamh sich zu ihm legt. Sie decken sich zu. Dann schaut er ihr in die Augen.]

Willkommen im Rest unseres schlaflosen Lebens.

[Niamh verharrt einen Moment. Ein lebhaftes Niefen erblüht in ihrem Gesicht.]

Nein.

[Sie hüpft aus dem Bett, um die Tür zu verriegeln. Mit einem strahlenden Lächeln kommt sie zurück ins Bett.]

Niamh, wir haben das doch besprochen. Nein.

[Sie knipst ihre Lampe aus. DUNKELHEIT.]

[Plötzlich quietscht das Bettgestell. Decken rascheln.]

Niamh, NEIN! *[Leiser, als ihm einfällt, dass sie nicht allein zu Hause sind.]* Niamh, ich werde es Tante Liza sagen.

[Die Bettgeräusche werden allmählich leiser.]

[…]

Okay, das hier werde ich ihr nicht sagen.

DER MORGEN DANACH

SCHLAFZIMMER FREITAG 22.12.1995 06:24:28

Die Kamera muss sich noch auf der Kommode befinden, offenbar halb von einem Buch oder einer anderen Auflage heruntergekippt, denn das Bild ist ein paar Grad nach rechts geneigt. Die Morgendämmerung dringt kaum durch die Fensterläden, vertreibt lediglich ein wenig die Dunkelheit, die den Betthimmel und die Matratze verhüllt.

[Ein Körper zuckt heftig zusammen, was das ganze Bett erzittern lässt.]

[Jemand schnieft laut.]

A.: Wie spät ist es?

[Wie Glühwürmchen glimmt eine digitale Armbanduhr im Halbdunkel auf.]

[Decken rascheln. Ein Lichtschalter wird betätigt.]

[Noch einmal.]

[Immer wieder.]

Probier es mit deiner Lampe.

[Ein einzelnes, ebenso erfolgloses Klicken.]

[A.'s Silhouette steht auf, öffnet das Fenster und stößt die Fensterläden auf. Das Schlafzimmer ist jetzt in dumpfes, aschgraues Licht getaucht: Betthimmel, die zerwühlten Decken, zwei funktionslose Nachttischlampen, alles, bis auf die dunklen Schatten in den Zimmerecken. Man sieht A.'s Profil vor dem Fenster, und das kahlgeschorene Mädchen, wie es sich im Bett aufsetzt.]

NIAMH: *[Plötzlich wachsam.]* Schsch!

[Ihr Zeigefinger aufgerichtet wie ein Hundeohr.]

A.: Ich habe nichts gehört. *[Plötzlich schaut er direkt in die Kamera.]* Wie kommt es, dass dieses Ding funktioniert?

NIAMH: *[Nimmt ihren Notizblock, schreibt, zeigt es A.]*

A.: *[Liest.]* Wir haben eine Notfall-Steckdose? Cool.

[Er reibt sich das Gesicht, hält aber plötzlich inne.]

[Er schaut sich um.] Jetzt habe ich auch was gehört.

[Er und Niamh wechseln Blicke.]

[Niamh huscht gewandt und flink vom Bett zur Kommode, in Unterhose und einem weiten Unterhemd. In einer einzigen fließenden Bewegung schlüpft sie in eines von A.'s Hemden, schaltet ihren Rekorder ein, schiebt ihn in die Brusttasche und nimmt die Videokamera.]

Vergiss deinen Protonen-Rucksack nicht.

[Sie öffnet ihren Mund zu einem breiten, leer wirkenden Lächeln, schlüpft achtlos in die nächstbesten Schuhe und hüpft zur Tür, versucht sie zu öffnen, erinnert sich daran, den Riegel zurückzuschieben, und geht hinaus.]

HANDKAMERA

Dunkelheit.

Der Nachtsicht-Modus ist aktiviert. Dadurch sieht man auf dem Video die grüne Wiedergabe eines Flurs, die Dunkelheit zurückgedrängt bis zur Treppe jenseits der Tür des Arbeitszimmers, an das A. jetzt klopft. Er trägt nichts außer Hemd und Jeans, sodass er leicht fröstelt, während er auf eine Antwort wartet. Leise ruft er:

»Caleb?«,

lauscht an der Tür, schaut dann in die Kamera, entfernt sich wieder von der Tür, wobei die Dielen unter seinen nackten Füßen knarren, und sagt:

»Er schläft bestimmt noch tief und fest. Besser, ich checke mal den Sicherungskasten«,

und passiert die Kamera, die einen 180-Grad-Schwenk macht und auf das andere Ende des Flurs zugleitet und dann in die Weite des versunken daliegenden Treppenhauses, wo die Blaue Stunde durch die prächtigen Fenster hereinströmt,

»und du lässt Help raus, sonst pinkelt er noch auf Ambroses Sessel«,

und A.'s Füße patschen über den Marmorboden, dann steigt er die Holztreppe hinab, die sanft knarrt, auch unter den Chucks, während sie in völlige Dunkelheit hinabsteigen, die von der Nachtsichtfunktion kompensiert werden muss. Als das geschieht, sieht man A.'s Hände an der Wand, unerwartet nahe, die schließlich eine Ecke finden, und den Körper die letzten Stufen zur zweiten Etage leiten. Hier gibt es keine Fenster, aber die Türen zur Bibliothek sind geöffnet, und auch die am anderen Ende des Korridors, und die Fensterläden an der Galerie sind alle aufgeklappt, sodass die Nachtsicht automatisch deaktiviert wird und der Grünstich verschwindet. Jetzt geben die natürlichen Farben im dumpfen Licht eines frühen Wintermorgens ihr Bestes. Die Kamera ermutigt sie dazu, schwebt durch die Bibliothek, weg von den patschenden nackten Füßen, zoomt auf Regale, auf lederne Buchrücken, aber die Buchstaben darauf wirken alle unscharf und ungeordnet wie Buchstaben in Träumen. Also entfernt sie sich und lässt die Bücher schlafen. Sie kehrt zum dunklen Treppenabsatz zurück und schaut in beide Richtungen, erst zum schwachen Licht im Rauchsalon, dann zu dem schwarzen Durchgang, der in den Flur des Südflügels führt, wo die schönsten Gästezimmer liegen, und wendet sich wieder der Treppe zu. Dann, nach nur einem Schritt, bleibt sie stehen.

Sie bleibt stehen.

Und man hört sie atmen.

Dann bewegt sich die Kamera weiter, vielleicht langsamer, in das dunkle Treppenhaus, aber die automatische Aktivierung der Nachtsichtfunktion dauert jetzt länger als gewöhnlich, und die Dunkelheit leistet Widerstand und raunt unheimliche Gedanken ins Mikrofon, und die Atmung ist auf dieser Seite des Hauses langsamer, menschenähnlicher, aber zugleich tiefer, leerer, wie sanfte Wellen an einem sehr feinen Sandstrand. Und schließlich schaltet sich der Nachtsichtmodus doch noch ein und zeigt die geöffnete Hand an der Wand, ein zu weiter Ärmel hängt vom Arm herab. Dann steigt die Kamera einige Stufen hinunter und schaut durch das Treppenhaus auf den nächsten Treppenabsatz, der zu dunkel ist, um Farben erkennen zu können, und sowieso ist dieser Treppenabsatz auch tagsüber immer zu ernst, und die Kamera, wieder mit deaktivierter Nachtsicht, kann die hohe Decke nicht aufnehmen und kapituliert völlig, als sie im Erdgeschoss ankommt.

»Hey, Niamh!«,

sagt eine Stimme in einiger Entfernung.

»Irgendwas ist mit der Küchenkamera passiert.«

Jetzt muss sich die Kamera nahe an die Wand heranbewegen, um die geschlossene Tür unter der Treppe zu zeigen, die in der Holzvertäfelung kaum zu sehen ist, doch bei genauerem Hinsehen und indem die Kamera alles Lumen aus jedem umherwandernden Photon herausquetscht, zeigt sich, dass die Tür vielleicht zwei, drei Zentimeter weit geöffnet ist. Die Hand drückt halbherzig dagegen und öffnet sie ganz, begleitet vom Knarren sehr alten Holzes. Zwielicht strömt heraus. Wenige, teppichbelegte Stufen führen nach oben, aber die Chucks zögern, sie zu betreten, und die Atmung wird heftiger.

Ein winziges Fenster über der Treppe erhellt diese Diele, die zu den Dienstbotenzimmern führt. Als die Kamera nach links in einen Nebenflur abbiegt, braucht die Aktivierung der Nachtsicht wieder einige Zeit. Erst nach weiteren brandungsartigen Atemzügen erwacht der Sensor, aber die Schatten lassen sich nur zwei oder drei Meter zurückdrängen, gerade genug, dass links und rechts die ersten zwei Türen sichtbar werden. Und wenn die Kamera vorrückt, weicht die Dunkelheit. Aber wenn die Kamera sich zurückzieht, erobert die Dunkelheit dieses Terrain sofort wieder.

Und die Chucks haben das bemerkt, und sie gehen jetzt sehr langsam, haben Angst davor, den spärlichen Lichtpfuhl in der Mitte des Displays zu verlassen. Sie erzeugen auf dem Teppich kein Geräusch. Das brandungsartige Atmen ist allerdings jetzt noch lauter, als sei mehr Anstrengung nötig, es unter Kontrolle zu halten. Die Hand wird ausgestreckt und klopft leise an die Tür rechts, und als drinnen niemand reagiert, klopft sie erneut, jetzt mit allen vier Knöcheln. Ungeduldig entfaltet sich die Faust und die daraus resultierende Hand umfasst den Türgriff, vielleicht in der Hoffnung, die Tür könnte abgeschlossen sein, was sie aber nicht ist – Atmen –, und drinnen ist nur Dunkelheit und minimales Licht, das durch Vorhänge rieselt – dunkelblaue Vorhänge, denn die Nachtsicht ist wieder ausgefallen, aus unerfindlichen Gründen. Und die Kamera starrt ins Dunkle, verlangt nach Licht, aber da ist keines, und nur durch schiere Willenskraft erkennt die Kamera die Gestalten zweier Männer, die in den beiden Einzelbetten liegen.

Und dann kommt das Licht zurück, eine ganze Lampenladung Licht, leuchtend gelb und unnatürlich in dem blauen Zwielicht, und enthüllt in künstlichen Farben das ganze Zimmer, die blutbespritzten Betten, die mit offenen Augen reglos daliegenden Männer.

Und die Atemwellen zerbrechen das Muster in Stücke. Sie beschleunigen sich, sie zucken zurück, und die Kamera dreht sich um, springt hinaus in den Flur, die Atmung ergibt sich der Panik, die Hand stößt eine andere Tür auf, das Geräusch scheint das erste echte seit Jahrzehnten zu sein, und dann wird die Deckenlampe eingeschaltet, und Vasquez' Körper liegt auf dem Teppich, eine tote Hand zur Tür ausgestreckt, mit dem Gesicht nach unten, blutüberströmt, und die Atmung ist jetzt laut wie nie, verrückt, verzweifelt Luft inhalierend für einen wilden, tosenden PFIFF, der das Mikrofon übersteuert und die Wände durchbricht, und die Kamera rennt wieder in den Flur, Füße trommeln über den Teppich, PFIFF, länger, und dann ins Treppenhaus, die Stufen hinab, die Orientierung verlierend, PFIFF, und A.'s Stimme, weit weg, und dann, am Fuß der Treppe, der Söldner mit Sturmmaske, und ein SCHUSS.

Und die Kamera fällt auf den Boden.

TONAUFNAHME

A.: Niamh! NIAMH!!!
HANK: STOPP! Stehen bleiben!
A.: Niamh! Bist du in Ordnung? *[Kleiderrascheln dicht beim Mikrofon; sehr nahe Stimme.]* Niamh. Alles wird gut …
HANK: Los, komm her!
A.: *[Wehrt sich.]* Was soll das?
HANK: Schnauze!
DONNA: *[Im Hintergrund.]* Achtzehn, wir haben achtzehn!
HANK: Los, jetzt! Auf die Knie!
A.: Wer sind Sie?
HANK: Ich hab hier die restlichen zwei!
A.: Wer …
HANK: Oh, sorry, willst mein Gesicht sehen, ja? Ist jetzt kein Problem mehr.

[Ein kurzer Moment der Stille.]

A.: Moment … die Narbe … der Schneepflug-Typ?
DONNA: *[Kommt näher.]* Alles klar! *[Eine Pistole wird entsichert.]* Hast du gepfiffen? Du bist doch angeblich stumm!
A.: Scheiße – was tun Sie hier?
KRAUS: *[Nähert sich von Weitem, die Dielenbretter protestieren unter seinen schweren Stiefeln.]* Keine Sorge, Kleiner.

[Näher jetzt: ein Feuerzeug. Jemand inhaliert und bläst Rauch aus.]

Die meisten sind im Schlaf gestorben. Ein Luxus, auf den ihr leider verzichten müsst.
A.: W…
Was …

[Schluckt.]

Warum?

KRAUS: Warum, warum …

DONNA: Ist nichts Persönliches, Süßer. Bloß ein Job, für den wir gut bezahlt werden.

[Irgendwo wird eine Tür geöffnet. Wieder wird eine Waffe entsichert, viel näher: Diesmal klingt es wie ein Revolver.]

KRAUS: Hab den Schalldämpfer abgenommen. Diesen Schuss will ich hören.

GLEW: Langsam.

[Eine kurze Stille, sodass alle realisieren können, wer da gesprochen hat.]

A.: SIE!

GLEW: Wie befürchtet, habt ihr es vermasselt. Ihr habt die falsche Kugel.

KRAUS: Hank?

HANK: Aber sie war im Keller, genau da, wo er gesagt hat. Da unten gibt's eine ganze Sammlung von den Dingern.

GLEW: Mir egal, wo sie war. Das ist nicht die, die ich will. Die Kugel, die ich meine, ist etwas größer als die anderen und soll außerdem ein Summen von sich geben.

A.: Glew!

KRAUS: Okay, dann versucht's noch mal mit dem Safe. Letzte Tür links.

HANK: Aber danach blas ich der Kleinen hier das Licht aus. *[Schwere Stiefel stapfen davon.]*

A.: GLEW! Sehen Sie mich an!

GLEW: Oh, halten Sie bloß die Klappe! Jemand stirbt, und ein Rotzlöffel aus Europa gewinnt den Jackpot?
Es war nur eine Frage der Zeit, bis die Karten neu gemischt werden.

A.: *[Wütend.]* Warum? Sagen Sie mir wenigstens, warum!

GLEW: *[Ungeduldig und gefährlich ruhig.]* Jetzt werden Sie nicht pathetisch. Nur so viel: Ein paar Leute sind bereit, Unsummen für etwas zu zahlen, was ihrer Meinung nach die Existenz Gottes beweist. Und ich erfahre zufällig, dass ein nichtsnutziger Millionär abgekratzt ist, der genau ein solches Objekt besitzt. Ich habe überall danach gesucht, finde es aber nicht. Selbst Kraus hier hat es nach seinem sogenannten Ninja-Einbruch noch nicht gefunden.

KRAUS: Es *war* ein Ninja-Einbruch! Diese Pfeif-Tussi hier hat ein Gehör wie der Teufel.

DONNA: Die achtzehn Schalldämpfer-Schüsse hat sie aber nicht gehört.

GLEW: Was soll's? Ich habe gehört, man schläft danach schön tief.

A.: *[Entsetzt.]* Aber … IHR HABT ALLE ERMORDET?

GLEW: Ja. Wir mussten den einen Tag im Jahr abwarten, an dem sie den Schatz aus seiner Kiste holen, auch wenn dann hier leider ziemlich viele Zeugen …

A.: Wer hat ihnen davon erzählt? Knox?

GLEW: Keine Namen. Überhaupt, kann Ihnen doch egal sein …

A.: Also wer? Niemand außerhalb der Gesellschaft wusste davon, und bis heute ist noch nie jemand aus der Gesellschaft ausgetreten.

GLEW: Mein Gott, Sie können einfach nicht die Klappe halten, was? Ich bin mitten in meinem Schurken-Monolog, und Sie …

A.: Dänemarr?!

[Stillstand.]

[Dann, aus einiger Entfernung und sehr laut:]

HANK: Scheiße!

[Aus der Entfernung hört man einen Körper schwer zu Boden krachen, heftiges Knurren, Schmerzensschreie.]

GLEW: Gott, was ist da los?!
HANK: Aah, mein Gesicht! AAAH!

[Das Knurren nähert sich mit großer Geschwindigkeit. Pfoten galoppieren über die Dielenbretter.]

[Ein Schuss kracht.]

NIAMH: *[Nicht zu beschreiben.]*
A.: NEIN! HELP! SCHEISSE!
DONNA: *[Lacht schallend.]*
KRAUS: O Mann! Habt ihr das gehört?!
GLEW: Jesus! Meine ganze Hose ist voller Hundehirn!
A.: *[Schluchzt.]* O mein Gott!
KRAUS: Warst du das? Ist das wirklich deine Stimme? Dieses Quietschen? *[Kichert.]* Habt ihr das gehört? Mach es noch mal! Komm schon! So hörst du dich an? Gott, bist du widerlich!
A.: HALTEN SIE DIE SCHNAUZE! SIE DRECKSKERL!

[SCHUSS.]

[A. schreit gellend auf. Seine Schmerzensschreie sind während der folgenden Zeilen ständig zu hören.]

GLEW: *[Ruhig.]* War das wirklich nötig? Ich sollte gar nicht hier sein, geschweige denn Zeuge von so was werden.
KRAUS: Hast du das gesehen? Sie hat keinen Mucks von sich gegeben. Bei dem Hund hat sie gequietscht, aber als ich dir dein Knie weggeschossen habe, hat sie nicht mal gestöhnt. Wie findest du das?

[Eine blutüberströmte, tränenreiche Pause.]

	He! Wie du das findest, hab ich gefragt!
A.:	*[Keucht etwas, leiser als sein eigener Atem.]*
KRAUS:	Bitte? Tut mir leid, aber ich kann dich nicht verstehen.
A.:	*[Keuchend versucht er, Worte auszustoßen, die aber in Schleim und Tränen steckenbleiben. Doch Sekunden später, wie Wrackteile eines gesunkenen Schiffes, formen sich Buchstaben zu einer verständlichen Zeile.]* … bettel um dein Leben!
KRAUS:	'Tschuldigung, was hab ich da gehört?
A.:	*[Er schluckt.]*
	[Diesmal gurgelt er die Worte lauter hervor.] Du wirst sterben und vorher um dein Leben winseln! Du von deinen Eltern missbrauchtes Wrack.
KRAUS:	Okay. Jetzt hab ich genug von dir. *[Der Revolver klickt.]*
GLEW:	Augenblick!

[…] [Augenblick.]

	Noch haben wir das Auge nicht.
KRAUS:	*[Gelangweilt.]* Es ist im Safe.
DONNA:	*[Von weiter weg.]* Es ist nicht im Safe.
KRAUS:	Was ist das für eine Scheiße?
DONNA:	*[Jetzt näher.]* Hank hat auch schon besser ausgesehen.
KRAUS:	Na und? Dann hat er eben noch eine Narbe, mit der er angeben kann.
DONNA:	Tja, er wird eine neue Nase brauchen. Und die Oberlippe ist auch futsch.
GLEW:	Hallo? Vorschläge?
KRAUS:	Klar doch. 'Tschuldigung. Du! Hör auf zu flennen. Wo ist die Kugel?
A.:	*[Zieht laut die Nase hoch. Wütend.]*
KRAUS:	Sag es uns, sonst blase ich ihr den Kopf weg.
A.:	Im Schlafzimmer. *[Schluckt.]* In der Truhe.

DONNA: Das muss die abgeschlossene Tür oben sein.
KRAUS: Okay, steh auf! Führe mich hin.
A.: *[Schreit vor Schmerz.]*
DONNA: Er kann keine Treppen steigen. Er hat kein Knie.
KRAUS: *[Resigniert.]* Ist heute nicht mein Tag …

[Brainstorming.]

Okay. Dann, Quietschi, kommst du stattdessen mit mir. Zeig Onkel Kraus dein Zimmer.
A.: Fassen Sie sie nicht an!
DONNA: Mann, lass gut sein.
KRAUS: *[Unbekümmert.]* Wieso? Wir beschaffen jetzt das, was unser Kunde haben will. Er da kann keine Treppen steigen, aber sie hat hübsche, gut funktionierende Beine.
DONNA: Klar … aber, hör mal, sie ist doch erst, was weiß ich … vierzehn.
KRAUS: Na und? Ich gehe doch bloß mit ihr nach oben. Außerdem sieht sie eher aus wie … fünfzehn. Kannst du uns vorquietschen, wie alt du bist, Süße? Sowieso, was soll's? Vierzehn, fünfzehn, sie blutet doch schon.
GLEW: Na, toll! Ihr habt wirklich Stil! Kein Wunder, dass euer Kostenvoranschlag der günstigste war.
KRAUS: Sie kommen auch mit. Dann können Sie selbst einen Blick auf die Drachenkugeln werfen.
DONNA: Leute, wir sollten machen, dass wir hier rauskommen!
KRAUS: Ist okay. Es dauert bloß einen Moment. Bring Hank schon zum Van. Wir kommen gleich nach. Los!
A.: Wenn Sie sie anfassen …

[ZACK!]

KRAUS: Maul halten!
GLEW: Beherrschen Sie sich wenigstens so lange, bis ich die Kugel habe!

KRAUS: Okay, okay! Donna, bring ihn in den Keller. Er kann keine Treppen steigen, aber ein paar runterfallen. Ich erledige ihn nachher, wenn unser Kunde hat, was er wünscht.

A.: Dreckskerl! Sie ...

DONNA: Aufstehen!

A.: *[Schreit zwischen zusammengebissenen Zähnen.]*

*

– sie kommen näher, dann die Frau noch näher: »Ja, beschwer dich ruhig, wenn ich dir zu brutal bin.« Die Schritte nähern sich der holzgetäfelten Wand, in der die Tür einen Spalt offensteht. Sie wird jetzt weit geöffnet. »Oh, Gott!«, stöhnt die Männerstimme. »Aufstehen, sag ich!«, schnauzt ihn die Frau an. Jemand greift nach der Kamera, fummelt am Mikrofon herum und STOP.

VIDEOAUFZEICHNUNG

SCHLAFZIMMER FREITAG 22.12.1995 06:45:13

Die Lampe auf Niamhs Bettseite brennt.

In der rechten Bildhälfte steht GLEW mit einer Sporttasche. KRAUS – ein großer, schwerer Mann in Second-Hand-Militärklamotten – hält einen Revolver in der einen und NIAMH in der anderen Hand.

Letztere starrt den Anwalt so wütend an, wie man nur Anwälte wütend anstarren kann.

Die Truhe ist geöffnet.

[Glew benutzt eines von Niamhs Tüchern als Isolation und legt die Kugel vorsichtig in die Sporttasche.]

GLEW: Das war's!

[Er zieht den Reißverschluss der Tasche zu.]

KRAUS: Gut. Dann gehen Sie jetzt. Ich komme später nach.

[Auf halbem Weg zur Tür bleibt Glew stehen. Er schaut den Söldner fragend an. Dessen Hand auf Niamhs Schulter ist doppelt so groß wie Niamhs Kopf.]

GLEW: Ist das wirklich Ihr Ernst?
KRAUS: *[Lässig.]* Klar doch, fahren Sie mit Donna und Hank. Ich erledige hier, was noch zu tun ist, und nehme einen von den Wagen, die draußen rumstehen. Wir sehen uns am vereinbarten Treffpunkt.

[Glew zögert, wartet auf ein Signal, dass Kraus es nicht ernst meint.]

Wollen Sie vielleicht zusehen, wenn ich die beiden erschieße?

[Er meint es ernst.]

GLEW: Um Gottes willen.

[Er geht.]

*

Finger am Mikrofon, verschwommene Schattenformen. Die Linse erwacht und fokussiert. Endlich wird sein geschundenes Gesicht erkennbar, mit einer großen Beule auf dem linken Wangenknochen. Schärfer jetzt, verschmiertes Blut schimmert auf der Haut. Dann zoomt das

Objektiv weiter weg, und man sieht sein rechtes Handgelenk, das mit einer Handschelle an einem Stahlregal im Keller gefesselt ist. Seine Brust hebt und senkt sich schnell, panischer Atem.

Seine Augen blicken in die Kamera, eines immer noch gerötet.

»Niamh …«

Seine Zunge leckt über die Unterlippe, um Blut wegzuwischen. Draußen ticken Wassertropfen die Sekunden weg.

»Falls du Gelegenheit bekommst, dir das Video anzuschauen …«

Die Pfütze im Keller reflektiert das Licht von draußen blaugrün auf seine Haut.

»… solltest du dir die folgende Szene nicht entgehen lassen.«

Die Kamera wird ins Regal gestellt. Sie beobachtet ihn jetzt von rechts. Aus einem Rohr an der Decke tröpfeln Wassersekunden auf ihn herunter. Er wird aufstehen müssen, um es zu erreichen, kippt aber, als er es versucht, nach links weg.

»Komm schon«, flüstert er, nicht mehr für die Kamera, und versucht, sich mit dem Rücken an der Wand hochzuschieben, in eine stehende Position, ohne wirklich zu stehen, weil das verletzte Knie, das halbwegs seine frühere Form angenommen hat, dann wieder auseinandergedrückt wird. Bei der kleinsten Belastung des Knies zuckt er vor Schmerz, also muss er es wagen, das Rohr umklammern und sich daran hängen, um dem Knie für einen Moment Erleichterung zu verschaffen, bis, mit einem metallisch keuchenden Geräusch, das Rohr schließlich abreißt, und er auf den Boden zurückfällt und Wasser sich über ihn ergießt. Und sofort schreit er, und unterdrückt einen zweiten Schrei, denn das Wasser ist kalt wie der Dezember draußen vor den Kellerfenstern. Er keucht jetzt tiefer und schneller, denn er braucht Kraft, um nach links zu greifen und einen Karton zu sich heranzuziehen, der dort die ganze Zeit gelegen hat, seine linke Hand greift tastend nach dem verdammten Ding; seine Lippen, die schon blau anlaufen, bewegen sich, als wollte er es herbeibeschwören. Endlich erreichen seine Finger den Karton, zerren daran, schaffen es, ihn umzukippen, und noch einmal umzukippen, bis er ihn schließlich zu sich heranziehen kann. Er öffnet den Karton und zieht etwas heraus – einen kleineren Karton. Und er sticht verzweifelt mit seinen Fingernägeln auf

das Klebeband ein, das den Karton verschließt – will es schaffen, bevor die Kälte sein Blut erstarren lässt und das Adrenalin nicht mehr fließt. Seine Finger durchstoßen den Karton, und er reißt ihn auf. Und darin findet er einen dritten Karton.

*

SCHLAFZIMMER FREITAG 22.12.1995 06:48:43

KRAUS steht am Fenster, schaut hinaus und lauscht nach Autogeräuschen. Die Sehnen, die seinen Nacken auf seinen Schultern verankern, sind dick wie die Drahtseile der Golden Gate Bridge.

NIAMH steht aufrecht mit hoch erhobenem Kopf da, nackte Beine unter einem weiten Hemd. Vierzig Kilo, oder noch weniger.

[Kraus schaut auf sie herunter.]

[Er steckt seinen Revolver weg und nimmt sein Barett ab.]

KRAUS: Okay, hier ist der Deal.
NIAMH: *[Verzieht keine Miene.]*
KRAUS: Mach noch mal dieses Geräusch. Dieses Quietschen. Dann lass ich ihn leben.

[Niamh spurtet in Richtung Tür. Der Söldner braucht keine Sekunde, um ihr den Weg zu versperren. Beide fallen zu Boden. Die Kamera zittert.]

*

Und eine Kristallkugel rollt aus dem aufgerissenen Karton, und er greift nach ihr, aber seine Finger zucken zurück. Die Kugel ist nass, eiskaltes Wasser. Ihre Oberfläche hat die Farbe eines Smaragds und ist geladen wie ein elektrischer Viehtreiber. Dann wird ihm klar, dass er keine Wahl hat, und packt zu, befiehlt seinen Fingern, nicht loszulassen, seiner Hand, die Kugel hochzuheben, sie gegen den Boden zu schlagen, »ZERSPRINGE!« – der Sehnerv wird durchtrennt – sie wieder hochzuheben – ein Mensch fällt rasend schnell der Erde entgegen – »ZERSPRINGE!« – Mistgabel wird in Brustkorb gerammt – hebt die Kugel hoch – die größte Flughöhe, die ein Paar Puma-Sportschuhe je erreicht hat – »ZERSPRINGE!« – das Hotel explodiert – hebt die Kugel hoch - freier Fall mit einer Fleisch zerreißenden Geschwindigkeit – »ZERSPRINGE!« – zwei Polizisten zu Boden geschlagen – hebt die Kugel hoch – eine tropische Insel, und Möwen schauen zu – und »ZERSPRINGE!« – sehe, wie Betty krachend auf dem Betondach landet.

Die Kugel zersplittert.

Und als er nach einer Scherbe des smaragdfarbenen Glases greift, innerlich erfüllt von den intensiv nachhallenden Visionen, sieht er es endlich – durch die Augen einer Möwe.

Und die Epiphanie ergreift ihn.

»Oh, fick mich.«

Und ein spätes, krankes Lächeln erhellt sein Gesicht.

»GEFUNDEN.«

– und die Frau in Unterwäsche lächelt.

*

SCHLAFZIMMER FREITAG 22.12.1995 06:49:17

[KRAUS und NIAMH kämpfen auf dem Boden miteinander, sie mit dem Rücken zur Wand, Galle sickert zwischen Niamhs zusammengebissenen Zähnen hervor.]

KRAUS: Wie, du bist wütend? Denkst du, du kannst irgendjemanden mit deinem Kahlkopf erschrecken? Denkst du, du siehst damit taff aus?!

[Niamh gelingt es, ihre Hand freizubekommen, und versetzt ihm einen heftigen Schlag ins Gesicht.]

Gaaah!

*

Und mit dem Siegerlächeln auf den Lippen schwingt er eine Glasscherbe und sticht damit auf sein gefesseltes Handgelenk ein, einmal, zweimal, dreimal, mit einem irren Lachen, bis das Blut aus der aufgeschlitzten Ader strömt. Sein Wahn treibt ihn, die Scherbe zwischen die Zähne zu nehmen und sich auch noch den freien Arm aufzuschlitzen. Blut spritzt auf die Kameralinse, das alles dauert kaum zehn Sekunden, dann fließt das Adrenalin aus seinem Körper, und er sitzt allein in einer Kellerecke, mit einer Handschelle an ein Regal gefesselt, stechend kaltes Wasser rinnt ihm auf den Kopf, sein nasses und blutbeschmiertes Hemd klebt ihm auf der Brust, seine Haut färbt sich blau, der Blutfluss verlangsamt sich, die inneren Organe arbeiten immer langsamer, Lunge und Stimmbänder wiederholen erschöpfter, träger das Mantra: »Komm schon. Komm schon. Komm schon.«

*

SCHLAFZIMMER FREITAG 22.12.1995 06:50:03

[KRAUS dreht der Kamera jetzt den Rücken zu. Er hat NIAMH am Fußende des Bettes in die Enge getrieben. Sie hat ihr Hemd verloren. Aber nicht ihren Kampfgeist.]

KRAUS: Deine letzte Chance. Lass mich dein Quietschen hören.
NIAMH:

[Er steht auf, schwer atmend.]

KRAUS: Okay. Dann werde ich es aus dir rausquetschen.

[Er packt sie und wirft sie mit voller Wucht auf die Matratze.]

*

Die wässrigen, welligen Reflektionen erscheinen jetzt flackernder und unruhiger, während die Pfütze auf dem Boden anwächst und ihm immer mehr Wasser auf den Kopf rieselt, der jetzt nach hinten gesackt und von der Kamera abgewendet ist.

Es fließt kein Blut mehr aus seinem Handgelenk.

Die Lampen flackern.

Sein Kopf bewegt sich. Die Leuchtstoffröhren summen plötzlich lauter, werden heller, das Licht glitzert auf seiner blutigen Haut. Er öffnet die Augen und sieht etwas, das er erwartet hat. Ein Niefen erscheint auf seinen bläulichen Lippen.

Als sie zum ersten Mal versuchen, die Worte zu artikulieren, hört man keinen Laut. Dann versucht er es noch einmal, mit mehr Anstrengung.

»Hilf ihr!«

Das Wasser plätschert weiter, wie ein wispernder Brunnen draußen vor einem maurischen Fenster.

»Steh nicht nur rum und sieh zu! Du kannst etwas tun. Bitte!«

Das Licht ist jetzt heller. Die Wand mit den Wasserreflektionen ist elektrisch blau.

»Du hast das doch schon mal getan. Los jetzt!«

Seine Lippen zittern zwischen den Sätzen.

»Geh zu ihr. Ich flehe dich an. Hilf ihr!«

Der Kopf kann sein eigenes Gewicht nicht länger halten.

Die Lippen murmeln ein letztes Mal: »Geh zu ihr.«

Und er versinkt tiefer in der blau-grünen Pfütze.

*

SCHLAFZIMMER FREITAG 22.12.1995 06:50:32

Die Matratze kreischt. NIAMH windet sich unter KRAUS' Gewicht und hämmert mit ihren Fäusten auf seinen Rücken.

Die Nachttischlampe flackert.

KRAUS: Jetzt halt still, du verdammte …

[Die Nachttischlampe leuchtet plötzlich grell auf, eine Art Pfeifton, ganz am Rand des hörbaren Spektrums, wird plötzlich so laut, dass das Mikrofon der Kamera völlig übersteuert. Kraus blickt auf und schlägt sofort die Hand vor die Augen.]

Was …

[Das Licht pulsiert, als versuche es, noch greller zu werden, bevor Kraus mit einem ungenauen Schlag in diese Richtung die Lampe vom Nachttisch fegt. Die Glühbirne platzt.]

[Jetzt erwacht die (bisher ausgeschaltete) Lampe auf dem anderen Nachttisch zum Leben.]

Scheiße, was ist das?

[Und jetzt schaltet sich auch die Deckenlampe ein, blinkt sich selbst wach, wird dann immer heller und kreischt am Rande des Ultraschalls …]

Was … wer …?!

[– weiße Bettlaken verschmelzen mit weißen Wänden, das ganze Zimmer wird flammend hell, ein Gleißen wie von einer Supernova, und in dem freigesetzten Energieblitz kann man schemenhaft die Skelette der drei Personen im Zimmer erahnen: Niamh wälzt sich vom Bett und sucht darunter Schutz. Der Söldner starrt über seinen schützenden Arm hinweg auf die dritte Person, eine Silhouette in der linken Bildhälfte.]

Halt! Komm nicht näher!

[Eine Glühbirne explodiert.]

[Der Söldner zieht seinen Revolver: SCHUSS in Blickrichtung der Kamera. Der Spiegel zersplittert. Kraus weicht einen Schritt zurück. SCHUSS weiter nach links, SCHUSS, SCHUSS, grelles Licht breitet sich rasend schnell aus und hüllt ihn ein, unerträglich schriller Pfeifton.]

[LAUTES KRACHEN.]

*

Das Wasser rieselt nicht mehr. Zyanblaue Wellen tanzen sanft auf seiner Haut. Sein Haar ist klatschnass. Seine Arme blutüberströmt.

Seine Augen sind geschlossen.

*

SCHLAFZIMMER FREITAG 22.12.1995 06:51:10

Die Deckenlampe liegt tot auf dem Boden, eine glitzernde Pfütze aus Glassplittern und Metallteilen. Die Drähte an der Decken knistern und sprühen Funken. KRAUS, der sich am Betthimmel hochgezogen hat, um die Lampe herunterzureißen, hält sich noch an ihm fest. Er hängt dort wie ein großer Affe, mit einem nutzlosen Revolver in der freien Hand.

Er starrt mit roten Augen ins Leere.

KRAUS: Scheiße, was war das?

[NIAMH rollt unter dem Bett hervor und packt die zerbrochene, an der Lampenfassung unter Strom stehende Nachttischlampe.]

[Kraus erkennt, was sie vorhat, und betätigt den Abzug: KLICK.]

[Niamh stößt die Lampe vorwärts und setzt das Bett unter Strom: ZAP.]

[Kraus wird vom Bett weg und durch das Fenster geschleudert. RUMS.]

[Dort, wo seine Hand gerade noch den Messinghimmel des Bettes umklammert hat, steigt Rauch auf, während draußen im Garten ein dumpfer Aufschlag zu vernehmen ist.]

[Niamh rennt aus dem Zimmer.]

[Sie kommt noch einmal zurück, hebt den Revolver auf und eilt wieder hinaus.]

*

Ihre Schritte eilen ihr gute zehn Sekunden voraus, bevor sie ins Bild kommt, sprintend, die Chucks stapfen spritzend durch das Wasser im Keller, und sie hat einen ausreichend kühlen Kahlkopf bewahrt, um zuallererst seine BATTERIE LEER *Lebensfunktionen zu prüfen. Aber er ist reglos, und tief in das eiskalte Wasser gerutscht, der ganze Körper hängt an dem mit Handschellen gefesselten, aufgeschlitzten Handgelenk, eine sehr ungünstige Position für eine Wiederbelebung, also muss sie aus dem Bild rennen, etwas aus einem Regal zerren, kommt mit einer Axt zurück, um auf die Handschellen ein-* BATTERIE LEER *zuhämmern, stopp, erst zielen, dann schlagen, seine frei gewordene Hand fallenlassen, und jetzt beginnt sie mit der Herzmassage, während er fast völlig unter Wasser liegt, kalt genug, dass seine inneren Organe vielleicht geschützt sind und es eine Chance gibt; sie schlägt ihm mit aller Kraft auf die Brust – eins, zwei, drei, vier, fünf, sechs, sieben, acht, neun, zehn – dann legt sie ihre* BATTERIE LEER *Lippen auf seine blauen und zwingt ihm Luft in die Lunge, und wieder: eins, zwei, drei, vier, fünf, sechs, bitte!, acht, lebe!, zehn, wieder beatmen, Luft in seine Lungen pressen, drücken, das Herz wieder in Gang setzen, eins, zwei, bitte!, vier, sinnlos!, sechs, bitte!, acht, lebe!, zehn, er muss wieder atmen, muss ihn aufwecken, sein Herz massieren, schau, ist das eine zerbrochene Kristallkugel?, liegen all die Träume und Albträume auf dem Boden verstreut? …*

Es sah übel aus.

Natürlich sollte das Schwimmbecken einen Sprung aus dem Fenster im dritten Stock abmildern und Leben retten. Aber diese Funktion konnte es nur erfüllen, wenn es mit Wasser gefüllt war. Und zwar vorzugsweise mit flüssigem Wasser. An diesem Morgen enthielt das Becken etwa dreizehn Zentimeter geschmolzenen Schnee vom Vortag, der in der Nacht zu einer diamantharten Eisschicht gefroren war. Kraus brach sich beim Aufprall beide Beine. Schlimme Brüche. Man konnte gesplitterte Knochen aus den Schenkeln ragen sehen. Selbst er wagte es nicht hinzuschauen.

Natürlich war seine Lage in jeder Hinsicht hoffnungslos – gefangen am Grund eines 1,90 Meter tiefen Beckens, mit gebrochenen Beinen auf Eis herumkriechend. Seinen Revolver hatte er verloren. Auf der niedrigen Seite des Pools gab es eine Nottreppe, aber ob er sich nur mit den Händen die Stufen hochziehen konnte, blieb abzuwarten. Nebenbei bemerkt, war seine linke Hand auf sehr sonderbare Art verbrannt. So etwas hat man noch nicht gesehen: Das Fleisch seiner Handfläche war geröstet, fast wie durch Mikrowellen. Auf dem Handrücken zeichneten sich schwarz verbrannte Adern ab wie Spinnenbeine. Es roch nach Brathähnchen. Und er konnte die Hand nicht spüren. Er würde also mit nur einer Hand die Stufen bewältigen müssen. Falls ihm das gelang, musste er immer noch um das Haus herum- und in ein Auto hineinkriechen, bevor die Polizei oder sonst jemand auftauchte.

Er hatte gehofft, dass die Kälte wenigstens irgendwie seine Schmerzen lindern würde. Aber das war ein Irrtum. Er weinte. Seine unversehrte Hand kratzte über das Eis, versuchte, sich vorwärtszukrallen, als Niamh die Leiter über den Beckenrand hängte und herunterkletterte. Das schien eine Ewigkeit später stattzufinden, obwohl die parallele Blutspur aus seinen Beinen zeigte, dass er nur gut einen halben Meter weit gekrochen war.

Sie sprang von der Leiter und landete sicher auf ihren Chucks, ging zwei Schritte, nahm ihm seine Munition aus seinem Gürtel und lud den Revolver.

Inmitten seiner entsetzlichen Schmerzen entging Kraus die Ironie der Situation völlig.

»Bitte.«

Der Rückstoß war so heftig, dass Niamh die Waffe fallen ließ. Kraus' Gehirn spritzte über das Eis.

SICHERHEITSVIDEO: POINT BLESS, POLIZEIWACHE

07:59

[Draußen auf der Straße hört Officer LINNEY etwas, das ihn für einen Moment von seinem Tisch aufblicken lässt. Ein Fußgänger ist vor dem Fenster stehengeblieben und schaut zu dem schwarzen Audi, der gerade, aus der Market Street kommend, vorbeiflitzte und offenbar nahe Musgrove geparkt hat. Linney findet das nicht besonders interessant und widmet sich wieder seiner Büroarbeit. Ein neues Formular wird in die Schreibmaschine gespannt, und er fängt an zu tippen.

Die Tür wird aufgerissen: Ein weiblicher TEENAGER mit kahlgeschorenem Kopf, bekleidet mit einem Anorak, stürmt herein und bleibt dann unschlüssig zwischen Linney vorne am Anmeldungstisch und Corporal JACKSON stehen, der am Schreibtisch sitzt. Der Schwung, der sie hereintrug, verebbt. Linney und Jackson und der Passant draußen vor dem Fenster starren sie an. Unter dem Anorak trägt sie nur Unterhose und Unterhemd. Alles über und über mit Blut bespritzt.

Unmittelbar bevor Linney und Jackson aus ihrer Erstarrung erwachen und dem Mädchen zu Hilfe eilen, bricht sie zusammen, fällt auf die Knie, das Gesicht zu einem gellenden Schrei verzerrt – aber das Video hat keine Tonspur.]

SICHERHEITSVIDEO:
VERHÖRZIMMER, VIRGINIA STATE POLICE, POLIZEIWACHE BEZIRK 35, EMPORIA

22.12.1995 20:14

Pappbecher und leere Schokoriegel-Packungen haben sich vor NIAMH auf ihrer Seite des Tisches angesammelt, während sie mit verschränkten Armen darauf wartet, dass Detective MORGAN Summers (stehend, an den Tisch gelehnt) ihre Aussage zu Ende gelesen hat. Der Aschenbecher quillt über.

[Morgan drückt die letzte Zigarette aus (nicht in den Aschenbecher, sondern fünf Zentimeter daneben, aber das merkt er gar nicht), während er eilig, aber doch gefesselt die letzten Zeilen liest.]

[Mit ausdruckslosem Gesicht legt er den dicken Blätterstapel auf den Tisch zurück.]

[Erst jetzt schaut er seine Zeugin an.]

MORGAN: Nicht schlecht. Mir gefällt die Figurenentwicklung.

[Deputy TED Miller kommt herein, mit ein paar Papieren in der Hand, die beweisen sollen, dass er etwas zu sagen hat.]

TED: Hab gerade mit dem Sheriff von Franklin, North Carolina, telefoniert. Die haben einen Hank S. Blagowitz, Spitzname Narben-Hank. Seine Komplizen haben ihn in einem Krankenhaus abgeliefert, wo er dann verhaftet wurde. *[Zu Niamh.]* Dein Hund hat ihm die Nase abgebissen. Da hat Mister Hank jetzt eine schöne Narbe mehr zum Angeben.

MORGAN: *[Blättert die Unterlagen durch, die Ted ihm gebracht hat.]* Solange er verschweigt, dass der Hund ein Collie war.

TED: Da ist noch was. Die Videobänder aus dem Haus zeigen zwei Männer und eine Frau mit Sturmhauben, die um null Uhr vierundvierzig durch die Küche gehen. Dann schießt jemand von ihnen auf die Kamera. Die Spurensicherung glaubt, dass sie sich die Nacht über im Kohlenkeller versteckt haben.

NIAMH: *[Schnippt mit dem Finger, um ihre Aufmerksamkeit zu erregen, und malt zwei Buchstaben in die Luft.]*

MORGAN: Was?

NIAMH: *[Wiederholt: Ein P und ein i.]*

Morgan: P-was? Oh, Pipi. Entschuldigung. *[Öffnet die Tür.]* Anderson? Würden Sie die Zeugin bitte in die Damentoilette begleiten?

[Eine KRIMINALBEAMTIN erscheint in der Tür. Niamh geht mit ihr hinaus.]

[Morgan hält dem Deputy den Stapel hin, aber der schreckt vor dieser Riesenaussage zurück.]

TED: Und, was denken Sie, ist sie sauber?

MORGAN: *[Seufzt.]* Na ja, sie ist gut. Sie haben alle getötet außer ihr, weil sie vorsorglich ihr Zimmer abgeschlossen hat, und sie hat einen von ihnen erschossen.

TED: *[Zuckt die Achseln.]* Okay. Dann ist der Fall ja wohl geklärt, richtig?

MORGAN: Vielleicht.

TED: Wir haben Videomaterial, auf dem zu sehen ist, wie Kraus mit seinen Leuten einbricht.

MORGAN: Das sind nur Indizien.

TED: Wir haben Hanks Waffe. Mit ihr wurde mindestens die Hälfte der Opfer erschossen.

MORGAN: Ja, und *ihre* Fingerabdrücke auf dem Revolver beweisen mindestens einen weiteren Mord.

TED: Das war Notwehr.

MORGAN: Ein gut gezielter Kopfschuss.

TED: Aber auf ihrem eigenen Grundstück.

MORGAN: Sie hat ihn aus dem Fenster gestoßen, ist dann nach unten gegangen und hat ihn erschossen.

TED: Na und? Wo ist das Problem? »Behinderte Minderjährige erschießt Söldner und Sexualtäter mit langem Vorstrafenregister.« Die Jury wird einen Altar für das Mädchen bauen!

MORGAN: *[Mit spöttischer Miene.]* Es kommt noch besser: Sie wird hier in diesem Land nie vor Gericht gestellt werden. Sie ist minderjährig, mit irischer Staatsbürgerschaft.

TED: Na und? Sie ist hier wohnhaft.

MORGAN: Nein, ist sie nicht.

TED: *[Verblüfft.]* Aber sie hat eine Green Card!

MORGAN: *[Grinst.]* Nein, hat sie nicht. Nur er. Sie hat ihn mit einem Touristenvisum begleitet, das im Januar ausläuft.

TED: Dann müssen wir uns an ihren Vormund halten.

MORGAN: Das wird Ihnen gefallen. *[Schaut auf ein anderes Dokument.]* Der Vater ist tot, die Mutter nicht erziehungsberechtigt, also hat eine gewisse Tante Liza die Vormundschaft übernommen. Und diese Tante hat bereits alle Hebel in Bewegung gesetzt, um sie sofort nach Europa zurückzuholen. Als ihr Pflichtverteidiger das hörte, rief er so eilig in der Botschaft an, dass er sich fast den Zeigefinger in der Wählscheibe ausgerenkt hätte.

TED: Jetzt mal langsam. Sie kann doch gar nicht telefonieren. Woher weiß die Tante in Irland, was hier passiert ist?

MORGAN: *[Stolz den Kuchen mit der Kirsche garnierend.]* Sie hat der Tante eine *E-Mail* geschickt, ehe sie zur Polizei fuhr.

[Stiller Applaus.]

TED: *[Verschränkt die Arme.]* Wow! Sie ist wirklich gut.

[Immer noch stehend, imitiert er den Detective und lehnt sich an den Tisch.]

Okay, was haben wir also?

MORGAN: Oh, eine ganze Menge. Zunächst einmal unbeantwortete Fragen. Zum Beispiel: Wieso heuert jemand Söldner an, um ein paar Juwelen zu stehlen? Oder: Wie schafft ein Vierzig-Kilo-Fliegengewicht es, Hulk Hogan aus dem Fenster zu werfen? Dann haben wir einen nasenlosen Tatverdächtigen, einen toten Kriminellen, nach dem in sechs Staaten gefahndet wurde, eine flüchtige Person, einen vermissten Rechtsanwalt, siebzehn Leichen in der Pathologie, zwei Schwerverletzte im Krankenhaus, und jede Menge Schreibtischarbeit.

[Ted zündet sich eine Zigarette an und hält Morgan die Packung hin.]

TED: Was ist mit den beiden Verletzten? Kommen sie durch?

[Ein Zug an der Zigarette.]

MORGAN: Wenn Gott es will.

Weihnachten verstrich, dann schmolzen der Schnee und auch die tristen Wolken dahin, und es folgten ein paar Tage mit dieser unirdisch wirkenden blauen Winterluft, zu rein, um sie zu atmen. Die Bäume sahen noch immer aus wie in Stein gemeißelt, aber hoch oben, an den Spitzen ihrer ausgestreckten Glieder, träumten ihre Zweigfinger schon vom Frühling und sehnten sich danach, im Sonnenschein zu schwingen.

Ein paar Meter vor dem Waldrand, weit genug weg, um monumental zu wirken, formten zwei Äste ein Kreuz. Niamh hatte das Grab selbst ausgehoben, bei der Marmorplatte, die die Sonnenwende anzeigt, wenn der Schatten des Wetterhahns auf sie fällt. Sie hatte Helps sterbliche Überreste in seine Decke gewickelt und ihn in einer schattigen Ecke auf dem Schnee abgelegt, bis sein Grab bereitet war. Das Bündel sah so klein aus, als sie es in das Loch gelegt hatte. Ein Held war gestorben. Ein Haustier wurde beerdigt.

Sie schaufelte Erde auf ihn, vor den Gebeten. Sogar noch in die Decke gehüllt bot er einen unerträglichen Anblick. Dann widmete sie ihm ein paar Worte. Wenn das Kreuz noch steht, müssten sie noch daran geheftet sein, auf einem Blatt aus Niamhs Notizblock.

HELP
Beschützer der Beschützerin

Dort stand sie lange, ohne zu weinen, bis hinter dem Haus die Sonne untergegangen und die Helligkeit des Himmels verblasst war. Ein rotes und violettes Band aus Dämmerung schwebte im Westen wie die Musik eines weit entfernten Rockkonzerts.

Dann rief ich sie herein und sagte, dass es Zeit war, zu packen.

VIDEOAUFZEICHNUNG

MUSIKZIMMER 31.12.1995 17:12:51

Abenddämmerung.

Ein Haufen Taschen und Koffer kauert in den Schatten im Vordergrund. Nur die Lampe über dem Notenpult des Flügels brennt. Sie leuchtet A. an, der auf dem Klavierstuhl sitzt und in einer Aktenmappe liest.

[NIAMH kommt herein. Sie versteckt etwas hinter ihrem Rücken, was die Kamera sieht, A. aber nicht.]

A.: Hey.

[Er schließt die Mappe, wendet sich Niamh zu und streicht sich mit der Hand über sein linkes Bein. Das Knie ist bandagiert, doppelt so dick wie das rechte.]

[Sie schauen sich einen Moment in die Augen.]

Weißt du, die ganze Zeit habe ich mich gefragt, warum Tante Liza gerade dich als meine Beschützerin ausgewählt hat. Erst jetzt habe ich es begriffen.

[Er schlägt die Mappe wieder auf und breitet ein paar Fotos und mit Schreibmaschine geschriebene Seiten auf dem Flügel aus.]

Und dabei hat Caleb den Fall sogar erwähnt. »Vor wenigen Jahren verhinderte ein Kind, ein Mädchen, einen terroristischen Bombenanschlag in einer überfüllten Londoner U-Bahnstation.« Da sprach wohl sein Unterbewusstsein, denn er ging nie näher auf die Sache ein. Doch als ich im Krankenhaus lag, erinnerte ich mich, wie Edward Cutler dich bei eurem ersten Zusammentreffen anschaute. Natürlich lagen viele wechselnde Frisuren und eine Pubertät dazwischen, aber es war unvermeidlich, dass wenigstens einer von den Zwanzig dich wiedererkennen würde. Und derjenige war Cutler. Ich erinnerte mich, dass er, Vasquez und noch jemand in dem Archiv im Kellergewölbe stöberten, unmittelbar bevor das Auge sprach. Ich war vorhin unten und habe nachgeschaut. Ich glaube, das hier ist die Akte, nach der sie suchten.

[Niamh schaut sich die Fotos an, nicht sonderlich interessiert. A. liest aus der Akte vor.]

Blablabla: »Das Mädchen wirft den Koffer in den Pool und verschwindet in der Menge … Niemand bemerkt es.« »Beobachter, 1991.« »Mission: Philip Beauregard, hat aufgegeben.«

[Mit der freien Hand zeigt er auf die Fotos. Auch sein Handgelenk ist bandagiert.]

Er fand den Ort: King's Cross Station, London. Er identifizierte sogar den Terroristen: Dan O'Bailey, IRA-Mitglied, wollte durch den Anschlag den Nordirlandkonflikt verlängern. Aber es gelang ihm nicht, dich zu identifizieren. *[Nach einer Pause.]* Du bist eine Beobachterin, wusstest du das eigentlich?

NIAMH: *[Schüttelt den Kopf, gleichgültig.]*

A.: Aber Tante Liza wusste es.

NIAMH: *[Zuckt die Achseln. »Kann sein.«]*
A.: *[Bemerkt, dass sie etwas hinter ihrem Rücken versteckt.]* Was hast du da?

[Niamh hält ihm eine kleine Geschenkschachtel hin, die perfekt in ihre Porzellanhand passt.]

[A. bleibt reglos, versucht nicht, das Geschenk zu nehmen.]

[Kühl.] Wow. Aus welchem Anlass?

[Ihre Finger tippen auf die Klaviertasten: »Jin-gle bells / Jin-gle bells / Jin-gle all the way …«]

Oh, du hast recht. Wir haben Weihnachten verpasst.

[Niamh hört auf zu spielen, kniet nieder, hält ihm weiter das kleine, mit einer Schleife verzierte Päckchen hin, ihr Lächeln leuchtet in der Abenddämmerung.]

[A. schaut zu ihr herunter, wortlos.]

Niamh, das ist doch nicht dein Ernst, oder?
NIAMH: *[Sie hält seinem erstaunten Blick stand.]*
A.: Nein, du machst Quatsch, stimmt's?
NIAMH: *[Sie schüttelt das Päckchen: »Komm schon, öffne es.«]*

[Ein paar Sekunden fliegen dahin.]

A.: Niamh, am Horn von Afrika gibt es ein paar primitive Zivilisationen, die wissen, dass das nicht richtig ist.
NIAMH: *[Steht auf, hält ihm das Geschenk dicht vor die Nase und schüttelt es: »Mach es endlich auf, du Blödmann!«]*
A.: Okay, okay. *[Er nimmt das Päckchen, löst die Schleife und öffnet die kleine Schachtel …]*

[… dann folgt eine dramatische Pause …]

[… dann verzieht er spöttisch das Gesicht.]

A.: Mein Gott.

[Er nimmt das sechsflächige Objekt heraus, das die sechsflächige Schachtel vollständig ausfüllte. Dann verdreht er eine der Seiten, dreht sie wieder zurück, und starrt dann für eine Weile sprachlos auf den kleinen Rubik-Zauberwürfel zwischen seinen Fingern. Und dann schaut er Niamh an.]

Vielen Dank.

[Niamh breitet ihre Arme aus. Sie umarmen sich.]

[Sehr fest.]

[Gedämpft durch ihren Anorak.] Danke, Niamh. Ich hab dich sehr lieb.

[Draußen bricht die Nacht an.]

EIN ARTIKEL IN DER RICHMOND SUN VOM 31. DEZEMBER 1995

Einheimische vermuten einen Geist hinter dem Massaker von Point Bless

von Allison Cullen

Clayboro. Um die Tragödie des Mehrfachmordes zu verarbeiten, die sich im nahegelegenen Axton House am 21. Dezember ereignete, nehmen die Einheimischen Zuflucht zu alten Legenden und Geistergeschichten.

»Es ist etwas Unheimliches an diesem Haus«, sagt Sam Mitchel, 51, Inhaber eines örtlichen Elektrogeschäfts. Er behauptet, erst vor wenigen Wochen am Ort des Verbrechens als Elektriker im Einsatz gewesen zu sein. »Man konnte das Böse förmlich riechen.«

Das abgelegene Anwesen, das als Schauplatz des Point-Bless-Massakers vor wenigen Tagen zu trauriger Berühmtheit gelangte, soll sich früher im Besitz einer Sklavenhändler-Familie befunden haben, die in ganz Ponopah County für ihre Grausamkeit gegenüber den Sklaven berüchtigt war. Seit der Jahrhundertwende gehörte das Haus in dritter Generation einer Familie zurückgezogen lebender Privatgelehrter, die sich mit »Okkultismus« beschäftigt haben sollen. Mitchel beschrieb die jetzigen Bewohner als »wenig gesprächig«. Sie hätten »etwas Düsteres, Mysteriöses« an sich gehabt.

Laut Sheriff Joel M. Harris berichteten Nachbarn oft von »nächtlichem Lärm und merkwürdigen Lichtern« in dem Haus, über das erzählt wird, dort spuke der auf Rache sinnende Geist eines Sklavenmädchens, das so genannte »Angola-Mädchen«.

Wie Deputy Ted Miller von der Polizeiwache in Emporia erklärt, misst die State Police örtlichem »Aberglauben« keine große Bedeutung bei. Die Ermittlungen zu den Ereignissen vom 21. Dezember, bei denen, einschließlich eines der Tatverdächtigen, 18 Menschen den Tod fanden, dauern an. Die einzige in Haft befindliche Person ist offenbar bereit, bei der Jagd nach einer dritten tatverdächtigen Person behilflich zu sein, um der Todesstrafe zu entgehen.

Doch die Menschen von Point Bless sind nicht bereit, gewöhnliche Kriminelle als Schuldige der unerwarteten Tragödie zu akzeptieren. Sie vermuten, dass hier spirituelle Kräfte am Werk waren. »Es gibt dunkle Mächte, mit denen man sich besser nicht einlässt«, sagt Monique Brodie, 62, eine örtliche Farmerin, die zudem behauptet, die Opfer hätten einer Freimaurer-Loge angehört.

EPILOG

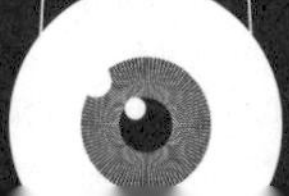

JANUAR

»Ken Matsuo hat als Einziger überlebt«, begann ich. Meine Hände umfassten endlich wieder eine große Tasse nicht-amerikanischen Kaffee. »Er ist noch im Krankenhaus, aber auf dem Weg der Besserung. Der dritte Einbrecher, eine Frau, ist noch nicht gefasst. Glew verschwand noch am selben Tag ins Ausland.«

Niamh saß am Fenster mit einer weißen Trinkschokolade. Sie machte einen sehr fokussierten Eindruck, wirkte erwachsener, aber noch genauso abenteuerlustig wie zu Beginn.

»Wir haben Grund zu der Annahme, dass Glew nur des Geldes wegen mitmachte und sich um die Organisation des Diebstahls kümmerte. Der Drahtzieher im Hintergrund ist ein anderer. Vermutlich Isaak Dänemarr. Das ist der Typ, der die Speicherkugeln entwickelte. Die Gesellschaft hatte ihn mit der Legende des Auges bekannt gemacht, von der er sich inspirieren ließ. Aber schließlich, so nehme ich an, war er die ewigen Nachbauten leid und entwickelte ein besessenes Verlangen nach dem Original. Er hat sich vermutlich gedacht, dass Wells und seine Freunde eines dieser Originale besaßen, oder vielleicht hat Ambrose ihm das Auge sogar selbst gezeigt.«

Niamh schrieb rasch ein Wort auf ihren Notizblock, sodass nur ich es sehen konnte: *Geld!*

»Ja, das stimmt. Zu dieser Theorie passt allerdings nicht, dass ein Wissenschaftler aus dem früheren Ostblock wohl kaum in der Lage wäre, die großen Geldsummen aufzutreiben, von denen Glew sprach. Also ist er vielleicht auch nur ein Bauer auf dem Schachbrett, mit einem Sponsor im Hintergrund. Na, jedenfalls hat Glew die Unkosten ganz schön gedrückt, indem er einen solchen menschlichen Abschaum anheuerte.«

Tante Lizas Augen wanderten zu der Krücke, die an meinem Sessel lehnte.

»Es tut mir so leid, dass ihr beide all das durchmachen musstet.«

»Ist schon okay. Die Gesellschaft hätte sich ja so oder so zur jährlichen Offenbarung getroffen, und Glew hätte seine Killer geschickt, ob wir da waren oder nicht. Das ließ sich nicht vorhersehen.«

»Aber da war noch das Bett. Das war gefährlich.«

»Niamh war da und hat mich beschützt.«

»Ich könnte dir bei deinem Knie helfen, weißt du.«

»Ich weiß, dass du das könntest.« Ich lachte leise. »Aber nein, danke. Ich komme schon klar. Ein Jahr Reha und Krankengymnastik liegen vor mir. Aber, hey, meine Physiotherapeutin ist echt sexy.« Ich zuckte zusammen, als jemand gegen mein gesundes Bein trat. »Und mit bemerkenswert sexy meine ich sieben auf der Skala von eins bis Niamh.«

Liza lachte. Ihre Haut war perfekt, sowohl jetzt in ihrem scheinbaren Alter von dreißig Jahren als auch in jedem anderen Alter, das sie nach außen zeigen wollte. Sie war großartig, auf eine selbst für Niamh unerreichbare Art und Weise. Von ewiger Schönheit wie eine dieser Figuren am Kiel einer Galeone.

»Ihr habt eure Sache wirklich hervorragend gemacht, ihr beide«, sagte sie.

»Aber wir haben das Auge verloren«, bedauerte ich.

»Um das Auge ging es uns nie. Wir wollten es nicht. Anfangs wussten wir gar nichts von der Existenz des Auges oder der anderen Kristallkugeln.«

»Aber du wusstest, dass durch den Messing-Betthimmel Träume aus einer Kristallkugel in mein Gehirn übertragen werden.«

»Ich habe mir das zusammengereimt, nachdem ich die Literatur über die telepathische Übertragung mittels elektrischem Strom gelesen hatte. Im Gegensatz zu dir kann ich Deutsch lesen. Aber ich hatte vorher keine Ahnung, dass die Kristallkugeln oder die Augen existieren.

Ich wusste nur, dass irgendjemand, oder etwas, spionierte. Und einer dieser Spione befand sich in Axton House. Was von dort aus spionierte, habt ihr herausgefunden. Ich bin froh, dass ich euch beiden diese Aufgabe anvertraut habe. Ihr wart die richtige Wahl.«

»Na ja, erst vor Kurzem habe ich entdeckt, warum du diese Wahl getroffen hast, zumindest was Niamh als Beschützerin anging.«

»Sie ist die einzige Beobachterin, die ich kenne«, sagte Liza.

»Okay. Das erklärt, warum du sie ausgewählt hast. Aber warum mich?«

»Sie hat dich ausgewählt.«

Tante Liza und Niamh nieften beide vielsagend.

Ich wandte mich Niamh zu. »Dann danke ich dir. Es war … sehr erhellend.«

Draußen nahm die Welt der wirklich alten Straßen, der Fahrradklingeln und Gebäude ohne Feuertreppen grau und sich unserer Gegenwart nicht bewusst ihren Lauf. Es fühlte sich gemütlich und heimelig an, ihr dabei zuzusehen.

»Am meisten bedauere ich, dass wir uns nie bei Knox entschuldigt haben«, sagte ich. »Wir haben ihm die ganze Zeit misstraut, weil er uns misstraute. Glew dagegen haben wir keine Beachtung geschenkt, weil er unsere Tarnung nie anzweifelte. Niemand hat wirklich an ihr gezweifelt. Strückner erwähnte, dass Ambrose im Mai von jemandem bezüglich seiner Verwandten in Europa kontaktiert wurde. Er sagte, Ambrose hätte sich in Clayboro mit dieser Person getroffen, aber aus Gründen der Diskretion hätte er, Strückner, nicht weiter nachgefragt. Manchmal denke ich, dass … dass sogar Ambrose glaubte, ich wäre tatsächlich sein Cousin dritten Grades.«

»Ich bin sicher, er hätte nichts dagegen gehabt«, sagte Liza. »Als ich mich im Mai mit Ambrose traf, war er überzeugt, sterben zu müssen und dies durch nichts verhindern zu können. Es hätte sich verhindern lassen, wie ihr beide später bewiesen habt, aber zum damaligen Zeitpunkt hatte er resigniert und glaubte, den gleichen Weg wie sein Vater gehen zu müssen. Er würde als ein weiteres Opfer ihres Spiels sterben, seine Freunde würden einen Tag lang um ihn trauern und dann das Spiel fortsetzen und seinen letzten Wunsch ignorieren. Deshalb war er mit dem Deal einverstanden, den ich ihm vorschlug: Ich würde die Gesellschaft beschützen oder jemanden beauftragen, das für mich zu übernehmen, und im Gegenzug würde ich alles erfahren: Wer mich beobachtet, wie und warum.«

»Leider haben wir, was das Beschützen anging, komplett versagt«, erwiderte ich bitter. »Trotzdem war dieser Deal, dem er zustimmte, faszinierend. Und er muss sehr aufgeregt gewesen sein, als er dich ausfindig gemacht hatte.«

»Das hat er gar nicht. Er hat nur etwas herumgestochert, und dann habe ich ihn gefunden. Aber ja, er war sehr erfreut, mir persönlich zu begegnen.« Liza lächelte bescheiden. »Schließlich hatte er schon so viel von mir gesehen. Er durfte mich in meinen besten Zeiten erleben.«

»Ich weiß«, sagte ich, voll Ehrfurcht angesichts ihrer vielen unbekannten Facetten. »Sechsundsechzigmal seit 1900. Übrigens wurdest du dieses Jahr wieder zum Juggernaut erwählt. Herzlichen Glückwunsch, Betty.«

»Danke«, sagte Tante Liza und spielte mit einer Locke ihrer dunkelbraunen Haare. »Ich gebe mir Mühe.«

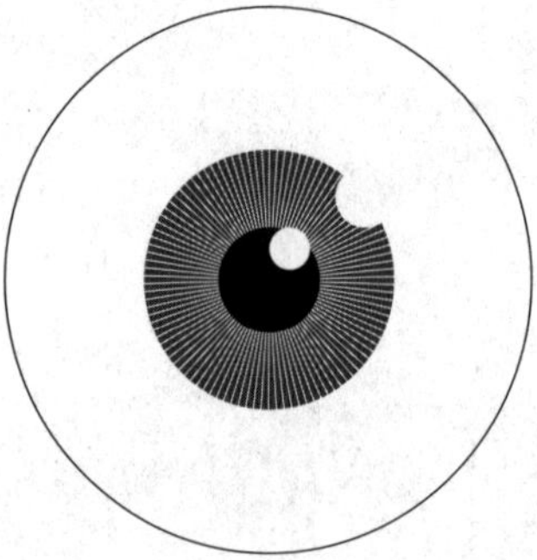